돌의 초상

돌의 초상

최인호 중단편 소설전집 **4**

문학동네

작가의 말

오래 전에 들은 이야기인데 백 미터를 달리는 스프린터들은 한 번도 쉬지 않고 달린다고 한다. 0.01초를 다투는 단거리에서는 숨을 쉬는 행위가 힘을 분산시키는 요인이 될 수 있기 때문이다.

문단에 데뷔한 것이 1963년 고등학교 이학년 때였으니, 사십 년에 가까운 세월이 흘렀는데 처음으로 중단편 문학전집을 상재(上梓)하면서 까마득히 잊어버리고 있었던 지난날의 중단편들을 읽으며 떠오른 생각이 바로 스프린터들이 숨을 한 번도 쉬지 않고 단숨에 백 미터를 달린다는 이야기였던 것이다.

일찍이 수천 곡을 작곡했던 모차르트에게는 다음과 같은 일화가 있다. 어느 날 역에서 기차를 타다 말고 흘러나오는 곡을 듣고는 무심코 "아, 그 음악 참 좋다"고 말하자 옆에서 듣고 있던 사람이 이렇게 대답했다고 한다.

"저 음악은 바로 선생님이 작곡한 것입니다."

　나 역시 일단 쓴 작품은 벗어놓은 허물처럼 기억조차 하지 않는 습성을 갖고 있어 이번 기회에 지난 수십 년 동안 쓴 작품을 읽으면서 과연 이 작품이 내가 쓴 작품인가 아닌가 하는 모차르트적 착각에 빠졌다. 그럼에도 불구하고 비교적 초기 작품이었던 「술꾼」과 「타인의 방」과 같은 작품을 읽으면서 나는 새삼스러운 감회를 느낄 수 있었던 것이다.

　내 기억이 정확하다면 「술꾼」은 두 시간에 걸쳐 단숨에 쓴 작품이다. 누나네 집에 놀러 갔다가 시간이 남아 배를 깔고 엎드려서 펜촉에 잉크를 묻히고 그야말로 백 미터를 달리듯 단숨에 쓴 작품이며, 「타인의 방」 역시 『문학과지성』 창간호에 의뢰를 받고 하룻밤 사이에 완성했던 단편소설이었던 것이다.

　대부분의 중단편들은 이처럼 백 미터를 단숨에 달리듯 탄생되었다. 그렇게 백 미터 단거리 선수로 출발하였던 나는 그 동안 일만 미터의 중거리 주자를 걸쳐 주로 호흡이 긴 장편소설에 주력함으로써 마라톤 코스를 달려온 마라토너로 작가생활을 계속해온 것 같다.

　마라톤은 숨 한 번 쉬지 않고 단숨에 백 미터를 달리고 0.01초를 다투는 스프린터의 피 말리는 고통과는 또다른 주법(走法)이 필요한 운동이겠지만 어느 것이 작가에게 최선의 선택인지는 정확한 판단은 내릴 수 없을 것이다.

　한 작곡가가 평생을 통해 어떨 때는 달콤한 세레나데를, 어떨 때는 웅장한 심포니를, 때로는 실내악과 협주곡을, 어떨 때는 오페라 등 다양한 음악을 작곡하듯이 한 작가가 장편소설이든, 대하소설이든, 중편소설이든, 아니면 희곡이든, 시나리오든, 그 무엇이든 한곳에만 매달리는 것은 자유로운 작가정신에 스스로 자물쇠를 잠그는 구속 행위라고 나는 줄곧 생각해왔던 것이다.

　그러나 이번 기회에 과거에 쓴 중단편을 새삼스럽게 읽어보는 동안 나는 문득 작가로서의 남은 인생을 또다시 숨 한 번 쉬지 않고 단숨에 백 미터를 달려가는 치열한 스프린터로 살아가고 싶다는 느낌을 강하게 받게 되었다.

특히 5권에 게재된 「산문」이나 「몽유도원도」 같은 중단편들과 「이별 없는 이별」과 같은 작품들은 그 어떤 작품집에도 수록된 적이 없는 신작이므로 다시 사백 미터 계주에서 배턴을 이어받아 달리는 최후의 주자처럼 남은 인생코스를 눈부신 속도의 스프린터로 다시 뛰고 싶다는 욕망을 지울 수가 없었던 것이었다.

그런 의미에서 이번 중단편 전집의 발간은 소위 최인호 문학의 정리가 아니라 새로운 출발을 알리는 신호탄이라고 말할 수 있을 것이다.

그렇다.

나는 마지막 주자로서 스타트 라인에 서 있다. 헐떡이면서 달려오는 지친 내 모습을 나는 고개를 돌려 지켜보며 기다리고 있다. 그는 내게 조금이라도 빨리 배턴을 넘겨주려고 필사적으로 달려오고 있다. 나는 이 순간 손을 뻗어 그 배턴을 마악 받으려고 하고 있다.

이제 내게 남은 것은 오직 결승점일 뿐, 0.01초를 단축하려는 기록도, 1등이라는 등수도 이젠 내게 상관이 없다. 결승점을 통과하여 테이프를 끊을 때까지 심장이 파열되어 찢어질 것 같은 치열함 속에서 달리는 것. 그 문학의 비등점(沸騰點)을 향해 나는 다만 끓어오를 것이다. 타오를 것이다. 그리고 마침내 날아오를 것이다.

2002년 봄 해인당에서

최인호

두레박을 올려라

1

누구 우물 밑바닥에 내려가본 사람이 있는가.

나는 내려가봤다. 내 아주 어릴 때 우물에 빠져 죽은 혼을 구경하기 위해서 두레박을 타고 내려가봤다. 물론 두레박 줄은 튼튼했지.

우리 동리에 제 서방 빼어놓고 딴 남자 좋아하다 미쳐 치마로 얼굴 뒤집어쓰고는 우물에 빠져 죽은 여자가 하나 있었는데 그 이후부터는 그 우물은 쓰지 않았고 달 밝은 밤이면 속에서 하얀 옷 입은 귀신이 나와 머리 풀고 춤추다가 날 밝으면 다시 우물 밑으로 들어가곤 한다고 했다.

나는 그 우물 밑에 들어가봤다. 두레박을 타고.

물론 겁이야 났지. 하지만 그만한 겁쯤 없이 어떻게 귀신을 만날 수 있겠는가. 튼튼한 아이놈 둘이 두레박 끈을 힘차게 쥐어들고 나는 두레박에 매어달려서 우물 밑으로 들어갔다.

얼마쯤 들어가다 고개를 들고 우물 아가리를 쳐다보았지. 그곳엔 동전만큼 하늘이 보였다. 그 하늘이 점점 작아지더니 나는 아주 깊은 우물 속으로 들어갔는데 중간쯤인가 들어가려니까 돌연 숨이 막혀오고 눈알이 아려오고 이끼 긴 벽면에서 흘러내리는 물기가 얼굴에 듣으면서 모기 녀석들이 날아 내 몸을 뜯어대고, 견딜 수 없는 괴로움이 다가와서 나는 그만 소리질렀다.

야, 이 자식아. 두레박 좀 올려라.

관 속에서 죽은 녀석이 소리지른다면 어떤 소리가 날까. 내가 지른 소리는 관 속에서 죽은 자식이 지르는 소리였을 것이다.

야, 이 자식아. 내 몸에 못을 박지 말아.

2

내가 그 계집애와 빈방에서 동거생활을 시작하게 된 것은 전혀 우연한 기회였다.

그즈음 나는 집을 뛰쳐나와 있을 때였다. 내가 집을 뛰쳐나온 것은 뭐 구태여 다른 이유는 없었다. 물론 여러 가지 이유를 붙일 수도 있겠지.

집이란 것은 불편한 것이고 잔소리가 심한 어머니와 소화가 안 되어 늘 꺽꺽 신트림이나 해대는 아버지의 곁에서 해방되고 싶은 이유 때문이라고도 말할 수 있을 것이다. 아니면 이것저것 이유를 붙이기 싫으면 그냥 마음 내키는 대로 하는 편이 차라리 나을 것이다.

그래. 나는 그냥 무작정 집을 나와버렸다. 집이란 실상 하루만 두터운 구두를 신고 돌아다니면 벌써 고린내 나는 양말을 갈아신기 위해 돌아가는 곳밖에는 되지 않으니까. 고린내 나는 양말을 갈아신기 위해서 집이 필요한 곳이라면, 혹은 하루만 닦지 않으면 헛구역질 나는 이빨을 칫솔질해대기 위한 곳이 바로 집이라면 나는 집에서 도망쳐나온 것이 잘했다 싶다 믿는다.

내가 집을 뛰쳐나와야겠다고 생각했을 때는 아주 깊은 밤중이었는데 아버지말고 집안 식구들은 모두 잠들어 있었다.

어머니는 자기 방에서 고꾸라져 깊은 잠에 빠져 있었고 아버지는 마루에서 텔레비전을 보고 있었다. 아버지의 얼굴은 늘 텔레비전에 고정되어 있었다. 목에 깁스를 댄 환자처럼. 움직이는 것이란 단지 손뿐으로 채널을 돌릴 때 천천히 일어서서 기계를 작동시키는 것 이외에는 그저 텔레비전을 향해 묵비권을 행사하고 있을 뿐인 것이다.

나는 일어서서 책가방 속에 내 소유물을 되는 대로 집어넣었다. 몇 개의 뚫어진 양말, 혹은 무명 팬티, 질겨서 바위에 문대어도 찢어지지 않는 바지, 그리고 책들을 집어넣고 나는 마루를 나섰다.

아버지는 여전히 텔레비전을 향해 영원한 우향우를 하고 있었다. 나는 발소리를 죽이지 않고 마루를 걸어 세면장으로 갔다. 거기서 이빨을 닦을 때마다 피가 묻어나와서 흘러내리는 물에 열심히 씻어도 아주 분홍빛으로 물들어버린 낡은 구둣솔과 같은 칫솔과, 내 타월을 집어넣었으며, 그 후엔 어머니 방에 들어가 평소에 눈여겨보았던 장롱을 잡아당겨 어머니가 숨겨두신 돈을 되는 대로 책가방 속에 집어넣었다.

어머니는 깊이 잠들어 계셨으므로 아들의 도둑질을 조금도 눈치채지 못하셨고 설사 눈을 뜨시더라도 어머니의 입을 틀어막기 위해서 입술을 비벼대고는 토닥토닥 어머니의 주름진 어깨를 두드려 갓난애기 잠재우듯 잘 애무해드리리라 치밀한 계산을 해둔 뒤였다.

돈을 훔치고 나서 나는 방을 나서려다가 잠든 어머니의 얼굴을 쳐다보았다. 그 얼굴은 평화롭고 아름다웠으므로 나는 살금살금 다가가 어머니의 입에 내 입술을 비벼대었다. 고약한 냄새가 났지만 나는 참았다. 식사시간에 나는 어머니가 틀니를 얌전히 꺼내놓는 것을 보기도 했고 세면장에서 어머니가 자기의 이빨을 토끼의 간처럼 꺼내 칫솔질을 해대는 것도 늘상 보았다. 또한 사용하지 않을 때는 마치 포르말린으로 표본된 생물시간의 전시용 쥐의 내장이나 토끼의 내장처럼 물이 가득 담긴 컵 속에 침전되어 있는 것도 자주 보았으므로 이빨이 없는 구멍과 같은 어머니의 입에 내 입을 비비면서 나는 그 고약한 냄새를 아들 된 애정으로 인내하였다.

고개를 들고 돌아서려는 순간 잠든 어머니의 손에 긴 빛나는 반지가 눈에 띄었다. 그래서 나는 어머니의 손을 들고 잡아당겼다. 어머니는 비대하였고 그 반지는 아직 어머니가 날씬할 때 한 반지였는지 잘 나오지 않았다. 그러나 나는 용의주도하게 반지를 빼었다.

반지를 주머니에 넣고 나서 나는 마루를 가로질러 동생 방으로 건너갔다. 동생은 마악 잠이 들었는지 내가 들어가자 반은 꿈속이고 반은 현실의 어릿어릿한 흐린 눈으로 나를 올려다보았다.

"자니?"

나는 동생의 이마를 만졌다.

"아니."

"나는 간다. 집을 떠난다."

나는 동생의 코를 쥐어뜯었다.

동생은 물끄러미 나를 올려다보았다.

"못 가져가는 물건들은 모두 네가 가져라. 모두 너에게 주마."

"형을 위해 기도할게."

동생은 눈을 감았다. 마치 기도라도 해야 하는 것처럼. 동생은 그 기도를 꽤나 오래 계속했을 것이다. 왜냐하면 그 감은 눈을 다음날

아침까지 뜨지 않았을 테니까. 동생의 기도를 방해하지 않기 위해서라도 나는 그 방을 떠났다.

신발을 신고 구두끈을 맬 때까지 아버지는 텔레비전에서 눈을 돌리지 않으셨다. 그것은 아버지의 사랑스런 점이었다. 구두끈을 매고 나는 아버지를 불렀다.

"학교에 가겠어요."

"그으래."

텔레비전에서 눈을 돌리지 않고 아버지가 대답하였다. 가엾은 아버지, 아아, 가엾은 내 아버지.

"다녀오겠어요."

"잘 다녀와라."

나는 집을 나섰다. 학교 가기 위해서.

그러나 학교 가는 길은 어둡고 캄캄했다. 그것은 내 어릴 때의 기억을 상기시켜주었다.

밤안개는 짙고, 거리엔 키 큰 가로수들이 허공에 뜬 날벌레처럼 매어달려 있었다.

내 어릴 때 어쩌다 깊은 낮잠에 빠진 후면 어머니는 나를 깨워 장난을 하였다. 애야 빨리 일어나서 학교에 가거라.

초저녁의 분위기는 어쩌면 아침의 분위기와 너무 닮아 있었다. 허둥지둥 책가방을 들고 학교로 뛰어가듯 언덕길을 내려가면서 기묘한 공포에 나는 빠지곤 하였다.

어딘가 거리의 분위기가 보통때와 다른 것이다. 평소 나와 같은 방향으로 거리로 걸어나가던 사람들이 쉴새없이 언덕길을 올라와 내 옆을 스쳐 지나가고 있었고 나 홀로 그들과 떨어져 뒷걸음질치는 기분이었다. 거리는 차츰차츰 밝아오는 것이 아니라 차츰차츰 어둠으로 빠져들어가고 있었다. 그것은 마치 우물 속으로 두레박을 타고 내려가는 기분이었다.

무서운 공포감이 전신을 휩쓸고, 호떡집의 반쯤 열린 문틈으로 들여다보이는 괘종시계의 시계바늘은 날카롭게 물구나무서 있었다. 철봉대 위에 거꾸로 매어달려 사물을 보듯 모든 풍경이 거꾸로 흘러가고 있었다.

공포에 부들부들 떨면서 학교에 도착하면 교실은 텅 비어 있고 당연히 와야 할 친구들은 오지 않았다. 빈 교실에 멍하니 앉아서 나는 바지에 오줌을 깔기며 그들이 올 때까지 기다리고 있었다.

그래, 맞았다. 그 깊은 밤, 아버지에게 학교에 가야겠다고 말하고 나선 안개 깊은 밤거리는 마치 어릴 때 거꾸로 흐르는 언덕 밑의 거리로 빠져나가던 공포의 거리와 너무나 닮아 있었다. 나는 그렇게 집을 나왔다.

3

내가 그 계집애와 동거생활을 시작한 방은 우물보다 낮은 방이었다.

사람은 마땅히 땅 위에서 살아야 한다. 그것은 물론이지. 죽은 사람만이 땅 밑에서 사는 법인 것이다. 죽은 사람이 땅 위를 걸어다닌다면 다들 놀라자빠질 것이다. 마치 나무는 땅 위에 있어야 하고 뿌리만 땅 밑에 있어야 하는 것처럼. 왜냐하면 뿌리는 물을 빨아먹어야 하니까. 물은 땅 속에 있게 마련이니까.

우리는 죽은 사람이 아닌데도 땅 밑에서 살아야 했다. 아주 우스꽝스러운 인연으로 나는 그 계집애와 살게 되었고 그리고 우리는 동거생활을 시작하였다.

처음에 나는 그애를 학교 도서관에서 만났는데 우연히 책을 들여다보다가 옆자리를 보니 그애는 책을 보고 있으면서 손가락은 옆좌석에 앉은 여인의 핸드백을 뒤지고 있었다. 참 교묘한 손놀림이었다. 분명 눈은 집중되어 책을 향하고 있는데 손가락은 해면체처럼 흐느적거리면서 뻗어 남의 핸드백을 뒤지고 있었던 것이다. 날쌔게 아주 날쌔게 그애는 핸드백 속에서 지갑을 훔쳐내었다.

나는 너무나 놀라서 하마터면 꽥 소리를 지를 뻔하였다. 그러나 그럴 새도 없이 일을 끝내자 그애는 재빠르게 보던 책을 챙기더니 벌떡 일어서서 도서관을 걸어나가고 있었던 것이다.

나는 책을 집어들고 그애의 뒤를 따랐다. 그애는 아무 일도 없었던 것처럼 학교 교정을 가로질러 학생들로 만원인 식당으로 들어갔다. 마침 휴식시간이라 식당은 복잡하고, 사람들로 가득 차 있었다.

그애는 자기 차례를 기다리는 줄 선 학생들 뒤에 서서 태연하게 좀 전에 훔친 손지갑을 자기 것처럼 열어보았다. 순간 아주 가벼운 실망감이 그애의 얼굴을 스치고 지나갔다. 그애는 손지갑을 거꾸로 세워 손바닥에 동전을 털어놓았다. 그리고는 힘들여서 동전을 자기가 원하는 음식값만큼 세어보았다. 그리고는 텅 빈 지갑을 쓰레기통에 던져버렸다.

나는 그애가 아주 혼잡한 학생식당 한구석에 앉아서 냄비우동을 먹는 것을 아주 신기하게 바라보았다. 한 끼의 냄비우동을 먹기 위해 마치 자기 핸드백인 것처럼 돈지갑을 훔쳐낸 여인의 모습은, 그러나 이상하게 죄악감이 느껴지지 않았다.

만일 그애가 남의 눈치를 살피는 기색이 엿보였거나, 자신의 죄 때문에 주위를 꺼리거나, 자신을 꾸짖는 모멸감이 겉에 드러났다면 나는 그애의 모가지를 비틀어버렸을 텐데 그애는 그것이 조금도 죄가 되지 않는 것처럼 행동하였고, 드디어는 태연하게 냄비우동을 먹으며 복잡한 탁자 위에 책을 펼쳐놓고 다가온 학기말 시험공부를 하는 그애를 보았을 때 나는 경이의 감탄을 보낼 정도였다.

그 일이 있은 후부터 나는 그애에게 비상한 관심이 쏠리기 시작하였다. 나는 교정에서 강의실에서 그애와 자주 마주치곤 하였다. 그애는 별로 아름답지는 않았고 평범한 인물이었는데 차라리 그런 꼬락서니를 하고 있는 것이 다행인 것으로 보였다. 왜냐하면 특출나게 예쁘거나 남다르게 강한 개성을 지니고 있다면 남의 물건을 훔치는데 곤란할 테니까. 하지만 평범한 모습을 하고 있다고 하더라도 몸매라든지, 옷차림은 늘 세련되어 있었다. 한번은 그애가 빈 음악실에서 노래를 부르는 것을 본 일이 있는데 기가 막히게 아름다웠다. 성악과에 다니고 있는 그애는 남들이 다 학교를 떠난 후에는 강당이라든지, 빈 강의실에서 발성 연습을 하는 것이 일과였으므로 나는 텅 빈 강당에서 그녀가 혼자 빈 객석을 내려다보며 오페라의 아리아를 부르는 것을 훔쳐본 일이 있었다.

물론 그애는 나의 존재를 모르고 있었다. 왜냐하면 나는 강당 이쪽 구석에 파묻혀 앉아 있었으니까. 그애는 밤이 어두워질 때까지 귀에 익은 곡조인, 그러나 무슨 노래인지 곡목을 알 수 없는 노래를 수십 차례 불러대었는데, 나는 어둠 속에 틀어박혀서 쩡쩡이며 강당을 울려대는 높은 소프라노의 그애 노랫소리를 들을 때마다 최면술에 걸린 짐승처럼 꼼짝도 할 수 없었다.

나는 정말 박수를 쳐주고 싶을 정도였다. 아니면 벌떡 일어나 고함을 치면서 혀를 꼬부려 야비한 휘파람 소리라도 날리고 싶을 정도였다. 그러나 나는 나의 존재를 숨길 수밖에 없었기 때문에 그냥 숨소리조차 죽이면서 앉아 있을 수밖에 없었다.

우리 나이 또래 대학생들이란 다들 건드리면 죽은 체하는 자벌레라든가, 아니면 한쪽 날개를 뗀 벌레와 같아서 날면 날수록 동그라미만 그리며 허공만 맴돌다가 제풀에 떨어져 죽거나, 제물탱크 속에 갇

힌 조개처럼 사소한 자극에도 껍질 속으로 움츠러드는 기민한 행동
으로 비 오지 않아도, 눈 오지 않아도 늘 우산을 쓰고 다니는 꼬락서
니를 하고 있었다.

그런데 그애의 노랫소리는 젊고, 힘있고, 자랑스러웠다. 그애의
노랫소리를 듣고 있노라면 죽어버린 욕망이 고개를 들고, 핏속에 잠
든 젊음이 무럭무럭 솟아오르는 것을 나는 느꼈다.

나는 그녀에게 접근하고 싶었다. 그녀를 가지고 싶다거나 그리하
여 그녀와 사랑을 하거나 아니면 그녀와 벌거벗고 아랫도리를 비비
고 싶은 그런 이유 때문이 아니라 빈 강당에 숨어서 그녀의 노래를
들으며 질금질금 오줌을 싸듯 그녀를 내 빈방에 데려다가 벌거벗긴
채로 그녀의 노랫소리를 듣고 싶기 때문이었다. 그러나 나는 태어난
이래로 어머니 빼어놓고는 여인에게 말을 걸어본 적이 없었으므로
늘 그애를 보면 조마조마하고 안쓰러웠다. 어쩌다 말 한마디 걸 용기
가 갑작스레 솟아올랐다가도 막상 말을 걸면 무시당할지도 모른다
는 두려움으로 말이 목구멍 너머로 넘어오지는 못하였다. 내가 그애
에게 당당하게 명령하고 말을 걸 수 있을 때는 그애의 약점을 잡았을
때라고 나는 믿고 있었다. 말하자면 다시 한번 그애가 남의 물건을
훔치는 바로 그 순간에 형사처럼 그애의 손을 붙들고 한눈을 팔면 그
애의 손에 들린 돈지갑이 떨어질까봐 증거를 놓치지 않으려고 주의
하면서 내 빈방으로 끌고 들어가 내친김에 노래 한 곡 불러보라고 강
요한다면 그애는 마지못해서라도 노래를, 나 혼자만을 위해 노래를
부를 수 있으리라고 나는 믿었다. 그래서 내가 그애의 뒤를 집요하게
쫓아다닌 것은 그애의 약점을 잡으려는 이유 때문이었다.

한번은 여름이 다가오고 곧 방학으로 들어갈 무렵 해서 나는 그녀
와 우연히 도서관에서 마주칠 수 있었다. 나는 그녀 옆자리에 앉았
고, 오래 전부터 계획하였던 대로 어머니 손에서 훔쳐 뺀 반지를 꺼

내어 내가 보는 책갈피 속에 끼워놓았다. 나는 그 반지를 그녀가 충분히 알아차릴 수 있을 만큼 몸을 옆으로 돌려 잘 보이도록 책을 펼쳐놓았다. 손끝이 떨려오고 내 마음은 사랑하는 짐승을 산 채로 잡기 위해 미끼를 놓은 사냥꾼처럼 달아오르고 있었다.

나는 그 반지를 그애의 눈에 충분히 띌 만큼 시간을 준 다음 담배를 피우기 위해 복도로 나왔다. 그리고 유리창 너머로 그애가 어떤 행동을 취할 것인가 눈여겨보았다. 담배가 주형에 붓는 뜨거운 납처럼 온몸의 빈 공간을 구석구석 채우고 있었다. 갑자기 눈물이 고이고 눈이 부셨다. 유리창 너머로 그애의 손이 천천히 내 책갈피로 들어갔다. 아주 빠른 속도였다. 그리고 그애는 펼쳐진 책을 추려 들었다. 나는 담뱃불을 던져 끄고 도서실 안으로 들어갔다. 나는 책가방을 들고 먼저 나와 교정을 걸어가는 그애의 뒤를 쫓아갔다. 나는 뛰듯이 걸어서 그애의 어깨를 툭 쳤다. 그애는 걸음을 멈추고 나를 돌아보았다.

"내놔."

나는 떨리는 목소리로 그러나 될 수 있는 한 위엄을 보이면서 그애를 바라보았다.

"뭘, 뭘 말야?"

"반지를 내놔."

순간 그애의 표정엔 기묘한 변화가 있었다. 주체할 수 없는 당황함이 그애의 얼굴을 스쳐 지나갔다. 그러나 그애는 놀랍게도 그런 표정을 순식간에 걷어버렸다.

"무슨 소리지?"

"시치미 떼지 마."

나는 최초의 떨리는 목소리를 이미 꺼낸 후라 아주 당당하게 그애를 윽박질렀다.

"시치미 떼다간 혼날 줄 알아. 따라와."

"어딜?"

"여기서 이 많은 사람들 앞에서 네가 어떤 짓을 했는가 알려지고 싶지는 않겠지? 따라와."

우리는 다정하게 걸었다. 교정에 가득 찬 학생들이 우리들을 보았다면 우리 사이를 애인이나 뭐 그런 사이로 여겼을 것이다. 나는 그게 기분 좋았다. 평소에 나는 말이 없어 누구든 남과 처음 사귈 때는 말을 더듬는 버릇까지 있을 정도로 소극적이었다. 그런 나에게 그애가 놀라울 정도로 고분고분한 것이 나는 기분이 좋았다.

"도망가려 하지 말아. 나는 네가 누군지 다 알고 있다. 성악과 삼학년이라는 것도, 이름이 한유정이라는 것도."

그러나 나중에 알게 되었지만 그애는 가짜 대학생이었다.

나는 그애를 학교 앞에 있는 내가 혼자 살고 있는 방으로 끌고 갔다. 그애는 내가 골목길로 접어들어 한참을 걸어가자 느닷없이 목젖이 튕기는 소리로 웃었다.

"이제 보니."

그애는 다정스럽게 나를 툭 쳤다.

"넌 아주 응큼한 애로구나."

내가 그애를 끌고 방 안으로 들어가자 그애는 핸드백 속에서 반지를 꺼냈다. 그리고는 나를 보며 다정스레 웃었다.

"문을 걸어라, 애."

나는 돌아서서 문을 걸었다. 햇빛이 차단되었다.

"돌아앉아 있어."

그애는 스커트의 지퍼를 내리면서 요염하게 소리질렀다. 나는 멍하니 그애를 쳐다보았다. 그애는 나를 향해 성냥통을 집어던졌다. 나는 우두커니 몸을 돌려 캄캄한 벽을 쳐다보았다.

등뒤에서 그애가 옷을 벗는 소리가 들려오고 있었다. 가끔가다 그애의 발작적인 기침 소리가 옷 벗는 소리에 간간이 섞이고 있었다.

"돌아봐도 돼."

잠시 후 그녀의 목소리가 내 등뒤에서 화살처럼 꽂혔다.

나는 돌아앉았다. 내 눈앞에 어떤 광경이 벌어지고 있는가를 알아차리는 데 오랜 시간이 걸렸다. 그애는 믿을 수 없게 옷을 전부 벗어버리고 맨몸으로 내 눈앞에 서 있었다. 벽 높이에 걸려 있는 창문에서 들어오는 희미한 빛을 등뒤로 하고 그애는 마치 석고로 빚은 석상처럼 우뚝 서 있었다.

"가져, 이 바보야."

나는 내가 원했던 것이 이것이 아니었음을 변명하기 위해서 입을 열었다. 그러나 당연하게도 말이 되어 나오질 않았다. 버릇인 말더듬이 내 변명을 불가능하게 만들고 있었다.

"나, 나, 나는."

"가까이 오래도."

나는 멍하니 그애의 벗은 몸을 쳐다보았다. 분명히 말하건대 그애의 벗은 몸은 내가 이 세상에서 최초로 본 여인의 육체였다. 나는 한 번도 여인의 육체에 관해 욕망을 가져본 일은 없었다. 맹세코 절대 한 번도 없었다. 나는 단지 그녀의 약점을 잡아 그애와 친해지고 싶었고 또 허락된다면 내가 마련한 빈방에서 그애와 같이 생활하고 그리고 빈 시간이면 그애의 노래를 듣고 싶다는 욕망뿐이었다. 내 본심을 그애가 몰라주었을 때 나는 어떻게 변명할 것인가를 종잡을 수 없었다.

그애는 내 앞으로 다가와 내 머리를 가만히 쥐어들었다. 내 눈앞으로 그애의 작지만 탄력 있는 유방이 다가왔다.

"난 빨리 가야 돼."

그애는 짜증난 목소리로 재촉했다.

"여기서 오래 있을 수는 없어."

"난, 난, 난."

나는 그애를 올려다보았다.

"난 네 노래를 듣고 싶다."

간신히 나는 말하였다. 그러자 그애는 웃었다. 아주 크게 웃었다.

"난 네 노래를 들었어. 네가 빈 강당에서 부르는 노래를 들었어."

"어디서?"

"이층 구석진 의자에서."

"네가 원하는 것이 고작 내 노래뿐이었니?"

"으응."

나는 웃었다.

"아니 왜?"

"그냥."

나는 무언가 한마디쯤 의미 있는 대답을 하려고 머리를 모았다.

"네 노래엔 젊음이 있으니까."

자신이 생각해도 엉터리 같은 대답을 하고 나서 나는 낯을 붉혔다.

그애는 이윽고 두 손을 모으더니 벗은 몸으로 노래를 부르기 시작했다. 나는 감격해서 습기가 축축하게 젖어 대낮에도 물이 흘러내리는 내 방 벽에 몸을 기대고 그 노래를 들었다. 그 노랫소리는 황홀하였다. 노래를 들으면서 나는 눈을 감고 쉴새없이 부르짖었다.

야, 이 자식아, 두레박 좀 올려라.

4

그애가 나와 같이 생활하면서 맨 먼저 한 일은 우리의 캄캄한 방

속에서 꽃을 키워보겠다고 화분을 사온 것이었다. 나는 그건 불가능하다고 얘기했지만 그애는 가능하다고 떼를 썼다.

과연 그애는 그 화분을 키우기는 키웠다. 늘 감기에 걸려 있는 그애는 버릇처럼 감기약을 먹곤 했는데 그 기침약을 그애는 날마다 화분에 조금씩 조금씩 뿌려주기 시작하였다. 꽃은 감기에 걸리지 않았는데도 기침약을 먹었으며 그리고 당연하게도 죽었다. 시든 화분을 내가 쓰레기통에 버렸다.

우리가 사는 방에는 수많은 독충들이 살고 있었다. 그야 당연한 일이 아닌가. 우물 밑보다 깊은 땅 속에 살고 있었으니, 수많은 벌레들이 우리들의 살갗을 물어뜯곤 하였다. 그리하여 내 몸뚱어리 어딘가에 상처가 생기면 그애는 자기의 입으로 핥아주었다. 그것은 우리가 할 수 있는 최고의 치료법이었다. 머큐롬을 바르는 일이 더욱 좋다는 것은 나도 잘 알고 있다. 하지만 머큐롬을 공짜로 주는 약방은 없잖은가. 우리는 살아 있으므로 우리들의 침샘엔 침이 무진장 들어 있다. 그 침이 우리의 상처를 치료해주었다.

우리는 자주 굶었다. 우리가 쥐라면 우리는 아마도 문지방을 갉아먹었을 것이다. 그러나 우리는 사람이므로 나무나 벌레를 먹지 못하였다.

언젠가 나는 비둘기 한 마리를 훔쳐왔던 적이 있었다. 그때 우리는 너무나 배가 고파서 허락된다면 서로의 손가락을 하나씩 떼어먹을 판이었다. 우리는 손가락 다섯 개 중에서 어느 손가락이 가장 필요없는 손가락인가를 의논하였다.

"엄지손가락."

내가 엄지손가락을 펼쳐들자 그애는 머리를 흔들었다.

"그건 안 돼."

"왜 안 돼?"

"엄지손가락은 으뜸의 표시야. 그것이 없다면 첫째를 나타낼 수
없어."
"그럼 두번째 손가락."
"안 돼."
그애가 소리질렀다.
"왜 안 돼?"
"둘째와 셋째는 공부를 해야 한다. 글을 써야 돼."
그래. 그것은 맞는 이야기다. 우리는 팔아먹을 수 있는 것은 다 팔
아먹었다. 옷과 외투, 시계와 라디오, 담요와 만년필 그리고 마지막으
로 어머니 손에서 훔쳐온 반지, 그 모든 것을 다 팔았다. 그러나 우리
는 결코 책은 팔지 않았다. 우리는 굶을지언정 책은 팔 수가 없었다.
"그럼 넷째 손가락."
나는 네번째 손가락을 펼쳐 들었다.
"안 돼."
그애가 대답했다.
"왜 안 돼?"
"반지를 껴야 돼. 약혼반지를."
"그렇다면 새끼손가락 하나로군."
나는 새끼손가락을 까닥까닥해 보이면서 말을 하였다.
"하지만 그것도 쓸모가 있어."
"어디에?"
"콧구멍 후비는 데."
우리는 웃었다. 그러니까 배고프다는 것은 거짓말인지도 모른다.
아직 웃을 힘이 남아 있으니까. 그야 물론 콧구멍 후비지 못한다고
죽는 법은 없으니까 손가락 중에는 새끼손가락이 가장 쓸모없다는
얘기가 되겠지. 먹으려 든다면 우리는 새끼손가락을 떼먹어야 한다.

그럼 우리는 영원히 콧구멍을 후빌 수 없을 것이다.

"또 있어."

그애가 대답했다.

"콧구멍 쑤실 때보다 더 긴요한 게 있다."

"그게 뭔데?"

"손가락을 걸어 맹세할 수 없잖아."

그러고 보면 다섯 손가락 모두가 다 자기 나름대로의 쓸모가 있는 것이다. 그것 참 우스꽝스럽지 않은가. 다섯 개 중에서 하나쯤은 없어도 무방할 텐데. 사람은 왜 손가락 다섯 개에도 그 본래의 기능 이외에 상징적인 의미마저 부여해야 하는 것인가.

그러나 아무래도 손가락을 떼어먹는다는 것은 포기해야만 한다. 그것은 그애가 피아노를 칠 수 없기 때문이다. 가끔 그애는 더운 날은 발가벗고 노래를 부른다. 노래를 부를 때면 그애는 손가락으로 환상의 피아노를 두드린다. 어둠은 우리에겐 늘 고여 있는 늪이므로 그 어둠을 두드리는 그애의 손놀림은 마술적인 음율을 창조해낸다.

우리는 그럼 무엇을 먹을 것인가를 궁리궁리하였다.

"비둘기."

그애가 갑자기 소리를 질렀다.

"비둘기?"

나는 그애의 말을 되받아 물었다.

"응 비둘기. 학교 앞 광장엔 수천 마리의 비둘기가 있지 않니?"

"하지만."

나는 망설였다.

그렇다. 우리는 오가는 길에서 늘 보아왔다. 수천 마리의 비둘기가 학교 앞 광장에서 구구구구 울면서 떼지어 놀고 있는 것을.

"허지만 비둘기가 먹을 수 있는 동물이란 말은 못 들었는데."

나는 그애를 쳐다보았다.

"너는 들었니?"

"나도 못 들었다."

"못 먹는 것이다."

나는 단정했다.

"비둘기가 먹을 수 있는 동물이라면 다들 한 마리씩 훔쳐 먹었을 텐데."

"먹을 수 있어."

그애가 대답했다.

"날개가 달린 짐승치고 우리가 못 먹는 짐승은 없지 않니?"

우리는 머리를 맞대고 의논하였다. 과연 그것은 근사한 발견이었다. 닭, 칠면조, 오리, 꿩, 참새…… 우리가 기억해낼 수 있는 날개 달린 짐승들은 모두 먹을 수 있었다.

그래서 우리는 더 늦기 전에 비둘기 사냥을 떠나기로 하였다. 선반에서 먹다 남은 빵 부스러기를 미끼로 하고 우리는 그 방을 출발하기로 하였다. 막 떠나려는데 갑자기 그애가 정색을 하며 소리를 질렀다.

"하지만 하나가 있어. 날개가 달린 것 중에도 먹을 수 없는 게."

"그게 뭔데?"

나는 그녀를 돌아보았다.

그러자 그애는 진지하게 대답하였다.

"천사."

그래. 그애는 결정적인 순간에 괴상한 것을 발견해낸다. 천사는 날개가 달려 있다. 하지만 천사를 먹어버렸다는 이야기는 한 번도 들어본 적이 없었다.

우리는 망설였다. 우리가 기억할 수 있는 모든 것. 닭, 꿩, 참새, 오리, 모든 것. 날아가는 모든 것, 날개가 달린 모든 것을 다 먹을 수 있다는 다행스런 참으로 다행스런 기억 중에서 그애가 생각해낸 천사는 날개가 분명 달렸지만 먹을 수 있을지 어떨지 우리는 정확한 판단을 내릴 수가 없었다.

"하지만."

나는 대답했다.

"하지만 그것은 이 세상에 존재하지 않는 것 아냐."

그래. 그것은 환상일 뿐이다. 천사의 날개는 환상의 날개일 뿐이다. 그애가 어둠을 피아노 삼아 노래 부르듯 그것은 환상일 뿐이다.

그래서 우리는 출발하였다. 우리는 광장에 나가 빵 부스러기를 비둘기 앞에 뿌렸다. 비둘기가 우리에게 아무런 적의 없이 다가와 우리가 뿌린 빵 부스러기를 먹었다. 나중에 비둘기는 너무나 친해져서 손바닥에 놓인 빵 부스러기까지 먹으려 들었다.

나는 손바닥까지 날아와 앉은 비둘기를 낚아챘다. 그리고 그것을 품속에 넣고 우리는 방으로 돌아왔다.

더운물을 그애는 끓였다. 어떻게 해서 먹을 것인가. 우리는 아무도 비둘기를 요리하는 법을 몰랐으므로 그것을 불태워서 구워먹을 것인가 아니면 닭처럼 뜨거운 물 속에 담그고 어느 정도 익혀서 털을 뽑아 먹을 것인가를 궁리하다가 제일 무난한 방법으로 끓는 물 속에 집어넣고 익혀 먹기로 합의를 보았다.

잡혀온 비둘기는 어두운 방 안을 파드득거리면서 날았다. 그러나 우리는 그날 결국 비둘기를 먹지 못하였다. 왜냐하면 불행하게도 우리는 비둘기가 '자유의 상징'임을 깨달았던 것이다.

첫번째 손가락이 사물의 으뜸을 나타내며, 네번째 손가락이 약혼의 표시이며, 새끼손가락이 약속과 맹세의 상징인 것처럼 비둘기는 단순히 날개가 달린 먹을 수 있는 새에 그치지 않고 그 나름대로의 상징적 의미를 갖고 있었다. 그러나 그 상징적 의미가 너무나 소중했으므로 우리는 비둘기를 포기하였다. 자유는 우리가 배우는 책 속에 있는 것이므로, 자유는 우리가 배가 고파도 절대로 팔지 않는 책 속에 있는 것이므로.

우리는 훔쳐왔던 비둘기를 가슴속에 묻고 다시 광장으로 나아갔다. 훔쳐오기 위해서가 아니라 자유를 풀어주기 위하여.

우리는 멍하니 우리가 훔쳐왔던 비둘기가 힘차게 날갯짓을 하며 자기의 동료 속으로 뛰어들어 서로의 부리를 부딪치면서 사라져가는 것을 보았다.

5

그 무렵 내게 즐거운 일이 있었다면 우연히 그애가 임신을 한 사실을 발견했던 것이었다. 그러나 분명히 말해서 그 아이는 내 아이가 아니었다. 왜냐하면 우리는 한 번도 그짓을 하지 않았으므로.

처음에 나는 그애가 구역질을 웩웩거리고 계단을 오르내리며 헐떡거리는 것을 볼 때마다 단순한 피로 때문이겠거니 생각하였다. 그것은 비단 나뿐만 아니라 마찬가지로 자신의 몸에 관심이 없는 그애로서는 자신의 몸 변화에 무관심하였기 때문에 그 구역질이라든가, 작은 물건을 들어올릴 때마다 부쩍부쩍 솟는 땀을 단순하게 받아들이고 있었다.

그러나 그 구역질이 날로 심해가고 눈에 띌 정도로 배가 불러오기 시작하자 그애는 어느 날 저녁 내게 한숨을 쉬면서 얘기했다.

"어쩌면 내 몸에 이상이 있는지도 모르겠어."

"이상이라니?"

"일테면 임신 같은 것."

아주 담담하게 그애는 얘기했다.

나는 놀라서 그애를 쳐다보았다. 그것은 내게는 놀라운 충격이었다. 우리가 비록 벌거벗고 노래를 부르고 배가 고파도 책을 팔지 않고 시험공부를 하고 발버둥친다고 해도, 어두운 우리의 방에서 꽃 하나 키우지 못하는 실로 무력하고 무능한 젊음이라는 자책감에 빠져 있을 동안에도 그애의 뱃속에는 언 땅 밑에서 씨앗이 자라듯 살아 있는 생명체가 꿈틀거리며 잉태되어 있다는 사실은 내게 놀라울 만큼 소중한 기쁨이었다.

하지만 그것은 단순한 추측일지도 모른다는 불안감에 나는 그애를 끌고 병원에 가야 한다고 생각하였다. 그것이 사실인지 아닌지 병원에 가서 확인해야 한다고 생각하였다. 그러나 우리에겐 그만한 돈이 없었으므로 나는 고민하였다.

벌레에 물려도 머큐롬 살 정도의 돈까지 없는 우리로서는 병원에 가서 임신인지 아닌지 확인할 여유가 없는 것은 당연한 일이었다.

고민 끝에 나는 의과대학에 다니고 있는 친구녀석을 생각해내었다. 평소에 녀석과는 자주 만나지 못했고, 또 자주 어울리는 녀석은 아니었지만, 의과대학에 재학하고 있다는 그 사실 하나만으로도 녀석에게 매달릴 충분한 가치는 있어 보였다.

내가 의논하자 그 녀석은 말했다.

"그건 간단해."

"어떻게?"

"임신인지 아닌지 구별하는 법은 간단해."

녀석은 아주 단순하게 말을 잘랐다.

"믿어지지 않겠지만 채소밭을 찾아가면 돼."

"채소밭을?"

"채소밭을 찾아가서 오줌을 싸보면 된다. 엉덩이를 까고."

"그래서?"

"다음날 채소밭의 채소가 무성히 자랐으면 임신이고 시들어버리면 임신이 아냐."

"정말이냐?"

나는 녀석이 사기를 치는 것 같아서 진지하게 되물었다. 그러자 녀석은 웃지도 않고 대답했다.

"내 말이 거짓말이라면 니 새끼 아들이다."

그날 저녁 그애와 나는 학교 옆의 기찻길을 따라 걸었다. 저녁놀이 하늘에 비껴 있었고 초여름의 찬란한 햇빛이 지고 있었다. 낮잠을 자고 났을 때와 같은 무서운 정적이 저녁 무렵의 풍경을 엄격하게 짓누르고 있었다.

철길을 따라 얼마만큼 걷자 들이 나타났고 그 들판에 쭈그리고 앉아 그애는 치마를 들치고 오줌을 쌌다. 바라보이는 시야는 막힌 데 없이 투명하였고 대지 위에는 푸른 채소들이 융단처럼 깔려 있었다. 그리고 우리는 다시 돌아서 집으로 돌아왔다. 하늘을 어지러이 나는 새들을 따라서.

다음날 아침 일찍 나는 뛰어서 그 채소밭에 나가보았는데, 그애가 앉아서 오줌 눈 곳은 꼭 집어 어디라고 말할 수 없을 만큼 불확실했지만 온 주위는 고맙게도 밤새 자란 채소들로 눈부시게 밝아오고 있었다. 아침 이슬이 맺힌 채소들마다 밝아오는 아침 햇살로 주렴을 두른 듯 번쩍번쩍이고 있었다. 나는 밭이랑을 미친 듯이 뛰었다. 발길에 차이는 아침 이슬은 바지를 흠씬 적시었고, 나는 땅에 머리를 곤두박질치면서 웃어대었다.

내가 뛰어들어와 잠든 그애를 깨워 임신했다고 고함쳐 말하자 그애는 느닷없이 울기 시작하였다. 그리고는 이내 울음을 그치고 옷을 갈아입었다. 우리는 거리로 나왔다.

식료품점 공중전화통 앞에서 그애는 전화를 걸었고, 나는 우두커니 그애 옆에 서 있었다. 찰칵 동전이 떨어지는 소리가 나자 그애는 얘기했다.

"애를 뱄어요."

그애는 전화기에 매달렸다. 할 수 있다면 전화기 속으로 들어가려는 것처럼.

"애를 죽여야겠어요. 도와주세요."

나는 멍하니 그애를 쳐다보았다. 아직 채 마르지 않은 눈물이 그애의 얼굴에서 다시 흘러내렸다.

"무서워요. 아빠."

그애는 한참 더 이야기하였다. 그러나 전화는 곧 끊겼다. 그러자 그애는 수북이 바꾼 동전을 미친 듯이 전화통 속에 집어넣더니 다이얼을 돌렸다.

"애를 뱄어요."

그애는 후렴처럼 같은 말을 되풀이했다. 눈물이 자꾸자꾸 그애의 얼굴에서 흘러내렸다.

"애를 죽일 테에요. 도와주세요."

식료품점 밖으로 물을 가득 실은 살수차가 천천히 물을 뿌리면서 지나가고 있었다.

"무서워요, 엄마."

그애는 오전 내내 전화통에 매달렸다. 전화가 끊기면 다시 전화통 속에 동전을 집어넣었으며, 그럴 때마다 그애는 눈물을 흘렸다. 그 수북했던 동전이 마지막 한 개 남았을 때 그애는 천천히 다이얼을 돌렸다.

"애를 뱄어요."

그애는 똑같은 어조로 전화기에 입을 대고 얘기하였다.

"당신의 애를 뱄어요. 도와주세요."

그애는 마치 한줌 쥐었던 모이를 다 털어준 것처럼 빈손을 들어 긴 머리칼을 쥐어뜯었다.

"애를 죽일 테에요. 도와주세요."

마지막 통화가 끝났다. 그애는 천천히 전화기를 놓았다. 그리고 돌아서서 나를 쳐다보았다.

"동전 있니?"

"없어."

나는 대답했다. 나는 빈손을 툭툭 털어 보였다.

우리는 다시 거리로 나섰다.

"어디다 전화 걸었니?"

"내가 아는 모든 사람에게."

"뭐라고 그러디?"

"아무도 내 말을 믿지 않아. 내가 거짓말을 한다는 거야."

그애는 나를 쳐다보았다.

"이애를 죽이고 말 거야."

"왜?"

"그냥."

"누구의 앤데?"

"몰라."

그애는 한숨을 쉬었다.

"나도 모르겠어."

그날 저녁 그애는 긴 머리칼을 잘랐다. 그리고 그것으로 돈을 만들었다. 우리는 그애의 긴 머리칼을 잘라 만든 돈으로 그애의 뱃속에 든 아이를 죽이러 떠났다.

　물론 그것은 내게 괴로운 일이었다. 나는 그애에게 제발 그러지 말고 애를 낳는 게 어떠냐고 사정사정하였다. 그러나 그애는 막무가내였다. 나는 그애의 발에 내 몸을 던지고 제발 그러지 말라고 애원을 해보았다. 내가 이 세상에서 얻은 최초의 기쁨을 그애는 왜 간단하게 없애버리려는지 나로서는 도저히 견딜 수 없다고 떼를 썼다. 내가 그애의 몸을 붙들고 집요하게 사정하자 그애는 내게 차갑게 얘기했다.

"이앤 니 애가 아냐."

그애는 자기의 아랫배를 가리키면서 얘기했다.

"알고 있어. 하지만 상관없어. 누구의 애든."

"난 이애가 누구의 앤지 모르겠어."

"내가 키운다. 내가 키우면 되지 않니?"

"니 애도 아니면서."

"상관없어. 이앤 내 애야."

"더러운 소리 마. 내 몸에 손 대지 마. 이앤 누구의 애도 아냐. 내 새끼야. 그러니까 내 맘대로 할 거야."

그애는 고집을 부렸다. 그리고 뿌리치면서 방을 뛰쳐나갔다. 나는 그애를 따라가보았다. 아주 멀리까지 그애는 갔다. 나는 충실하게 뒤를 따랐다. 몇 개의 횡단보도를 지나고 몇 개의 육교를 지나고 그리고 몇 개의 모퉁이를 지나서 그애는 낡고 허름한 병원으로 들어갔다. 나도 따라가보았다. 병원 앞에 서서 그애가 나오길 기다렸다. 거리는 완전히 어두워져 있었다. 잠시 후에 그애는 병원문을 나왔다.

"더러운 새끼."

그애는 우리가 서 있는 다리 밑으로 흐르는 개천물을 내려다보면서 헐떡였다. 개천 밑으로는 죽은 쥐새끼 한 마리가 떠 있었다.

"임신 육개월이래. 그러니 어쩔 수가 없다는 거야."

"돌아가자."

나는 그애의 어깨를 감싸쥐면서 부드럽게 타일렀다.

"싫어."

그애는 머리를 흔들었다.

"난 죽여야만 돼. 딴 곳에 가볼 테야."

그애는 또다시 앞서 걸었다. 나는 그애의 뒤를 놓칠까봐 빠르게 뒤를 따랐다.

거리의 불들은 한순간에 켜져서 윤택 있게 번질거리고 있었다.

그애는 너무나 빨리 걸었으므로 나는 수없이 오고가는 사람들 사이에서 그애를 찾기 위해 발돋움을 하였다. 나는 사람들을 헤치고 그애를 뒤쫓았다. 그러나 빠른 순간에 그애는 내 시야에서 사라지고 말았다. 나는 사방을 돌아보았다. 바라보는 어디에도 그애는 없었다. 나는 한참을 뛰어가보았다.

모퉁이 근처에서 나는 또다른 병원을 발견하였다. 나는 황급히 문을 열고 병원으로 들어섰다. 병원은 텅 비어 있었다. 어디선가 칸막이 뒤편에서 찢어지는 듯한 외침 소리가 들렸다. 그것은 그애의 목소리였다.

"돈은 드리겠어요. 얼마든지 드리겠단 말이에요."

"안 됩니다."

낮은 목소리가 그애의 목소리를 막았다.

"우린 책임질 수 없습니다."

"그럼."

뒤이어 그애의 목소리가 들렸다.

"어떻게 하란 말이에요?"

"글쎄요."

사내가 애매한 답변을 했다.

"낳으시면 됩니다."

나는 안심을 했다. 사내의 조롱조의 한마디가 헐레벌떡 뛰어들어
온 나를 안심시키고 있었다. 나는 재떨이를 뒤져 꽁초를 붙여 물었다.
철컥 문이 열리더니 그애가 나왔다. 우두커니 빈 소파에 앉아 담배
를 붙여 물고 있는 나를 보고 그애는 아무런 반응을 보이지 않았다.
가운을 입은 사내가 흘깃 나를 쳐다보았다. 우리는 도망치듯 병원을
나왔다.
"난 금계랍을 먹을 거야."
병원을 나서면서 그애가 중얼거렸다.
"애를 죽이기 위해서라면 청산가리라도 먹을 거야. 독약도 먹고
쥐약도 먹을 거야. 이 새긴 내 새끼가 아냐."
"물론."
나는 웃었다.
"그앤 니 애가 아니지. 그앤 내 거야."
"정말이니?"
그애가 걸음을 멈추고 나를 올려다보았다.
"그럼 정말이잖고."
"니가 키우겠니?"
"내가 키울 테다."
나는 힘주어서 소리쳤다.
"그앤 내가 키울 거야. 그앨 더이상 괴롭히지 마."
그래, 아이를 갖는다는 것은 얼마나 즐거운 일인가. 비록 그 아이
가 내 피가 섞인 아이가 아니더라도. 하지만 그게 무슨 상관이람.
"이앤 악마의 얼굴을 닮았을 거야."
그애는 이를 악물고 나를 노려보았다.
"귀신의 얼굴을 하고 있을 거야."
아이를 죽이려고 머리칼을 잘라 마련한 돈으로 우리는 음악회에

갔다.

　음악회엔 수많은 성장한 사람들로 가득 차 있었다. 무대 위엔 그애가 장차 꿈꾸는 성악가들이 나와 소프라노의 음악을 노래 부르고 있었다. 조명은 번쩍였으며 사람들은 끊임없이 박수를 쳤다.

　그애는 쉴새없이 쿨럭이며 기침을 했기 때문에 주위의 사람들이 그애가 기침을 할 때마다 눈총을 주었다. 그러나 우리는 아랑곳하지 않았다.

　돌아온 늦은 밤, 그애는 벌거벗고 노래를 불렀다. 눈에 완연히 드러난 불룩해진 배를 드러내고 그애는 내가 좋아하는 노래를 불렀다.

　나는 그애의 노래를 들으면서 쉴새없이 중얼거렸다.

　야, 이 자식아, 두레박 좀 올려라.

6

　그 일이 있은 뒤부터 나는 잠시도 그애에게서 눈을 떼지 않았다. 일단 거센 감정이 수그러진 듯 보였지만 막상 임신을 한 여인은 감정의 기복이 심하다는 것을 알고 있었으므로 나는 늘 그애에게 주의를 집중시켰다.

　그리고 그애가 자주 먹는 기침약도 나는 몰래 훔쳐다가 거리의 하수구에다 버렸다. 임신중의 여인은 무슨 약이든 주의해서 먹지 않으면 뱃속의 아기에게 치명적인 결과를 입히게 될지 모른다는 사실을 알고 있었기 때문이었다.

　나는 가끔 더운물을 끓여서 그애를 목욕시켜주었다. 플라스틱으로 된 큰 목욕통에 그애를 첨벙 소리 나도록 집어넣고 나는 힘들여서 발밑에서부터 머리끝까지 때를 씻어주고 비누칠을 해주었다. 그것은 엄격히 말해서 그애를 위한 목욕이라기보다는 뱃속에 든 아기를 위한 목욕이었다.

가끔 목욕중에 그애의 배 위에 손이 갈 때가 있는데 그 배는 나날이 불러가고 있었다. 어떨 때는 뱃속의 아기가 거센 발길질로 꿈틀거리는 것이 손바닥 가득히 느껴졌다. 그것은 마치 시계의 뒤뚜껑을 벗겨버리면 볼 수 있는 작고 정밀한 기계들이 질서정연하게 운행하고 있는 것처럼 생생한 기쁨이었다.

그러나 나는 그애 앞에서 쉽사리 내 감정을 드러내놓고 기쁨을 표시하지는 않았다. 잘못하다간 잠시 잔잔하게 가라앉아 있는 그애의 감정을 격화시킬지도 모른다는 생각 때문이었다.

더군다나 나는 그애 핸드백 속에서 정체를 알 수 없는 정제 알약을 가끔 발견할 때가 있었던 것이다. 워낙 함부로 자기의 감정을 숨김없이 그대로 드러내는 성격을 가진 그애였지만 언젠가 애를 죽이러 나갔던 날 밤에 내게 해준 말이 늘 마음에 걸렸기 때문이었다. 어쩌면 그애는 그 일을 해치우기 위해서 쥐약을 먹어버릴지도 모르는 일이었다.

나는 매일 빈 시간이면 그애의 눈을 피해서 핸드백을 뒤져 정제 알약들을 꺼내 하수구에 버렸다. 그 사실을 그애는 뻔히 알고 있었겠지만 그애 역시 내가 자기의 알약을 없애는 사실에 노골적으로 불평하지 않았다.

우리는 서로 숨바꼭질을 하고 있는 셈이었다. 우리는 어느 틈에 서로가 서로를 감시하고 있는 셈이었다.

나는 될 수 있으면 그애를 편하게 해주려 했는데 그것은 임산부의 마음이 편안하면 할수록 뱃속의 아기가 심성이 고와진다는 얘기를 들었기 때문이었다.

나는 결단코 심성이 고운 아기를 갖고 싶었다. 가능하다면 화초에 물을 주듯 그애를 내 마음에 드는 대로 내가 평소에 원하는 대로 키워보고 싶을 정도였다.

배가 점점 불러오자 그애는 어디서 구해왔는지 긴 붕대로 자신의 배를 감싸기 시작하였다. 학교에 갈 때면 배가 부른 것을 감추기 위해서라도 붕대로 배를 강하게 압박하여 감아야 한다고 그애는 말하였다. 내가 동여매주기를 바라는 눈치였지만 나는 그 일에 협력하지 않았다.

강하게 동여매는 붕대로 뱃속의 아기가 질식할 것만 같은 두려움이 고개를 들었기 때문이었다.

그런데도 그애는 필사적이었다. 자신의 손으로 자신의 부른 배를 감추기가 용이한 일이 아니었으므로 그애는 방의 벽 한쪽에 붕대를 단단히 붙들어매고 자신의 배를 한 겹 두 겹 빙글빙글 돌려서 그 붕대로 배를 압박하곤 하였다. 마치 상처 입은 부위의 피를 멎게 하려는 것처럼 그애는 이를 악물고 붕대로 몸을 동여감았다.

그런데도 아기는 날로 자라서 나중에는 붕대로도 어쩔 수 없을 만큼 커가고 있었다.

거의 배가 부를 대로 불러서 전문적인 의학 지식이 없더라도 이제 해산날이 가까왔다는 것이 확실해진 어느 날 밤 나는 그애가 지르는 비명 소리에 잠을 깼다.

반사적으로 눈을 떴을 때 나는 놀라운 광경을 보았다. 마악 그애의 몸이 우리 방 높은 층계에서 굴러내리고 있는 모습이 눈에 들어왔던 것이다.

나는 용수철이 튀듯 몸을 일으켰다. 눈 깜짝할 사이에 그애의 몸이 층계를 굴러떨어져서 떼굴떼굴 서너 번 회전하더니 둔탁한 소리를 내며 마룻바닥에 넘어졌다.

나는 고함을 지르면서 달려갔다. 그애는 죽은 듯이 마룻바닥 위에 넘어져 있었다. 나는 떨리는 손으로 엎드려 넘어진 그애의 몸을 뒤채 보았다. 나는 그애의 뺨을 부드럽게 두들겼다.

"이봐."

나는 소리질렀다.

"이봐. 이봐. 이봐."

그러자 그애는 눈을 떴다. 그 눈엔 광기가 있어 보였다.

"내버려둬. 이 바보 쌔끼야."

그애는 나를 보며 이를 갈았다. 입가에 거품이 일었다.

"왜 이래? 왜 이러는 거야?"

나는 진정시키기 위해 그애의 몸을 부축해 일으켰다. 순간 그애는 이빨로 내 손을 물어뜯었다. 나는 반사적으로 비명을 지르며 부축하던 손을 풀어주었다.

그러자 그애는 힘차게 일어나 층계 위로 올라섰다.

그애는 층계 위에 올라서서 나를 노려보았다.

"너는 내게 상관할 자격이 없어."

"정신차려."

"너는 자빠져서 잠이나 자면 돼."

나는 천천히 다가섰다.

순간 그애는 벽에 걸린 프라이팬을 쥐어들었다.

"가까이 오면 죽여버리겠어."

이를 악물고 헐떡이면서 그애는 소리쳤다.

"가까이 오지 마."

그애는 자기 머리칼을 쥐어뜯었다. 짧게 깎았던 머리칼은 꽤 무성히 자라 있었다.

"날더러 어쩌란 말이야. 난 닥치는 대로 주는 대로 약을 먹었어. 네 바보 같은 자식이 내 핸드백을 뒤져서 약을 버리는 것을 내가 모른 척하고 있었지만 난 약방에서 주는 약이란 약은 다 받아먹었어. 하지만 이 원수놈의 새끼는 여전히 꿈틀대. 잡초처럼 질긴 새끼야. 나보고 어쩌란 말이야. 이 새끼는 태어나도 귀신의 형상을 하고 있을 거야. 온갖 저주란 저주는 다 퍼부어댄 새끼니까. 날더러 귀신을 낳으라는 소리니?"

갑작스레 그애는 눈물을 터뜨리기 시작했다.

"내가 키운다. 내가 이 새끼를 키우겠다."

나는 다시 한번 층계를 향해 올라섰다.

"귀신의 애새끼를 내가 키우겠어."

"가까이 오지 마."

여전히 날카로운 목소리로 그애는 소리쳤다.

"넌 미친놈의 새끼야. 나는 이곳에 애새끼를 낳아주러 오진 않았어."

순간 그애는 층계 밑으로 몸을 던졌다. 나는 재빠르게 그애를 손으로 받았다. 갑작스레 무거운 몸무게가 내 팔에 얹혀서 우리는 계단을 뒹굴며 넘어졌다. 나는 강하게 그애를 붙들었다. 울부짖으며 소리치는 그애를 침대 위에 누이고 나는 혀로 그애의 얼굴을 핥아주기 시작하였다. 나는 한 번도 그애의 몸에 내 손 이상의 것을 접촉해본 적이 없었다. 나는 한 번도 그애에게서 성욕을 느껴본 적이 없었다. 그애를 온통 벗기고 더운물로 목욕시켜줄 때에도 한 번도 그애에게서 성욕을 느껴본 적은 없었다.

나는 이 세상 모든 사람을 사랑하지 않는다. 나는 한 번도 이 세상 사람 중의 누군가를 사랑해본 적이 없다. 나를 낳아준 어머니도 나는 사랑해보진 않았다. 나는 나 이외의 모든 것을 증오한다. 내가 사랑하는 것이라면 살아서 움직이는 사물이 아니라 죽은 것, 도서관의 책, 이미 죽어서 조금도 진리의 길을 밝혀주지 못하는 책, 교수들의 죽은 강의, 그런 것만을 나는 사랑한다. 나는 죽은 자를 사랑한다. 그들이 죽었기 때문이 아니라 한때 살아 있었으므로 죽은 자를 사랑한다. 관 속에서 죽은 사람은 무엇을 꿈꾸고 있을까.

아니, 가끔 그애의 몸에 내 혀를 대었던 적은 있었다. 그애가 도마 칼질을 하다가 손가락을 베였을 때였다. 나는 우연히 벤 손에서라도 피를 흘린다는 것은 그냥 내버려둘 수 없다고 생각한다. 흘리는 피를 빨아먹는다고 해서 당장 그 피가 내 핏줄 속으로 들어가지 않는다는 것을 잘 알고 있지만 피를 그냥 흘려버릴 수는 없다. 혹, 몸에서 흐른 피가 땅 위에 떨어져 붉은 꽃을 피운다면 흘러내리는 피를 나는 모른 체할 수 있을 것이다.

그애는 나와는 달라서 가끔씩 내게서 욕망을 느끼곤 하였다. 견딜 수 없이 뜨거워진 몸으로 내 몸을 향해 자기 몸을 부딪고 손을 뻗쳐 내 바지 단추를 끄르고 성기를 뒤져 꺼내기도 했다. 그애는 따스한 손으로 집요하게 내 성기를 만졌다. 그러나 내 성기는 발기되지 않았다. 그럴 때면 나는 몹시 부끄러웠다.

"거북아, 거북아. 모가지를 내밀어라. 모가지를 안 내밀면 삶아 먹겠다."

그애는 어디선가 주워들은 향가를 중얼거리면서 내 잠든 욕망을 불러일으키려고 마치 인도의 마술사처럼 휘파람을 불었다. 그러나 한 번도 내 뱀은 모가지를 내밀지 아니하였다. 위축되어 작은 벌레처럼, 제물탱크를 뒤집어쓰고 퇴화된 도마뱀의 꼬리처럼 매달려 있었다.

그럴 때면 그애는 꽃 한 송이를 꺾어다가 내 성기의 요도관에 강제로 밀어넣고는 했다. 무지무지한 아픔이었다. 겉면이 매끄럽지도 않은 꽃의 줄기를 그애는 내 성기의 요도관을 찾아 마치 주사침 찌르듯이 강제로 집어넣었으며 나는 너무 아파 눈물을 찔끔찔끔 흘리면서 비명을 지르곤 했다. 그러나 잠시 후면 꽃은 내 요도관을 파고들어

매우 안정되게 거꾸로 매달려 있었다. 우리는 서로의 성기에 꽃을 꽂았다. 그것은 마치 우리의 몸 속에서 피어난 꽃과 같은 모습이었다. 서로의 성기에 꽂힌 꽃들은 우리들 내부에 쑥과 같이 흐르고 있는 젊음의 수액에 뿌리를 내리고 피어오른 꽃과 같이 아름다웠다.

우리는 성기에 꽂은 만발한 꽃잎들이 떨어져나갈 정도로 서로 부둥켜안고 애무하였으며, 그러다가 흥분하면 그애는 숨을 헐떡거리면서 내 얼굴을 부둥켜안고 내 손으로 자기 몸의 여기저기를 만져줄 것을 요구하곤 하였다. 나는 그애가 가르쳐준 점화 스위치를 잘 알고 있었기 때문에 그곳을 만져대면 그애의 온몸은 장식용 꼬마전구처럼 여기저기서 번쩍번쩍 화안히 내부의 불을 밝히곤 했다. 그애는 그럴 때면 으레 눈을 감고 있었는데 그 표정은 이미 우리가 누워 있는 이곳을 떠나 있었다. 그 표정은 꿈을 꾸고 있는 것 같기도 하고 내가 점화하는 스위치로 자칫 흐트러지려는 의식을 한 곳으로 집중시키려는 안간힘이 있어 보였다. 온몸을 부들부들 떨면서, 제 손가락을 제 입으로 물어뜯으면서 그애는 소리치곤 했다.

"지옥이다. 여긴 지옥이야. 더러운 자식아."

나는 그애를 침대 위에 누이고 젖먹이 짐승처럼 그애의 얼굴을 혀로 핥아주었다. 가끔 내가 독충에 물려 상처가 나면 그애가 혀로 핥아준 적도 있었다.

나는 그애의 젖은 눈과 코, 입술을 혀로 핥았다. 조용히 조용히 거칠던 가슴이 가라앉고 그애의 온몸이 평온히 안정되기 시작했다.

내 혀는 얼굴에서부터 흘러내려와 목덜미와 젖가슴, 그리고 배 아래로 문질러내려갔다.

잔뜩 부른 그애의 배에 내 얼굴을 파묻고 나는 그 따뜻한 피부막 저 너머에서 거꾸로 잠든 내 아기가 규칙적으로 움직이는 동요를 느꼈다. 나는 제 새끼를 혀로 핥는 짐승처럼 그 피부막 저 너머로 거꾸로 잠든 내 새끼를 향해 혀를 내밀었다.

자거라.

나는 속삭였다.

편안히 자거라.

7

여름도 다 지나가고 이제는 한 번도 애를 낳아본 적 없는 우리들로서도 해산이 임박해가고 있음을 본능으로 알게 되었을 때 나는 무엇이든 그 아이를 위해서 해야 한다고 생각하였다.

마치 겨울이 다가오면 찬피동물들이 땅 밑으로 들어가 겨울잠을 자듯이 어떤 준비라도 미리 해둬야 한다고 생각했다. 다행히 그애는 해산이 임박해올수록 본능적으로 행동을 느릿느릿하게 하였으며 더 이상 뱃속의 아이에게 적의를 보이지는 않았다.

그러나 언제 그 신경질적 발작이 돌연 일어날지 몰라 나는 한시라도 그애에게서 감시의 눈을 떼어본 적은 없었다.

나는 아이에게 먹일 우윳감이라도 마련해두지 않으면 안 된다고 생각했다. 어차피 돈은 필요해질 것이고 마련해두어야 했으므로.

병원에서 애를 낳을 만큼 형편이 되지 않았으므로 나는 의과대학에 다니고 있는 친구녀석에게 연락을 해두어 언제든 급한 일이 벌어지면 녀석을 불러올 수 있게 만반의 준비를 해두었다.

"니 계집년이."

의과대학에 다니고 있는 친구녀석은 내가 찾아가서 부탁을 하자 말을 했다. 그는 말라비틀어진 해골바가지를 하나 손에 들고 있었다. 그것은 너무 작아 사람의 두개골로 보이지 않았으며 마치 때문은 플라스틱 장난감 같았다.

"배가 아프다고 지랄을 떨 것 같으면 무조건 방에 불을 때어서 덥게 하고 물을 끓여 더운물을 한 대야 만들어둬라. 그리고 쏜살같이 내게 달려와라. 만약 방에 내가 없으면 이 근처 술집을 뒤지면 된다."

그즈음 나는 기묘한 작업을 시작했다.

나는 내 손으로 돈을 만들 수 있는 여러 가지 방법을 연구해보았는데 아무것도 찾아낼 수 없었다. 가정교사를 하기엔 나는 너무 실력이 없었으며 막노동을 하기엔 너무 유약했다.

내가 돈을 벌 수 있는 방법에 대해 골똘히 생각하고 있는 것을 눈치챈 같은 과의 친구녀석 하나가 내게 말을 걸었다.

"네게 돈 버는 방법을 가르쳐줄까?"

"뭔데?"

그러자 녀석은 낄낄거렸다.

"창경원 호랑이 이빨 닦는 것."

실제로 의과대학에 다니고 있는 친구녀석은 구체적인 직업을 알선해주긴 했다. 그것은 약품이 인체에 미치는 영향 같은 것을 연구하기 위해 사육하고 있는 실험용 동물들에게 때맞춰 음식을 주는 일이었다.

나는 매일같이 그들에게 음식을 줄 필요는 없었다. 평일은 그 짐승들을 실험하고 있는 연구원들의 몫이었고 나는 단지 토요일 오후부터 일요일 하루 종일을 그들에게 먹이를 주며 더불어 시간 맞춰 실험되고 있는 약품의 정량을 먹이는 일이었다. 가령 아스피린이 위에 출혈을 일으키는지 알아보기 위해 흰쥐에게 시간 맞춰 아스피린을 먹여야 한다면 나는 엄격히 정해진 시간에 아스피린 정량을 먹이와 더불어 주어야 하는 것이었다.

  실험용 동물들은 몇 개의 방에 나뉘어 갇혀 있었다. 어떤 동물들은 전염병동에 갇혀 페스트를 앓고 있었으며 어떤 동물들은 콜레라균을 주사 맞고 인위적인 전염병을 앓고 있었다.

  나를 안내해주던 병원 관리인은 이 일이 아주 누워 떡 먹는 일이라는 것과 아주 즐거운 일이라는 것을 강조하기 위해 대부분 덫 속에 갇혀서 본래의 수성(獸性)을 상실하고 있는 동물들을 일부러 발을 구르거나 바께쓰통을 발길로 차서 그들에게 심한 동요를 불러일으키곤 했다.

  그들은 대부분 양순하고 눈치만 보는 양로원의 노파들처럼 얌전했다. 원숭이도 재롱을 피우지 않았고, 필요에 의해서 팔다리가 잘린 토끼들도 마치 그들의 책임인 양 고통을 감수해나가고 있었다.

  그들의 이런 침묵을 관리인은 발을 굴러 휘파람을 불면서 깨버리곤 했는데 그럴 때면 그 동물들은 모두 일어나 경련하면서 갇힌 우리 속에서 눈을 빛내며 우리들을 노려보곤 했다.

  "이 병신 새끼들아. 이 병신 새끼들아."

  관리인은 소리를 버럭버럭 질러 게걸스럽고 축축한 동물들의 체취로 말미암아 항상 늪처럼 습기차 있는 방 안의 공기를 휘저었으며 그럴 때면 실험용 짐승들을 키우는 방 안은 쩡쩡 울리었다.

  관리인의 몸에서는 가축 냄새가 나고 있었다.

  우리들이 맨 마지막 전염병동에 들어갔을 때는 놀라운 일이 벌어졌다. 수십 마리의 개들이 울타리 속에 갇혀서 우리들을 노려보았다. 갇힌 자들 특유의 분노와 광기가 개의 젖은 눈에 번들거리고 있었다. 어떤 개들은 필요에 의해서 눈이 하나 없었으며 어떤 개들은 다리를 절고 있었다. 어떤 개들은 털이 모조리 빠져 있었으며 어떤 개들은 일어서지 못하고 자꾸자꾸 비틀거리며 쓰러졌다.

  그중 한 마리가 우리들을 향해 짖기 시작했다. 그러자 온 우리의 개들이 우리들을 향해 짖었다. 그것은 반가움의 표시도 아니었고 그렇다고 뚜렷한 적의의 표시도 아니었다. 그것은 막연한 외침이었다.

"이 쌔끼들."

관리인은 같이 으르렁대었다.

나는 그때 어느 한 마리가 나를 향해 짖고 있는 것을 보았다. 왜 그 많은 개들 중에서 유독 그 개가 내 눈을 끌었던 것일까. 그 개는 분명 나를 향해 짖고 있었지만 그러나 소리가 들려오지는 않았다. 나는 수십 개의 악기 중에서 한 개의 불협화음을 골라내려는 지휘자처럼 귀를 기울였다. 그러나 분명히 입을 벌려 짖고 있는 개의 목에서는 그 광기의 울부짖는 신음 소리가 들려오지 않았다. 개는 마치 텔레비전을 틀어놓고 볼륨을 죽였을 때 볼 수 있는 아나운서의 맥빠진 입놀림을 모방하고 있었다. 그것은 악몽이었다. 그것은 가위에 눌려 있었다. 입 벌려 고함 지르고 있지만 소리가 돼서 나오지 않는 개.

"저 개는."

나는 관리인에게 물어보았다.

"왜 짖고 있지만 소리가 나오지 않습니까?"

그러자 관리인은 웃었다.

"저 쌔낀."

관리인은 자기 목 위에 튀어나온 복숭아뼈를 가리켰다.

"성대가 잘렸어."

개. 사육당하고 있는 개. 필요에 의해서 목청이 잘려진 개. 짖으나 소리가 나오지 않는 개.

나는 그 직업을 포기하였다. 왜냐하면 나는 사육되고 있긴 하지만 아직 목청이 잘리진 않았으므로. 나는 고함 지를 수 있으며, 나는 한 옥타브 음계를 높여서 노래를 부를 수 있으므로.

나는 그 직업을 포기하고 기묘한 원고를 쓰기 시작했다.

길거리에서 우연히 제약회사에서 발간되는 잡지를 볼 수 있었는데 거기엔 감동적인 투병기를 모집한다는 광고가 나와 있었다.

속셈은 뻔한 것으로 자기네 회사의 약을 팔아먹으려는 심산이었으며 자기 회사의 약이 얼마나 효능이 좋은지 간접적으로 선전하기 위한 원고모집이었다.

나는 그 원고모집 광고를 보았을 때 이것이야말로 잘하면 돈이 될지도 모른다는 생각이 들었다.

나는 다행히 상상력이 풍부했으며 그 상상력을 현실화할 수 있는 글솜씨를 가지고 있었다.

나는 내가 아파서 약을 먹었던 적이 언제였던가를 생각해보았다. 그러나 나는 내가 아파서 약을 먹어본 적이라고는 이빨이 쑤셔서 진통제를 먹어본 때뿐이라는 사실을 깨달았다.

하지만 이빨이 아픈 그 고통과 싸웠던 수기를 제약회사에 투병기로 응모할 수는 없었다.

좀더 극적이며 좀더 감동적인 병을 만들지 않으면 안 된다고 나는 생각했다. 나는 내가 알고 있는 모든 병을 기억해냈다.

결핵, 정신병, 성병, 문둥병, 암, 페스트, 콜레라……

그 모든 병은 나와 무관한 병들이었다. 그러나 그중의 하나를 내가 필요에 의해서 앓지 않으면 안 된다고 생각했다. 필요하다면 페스트 균을 내 손으로 몸 속에 주사하지 않으면 안 되었다. 하지만 무턱대고 그 병 중에서 하나를 골라 내 몸 속에 집어넣을 수는 없는 일이었다. 나는 단지 원고를 모집한 제약회사에서 생산하고 있는 특효약의 적응증과 일치하는 병을 골라내지 않으면 안 되었다.

내가 결핵에 걸렸다는 것을 가장해서 아무리 그럴듯하게 투병기를 썼다손 치더라도 그 원고를 모집한 제약회사에서 결핵약을 생산하고 있지 않다면 그 원고가 당선될 리는 없는 일이었다.

나는 주의 깊게 그 제약회사에서 생산하고 있는 약품 리스트를 훑어보았다.

소화제, 제산제, 소염제, 진통제, 항생제, 비타민……

그중에서 나는 특이한 약품 이름 하나가 명기되어 있는 것을 보았다. 그것은 전간(癲癇)약이었다.

거리에서 혹은 버스 속에서, 시험장에서 갑자기 중심을 잃고 쓰러져 입에 거품을 물고 버둥대며 사지를 비틀고 혼수상태에 빠졌다 일어나는 간질병 환자의 치료약이 맨 나중에 명기되어 있는 것을 보았을 때 나는 나 자신이 간질병 환자가 되는 편이 가장 무난하다고 생각하였다.

왜냐하면 그 병은 흔한 병이 아니고 또한 거의 불치의 병으로 환자 자신의 의지력이 강력히 요구되는 병이며 주위 사람 눈에는 강렬한 혐오감을 불러일으키는 병이기 때문이었다. 그 천형의 병과 싸우는 투병기를 쓴다면 그것은 마치 운명과 싸우는 듯한 감동을 불러일으킬 것이다. 나는 나 자신이 선천적인 간질병 환자가 아니라 가벼운 뇌염을 앓은 후에 후유증으로 간질병 환자가 되었다고 전제한다면 우선 그들 제약회사의 눈을 끌 수 있으리라 믿었다.

나는 그 무더운 여름을 꼬박 병과 싸우며 보냈다. 그것은 내가 스스로 만든 병이며 내가 선택한 병이었다.

그러나 내가 선택한 병은 실제로 나를 침범하여 나를 앓게 했으며 나는 간혹 발작하여 쓰러졌다.

버스 속에서 혹은 거리에서 가끔 시야의 모든 물건들이 흔들리며 팽이처럼 맴돌고 가슴속에서 야릇한 열기가 팽창해서 부풀어오르다가 드디어는 쓰러져 거품을 물고 사지를 경련시키기도 했다. 그 발작은 시간과 장소를 가리지 않았다. 한번은 길거리에서 거품을 물고 쓰러졌는데 땅바닥에 손이 닿는 순간 나는 매우 편안한 안락감을 느꼈다. 그래서 마음놓고 아스팔트 위에 누워 떨다가 의식을 잃었다.

얼마 후 의식을 찾고 보니 내 주위에 수많은 사람들이 몰려 있었다. 그들은 나를 매우 측은하게 내려다보고 있었다.

"괜찮아요?"

내가 비틀거리며 가로수를 붙들고 일어나자 나를 내려다보고 있던 사람들 중 하나가 물었다.

"괜찮습니다."

나는 입가에 흘린 거품을 닦으며 대답했다. 가슴속으로는 무더위로 땀이 비 오듯 흐르고 있었다.

"지랄병엔 사람의 간이 좋다고 합디다."

누군가 내게 장난스레 말을 뱉었다.

"불쌍도 하지. 젊은 나이에."

누군가 아낙네가 한마디 했다.

나는 비틀거리며 그들 무리를 헤치고 거리를 거슬러올라갔다.

그날 밤 나는 내 투병기를 원고지 위에 써내려갔다. 원고를 쓰고 나니 한밤중이었다. 나는 허공을 보면서 소리 질렀다.

야, 이 새끼야. 두레박을 올려라.

더이상 나는 발작하지 않았다.

8

투병기를 제약회사로 우송하던 날 저녁 갑자기 그애는 내게 외출을 하자고 했다. 그리고 그애는 정성 들여 얼굴에 화장을 하였다.

배가 너무 불렀으므로 화장을 하는 동안 그애는 오줌을 다섯 번이나 누었다. 마치 매미를 잡으려고 손을 뻗치면 매미가 우리의 얼굴을 향해 오줌을 깔기듯이.

뱃속의 아이가 이제 거의 나올 무렵이 되어 그애의 작은 배를 압박하여 오줌통을 짓눌렀기 때문일까. 그애는 오줌을 깔기면서 나를 보고 간신히 말하였다.

"자꾸만 오줌이 나와. 자꾸만."

화장을 마치고 우리는 거리로 나왔다. 시내 번화가로 걷기까지 그애는 여섯 번이나 더 오줌을 누었다. 두 번은 다방에서, 두 번은 케이크점에서 그리고 두 번은 골목길 쓰레기통 옆에서.

변소는 대부분 다방이나 케이크점 그 안으로 걸어들어가 구석진 곳에 있었으므로 오줌을 싸기 위해서는 손님들과 다방 레지들 앞을 지나야만 했다. 다짜고짜 변소가 어딘가를 묻고 그곳으로 간다면 딱 정떼 같은 다방 레지들이 방해할지도 몰랐으므로 우리들은 다방에 들어가서 마치 우리들이 만나기로 한 사람이 다방 어디에 앉아 있는가 찾는 것처럼 우선 한 바퀴 휘둘러보고는 재빠르게 변소의 위치를 파악하고 당당하게 변소로 쳐들어가곤 했다.

이러는 데 시간이 걸렸으므로 그애는 거의 질끔질끔 오줌을 싸고 있었다. 나중에는 그들의 시선을 피한다는 사실이 피곤했으므로 아예 골목 쓰레기통 옆에 쭈그리고 앉아 오줌을 눴다. 그애가 엉덩이를 까고 치마를 올리면 나는 변의를 느끼지 않으면서도 같이 바지 단추를 끄르고 위축된 성기를 끄집어내어 오줌 누는 척이라도 해야 했다. 왜냐하면 그애와 행동을 일치시켜야 했으므로. 우리는 언제든 같은 행동을 했으므로.

나는 그애와 임신 여부를 알아보기 위해 채소밭에 나갔던 일을 상기했다. 그때 무성히 자란 채소처럼 그애가 오줌 눈 장소엔 밤새 채소가 자랄 것인가.

"이제 얼마 있으면."

나는 그애 옆을 걸으면서 기쁘게 소리쳤다.

"돈이 생길지 모른다."

"어떻게, 도둑질이라도 할 거니?"

"아니. 난 병에 걸렸어. 병에 걸렸으니까 돈이 생길 거야."

"무슨 병."

"간질병."

그애는 거품을 흘리면서 웃었다. 마치 민물게가 거품을 뿜어내듯이.

거리는 내가 여름에 앓았던 간질 발작이 일어나기 직전의 음산하고 악몽과 같은 무서운 저주의 음모가 추를 달고 가라앉아 있었다.

"배가 아파."

얼마만큼 걷다가 그애는 투덜거렸다.

"뱃속의 아이새끼가 발길질을 하나봐."

창백하게 질린 그애의 이마에 식은땀이 촛농처럼 맺혀 있었다.

"집으로 가자."

나는 그애가 혹시 길거리에 쓰러져 가랑이를 벌리고 애새끼를 낳는다면 어쩔 것인가 겁이 나서 그애를 부축하고 말했다.

"집으로 돌아가자."

"갈 데가 있어."

"어딘데?"

"돈을 얻으러 가야지."

우리는 번화가에 자리잡은 호텔로 들어갔다. 호텔 다방 한구석에 웬 남자가 앉아 있었다. 그는 실내인데도 색안경을 쓰고 있었다. 우리는 그 사람 앞에 앉았다. 그는 손에 두 개의 불알처럼 생긴 가래를 들고 그것을 굴리고 있었다. 그는 안경을 썼으므로 그 눈이 들여다보이지 않았다. 단지 손에 들린 두 개의 가래가 부딪치는 조개껍질 같은 소리만 나고 있었다.

"난 바빠."

그는 다짜고짜 말을 했다.

"난 금방 가야 돼."

"알고 있어요."

그애는 한숨처럼 말을 했다. 나는 손마디를 꺾었다.

"누구야?"

"친구예요."

나는 손을 내밀었다. 그러나 사내는 손을 받지 않았다. 나는 내밀었던 손으로 사내 앞에 놓인 담뱃갑에서 담배를 뽑아 물었다.

"용건이 뭐지?"

"난 애를 뱄어요."

사내는 놀라지 않았다. 사내는 머리칼을 손가락으로 긁었다.

"선생님의 애예요."

사내의 손아귀에서 가래가 번득였다. 부딪치는 소리가 났다.

"난 기억이 없는걸."

사내는 흰 이빨을 보였다. 그애는 쿨럭쿨럭 기침을 했다.

"도대체 기억이 없어."

"기억을 되살려달라는 건 아니에요."

그애는 쿨럭쿨럭거렸다.

"단지 돈을 주셨으면 해요. 돈을."

사내는 잠시 멈칫거렸다.

"믿을 수가 없는걸. 지금 내게 공갈하는 것은 아니겠지?"

"보여드려요?"

그애는 자신의 배를 가리켰다. 그리고 부른 배를 좀더 확실히 보여주기 위해서 배를 앞으로 밀어 보였다. 그는 흘깃 그애의 부른 배를 보았다.

"그 정도는 누구든 속일 수 있어. 뱃속에 베개 정도 넣으면 그만이야. 그것쯤은 나라도 속일 수 있어."

나는 사내의 뱃속에 베개를 넣는다면 어떤 꼬락서니가 될까 상상해보았다.

"못 믿으시겠다면 보여드리겠어요. 보시겠어요?"

"여기서?"

"여기서면 어때요."

그애는 수상한 물건을 파는 양키물건 장수처럼 배를 보였다.

"여기선 곤란한데?"

사내는 웃지 않고 말을 받았다.

"그럼 변소로 가요. 난 오줌이 마려워요. 보여드리겠어요."

"방에서 보여줘. 방을 잡아뒀어."

"좋아요."

그애는 일어섰다. 그애는 내게 눈짓으로 기다리라는 듯 눈을 꿈쩍꿈쩍하고 사내와 둘이 호텔 안으로 사라졌다. 엘리베이터를 타고.

나는 앉아서 기다렸다. 커피를 마시면서. 그애의 뱃속에 든 아이가 진짜 아이일까 아니면 단지 속이기 위해 베개든 무엇이든 잔뜩 넣어둔 것인가 구별하기엔 오 분도 필요치 않을 것이다. 그런데도 그애는 아주 오랜 후에 나왔다.

"배가 아파."

비틀거리면서 그애는 신음했다.

"배가 찢어질 것만 같아."

"가자."

나는 황급히 그애를 부축하였다.

"그 사람 누구니?"

"몰라."

그애는 거리를 걸으면서 손에 쥐어든 지폐를 한 장 한 장 세어보았다. 그러나 오래 걸리지 않았다.

"애 아버지니?"

"아니. 누군지 나도 모르겠어."

거리에 앉은 거지의 깡통에 그애는 지폐 한 장을 아낌없이 넣었다. 거지는 아멘 하고 기도했다.

"난 어두워서 못 봤어. 참 어두웠어. 그래서 누가 날 짓밟았는지 알 수가 없었어."

"한 사람이었니?"

"아니 두 사람 이상이었어. 그들은 나를 납치했어. 그리고 밤새도록 나를 괴롭혔어. 아니 백 사람이었을 거야. 아니면."

"아니면."

나는 말을 받았다.

"전부 다아. 이 거리의 남자들 모두 다아 나를 윤간했었나봐. 그들 모두의 애를 밴 것만 같아. 그들 모두 내 아랫도리에 그들의 정액을 뿌렸으니까. 날 강간했어. 이 새끼들 모두가 날 강간했어."

그애는 거리의 모든 남자들에게 적의를 보였다.

"이 새끼들 모두 다 내 옷을 찢었어. 혀로 핥고 머리털을 뽑았어. 춤추고 노래하면서. 내가 젊으니까, 싱싱하니까 더욱 신이 나서 춤추고 노래하면서."

"용서해줘라."

나는 진심으로 말했다.

"그 새끼들 모두 용서해줘라."

그애는 잠시 묵묵히 걸었다. 그러다가 갑자기 서서 나를 보았다.

"오페라 구경 가고 싶은데 가도 될까?"

"되지. 갈 수 있어. 하지만."

나는 그애의 눈치를 보면서 말을 잘라 막았다.

"너는 배가 아프지 않니. 오줌도 마렵고."

나는 지나가는 택시를 세웠다. 그리고 그애를 차 속에 강제로 밀어 넣었다.

"자, 가자."

진통은 차 속에서부터 시작되었다. 주기적인 아픔이었다. 그 아픔의 주기가 자꾸 빨라만 갔다.

겨우 집에 도착하여 침대에 누이자 나는 그애의 넓적다리로 무언가 끈적끈적이는 분비물이 흐르고 있는 것을 보았다. 그것은 혈액이 혼합된 점액이었다.

점액은 피가 배어 있었기 때문에 마치 줄기를 타고 흐르는 나무의 수액처럼 보였다. 그것이 넓적다리를 타고 흘러내리고 있었다.

나는 벌떡 일어나 불을 지폈다. 겨울용 난로는 한여름 쓰지 않았던 것이기 때문에 녹슬어 있었다. 태울 석탄이 내겐 없었다.

나는 아끼던 책을 태웠다. 언젠가는 또다시 살 수 있는 것이므로. 그리고 쭈그러진 대야에 물을 가득 채우고 그것을 끓였다.

그애는 신음하기 시작했다. 나는 미친 듯이 방을 나와 거리를 뛰었다. 빨리 준비해두었던 대로 의과대학 다니고 있는 친구녀석을 불러와야 했기 때문이었다.

그 친구의 하숙방은 자물쇠가 잠겨 있었다. 나는 근처 술집을 뒤지기 시작하였다. 녀석은 술집에 앉아 술을 마시고 있었다.

"가자."

나는 녀석의 팔을 잡아끌었다.

"진통이 시작됐어."

녀석은 마시던 술병을 뒷주머니에 넣고 내 뒤를 따라오면서 소리질렀다.

"이 새끼야. 천천히 가. 숨막혀. 숨막혀 죽겠어."

방 안은 내가 태운 연기로 연막탄을 뿌린 듯 안개가 끼어 있었다. 숨이 막혀 절로 기침이 나왔다. 앞이 보이지 않을 정도였다. 연기를 헤치고 들어가자 그애가 신음 소리를 내며 누워 있는 것이 보였다.

"불을 켜라."

술에 취한 녀석은 몹시 고통스런 기침을 하면서 소리를 질렀다. 나는 불을 켰다.

"불이 저것뿐이냐?"

알전구의 불빛은 연기 속에서 뿌옇게 탈색되어 보였다.

"어두워. 이 새끼야. 어두워서 구멍이 들여다보이지 않는다."

나는 쓰다 남은 양초를 서너 개 찾아다가 그애의 몸 주위에 여기저기 밝혀놓았다. 그애는 생일 축하 케이크처럼 촛불 속에 누웠다.

"옷을 벗겨라."

녀석은 함부로 그애의 옷을 벗기기 시작했다. 하반신은 완전히 끈적끈적이는 점액으로 젖어 있었고 치모는 흘러내린 점액으로 물에 젖은 쥐의 털처럼 윤이 흐르고 있었다. 그것은 부패한 과일처럼 보였다. 비명 소리와 함께 배가 심하게 오르락거렸고 그것은 공기 흡입구에 압축공기를 불어넣으면 쉬익쉬익 하는 소리와 함께 솟아오르는 타이어의 팽창처럼 보였다. 배는 평소보다 엄청나게 커져서 이스트를 넣어 부풀어오른 빵처럼 거대하였으며, 동일한 피부 속에 내용물이 잔뜩 부풀어올랐으므로 피부는 얇아지고 긴장하여서 윤기가 흘렀다. 간혹 그 피부막에 균열이 보였다. 푸른 정맥 핏줄이 투명한 피부 여기저기에 고무도장 찍힌 듯 떠 보였으며, 더러운 성기는 구역질나는 점액으로 하수구처럼 보였다. 발광하는 그애의 다리가 녀석의 안면을 걷어차자 안경이 굴러떨어졌다.

"비켜. 비켜. 이 새끼들아. 이 원수놈의 새끼들아."

그애의 손은 허공을 한줌 뜯어내리고 있었다.

"가위를 가져와라."

녀석은 떨어진 안경을 주워 다시 쓰며 땀이 범벅된 얼굴로 나를 보며 고함 질렀다.

나는 우리들이 옷을 자를 때 사용하는 커다란 가위를 가져다 녀석에게 주었다. 녀석은 가위를 끓는 물 속에 넣었다 빼었다. 소독이나 하듯이.

뜨거워진 가위로 그는 그애의 질 옆에 무성히 자란 털을 베었다. 털은 점액에 젖어 잘 베어지지 않았다. 그러나 녀석은 서두르지 않았다. 녀석은 날짐승의 털을 끓는 물 속에 넣었다 불려 뽑듯이 그애의 성기에 무성한 치모를 조심스레 베었다.

"다리를 붙들어매라."

녀석은 버둥거리는 그애의 다리를 붙들고 소리질렀다. 나는 빨랫줄을 가져왔다. 그는 그애의 한쪽 다리를 벽걸이에 동여매기 시작했다. 나는 남은 한쪽 다리를 좁은 벽 저편에 튀어나온 벽걸이에 붙들어 매었다. 그러자 그애의 두 다리는 여덟 팔자로 허공에 매여 들렸으며 그것은 마치 정육점에서 근수를 매기기 위해 허공에 매단 정육의 모습이었다. 우리는 그애에게 고문을 행하고 있는 것 같았다.

녀석은 두 다리를 고정시키자 남은 밧줄로 두 손을 묶기 시작했다. 나는 녀석의 얼굴이 쾌감에 젖어 있는 것을 보았다.

"살살 해라."

나는 애원했다.

그러자 녀석은 웃었다.

"이 고통은 내가 주는 것이 아니다. 신이 주는 고통이다."

녀석의 머리털을 아직 채 매어 붙들지 못한 그애의 나머지 한 손이 쥐어뜯었다. 비명을 지르며 녀석이 그애의 얼굴을 후려쳤다.

"입 속에."

머리털을 비비면서 녀석은 소리쳤다.

"수건을 틀어막아라. 잘못하면 혀를 깨물지도 모른다."

나는 때묻은 수건을 가져왔다. 그애는 흰자위를 보이고 있었다. 닥치는 대로 제 머리칼을 쥐어뜯어 손에는 머리칼이 몇 줌 쥐어 있었다. 나는 그애의 입을 벌리려고 애를 썼다. 그러나 이빨을 꼬옥 마주 물고 있었기 때문에 수건을 들이밀 틈이 없었다. 나는 손에 힘을 주었다. 마치 꼬옥 틀어막아 오래 두었기 때문에 녹슬어 잘 열리지 않는 화장품 병마개를 틀어 열 듯이. 순간 이빨의 틈새가 벌어지고 그 틈새에 나는 더러운 수건을 끼워넣었다.

"지옥이다. 이 새끼야."

수건을 막 넣으려는데 그애가 소리를 지르며 내 손을 깨물었다. 나는 참았다. 비명조차 지르지 않았다. 차라리 그러한 아픔이 그애의 고통을 덜어주는 길이라면 더한 큰 고통이라도 같이 하고 싶었다.

"더러운 새끼."

그애가 나를 향해 침을 뱉었다. 나는 침을 주먹으로 닦았다. 완전히 고정된 그애는 재갈조차 물렸으므로 단지 꿈틀대는 고깃덩어리에 불과하였다.

더러운 성기는 점차 열리고 있었으며 그것은 움직이는 주머니로 벌레를 싸서 녹여 먹는 식충식물인 끈끈이주걱 세포처럼 입을 벌리고 있었다. 죽어 부패하는 동물에게서 나는 악취가 젖은 고깃덩어리에서 풍겨나왔다.

나는 구역질을 하였다. 그러나 아무것도 먹은 것이 없었으므로 토하지는 않았다.

열린 성기는 곧 오므라들어 수축하였으며 수축할 때마다 팽창한 배는 태동하였다. 그리고 조금씩 조금씩 더욱더 크게 벌어져서 그 안의 내부가 음침하게 엿보였다.

"끄집어내면 안 되니?"

나는 땀에 젖어 안경조차 벗어던진 녀석에게 애원하듯 말을 건넸다. 그러자 녀석은 웃었다.

"쥐구멍인 줄 아니? 기다려봐라. 이제 곧 더 커진다. 구멍이 열린다."

그애의 배꼽은 참외의 꼭지 부분처럼 튀어나왔으며 그것은 그래서 다소 유머러스하게 보였다. 거대한 풍선에 묶은 공기 흡입구처럼 보였다. 그 안에서 생명이 알을 깨뜨리고 튀어나오려는 것이다. 배꼽에서부터 질까지 뚜렷이 균열된 검은 선이 보였다. 그 선은 파괴되기 직전에 보여주는 긴장감으로 떨고 있었다.

성기는 더욱더 커졌으며 그래서 그것은 벌린 짐승의 입처럼 보였다.

"이제 곧 뜨거운 물이 솟아나온다. 온천이 터진다."

갑자기 그애의 성기에서 따스하고 기름 같은 액체가 터졌다. 그것은 놀랄 만큼 분출하였다. 그것은 우리의 얼굴로 튀었다. 우리는 더운 비를 맞은 셈이었다.

"나온다."

녀석은 낮은 소리를 질렀다.

질은 더욱더 커졌으며 항문에선 더러운 배설물이 흘러나왔다. 커진 질의 구멍 속으로 젖은 털이 삐죽이 내보였다. 그것은 아이의 머리였다.

나는 구역질을 했다.

녀석은 머리가 보이기 시작하자 그애의 벌어진 성기를 가능한 한 손가락을 넓게 벌려 아이의 분출로 찢어지지 않게 점차 압박하였다. 아, 아, 나는 그런 경험이 있다. 변비에 걸린 동생의 항문이 찢어지지 않게 보호하기 위해서 항문 주위 부분을 손가락으로 넓게 압박하여 딱딱히 굳은 배설물을 눌러주던 기억이 있다. 그러나 이것은 똥을 누는 일이 아니지 않은가. 이것은 아이를 낳는 일이 아닌가.

나는 토했다. 쓰디쓴 위액이 피처럼 흘러나왔다.

한번 고개를 내민 아이의 머리는 점점 커지는 질 속으로 밀려내려 오고 마침내 어딘지 사람의 아기라고는 믿어지지 않는 잔뜩 구겨진 걸레 조각 같은 아이의 머리가 빠져나왔다.

나는 계속 토했다. 눈물을 흘리면서.

녀석은 아이를 자궁에서 쥐어들었다. 그것은 왜소한 짐승의 새끼처럼 보였다. 그것을 쥐어들고 허공에서 한 번 엉덩이를 때리자 아이는 맥없이 울기 시작했다. 마치 누르면 삐익삐익 빠져나가는 공기에 우는 인형처럼. 녀석은 아직 자궁과 연결되어 있는 탯줄을 가위로 잘랐다.

"자 받아라. 니 새끼다."

녀석은 내게 아이를 내어밀었다. 나는 아이를 건네받았다.

"아들이다. 자지가 달려 있다."

손에 받은 아이는 튀겨지기 위해 반죽한 밀가루와 버터를 버무려 바른 것처럼 끈적끈적이는 점액과 핏줄로 젖어 있었다. 고함치던 그 애도 갑자기 잠이 들었는지 조용해지고 온 방 안은 뜨거운 열기와 견딜 수 없는 악취로 가득 차서 질식할 것만 같았다. 나는 자칫 잘못 건드리면 부서질 것 같은 두려움으로 아이를 조심스럽게 들여다보았다. 눈조차 뜨지 못하고서 아이는 풀벌레 소리로 울었다.

"목욕을 시켜야지."

녀석은 더운물에 아이를 처박았다.

우리는 밀도살한 소의 고기를 각을 떠서 처분하는 범죄자들처럼 아이의 몸을 더운물로 씻었다. 피와 더러운 배설물을. 온 방 안에서 피비린내가 풍기고 있었다. 방 안은 광기에 젖어 헐떡이고 뜨거운 열기가 한증탕처럼 차올라 우리는 땀을 뒤집어쓰고 있었다. 그애는 살

해된 짐승처럼 잠이 들어 있었다.

그것은 무엇을 잉태하여 낳은 거룩한 장소라기보다는 마악 처절한 살인이 벌어진 현장처럼 보였다. 나는 잠든 그애의 입에서 수건을 빼었고, 그리고 벗은 몸 위에 담요를 덮어주었다.

"소독하자."

녀석은 마시다 남은 소주병을 뒷주머니에서 꺼내 아이의 몸에 부었다. 아이는 불에 덴 듯 울었다.

"니 새끼냐?"

녀석은 아이의 몸을 내 흰 러닝셔츠로 둘둘 말면서 물었다.

"암, 내 새끼고말고."

"니 쌍판은 하나도 닮지 않았는데?"

녀석은 웃었다.

"예수를 닮았다."

"내가 키운다. 이 새끼는 내가 키울 테다."

"너는 젖이 없지 않니?"

"우유로 키운다."

나는 눈물이 흘러나왔다. 그래서 훌쩍이면서 울었다.

"우유가 떨어지면 집집을 돌아다니며 동냥젖을 구해 먹일 테다. 심봉사처럼."

"잘해봐라. 난 좀 쉬겠다. 깨우지 마라."

녀석은 벽에 몸을 기대고 눈을 감았다. 나는 혼자 깨어 있었다. 내 머릿속으로 캄캄한 어둠 속을 이 집 저 집 두드리며 한입의 젖을 얻기 위해 애원하는 신음 소리가 들려왔다.

광기에 흔들리던 방은 가라앉아 깊은 침묵에 빠져버렸다. 나는 일어서서 잠든 아이에게 다가갔다. 나는 셔츠를 벗기고 아이의 금속 부속품 같은 손가락을 펴보았다. 나는 그 손가락을 하나하나 세었다.

발가락도 세어보았으며, 눈과 귀, 코, 그 모든 것을 헤아려보았다.

아이는 나와 하나도 다른 점이 없었다. 나를 원형대로 축소해놓은 모습으로 아이는 눈을 감고 잠들어 있었다. 나는 고마워서 아이의 얼굴에 입을 맞추었다.

가자.

나는 생각했다. 이제 이곳을 떠나자.

나는 내 윗옷을 벗어 아이의 몸을 한 겹 더 싸 들었다. 그리고 그 아이를 품에 안았다.

계단을 오르려다 말고 나는 고개를 돌려 고꾸라져 잠들어 있는 그 애와 친구녀석을 보았다. 그애는 해부용 동물처럼 잔뜩 내장을 드러내고 누워 있었고 숨소리조차 들려오지 않았다.

나는 묶인 그애의 다리와 손을 풀어주고 싶었다. 그러나 나는 걸음을 되돌려 그애에게 가서 다리와 손을 풀어준다면 애써 결심한 마음이 무너질까 두려웠다. 그래서 나는 그냥 떠나기로 하였다. 문을 열고 나서자 새벽거리엔 안개가 가득 차 있었다. 그래서 어디가 어딘지 나는 방향을 알 수 없었다. 잠들어 있는 아이가 행여 떨어질까 추켜 안으면서 나는 안개를 헤치며 걸었다.

9

집까지 가는 길은 너무 멀었다. 그러나 오래 걸리지는 않았다. 미명의 새벽 길은 안개 속에 힘차게 뻗어 있었다.

나는 도망치듯 뛰었다. 발소리는 새벽 거리를 쩡쩡 울리었으며 아이는 내 품속에서 잠을 깨지 않았다.

집의 문은 열려 있었다. 내가 떠날 때처럼.

아버지는 거실 소파에 앉아 텔레비전을 보고 계셨다. 방송시간은 끝나 있었으므로 켜진 텔레비전에서는 치익치익 금속성 소리만 반복되고 있었다.

"저예요. 아버지."

나는 텔레비전을 들여다보고 있는 아버지에게 인사를 했다.

"학교 갔다 오는 겁니다."

"수고했다."

나는 거실을 지나 방으로 들어갔다. 동생은 엎드려 잠들어 있었다. 내가 흔들어 깨우자 동생은 어릿어릿한 눈으로 나를 올려다보았다.

"돌아왔다."

동생은 물끄러미 나를 보았다.

"보여줄 게 있어."

나는 웃으며 품속에서 들고 온 아이를 꺼내 보여주었다. 동생은 무심코 아이를 받았다. 그리고 가만히 아이의 얼굴을 들여다보았다.

"근사하군."

동생은 나를 보았다.

"형의 아인가?"

"그래."

나는 자랑스레 대답했다.

"내 아들이야."

"기도할게."

동생은 아이의 얼굴에 입을 맞추었다.

"형의 아들을 위해 기도할게."

동생은 눈을 감았다. 마치 기도라도 하는 것처럼.

동생은 그 기도를 꽤나 오래 계속했을 것이다. 왜냐하면 그 감은 눈을 아침까지 뜨지 않았을 테니까.

나는 아직 체온이 남아 있는 내 이불 속으로 뛰어들었다.
갑자기 잠이 쏟아졌다.
나는 잠의 두레박을 타고 하늘로 천천히 올라갔다.

(1977년)

다시 만날 때까지

1

　솔직히 이야기해서 내가 그 비행기를 탔던 것은 인도적인 의무감 때문은 아니었다. 그것은 시카고까지 가는 비행기 삯을 싸게 할인하여 여행하여보자는 속셈 때문이었다. 서울서부터 미국 시카고까지 천사백 달러 정도의 비행기 삯은 내게 크나큰 부담이었다. 단 사백 달러만 내면 갈 수 있다는 친구녀석의 말은 내게 귀가 번쩍 뜨이는 빅 뉴스였다. 천 달러 정도를 절약할 수 있다는 이야기는 그 일이 설혹 내게 마약을 운반해달라는 부탁이라 할지라도 거절할 수 없었을 것이다. 천 달러가 아니라 단 십 달러만 절약해준다고 하더라도 나는 마약을 운반했을 것이다. 애초부터 내겐 그런 식의 도덕감 따위는 아예 결여되어 있었으니까.

　하지만 돈 천 달러를 절약할 수 있고 그 엄청난 고액에 보상하는

일이 단지 미국으로 입양되는 고아 세 명을 안전하게 데리고 가는 일
뿐이라는 이야기를 들었을 때 나는 역시 미국녀석들이란 좀 괴상한
녀석들이로군 하고 빈정댔다.

한국 고아를 미국 관련 단체에 넘겨주는 일을 맡아서 하고 있는 친
구녀석은 내게 그 환상의 비행기 티켓을 권유하면서 자기 기관의 상
관 미국인을 만났을 때는 단 두 가지만 엄수해줄 것을 부탁하였다.

그것은 내가 독신이 아닌 기혼자라는 거짓말을 해줄 것과 또하나
는 내가 독실한 기독교 신자라는 거짓말을 천연덕스럽게 해달라는
것이었다. 친구녀석의 이야기는 기혼자라면 아이의 기저귀쯤 갈아
주었을 테고 우윳병쯤 물려본 경험이 있을 테니까 그들의 마음을 안
심시킬 수 있을 것이며, 또한 철저한 무신론자인 내가 그들에게 독실
한 기독교 신자라는 거짓말을 한다면 그들의 관련 단체가 기독교 계
통의 자선 사회단체이므로 일단은 그들에게 신뢰를 받을 수 있을 것
이라는 내용이었다.

"왜냐하면,"

친구녀석은 이야기했다.

"신청자가 아주 많이 있으니까 말야."

어쨌든 나는 녀석의 말대로 약속된 시간에 연맹이라는 기관에 나
가 그가 시킨 대로 거짓말을 하였다. 거짓말 따위는 내게 익숙해 있
었으므로 좀 순진한 편인 미국인을 속이기는 손바닥을 펴고 접는 일
보다 쉬운 일이었다. 만약 친구녀석이 내게 미국인 앞에서 눈물을 흘
릴 것을 권유하였다면 나는 눈물까지 흘려 보일 참이었으니까.

파이프 담배를 피워대던 미국인은 내게 물었다.

"건강하세요?"

나는 대답했다.

"건강하고말고요."

　물론 내 대답은 거짓말이 아니었다. 아직 서른두 살 독신인 주제에 결혼하였다고 거짓말을 하였으며, 믿지도 않는 기독교를 믿는다고 거짓말을 하였지만 그가 묻는 건강하냐는 질문에는 자신있게 대답할 수 있었다. 왜냐하면 나는 맹세코 건강했으니까. 단 발가락 사이에 피어오른 무좀 하나만 빼놓는다면.

　"좋습니다."

　그는 일어서서 내게 악수를 청했다.

　"닷새 후 비행기 출발 세 시간 전까지 이곳으로 와주십시오. 우리는 당신을 믿습니다."

　나는 털이 부얼부얼한 그의 손을 잡고 흔들었다. 마치 내 어렸을 때 국민학교 마당에서 나눠주던 거대한 우유통에 그려졌던, 미국과 한국이 악수를 나누는 상징적 그림과 같이.

　그때 우리는 얼마나 그 우유에 탐닉하였던가. 어머니가 만들어준 종이봉지를 싸들고 그 우유통 앞에 일렬로 서면, 주름치마의 예쁜 여담임교사는 차례차례 우유통 속에 가득 찬 흰 우윳가루를 듬뿍듬뿍 떠서 우리의 종이봉지에 넣어주었다. 그날은 우리 어린이들에게 축제의 날이었다. 쉬는 시간이면 운동장 곳곳에 앉아 종이봉지 속에 코를 처박고 기름도 뽑지 않은 날우윳가루를 얼굴이 하얘져라 먹고 또 먹고 그리고 또 먹었다. 그래서 쉬는 시간이 끝나 교실에 들어서면 다들 곡마단의 어릿광대들처럼 흰 분가루를 얼굴에 하얗게 칠하고 있었으며, 텅 빈 마당엔 흰 우윳가루가 드문드문 화장한 뼛가루처럼 산재해 있었다. 마치 전쟁통에 죽어 돌아온 형의 유골과 같은 우윳가루들이.

　다음날이면 우리 반 아이 중에 몇몇은 학교에 출석도 못 하곤 했다. 왜냐하면, 밤새 퍼먹은 그 기름 뽑지 않은 우윳가루에 배탈이 났으므로.

미국인에게 정식으로 허락을 받고 이제 돈 천 달러를 절약하게 되었다는 안도감으로 발걸음도 가볍게 외국인 거리를 빠져나오면서 나는 그러나 기분이 유쾌하지는 않았다. 아직까지 나는 외국인 앞에만 서면 어쩐지 부자연스럽고 공연히 쓸데없는 긴장에 휩싸이게만 된다. 입으로는 맛있으나 함부로 퍼먹으면 채 소화시키지도 못하고 밤새 설사를 하는 우윳가루처럼, 그들과 이야기를 하노라면 왠지 속이 거북스럽고 편도선이 부어오른다. 그래서 이번 형 회사일로 부탁을 받고 실은 상담차 미국으로 떠나게 되었으면서도 나는 별로 외국으로 떠나는 흥분으로 잠 못 자는 바보짓을 해본 적은 없었다. 물론 이번이 첫번째 여행은 아니었다. 불과 일 년 전 이맘때쯤 나는 미국에 다녀왔다. 마찬가지로 형의 부탁으로 다녀온 미국 여행이었다. 처음엔 한 달 예정으로 떠났다. 일은 불과 사흘 정도면 끝낼 수 있었으며 나머지는 이곳 저곳을 둘러보고, 이를테면 우리나라 사람들이 미국을 여행하면 으레 들러 사진을 찍는 자유의 여신상이라든가, 마천루, 유엔 빌딩, 나이아가라 폭포, 디즈니랜드 등도 둘러보고, 오는 길에 십여 년 전에 이민을 떠난 누이의 집에 들러 온다는 여행길이었다.

여권의 비자 기간은 두 달이었으므로 재미있다면 돈을 아껴 써서 한 달 예정을 두 배로 늘려 미국 여행을 즐길 수는 있었다.

하지만 나는 한 달 예정의 미국 여행을 보름으로 단축하고 돌아왔다. 도대체가 미국이 외국이라는 느낌이나 새로움에 대한 호기심이 떠오르지 않았기 때문이었다. 미국은 외국이 아니었다. 미국은 남의 나라가 아니라 바로 내가 살고 있는 서울의 확대판이었다.

내가 태어난 해방된 해 이후부터 우리나라는 본의건 본의 아니건 미국의 영향을 받아왔으므로 그들의 종교, 그들의 가치관, 그들의 노래, 그들의 음식, 그들의 주택, 그들의 영화, 그들의 책에 익숙할 수밖에 없었다. 나는 단지 '걸리버의 여행' 처럼 소인국에서 대인국으로 파견된 사람에 불과하였다. 차라리 뉴욕의 마천루는 내가 사는 서울의 고전(古典)이었다. 삼일빌딩을 서너 배 확대하여놓은 건물이 엠파이어스테이트 빌딩이었으며, 라디오에서 흘러나오는 흑인들의 노래는 명동 레코드 점에서 들려오는 노래와 다름이 없었다.

때문에 뉴욕의 지하철을 탔을 때 차창에 부옇게 떠오른 키 작은 내 얼굴이 누런 황인종라는 사실이 차라리 놀라워서 나는 내가 동양인, 그중에서도 몽고인종이라는 사실을 자각하고 몇 번이고 차창에 스치는 내 얼굴을 마주 보았다.

그렇다. 내 머리는 미국인이었으며, 내 얼굴은 동양인이었다.

나는 호텔 방에 틀어박혀 남은 사흘을 내내 텔레비전만 보고 지냈다. 뉴욕에 오면 전화 걸기로 하고 적어두었던 동창녀석들의 전화번호 메모지를 들춰보려 하지도 않은 채 온종일 방영되는 텔레비전을 보며 저녁이면 번화가에 나가 한 번에 두 편씩 보여주는 섹스 영화만 보는 것이 고작이었다. 물론 미국에 섹스 영화나 텔레비전을 보기 위해서 찾아온 것은 아니었다. 찾아온 용무는 사흘 만에 끝났으므로 미리 호텔에 예약한 일 주일의 나머지 기간을 뉴욕 관광으로 보내야만 옳았다.

하지만 맨 처음 찾아간 유엔 빌딩 앞에서부터 나는 피로하고 그리고 권태로웠다. 허드슨 강 연변에 우뚝 솟은 유엔 빌딩을 찾아가 사진을 보며 상상한 규모보다는 훨씬 큰 빌딩을 바라보면서 나는 그것이 왠지 연극 세트의 무대인 것 같아 눈을 비비며 몇 번이고 확인했다.

유엔 빌딩의 꼭대기 푸른 하늘 위로 구름이 흘러가고 있었으므로 유엔 빌딩은 무너질 것처럼 기우뚱거리고 있었다.

그렇다. 유엔 빌딩은 휘청거리고 있었다.

빌딩 옆 잔디밭 위에 소련에서 기증한 낫을 든 노동자상 앞에 앉아, 나는 겉만 번지르르하고 뒤는 얼기설기 못질한 각목과 조잡한 나무판자로 이어진 연극 세트와 같은 상징적 의미만의 자유, 상징적 의미만의 평화, 겉으로는 웃으나 실상 속으로는 칼을 빼어드는 국제적인 쇼윈도, 국제적인 사기꾼들이 모이는 로비, 유엔 빌딩을 바라보며 몇 번이고 구역질을 했다.

그날 돌아보기로 하였던 몇 가지의 관광 코스를 포기하고 나는 걸어서 호텔로 돌아왔다. 돌아오는 도중 나는 뉴욕의 5번가에서 살아 있는 여인의 성기를 보았다. 조그만 구멍 속에 이십오 센트를 넣으면 구멍 속의 커튼이 열렸다. 나는 그 구멍 속에 눈을 들이대었다. 유리창엔 조그만 침대가 있었고, 그 침대는 천천히 회전하고 있었다. 침대 위에는 금발의 미녀가 발가벗고 누워 있었고, 여인은 구멍에 눈을 들이대고 있는 나를 포함한 흑인 두어 명을 위해 자신의 성기를 벌려 보여주었다. 보는 사람이나 보여주는 사람이나 뜨거운 호기심 같은 건 일어나지 않았다. 그것은 단지 성기를 보여주는 일에 지나지 않았다. 차라리 그 여인의 성기를 보는 동안 내 내부에서 불처럼 뜨거운 정욕이 일어나서 그녀와 나를 가로막은 두꺼운 유리창을 깨뜨리고 뛰어들어가고 싶은 충동을 느꼈다면 나는 행복했을 것이다. 여인의 행동은 그저 표본실의 알코올 속에 담긴 토끼의 내장을 보여주는 생물 교사의 그것에서 벗어나지 않았다.

나는 호텔로 돌아와 텔레비전을 보면서 몇 번이고 그 여인을 상기하며 억지로라도 흥분을 불러일으켜 수음을 해보려고 시도했다.

나는 눈을 꼬옥 감고 그 침대와 그 여인을 떠올리고 내 머릿속에서 그 침대를 빙글빙글 돌려보기 위해 머리를 모았다. 그러나 허사였다. 여인은 살아 있는 실체가 아니라 서울의 명동 골목에서 살 수 있는 외설 잡지에서 야비하게 웃고 있던 외국 여인일 뿐이었다.

나는 뉴욕의 사흘간을 텔레비전과 섹스 영화를 보는 것으로 소일하였다. 빈 시간이면 호텔의 창문을 열고 네온이 번뜩이는 뉴욕의 야경을 내다보며 시간을 보냈다. 건너편 건물 벽에서는 말보로 담배를 선전하는 거대한 사내의 얼굴이 밤이건 낮이건 담배연기를 뿜어대고 있었다.

로스앤젤레스로 건너가 누이를 만났을 때도 나는 처음 며칠간은 기쁨에 차 있었지만 곧 권태와 무위에 빠져버렸다. 십 년 만에 만나는 다 자란 조카애들과 식탁에 앉아 김치와 꼬리곰탕을 먹으며 큰 소리로 한국말로 이야기를 하고 유난히 긴 장발의 조카애가 기타를 치며 부르는 〈선샤인〉이란 노래를 들으며 박수를 치면서 나는 왠지 마음이 공허했다.

밤이면 조카애들은 한 아이는 주유소로, 한 아이는 피자집으로 아르바이트를 나갔고, 매형은 가게를 지키기 위해 차를 타고 나가고, 누이와 나만 단둘이 남아 털 스웨터를 짜며 이야기를 나누었다. 누이는 미국에 간 이후로 알레르기성 재채기에 걸려 있어 자주자주 재채기를 하고는 눈을 비비며 코를 풀었다. 내가 로스앤젤레스는 일 년 내내 여름인데도 왜 두꺼운 털 스웨터를 짜고 있느냐고 묻자, 누이는 웃었다.

"그냥 짜는 거지 뭐. 그냥 짜는 거란다."

미국으로 떠나기 전 누이는 매 해 겨울이면 내 스웨터를 짜주었다. 그런데도 누이는 미국에 와서도 스웨터를 짜고 있는 것이었다. 수년 동안 내내. 그 동안 쉬지 않고 스웨터를 짰다면 누이는 수많은 스웨터와 장갑을 짰을 것이다. 하지만 누이는 단 한 벌의 스웨터도 짜지 않았으며, 또 한 개의 장갑조차 짜지 않았다. 왜냐하면 그 스웨터가 완성될 만하면 또다시 풀었으니까. 풀린 털실로 또다시 아무에게도 입힐 수 없는 스웨터를 짜고 다시 풀었으니까.

잠이 들면 한밤중에 조카애들이 돌아오곤 했다. 주유소에 다녀온

큰녀석의 몸에선 기름 냄새가 났고, 피자집에서 접시를 닦고 온 작은 녀석의 몸에서는 음식 냄새가 났으므로 나는 눈을 뜨지 않아도 누가 돌아왔는지 알 수 있었다. 큰조카녀석은 돌아와서도 밤이 깊을 때까지 공부를 하고 잠이 들곤 했는데, 녀석은 빨리 올 A학점으로 대학교를 나와 집 고생시키지 않겠다는 한국적 맏아들의 사명감에 불타고 있었다. 그의 책상 머리맡에는 태극기가 붙어 있었다. 내겐 그 태극기와 눈에 드러나는 한국적 맏아들의 비장한 사명감이 못내 안쓰러웠다. 나는 그 책상에서 태극기를 치워버려주기를 바랐다. 차라리 그곳에 성조기를 붙여놓아라, 이 녀석아. 여긴 아메리카다. 여긴 한국이 아니다. 여긴 아메리카다.

한 달 예정의 미국 여행을 보름도 채 못 채우고 돌아오자 한 녀석은 내게 미국에서 겪었던 이야기를 기회 있을 때마다 물었다.

"어때, 미국년 엉덩이 괜찮데? 백말이 낫니, 흑말이 낫니?"

그러니까 이번의 여행은 두번째의 여행길이었다. 처음 비행기 탔을 때의 가슴 설레는 긴장감도 없었으며, 제주도쯤 가는 기분으로 여권을 받았다.

닷새 후 내가 타는 비행기, 노스 웨스트가 열두시쯤 출발할 예정이었으므로 나는 전날 외국인이 말했던 대로 오전 아홉시쯤 S연맹으로 나갔다. 나는 그곳에 도착해서야 내가 얼마나 어리석은 친구인가 하는 것을 알아차렸다.

이번에 미국으로 입양되는 고아는 도합 열다섯 명인데, 그 고아들을 미국 시카고까지 데리고 가는 사람은 다섯 명으로 나 하나만 빼놓고는 전부 미국인이었다. 그들은 대부분 이런 일에 두어 번 이상 경험이 있는 모양이었는지 아홉시 집합시간에 나와준 사람은 한 사람도 없었다. 겨우 아홉시 반가량 되어서야 한 남자가 껌을 질겅질겅 씹으며 나타났고, 열시가 가까워서야 또 한 사람이 나타났으며, 나머지 두 사람은 아예 오지도 않고 직접 비행장으로 나오겠다는 전갈이 온 모양이었다.

그래도 제일 먼저 와준 사람이 우리들 다섯 명의 리더격인 핸더슨이라는 미국 사람으로 이번 일까지 도합 여섯 번의 경험을 가진 사내였다.

"안녕하세요?"

그는 서투른 한국말로 내게 악수를 청했다.

"이번이 처음이십니까?"

"예."

나는 웃으며 대답했다.

정각 열시부터 우리는 S연맹 부속 교회에 들어가 예배를 드렸다. 우리와 함께 떠날 고아들은 보모의 손에 안기거나 좀 큰놈들은 걸어서 나란히 예배를 보았다. 대부분 첫돌도 채 되지 않은 아이들이었으므로 보모의 손에 안기었으나, 서너 명의 꼬마들은 대여섯 살은 훨씬 넘어 보였으며, 가장 나이 든 아이는 국민학교 삼학년 정도는 되어 보였다.

나는 유심히 우리와 함께 떠날 아이들을 살펴보았다. 아직 배정받지는 못했지만 저들 열다섯 명 중에 내게 할당되는 아이는 아마도 세 명일 것이다. 그들은 모두 같은 빛깔과 같은 모양의 옷들을 해 입고 있었다. 아마 보모 중의 누군가가 일괄적으로 시장에 나가 옷을 산 모양이었다. 아직 겨울이었으므로 추위를 막기 위해서 있는 대로 옷들을 껴입고 있었다. 대부분 몸보다 옷이 컸으므로 다들 형의 옷을 빌려입은 막내둥이의 모습을 하고 있었다.

"어린애들은 빨리 크는 법이란다."

내가 아주 어릴 적 옷을 사줄 때면 어머니는 내게 이야기하곤 했다. 피난 간 부산에서 서울로 환도할 때도 어머니는 내게 두어 배나 큰 옷을 사주셨다. 그 옷을 입으면 바지는 서너 겹 걷어야 했고, 팔소매도 서너 겹 걷어야 했으며, 모자를 쓰면 모자챙이 눈을 가려 보이지 않을 정도였다. 그러나 나는 어린 나이에도 참을 줄 알았다. 왜냐하면 우리는 금방 크니까. 옷이 커야만 오래 입을 수 있으므로.

부속 예배당에 들어갔을 때부터 벌써 보모들의 품에 안긴 아이들은 기를 쓰고 울기 시작했다. 반사 작용으로 모든 아이들이 따라 울기 시작했다. 마치 한 마리가 짖으면 모두 따라 울부짖는 사육장에 매인 개들처럼.

형 집에 더부살이하는 나는 원래 어린 조카들의 울음소리에 익숙해 있긴 했지만 열 명 이상의 꼬마들이 한꺼번에 터뜨린 울음소리는 지독스레 요란했다.

일단 기독교도 행세를 한 이상 눈을 감고 기도를 드리며 나는 시카고까지 가는 여행길에 제발 순한 녀석이 걸려주든지 아니면 아예 울지도 못하는 백치가 걸려주었으면 좋겠다는 기도를 드렸다. 그리고 우린 찬송가를 합창했다.

우리 다시 만날 때까지 하나님이 함께 계셔, 훈계로써 인도하며 도와주시기를 바라네. 다시 만날 때 다시 만날 때 예수 앞에 만날 때 다시 만날 때 다시 만날 때 그때까지 계심 바라네. 우리 다시 만날 때까지 하나님이 함께 계셔……

나는 그 찬송가를 몰랐으므로 입만 벌려 중얼중얼 따라하였다. 아이들은 우리들이 찬송가를 합창하자 더욱더 울었다. 외국인들과 보모들은 그 아이들 울음소리에 대항하듯이 더 목소리를 높여 노래 불렀다.

우리 다시 만날 때까지 하나님이 함께 계셔, 사망 권세 이기도록 지켜주시기를 바라네. 다시 만날 때 다시 만날 때 예수 앞에 만날 때, 다시 만날 때 다시 만날 때 그때까지 계심 바라네. 아멘.

예배가 끝난 후 우리는 공항으로 출발하였다. 우린 일반 승객과 달리 일종의 화물 책임을 진 보호자였으므로 일반인들보다 먼저 수속을 마쳐야 했다.

"아시겠지만……"

차 속에서 우리들의 리더인 핸더슨이 입을 열었다. 그는 특히 나를 쳐다보며 말을 했다.

"시카고에 도착할 때까지 절대로 잠을 자서는 안 됩니다."

나는 한심해서 긴 한숨을 쉬었다.

내가 알기로는 시카고까지 적어도 이십 시간 남짓 걸리는 여정인데, 그 동안 눈 한 번 붙여보지 못한다는 것은 대단한 형벌이기 때문이었다. 하지만 할 수 없었다. 그것이 천 달러의 대가라면 이십 시간 잠을 못 자는 것은 고사하고 내리 캉캉춤이라도 추라면 출 판이었으니까.

출국 수속을 끝마치고 대합실로 나서자 핸더슨은 내게 석 장의 카드를 내밀었다. 그것은 내가 운반할 세 명의 아이에 대한 신상명세서였으며, 일테면 비로소 내가 책임질 세 명의 아이를 할당받은 것이었다.

내게 할당된 아이는 생후 칠 개월의 쌍둥이 두 여자아이와 열다섯 명의 고아 중에서 제일 나이가 많은 아홉 살의 소년이었다. 배연석은 아홉 살 난 소년이었는데, 미국식 이름으로는 토마스 배라고 씌어 있었으며, 생후 칠 개월의 쌍둥이는 이인순, 이인자라는 이름을 가지고 있었고, 영문 이름은 아직 없었다.

시간이 되어 출국 대기실로 들어갈 때가 되자 보모들이 각자 자기들이 보호하던 아이들을 안고 우리에게 다가왔다.

배연석은 묻지 않아도 내가 알 수 있었으므로 잠자코 녀석의 손을 잡아 이끌었더니, 녀석은 나를 물끄러미 올려다보았다.

"네가 배연석이냐?"

“예.”

퉁명스럽게 소년은 대답했다.

“내가 너하고 시카고까지 같이 가게 됐다.”

나는 서양식 제스처로 소년에게 손을 내밀어 악수를 청했다. 하지만 소년은 내 손을 잡지 않았다. 나는 무안해서 허락된다면 녀석의 머리통을 한 대 쥐어박고 싶은 심정이었다.

“선생님이 최 선생님이신가요?”

누군가 내 앞에 와서 섰다. 젊은 여인이었다. 양손에 어린애들을 하나씩 껴안고 있었다. 선입견이 없더라도 쌍둥이라는 것을 분명히 알 수 있을 정도로 닮아 있었으며, 똑같은 옷을 입고 있었다.

“예.”

나는 대답했다.

“아이, 잘됐군요.”

여인은 크게 말했다.

“우리나라 사람이 보호하게 되어서 다행이에요.”

여인은 아이들을 내게 내밀었다. 나는 엉겁결에 아이들을 받았다.

“애들이 순해요. 분유만 제때 주고, 기저귀만 제때 갈아준다면 절대로 울지 않는답니다.”

“고맙습니다.”

나는 대상도 뚜렷치 않은 인사를 하고 아이들을 치켜들었다. 도대체가 아이를 안아본 것은 아마도 내 생전 처음일 것이다. 때문에 나는 당황했다.

갑자기 여인이 훌쩍이며 울기 시작했다. 자기가 낳지 않은 아이긴 했지만 며칠 새에 정이 든 것일까. 아마도 그냥 낯선 땅으로 떠나는, 아직 눈도 제대로 뜨지 못하는 갓난아이에게 앞으로 다가올 미래의 험난한 운명이 절로 슬펐기 때문일까. 여인은 울었다.

"인순아."

여인은 울면서 내 오른쪽 옆구리에 낀 아이에게 달려들어 잠자는 애기의 얼굴에 볼을 비볐다.

"예쁜 새끼. 잘 가라."

여인은 주머니에서 조그만 복조리를 꺼내 어린애의 옷 밖에 매어주었다. 마찬가지로 왼쪽 옆구리에 낀 아이에게도 복조리를 매어주었다. 나는 딱해서 우두커니 서 있었다. 그 여인을 울게 한 책임이 내게 있기라도 한 듯이. 나는 마치 그 여인과 간통해서 낳은 사생아를 들고 떠나는 파렴치범 같은 생각이 들었다.

"오케이."

핸더슨이 한 애를 목말 태우고, 한 애는 안고, 한 애는 도망칠세라 혁대를 꽉 잡고는 먼저 출입구로 걸어가면서 소리쳤다.

"레츠 고."

우리는 주춤주춤 그의 뒤를 따랐다. 연석은 주머니에 손을 찌른 채 내 옆을 열심히 따라오고 있었다. 소년은 아무도 돌아보지 않고 땅만 내려다보고 걷고 있었다. 하기야 돌아보았다 한들 아무도 그를 배웅할 사람은 없었으니까. 그의 등뒤에서 손짓하는 것이란 그를 낳았다가 버린 그의 부모와 그를 태어나게 한 땅뿐일 터이니까.

내게 쌍둥이를 넘겨준 여인은 줄곧 울고만 있었다. 나는 도망치듯 그들과 헤어져 빠져나왔다.

벌써부터 피로해 있었으므로 차라리 비행기에 타고 나서야 나는 마음이 놓였다. 떠들썩한 이별의 말, 눈물, 이별의 슬픔 따위는 나완 무관한 것들이었다. 나와 무관한 이상 빨리 헤어지는 것이 현명한 일이었다.

우리들 이십여 명은 비행기 안 뒤편 좌석에 안내되었다. 하기야 싼 요금으로 비행기를 거의 공짜다 싶게 얻어타는 신세이므로 비행기

소음이 제일 크게 들리는 시끄러운 뒷좌석을 탓할 수는 없었다.

나는 좌석에 앉자마자 연석을 가장자리로 앉게 하고 벨트를 꽉 매어주었다. 그것은 떠나기 전부터 생각해온 내 속셈이었다. 물론 비행기가 떠날 무렵에는 붉은 표시등이 반짝하며 켜지면서 '벨트를 매시오' '담배를 피우지 마시오' 라는 엄중한 경고의 문구가 밝아지게 마련이다. 비행기 출발의 충격에서 보호하려는 것이 그 목적인데, 나는 아예 녀석의 벨트를 시카고에 도착할 때까지 풀어주지 않을 배짱이었다. 이를테면 우송되는 소포가 풀어지지 않게 잘 포장하듯이 녀석의 몸을 결박하여 도착할 때까지 깨지지 않게 보호하겠다는 속셈이었다.

아이들도 마찬가지였다. 아주 곤히 잠들어 있는 이상 영원히 잠들기를 기도하면서 일단 좌석에 꼼짝없이 매어둘 요량이었다. 아이들의 몸을 안정시키기 위해 손을 들자 왼쪽 손목에 명찰이 스카치테이프로 붙여져 있었다. 마치 기성복 뒤에 붙어 있는 가격 표시처럼.

출발은 순조로웠다. 딴 파트의 아이들은 벌써 울기 시작했고, 어떤 애는 벌써 똥을 싸 한 외국인은 갓댐을 연발하며 아이를 번쩍 안아 비행기 맨 뒤에 마련된 조그만 대 위에 올려놓고 기저귀를 갈아주고 있었다.

핸더슨은 막 울기 시작하는 아이의 입에 젖병을 물리고 있었다. 다행히 승객은 별로 없었고, 또 있어도 모두 앞좌석 쪽에만 있었으므로 뒷부분은 우리를 빼놓고는 거의 텅 비어 있었다.

나는 이 일이 도대체 왜 천 달러의 가치가 있는 여행인가 의문이 갈 정도였다. 연석은 벨트에 완강히 매어져 얌전히 앉아 있었으며, 기찻길 옆 옥수수가 잘도 크듯이 우리 두 쌍둥이는 죽음과도 같은 깊은 잠에 곤히 빠져 있었다.

아멘.

나는 안도의 한숨을 내쉬었다. 이대로만 간다면 나는 공짜의 비행기 여행을 하는 것이다.

출발시간이 되었는지 비행기가 활주로를 걸어가기 시작했다. 나는 비행기 소리가 윙윙거리다 행여 아이들을 깨울까봐 조심스레 그들을 내려다보았다. 그러나 아이들은 깨지 않았다. 연석만이 내게 큰 소리로 벨트를 풀어달라고 했다. 나는 대답도 않고 그저 완강하게 고개만 흔들어 보였다. 소년은 말없이 고개를 빼어 그가 떠나는, 이젠 영영 다시는 돌아오지 못할지도 모르는 그를 낳게 한 땅을 돌아보았다. 소년은 조그만 유리창 너머의 김포공항을 기웃거리며 내다보았다.

돌아보지 마라.

나는 생각했다.

절대로 돌아보지 마라. 차라리 잊어버려라. 네 이름이 토마스 배라면 이젠 배연석이란 이름을 잊어버려라. 조카의 책상 위에 붙여져 있던 태극기를 떼어버리기를 기원하였던 내 바람을 너는 잊어서는 안된다. 한국을 잊어버려라.

비행기는 섰다. 잠시 호흡을 가늠하더니 맹렬한 속도로 달리기 시작했다. 그리고는 어느 틈엔가 하늘로 떴다. 차창 밖으로 재빠르게 김포공항이, 서울이 뒷걸음질쳐 사라졌다. 그리고는 이내 구름이었고 그리고 파란 창공이었다.

나는 아슬아슬한 긴장감으로 아이들을 주의 깊게 내려다보았다. 생각 같아서는 잠든 아이의 귓속에 솜을 틀어막고 싶은 심정이었다. 그러나 놀랍게도 아이들은 두어 번 칭얼대더니 또 잠잠했다. 나는 마음이 놓였다. 연석은 자기 혼자서 벨트를 풀었다. 그러나 개의치 않기로 했다.

한 소년이 노래를 부르기 시작했다.

"리리릿자로 끝나는 말은 개나리 보따리 댑싸리 소쿠리 유리 항아
리."

그러자 연석이가 따라 노래 불렀다.

"리리릿자로 끝나는 말은 노가리 아가리 종아리 머저리 우리 대가
리."

딴 좌석에서도 난장판이었다. 우는 놈, 칭얼대는 놈, 의자에서 거
꾸로 떨어지는 놈, 걸어다니면서 노래 부르는 놈. 네 명의 외국 호송
인들은 잘 훈련된 응급 처치반원처럼 쉴새없이 기저귀를 갈아주고
분유를 먹이고 그리고 갓댐을 연발하였다.

그에 비하면 우리들은 완전한 평화였다. 켄터키 옛집이었다. 옥수
수는 벌써 익었으며 여름철 검둥이 시절이었다.

하지만 그 검둥이 시절은 이제 곧 어려운 시절이 닥쳐올 일에 대비
한 불길한 평화에 불과하였다. 그러나 그렇다손 치더라도 일단 동경
에 도착할 때까지는 평온하고 무사무사하였다.

2

비행기가 동경에 도착하고 일단 손님들이 모두 비행장에 내렸어
도 우린 그냥 기내에 머물고 있었다. 한 시간 정도 체류하고 떠날 때
까지도 아무 일도 없었다. 일이 벌어진 것은 비행기가 시애틀을 향해
하네다 공항을 출발한 직후부터였다.

그 동안은 줄곧 연석과 이야기를 나눈 것이 내가 한 일의 전부였
다. 나는 사실 무료했다. 몇 권의 책은 이미 따로 부친 가방 속에 들
어 있었고, 가져온 것은 세면도구가 든 조그만 백뿐으로 시간을 보낼
것은 아무것도 없었다.

무심코 지나가는 스튜어디스에게 술을 한 잔 달라고 했다가 거절 당했다. 그녀는 내가 고아들을 호송하는 책임을 맡은 이상 술은 줄 수 없다고 했다. 젠장, 나는 신경질이 났다. 담배도 마찬가지였다. 원래 좌석에서는 피우지 못하게 되어 있었다. 정 피우지 않고 못 배길 때에는 일어서서 화장실 쪽으로 가 황급히 몇 모금 빨고 돌아와야만 했다. 따로 할 일이 없었으므로 나는 자주 화장실 앞에 쭈그리고 서서 담배를 피웠다. 그럴 때마다 스튜어디스들은 내가 혹시 비행기 납치라도 시도할 녀석인가 눈을 날카롭게 빛내며 쏘아보는 것이어서 왠지 기분이 언짢았다. 담배는 그렇다 치더라도 술을 못 먹게 하는 것은 돼먹지 않은 규율이었다. 도대체가 비행기 내에서 한 잔씩 맛볼 수 있는 맛있는 양주의 맛을 고아 때문에 포기하라니.

별수 없이 나는 연석에게 되지 못한 질문이라도 하면서 시간을 보낼 수밖에 없었다. 그러나 녀석은 아홉 살임에도 나이보다 두어 배는 조숙해 있었다. 조숙하다는 것은 점잖은 표현이고 한마디로 발랑 까져 있다는 편이 맞는 표현이었다.

소년에겐 고아들 특유의 가면을 쓴 것 같은 무표정이 항상 준비되어 있었다. 늘 이맛살을 찌푸리고 못마땅한 자세로 주위를 노려보고 있었다. 적의에 불타고 있는 눈빛은 날짐승의 그것처럼 번득이고 있었다. 그러다가 또 엄청난 변화를 보이곤 해서 조용히 앉아 있다가 갑자기 큰 소리로 노래를 부르곤 했다. 그것도 도저히 입에 담을 수 없는 저속한 노래를.

"짱구 아버지 짱구. 짱구 엄마 짱구. 짱구 아들 짱구. 짱구 대가리 짱구."

가끔 스튜어디스들이 먹을 것을 갖다주면 소년은 배가 고프지 않은데도 탐욕스럽게 두어 주먹씩 쥐어들고는 주머니에 불룩하게 저장해두곤 했다. 그는 먹고 또 먹고 또 먹었다. 나중에는 스튜어디스가 지나가기만 하면 "아줌마 배고파. 더 줘. 더 줘" 하고 소리를 고래고래 지르곤 했다. 그럴 때면 한국말을 알아듣지 못하는 스튜어디스는 눈이 둥그레져서 내게 왜 그러느냐고 물었고, 나는 할 수 없이 배가 고파 그런다고 통역을 해줄 수밖에 없었다. 그러면 스튜어디스는 한 번도 불평을 하지 않고 그의 앞에 먹을 것을 갖다주었으며, 그는 그것을 모두 먹어치우곤 했다. 그의 작은 몸뚱이의 어디에 그 많은 양의 음식을 저장해두는 곳이 있을까 싶게도 그는 그저 먹을 것만 찾았다. 지난 몇 년간의 굶주림을 한꺼번에 채우려는 듯이.

하기야 나 역시 그러하였다. 피난 시절 나도 미군 지프가 지날 때면 달려가 목이 멘 소리로 "기브 미 츄잉껌. 기브 미 초콜릿"을 소리 지르곤 했었다.

"헬로. 헬로. 먹던 것도 좋아요. 헬로. 헬로. 씹던 것도 좋아요."

내가 살던 피난민촌 언덕길을 올라가면 미군 부대가 있었는데, 우리는 철조망 보초병의 성격과 교대시간을 훤히 알고 있었다.

가령 검둥이 조는 인심이 나빠 철조망을 아무리 맴돌아도 껌 하나 주지 않으며, 흰둥이 톰은 마음이 좋아 우리가 나타나면 주머니에 든 먹이를 뿌려준다는 사실을 훤히 알고 있어서 톰이 보초를 교대할 시간이면 우리 조무래기들은 남보다 빨리 그를 만나러 언덕길을 물방개처럼 달려가곤 했다. 흰둥이 톰은 우리가 달려오면 새에게 모이를 주듯 준비한 과자를 던져주곤 했다. 우리는 와아— 흩어져서 과자를 줍고 그리고 갈대숲이 우거진 바닷가 절벽 위에서 아껴 먹었다. 빨리 없어질까 조바심하면서 비스킷을 쥐처럼 갉아먹었다.

"오래 씹어라."

같이 달려간 작은누이는 내게 늘 말하곤 했다.

동산에 봄이 오면 누이와 나는 진달래 꽃잎을 따먹으러 산과 들을 헤매었는데, 하루 종일 진달래를 먹다보면 침이 피처럼 붉게 되었다.

“오래 씹어 먹어라. 꼭꼭 씹어 먹어라.”

무엇을 먹을 때마다 누이는 내게 말했다.

연석의 탐욕적인 식욕은 이십여 년 전의 내 모습을 그대로 보여주는 것 같아 나는 그의 게걸스런 저작에 입맛이 씁쓸해졌다.

어느 정도 배가 부르면 소년은 한 바퀴 기내를 휘둘러보고 돌아오곤 했다.

“고향이 어디냐?”

무료한 끝에 말벗이나 해야겠다고 나란히 내 옆에 앉히고 나는 물었다.

“몰라요.”

소년은 대답했다.

“아빠 엄마 생각나니?”

“몰라요.”

그는 또 대답했다.

“너 어디 가는 줄 아니?”

“알아요.”

“어딘데?”

“미국.”

“좋으냐?”

소년은 머뭇거렸다. 그는 앞좌석에 저장해둔 사탕을 입 안에 처넣었다. 와드득 사탕을 깨물었다.

“좋아요.”

“토마스 배란 이름은 누가 지어주었어?”

“양아버지가요.”

“만났었니?”

“작년에 만났어요.”

"어디서?"

"고아원에서요."

소년은 더이상 이야기하기 싫다는 듯 발을 구르며 노래를 부르기 시작했다. 고래고래 소리를 지르며.

"리리릿자로 끝나는 말은 노가리 아가리 종아리 머저리 우리 대가리. 우리 대갈통."

서울서부터 동경까지는 텅 비었던 뒷좌석이 동경에서부터 새로 탑승한 승객들로 꽉 차 있었다. 공기는 혼탁해졌으며 시끄러워졌다. 비행기가 이륙하기 시작하자 돌연 쌍둥이 중의 한 애가 울기 시작했다.

죽은 듯이 너무나 조용하던 아이는 지금까지의 조용함을 보상이라도 하려는 듯이 큰 소리로 울었다.

나는 당황해서 그 아이의 울음이 무엇을 의미하는가 생각하였다. 기저귀가 젖었는가 만져보았더니 놀랍게도 똥과 오줌을 한꺼번에 싸고 있었다. 나는 아이를 안고 뒤쪽으로 달려가 차곡차곡 개어놓은 기저귀 중에서 하나를 꺼내 젖은 기저귀를 버리고 새로 갈아주었다. 쌍둥이의 신경은 보이지 않는 끈으로 연결되어 있는지 또 한 아이도 갑작스레 울기 시작해서 나는 한 애는 젖병을 물리고 한 애는 기저귀를 갈아주는 일을 정신없이 해치웠다. 그런데도 아이들은 울음을 멈추지 않았다.

분명 떠나기 전 내가 배운 육아 기초상식으로는 몸이 불편하지 않은 이상 어린애는 배가 고프거나 기저귀가 젖거나 둘 중 하나의 이유로 울게 마련이라고 했는데, 쌍둥이들은 그런 상식을 깨뜨리고 있었다. 기저귀를 갈아주어도 아기는 울었으며, 젖병을 물리고 거의 한 병을 다 먹어도 또 울었다.

겨우 울음이 멈췄다 싶으면 한참 기어다닐 때라 아이들은 용틀임하여 좁은 좌석을 벗어나 기내 카펫이 깔린 통로로 기어나가려 했다.

그것을 말리면 또 울었다. 그뿐이랴.

지금까지 낯선 풍경에 주눅이 들어 있던 연석은 이미 익숙해져 만만해져버린 기내를 함부로 돌아다니다 스튜어디스에게 목덜미를 잡혀 끌려왔으나 잠시 한눈을 팔았다 싶으면 금방 어디론가 행방불명이 되어버렸다.

한번 깬 아이들은 잠시도 가만있지 않았다. 물론 아이들을 탓할 수는 없었다. 생후 칠 개월이면 이제 마악 운동신경이 발달할 때이며, 닥치는 대로 만지고 찢고 기어다니고 똥을 싸고 먹어대는 한창때이므로 얌전히 좌석에 앉아 있기를 기대하는 것은 전혀 무리였다. 원칙대로 한다면 아이들은 제멋대로 기내 통로를 기어다니게 하는 것이 현명한 방법이 아니겠는가.

쌍둥이는 필사적이었다. 안으면 안는 대로, 쥐면 쥔 대로, 잡으면 잡은 대로 손가락을 벗어나려는 산 생선의 요동처럼 발악하며 그리고 울었다. 내 양 옆에서. 마치 내 몸 양쪽에 돋아난 지느러미처럼.

나는 땀을 흘리기 시작했다. 나는 웃통을 벗어버리고 필사적으로 한 아이 입에는 젖병을 물리고 한 아이는 기저귀를 갈아주기 위해 통로를 비상 걸린 훈련병처럼 뛰었다. 그런데도 아이들은 울음을 멈추지 않았다.

서울을 떠난 지 다섯 시간이 넘었으므로 내 몸 역시 솜처럼 피곤할 무렵이었다. 비행기는 태평양을 넘어가고 있었다. 창 밖으로 내려다보면 망망한 바다 위에 태양빛이 부서지고 있었다.

무심한 바다 그 수천 피트 상공에서 악전고투를 하고 있는 셈이었다.

갑자기 머릿속에 어느 잡지에선가 본 만화가 떠올랐다. 우는 아이를 달래기 위해 한 어른이 노래를 부르고 춤까지 추어봤지만 어린애는 계속 울었다. 마침내 어른이 엉엉 울어버리니까 아이가 방실방실 웃었다는 내용의 만화였다.

나는 내가 생각할 수 있는 온갖 방법을 다 동원해보았다. 도리도리 짝짜꿍에서부터 잼잼잼, 캬쿵캬쿵. 혓바닥을 내밀기도 하고. 그러나 아이들은 더 울었다. 내 낯선 얼굴에 낯가림을 하던 차에 나의 기괴한 재롱이 공포심을 더 불러일으켰을까. 그들은 초대된 듀엣 쌍둥이 가수처럼 나란히 울었다.

나는 핸더슨에게 얻은 공갈 젖꼭지를 물려보기도 하고 딸랑이 장난감을 손에 쥐어주기도 했다. 그런데도 울었다. 겁을 주기 위해 눈을 치켜떴다. 더욱 울었다. 결국엔 나 자신이 울어버릴 수밖에 없는 것일까. 그 만화의 어른처럼.

어느 틈에 창 밖은 어두워가고 앞쪽 스크린엔 영화가 상영되기 시작했다. 개가 인간을 구했다는 무용담을 다룬 영화였다. 아이들은 잠시 눈앞을 스쳐가는 스크린을 쳐다보느라 조용하다가는 다시 울기 시작했다. 여기저기서 악을 쓰고 울었다.

놀라운 것은 옆에 탄 승객들이었다. 그들은 절대 아이들의 울음을 시끄럽게 여기거나 신경질적으로 받아들이려고 하지 않았으며 또한 아랑곳하지도 않았다.

나는 지쳐빠지기 시작했다. 견딜 수 없는 고통이었다.

"위스키."

스쳐 지나가는 스튜어디스에게 나는 애원하듯 소리를 질렀다.

스튜어디스는 웃었다.

"노."

스튜어디스는 대답했다.

"술은 안 됩니다."

"딱 한 잔만."

"아임 쏘리."

스튜어디스는 사라졌다. 나는 헐떡이며 내 얼굴을 할퀴는 쌍둥이의 엉덩이를 세차게 꼬집어뜯었다. 아이들은 불에 덴 듯 울었다.

연석은 노래 부르기 시작했다.

"웃기지 마라. 웃기지 마라. 내 앞에서 웃기지 마라. 살살 웃기는 그 바람에 신세 조진 사나이다. 못 먹는 술 먹여놓고 살살 웃기는 그 바람에 그 많은 재산 다 팔아조지고 신세 조진 사나이다."

"시끄러워, 이 자식아."

나는 소리를 질렀다.

연석은 나를 흘깃 보았다. 그 눈에 불꽃이 튀고 있었다. 그는 또다시 노래를 불렀다.

"돌리지 마라. 돌리지 마라. 내 앞에서 돌리지 마라. 살살 돌리는 그 바람에 신세 조진 사나이다."

나는 분노가 치솟아올랐다.

"따라와."

나는 비행기 통로를 걸어갔다. 돌아보니 소년은 엉거주춤 따라오고 있었다. 나는 화장실 문을 열고 소년을 그 안에 밀어 던져버렸다.

나는 소년을 노려보았다. 생각 같아서는 당장 한 대 쥐어박기라도 하고 싶었다. 좌석에서 그가 노래한 대로 그의 '대가리'를 단숨에 쥐어박을 수도 있었지만, 외국인의 눈이 있었으므로 화장실까지 데려온 것이었다. 내가 만약 사람들이 보는 좌석에서 소년을 한 대 쥐어박는다면 그들은 나를 아동 학대하는 야만인 취급을 할 테니까.

소년은 나를 마주 노려보았다.

"이 자식아."

나는 속삭였다.

"한 번만 더 입을 나발거리면 가만 두지 않겠어. 알겠어?"

소년은 잠자코 서 있었다.

"대답해."

소년은 바지를 끌렀다. 그리고 내 앞에서 그의 성기를 꺼내어 들고는 오줌을 갈기기 시작했다. 오줌은 수천 피트의 창공을 낙하하여 태평양 바다 위에 떨어질 것이다.

나는 먼저 자리로 돌아왔다. 아이들은 자리에 없었다. 옆자리에 앉아 있는 하얗게 머리가 센 외국인 할머니가 어린애들을 어르고 있었다. 내가 돌아오자 할머니는 아이들을 내 손에 안겨주었다. 아이들은 다시 울기 시작했다.

나는 헐떡이며, 떠날 때 김포 비행장에서 받은 신상명세서를 펼쳐 보았다.

이름 : 이인순.

생년월일 : 1976년 6월 26일.

몸무게 : 6.2kg.

성격 : 온순한 편. 분유만 제때에 주고, 잠만 잘 재워주고, 기저귀만 갈아주면 울지 않음. D. P. T. 예방 접종 완료……

나는 한숨을 쉬었다.

거짓말 마라. 성격이 양순한 편이라고, 어째서 이 자식의 성격이 양순한가. 다시 타이프하라. 솔직히 써라.

성격 : 걷잡을 수 없음. 분유를 먹여줘도 울고, 기저귀를 갈아줘도 운다. 악질적임. 구크(Gook)의 표본임.

연석은 노래를 부르기 시작했다.

리리릿자로 끝나는 말은 노가리 아가리 종아리 머저리 우리 대가리. 창 밖은 완전한 어둠이었다. 영화도 끝나고 식사도 끝났으므로 하나둘 좌석을 쓰러뜨리고 잠을 자기 시작했다. 스튜어디스가 준 담요를 돌돌 감고서. 그러나 사투는 아직 계속되고 있었다. 기내의 혼탁한 공기 때문일까. 아이들은 보채고 울고 내 얼굴을 할퀴고 그리고 분유를 토했다. 나는 몇 번이고 분수처럼 토하는 아이들의 순두부와 같은 더러운 오물을 얼굴에 뒤집어썼다. 내 몸에서는 어린애들의 똥과 오줌, 토한 오물로 더러운 가축의 냄새가 나고 있었다. 편도선이 부어오르고 있었다.

"맥주."

나는 거의 울 듯이 지나가는 스튜어디스에게 구원을 청했다. 스튜어디스는 난감한 듯 나를 내려다보았다.

"좋아요. 대신 딱 한 잔입니다."

"땡큐."

나는 눈을 감았다. 무엇이든, 어떤 일이든 공짜는 없는 법이로군. 이제는 천 달러의 디스카운트가 아니라 십만 달러라 할지라도 나는 더이상 이런 우스꽝스런 일은 하지 않을 것이다. 맹세코 하지 않을 것이다. 예수님의 이름을 빌려 맹세할 것이다. 아멘.

스튜어디스는 차디찬 맥주 한 잔을 내게 주었다. 나는 단숨에 그것을 삼켰다. 공연히 비감한 생각이 들어, 울고 있는, 한없이 울음을 계속하는 쌍둥이들을 말없이 우울하게 내려다보았다. 그러자 그 아이들이 갑자기 내 새끼들인 것 같은 느낌을 받았다. 이 아이들과 나는 버림받은 것이다. 아이들을 낳은 어미는 도망가버리고.

"미스터 최."

누군가 나를 부르고 있었다. 돌아보니 핸더슨이었다. 나는 그의 곁으로 다가갔다.

"이걸 먹이시오."

핸더슨은 약 봉지를 내게 내주었다.

"분유에 한 봉지씩 타서 먹이시오."

"뭡니까?"

"수면제요. 한 서너 시간 잘 겁니다. 내일 아침엔 시애틀에 닿으니까요."

나는 그것을 받아들고 비행기 뒤편으로 걸어갔다. 더운물에 분유를 타서 흔들며, 나는 왜 출발할 때는 시끄럽던 아이들이 태평양 상공에서부터 줄곧 잠을 자고 있었는지 그제서야 의문이 풀리는 것을 느꼈다. 그들은 이런 일에 두어 번 이상의 경험이 있기 때문에 아예 수면제를 타서 먹였던 것이다. 나는 분노가 치밀었다. 수면제를 섞는 손끝이 떨려왔다.

내가 분노한 건 어린아이들에게 수면제를 타서 먹이는 게 비인간적인 행위이기 때문은 아니었다. 나는 왕왕 어린아이들을 재우기 위해 수면제를 타서 먹인다는 소리를 들은 적이 있었다. 나의 분노는 나 혼자 거의 사투에 가까운 고통을 겪는 것을 줄곧 보았으면서도 왜 지금까지 개의치 않았는가 하는 데 대한 것이었다.

구크. 너는 구크다.

까닭 없이 분유를 타는 내 가슴속에는 영어 단어 하나가 떠올랐다. 그 말은 한국전쟁 때 미국인들이 우리나라 사람들을 한마디로 표현하던 단어였다. 구크는 토인 혹은 바보, 황인종이라는 의미를 가지고 있는 미국 속어였다.

Gook. You are a Gook!

너는 토인이다. 너는 비열하고 더러운 황인종이다.

나는 돌아와 아이들에게 분유를 먹였다. 수면제를 탄 분유를 나의 작은 구크들에게 먹였다.

쌍둥이는 잘 받아먹었다. 그리고 놀랍게도 이내 잠들어버렸다.

비행기는 정적에 빠져 있었다. 캄캄한 밤이었으므로 고개를 빼어 창 밖을 보았지만 아무것도 보이지 않았다. 비행기는 검은 태평양을 지나고 있을 것이다. 망망한 바다. 고래가 숨쉬는 바다 위를 지나고 있는 것이다. 그것을 넘어야만 미국이다.

나는 눈을 감으며 생각했다. 온몸은 쑤시고 솜처럼 지쳐 있었다.

미국은 우리나라와 너무나 멀리 떨어져 있다. 그런데도 우리는 그들을 형제처럼 믿고 있다. 이처럼 멀고 먼 거리를 넘어야만 만날 수 있는 미국을. 아니다. 미국은 단지 그 엄청난 거리로만 우리와 떨어져 있는 것이 아니다. 미국은 거리뿐 아니라 사고의 개념에서도 우리와 엄청나게 떨어져 있다. 우리가 아무리 산업사회로 줄달음친다고 하더라도 그들의 푸른 눈을 닮지 못하듯이 그들이 아무리 우리를 이해한다고 하더라도 우리 자체는 될 수 없다. 그들은 이방인이며 분명한 서양인이다.

우리가 운다면 그들은 우리에게 분유를 줄 것이다. 하지만 그 분유 속에 수면제가 섞여 있을지도 모른다. 현명한 미국인들은 절대 그 분유 속에 넣는 수면제의 양이 치사량을 넘어설 만큼 어리석은 짓은 하지 않을 것이다. 그들은 우는 아이를 잠재울 만큼 수면제를 탈 것이다. 그리고 우리들을 맹목의 잠 속에 빠뜨릴 것이다. 그것은 인도적인 수면제의 투여가 아니다. 그것은 재갈이다. 우리는 그들의 재갈에 물려 있다.

그들은 우리들이 왜 우는가를 알아야만 할 것이다. 귀담아들어야 할 것이다. 그 울음은 자아의 표시이며 인격의 표현이다. 그 울음소리가 시끄럽다고 해서 수면제를 주어서는 안 된다. 그것은 덫이며, 재갈이며, 가위에 눌린 꿈이다. 우리는 깨어나지 못한다.

어릴 때 우린 배웠다. 음악 시간이면 뉴똥 치마 입은 담임 여교사가 찌그러진 풍금을 눌러댔다. 풍금을 두드리면 쉬익쉬익 바람 새는 소리가 나곤 했다.

"싸악싸악 닦는다 윗니 아랫니 싸악싸악 닦는다 윗니 아랫니. 이 잘 닦는 아이는 착한 어린이 웃을 때 반짝반짝 보기 좋아요."

우리들은 그 노래를 합창할 때마다 모두 손가락으로 자기의 이빨을 닦는 시늉을 했다. 하지만 우리들 중에 칫솔을 사용하는 아이는 과연 몇 명이었던가. 한 번도 해보지 못한 칫솔질을 우린 그 노래를 합창하면서 환상의 칫솔인 손가락으로 해댔다. 마치 손끝에 털이라도 난 것처럼.

우리들은 모두 굵은 강소금으로 이빨을 닦았다. 손가락에 듬뿍 소금을 묻혀 한여름 썩지 말라고 생선을 소금 저장하듯 잇몸을 세차게 문지르곤 했다. 매번 이빨을 닦을 때마다 잇몸이 상해 아까운 피가 입 안에 가득 차오르곤 했다. 그래서 우리 또래의 아이들 입에서는 누구든 조선간장 냄새가 났다.

어느 날인가 체육 시간에 한 대의 미군 지프가 우리 학교를 방문했다. 미리 전달을 받은 우리들은 운동장에 늘어서서 그들을 박수로 맞았다. 그들이 우리에게 나눠준 것은 치약과 그리고 칫솔이었다. 그것은 놀라운 경험이었다.

운동장엔 초봄의 햇살이 가득하고 뜰엔 개나리가 만발했다. 우리는 담임 여교사의 구령대로 넓은 간격으로 늘어섰다. 손엔 치약과 칫솔을 들고서 반장이었던 나는 그들에게 모범을 보이기 위해 연단 위에 섰다.

우리는 추계 운동회 때 매스게임을 하듯 선생님의 구령에 맞춰 올바르게 이빨 닦는 법을 실연하기 시작했다. 환상의 칫솔이 아닌 실체의 칫솔 위에 신비한 치약을 조금 짜서 우리들 늘 짠 소금 냄새에 젖어 있는 누런 이빨을 일제히 비벼대기 시작했다. 향기로운 치약거품이 입 속에 가득 차오르고 우리는 모두 입으로 정액을 뿜어대듯 광란의 환희에 떨고 있었다.

몇몇 아이들은 치약거품을 마구 꿀떡꿀떡 삼키곤 했다. 뱉기엔 그 치약거품이 너무 아까웠으므로. 마치 향기로운 비누로 얼굴을 씻은 후 그것을 닦지 않고 눈으로 들어가는 매운 비눗기를 양지바른 곳에 서서 인내로 참으면 이윽고 물기가 걷혀나가고 마침내는 얼굴에 비늣기만 매끄럽게 남아 오랜 시간 향기로운 비누 냄새가 나듯. 우리는 달콤한 치약거품을 뱉어버릴 수 없었다. 그것을 삼킨다면 비눗방울을 밀짚대로 날려보내 무지개를 만들어내듯, 우리가 말을 할 때마다 치약거품이 입 안에서 한 방울씩 한 방울씩 민물게처럼 솟아나올 것이 아니겠는가.

나는 연단에 서서 칫솔질을 하며 거의 백 명에 가까운 친구들이 일제히 구령에 맞춰 흔들어대는 칫솔질을 우울하게 바라보고 있었다.

이때 치약과 칫솔을 준 미군은 우리들을 카메라로 찍기 시작했다. 나는 부끄러웠다. 그리고 구역질을 했다. 그들의 행위에 분노를 느낄 만큼 아직 크지 못했으므로 단지 목구멍 깊숙한 곳을 찌르는 칫솔대 때문에 웩웩 구역질을 했을 뿐이었다.

왜 선생님은 저들의 카메라를 막아서지 못하는가.

이제야 나는 안다. 과연 그들이 우리에게 치약과 칫솔을 준 것은 우리들에게 위생적 생활을 가르쳐주려는 인도적인 의미였을까, 아니면 우리들의 희희낙락하는 꼬락서니를 카메라로 담기 위함이었을까.

마찬가지로 수면제를 먹고 잠든 열다섯 명의 고아는 무엇을 의미하는가.

해마다 크리스마스 날이면 우린 교회에 갔다. 혹 그들이 보내주는 헌 옷가지라도 얻어 입을 요량으로. 우린 헐벗고 굶주렸으므로 그들이 입다 버린 옷들을 부러워했다. 목사님은 한 사람 한 사람 불러다가 아무 옷이나 집어 우리에게 주었다. 우리는 그것을 입었다. 대부분 컸다. 옷은 따스했으며 질겼다. 어쩌다 주머니를 뒤지면 주머니 속에서 껌이나 과자가 나오기도 했다. 마치 우리가 먹었던 꿀꿀이죽 속에서 어쩌다 만년필이 튀어나와 횡재하는 것처럼.

"벗어라."

내가 교회에서 얻은 옷을 껴입고 집으로 돌아간 성탄절 날 어머니가 내 모습을 보고 고개를 돌리시면서 말씀하셨다.

"당장 옷을 벗어버려라."

내가 그래도 옷을 벗으려 들지 않자 어머니는 말씀하셨다.

"남의 옷을 빌려 입으면 남의 누명을 쓰는 법이란다. 남의 죄를 뒤집어쓴단다."

미국인들은 과연 청교도적 휴머니즘 때문에 이 열다섯 명의 고아를 데려가는 걸까.

자식들을 일 년에 한 번 보내는 크리스마스 카드 속에서나 만날 수밖에 없는 외롭고 쓸쓸한 은퇴한 미국 노인들이 그들의 고독을 달래기 위해 돈을 모아 사들여가는, 일테면 살아 있는 인형의 존재가 아닐까.

아니다.

나는 생각했다. 나는 왜 이처럼 모든 것을 비뚜로만 생각하고 있는 것일까. 그들의 인간적이고 따뜻한 박애정신을 왜 모독하고 있는가.

그때였다.

누군가 나를 흔들어 깨웠다. 나는 잠들어 있지는 않았다. 단지 꼬리를 무는 기억 속에 빠져 있었을 뿐이었다. 나는 눈을 떴다.

스튜어디스가 나를 내려다보고 있었다.

"잠을 자서는 안 됩니다. 당신은 잠을 잘 수 없습니다."

나는 신경질이 났다.

"난 잠을 자지 않았소."

"눈을 감고 있었잖아요."

"제기랄."

나는 한국말로 큰 소리를 질렀다. 몸은 솜처럼 피로했지만 이상하게도 잠은 오지 않았다.

밝은 불은 다 꺼져 있고, 개인등만 조그맣게 켜져 있어서 기내는 어슴푸레한 어둠 속에 잠겨 있었다.

모두들 담요를 뒤집어쓰고 깊은 잠에 빠져 있었다. 시계를 보니 밤도 꽤 깊어 태평양 한가운데에서 시간을 변경하였지만 새벽 세시가 넘어 있었다.

나는 주위를 둘러보았다.

쌍둥이는 곤히 잠들어 있었고, 연석은 눈을 말똥말똥 뜨고 앉아 있었다.

나는 담배를 피우기 위해 좌석에서 일어나 복도를 걸어 비행기 뒤편으로 갔다. 담배를 피워물고 불을 댕기기 위해 주머니를 뒤져 라이터를 찾았다. 그러나 놀랍게도 라이터는 없었다. 나는 열심히 이쪽 저쪽 주머니를 뒤져보았다. 그런데도 라이터는 없었다.

이상한 일이었다. 비행기에 타고 나서 수십 차례 담배를 피우기 위해 자리에서 일어나 비행기 뒤편으로 왔다갔다했어도 라이터는 늘 주머니 속에 들어 있었다. 나는 자리로 돌아와 혹시 좌석에 떨어지지 않았나 살펴보았다. 주머니에 들어 있던 백원짜리 주화가 카펫에 떨어져 있는 것을 발견했을 뿐 라이터는 찾을 수 없었다. 별수 없이 성냥을 빌렸다. 비행기 뒤편에서 담배를 피우다 문득 어쩌면 라이터가 저절로 없어져버린 것이 아니라 누군가에 의해서 없어진 것이 아닐까 하는 느낌을 받았다. 왜냐하면 라이터는 저절로 움직일 수 없는 무생물이었으므로.

나는 그 순간 지난 낮부터 연석이가 내 라이터를 들고 몇 번 찰칵 찰칵 켰다가는 끄고 켰다가는 끄고 반복해서 호기심을 보였던 모습을 머릿속에 떠올렸다.

나는 무언가 뜨거운 용암이 머릿속에 분출되어 솟아오르는 것 같은 분노를 느꼈다.

라이터는 분명 연석이가 훔쳤을 것이다.

나는 절망했다.

담배를 재떨이에 눌러 끄고 될 수 있는 한 분노를 나타내 보이지 않으려고 애를 쓰면서 자리로 돌아왔다. 절대로, 절대로 이 비열한 일을 주위 사람들이 눈치채게 해서는 안 된다.

나는 연석의 등을 두드렸다. 소년은 나를 마주 보았다.

"일어나라."

"왜요."

퉁명스럽게 연석은 나를 보았다.

"일어나."

나는 강제로 소년의 목덜미를 끌어올렸다.

"아야야야. 아야야야."

소년은 느닷없는 비명을 질렀다. 몇몇 승객이 우리를 보았다. 나는 헐떡였다.

"일어나. 이 새끼야."

소년은 비틀대며 일어섰다. 우리는 복도를 지나 비행기 뒤편으로 갔다. 나는 화장실 문을 열고 소년을 밀어넣었다.

"내놔."

화장실 벽에 밀어붙인 후 나는 소년의 뺨을 가볍게 때렸다.

"뭘요?"

소년은 덤빌 듯이 이빨을 보였다.

"훔쳐간 것 내놔."

"웃기시네."

소년은 웃었다.

"웃기지 마세요."

로스앤젤레스에서 스웨터를 짜며 했던 누이의 말이 기억났다.

'한 달에 한 번씩 한밤중에 깜둥이가 권총을 들고 들어온단다. 그

럴 땐 절대 깜둥이 얼굴을 봐서는 안 된다. 보면 총을 쏴. 그저 돌아
서서 손을 들고 다 가져가라는 한마디만 해야지.'

"너는."

나는 헐떡였다.

"이제 미국에 가서도 총을 들고 강도짓을 할 참이냐, 깜둥이처럼."

"남이사."

소년은 웃었다.

"전봇대로 이빨을 쑤시든 말든."

"이 새끼가."

나는 소년의 뺨을 때렸다. 상상 외로 힘이 들어갔던 모양이었다.
소년은 뺨을 곧추세우면서 나를 노려보았다.

"내놔라. 훔친 물건 내놔."

소년은 떨면서 대답 없이 눈을 부릅뜨고 있었다.

"안 내놓으면 뒤지겠다."

소년은 서서히 손을 들어 보였다. 마치 항복하는 자세로. 나는 소
년의 몸을 훑어가기 시작했다. 물론 내 행동은 몰상식한 게 분명하였
다. 하지만 이제 마지막으로 떠나는 녀석에게 무언가 베풀어줘야 한
다는 마음이 앞서 있었다. 나는 녀석의 나쁜 버릇을 마지막으로 꾸짖
어야만 하는 최후의 증인이었다.

나는 주머니를 뒤졌다. 사탕이 두 개 나왔다. 그리고 나무로 깎은
팽이가 한 개 나왔다. 몇 개의 유리구슬과 지남철. 그리고는 없었다.
라이터는 주머니에 들어 있지 않았다.

"어디다 감췄니?"

"없으면 됐지. 봤잖아?"

"넌. 넌."

나는 이를 악물었다.

"넌 쓰레기다. 도둑놈이다."

나는 화장실 문을 열고 자리로 돌아왔다. 분노가 좀처럼 가라앉지 않았다. 원하는 대로 할 수 있다면 녀석의 몸을 들어서 변기통 속에 던져버리고 싶을 정도였다.

이때였다. 갑자기 어린애가 깨어 울기 시작했다. 나는 고개를 젖히고 우는 아기를 노려보았다. 아이는 마치 작은 동물처럼 보였다.

나는 일어서서 빈 젖병에 분유를 가득 타서 저었다. 그리고 남은 수면제를 모조리 넣었다. 그리고 흔들었다.

자거라. 이 자식들아.

나는 우는 아이의 입에 젖병을 들이밀었다. 아이는 그것을 사납게 빨기 시작하였다. 그리고는 또다시 잠이 들었다. 몇 분 지나자 또 한 애가 울었다. 나는 미리 준비하였던 젖병을 물렸다. 그 아이 역시 독살당한 개처럼 이내 잠잠해졌다.

"도둑 아버지 도둑. 도둑 엄마 도둑. 도둑 아들 도둑. 도둑 손자 도둑."

제자리로 돌아온 연석이가 나지막이 노래를 부르기 시작했다.

3

비행기는 오전 여덟시경 시애틀에 도착하였다. 비행기는 밤새 태평양을 건너 마침내 미국, 유나이티드 스테이츠 오브 아메리카에 도착한 것이었다.

도착하기 두 시간 전부터 쌍둥이는 깨어났고 그 여느 울음을 터뜨리기 시작했다. 또다시 그애들의 울음을 잠재우기 위해 수면제를 먹일 수는 없었다. 핸더슨에게 수면제를 얻을 수는 있었지만 얻어온 많

은 양을 이미 다 소비하고 한 번 더 얻는다는 것은 염치없는 일이었
으며, 또한 내게 주지 않을 것이 분명했다.

"안 됩니다. 더이상 줄 수는 없습니다."

그는 소아과 의사처럼 내게 머리를 흔들며 대답할 것이다. 설혹 그
가 순순히 내게 수면제를 다시 준다 한들 그애들의 울음을 그치게 하
기 위해서 수면제를 먹일 수는 없는 노릇이었다.

다소 감정적인 동요로 많은 양의 수면제를 타 먹이고 나서 나는 몇
번이고 잠든 아기들을 바라보며 반성을 했고 후회했다. 어쨌든 그들
이 내 비행기 삯을 천 달러나 할인받게 해준 장본인이라는 고마움보
다도 이제 그들이 내 곁을 떠난다면 영영 같은 핏줄을 나눈 사람의 품
은 마지막이 아니겠느냐는 일차원적인 센티멘털한 동정 때문이었다.

나는 그들이 만날 수 있는 마지막 핏줄이며, 그런 이상 그들에게
따스하게 대해주어야 할 의무가 있었다.

쌍둥이는 동시에 깨어났으며 깨어나자마자 반사적으로 울었다.
비행기 안은 잠시 후면 미국에 도착한다는 기쁨으로 모두들 일찍 깨
어 술렁이고 있었고, 덩달아 연석이도 고삐 풀린 망아지처럼 노래를
부르며 비행기 안을 뛰놀고 있었다. 모든 고아들이 한꺼번에 깨어나
서 앙앙앙 울기 시작했으며 우리는 다시 바빠졌다.

창문으로 밝은 햇살이 부챗살을 펴들었다. 떠나고 나서 한잠도 자
지 못했다는 피로감이 햇살과 더불어 강렬히 다가왔다. 창 밖은 아직
도 망망한 바다였다. 아침 햇살이 바다 위에서 뜨거워진 프라이팬 위
를 튀어오르는 기름처럼 부서지고 있었다.

아이들은 기저귀를 갈아주어도 울었고 분유를 먹여도 울었다. 안
아주어도 울었고 닥치는 대로 할퀴고 있었다.

악몽이다. 지옥이다.

나는 아이의 엉덩이에 묻은 푸른 똥을 휴지로 닦아내고 살갗 위에

젖은 똥은 기름 묻은 가제로 닦아내면서 자신을 비웃었다.

이것이 아비규환이다.

손에 묻은 똥과 오줌을 화장실의 물을 틀어 닦으며 나는 중얼거렸다.

"미국이다."

창가 쪽에 앉아 있던 노파가 소리를 지르자 너도나도 창가로 몰려가 창 밖을 내려다보았다.

환희에 찬 고함 소리가 여기저기서 터져나왔고, 과연 바다는 끝이 났으며 황금의 땅, 미국의 땅덩어리가 완만한 회전을 하면서 시야에 들어왔다. 바다와 육지가 마주한 경계선엔 하얀 파도가 부서지고 있었다.

사람들은 모두 짐들을 정리하고 시선이 마주치면 미소를 띠는 아침 인사를 나누었다.

벨트를 매시오.

붉은 표시등의 불이 켜졌다.

담배를 피우지 마시오.

붉은 표시등의 불이 켜졌다.

나는 피로에 겨운 무거운 손을 들어 연석의 벨트를 죄어주었다. 나역시 벨트를 매고 결박당한 사람처럼 앉아 있었다.

비행기가 점점 고도를 낮추고 있었다.

아이들은 발악적으로 울고 있었다. 연석은 처음 만나는 미국 땅에 대한 공포로 손등에 난 사마귀를 이빨로 물어뜯고 있었다.

"신사숙녀 여러분."

아나운스먼트가 흘러나오기 시작했다.

나는 연석을 보았다.

이제 나는 그를 꾸짖을 자격이 없다. 왜냐하면 이제 그는 그의 땅에 온 것이니까. 이젠 내가 이방인이 되었으니까. 어린애들은 얼굴이 빨개져서 팔다리를 버둥거리며 울고 있었다. 아이가 처음 세상에 태어나면 울 듯이 그들은 그들이 처음 맞는 미국 땅의 제일성을 울음으로 장식하고 있었다.

비행기가 점점 고도를 낮추자 하늘만 보이던 창 밖으로 땅이 너울거렸다. 점점 나무와 숲과 도시의 빌딩이 비대해져갔다.

와아. 곤두박질치는 비행기로 땅이 한꺼번에 달려들었다. 무언가 금속성 소리가 났다. 활주로 위에 비행기 바퀴가 닿는 소리였고, 저항하는 공기를 뚫는 비행기의 진저리치는 아우성이 고조되었다. 그리고는 서서히 비행기의 속력이 죽었다.

비행기는 그렇게 미국에 닿았다.

나는 피로에 지쳐 허리를 죈 벨트를 풀 생각도 하지 않고 우두커니 창 밖을 내다보았다.

넓은 활주로에는 비행기들이 열대어처럼 누워 있었다. 관제탑에 씌어진 '시애틀 인터내셔널 에어포트'라는 문구가 눈에 들어왔다. 유리창으로는 미국의 아침 햇살이 반사되어 눈을 찌르고 있었다.

사람들은 한 사람씩 짝지어 일어나 떠들썩거리며 사라지고 있었다. 몇몇 사람들이 지나가며 우는 아이의 볼을 웃으면서 도닥거리곤 했다.

우리는 그들이 다 지나갈 때까지 움직이지 않고 그냥 앉아 있었다. 우리는 비행기에 제일 늦게 타야 했으며 내릴 때도 제일 늦게 내려야만 했다. 그것은 우리들이 지켜야 할 규율이었다. 늦게 내릴 뿐 아니라 간단한 기내 청소까지 해야만 했다.

더럽혀진 기저귀들과 휴지, 과자 봉지, 젖병들을 차례차례 챙겨 들고 최소한의 주변 청소는 끝내는 게 임무였다.

사람들이 다 내리자 연석이가 일어났다.

“앉아 있어라.”

나는 목 쉰 소리로 녀석을 불러세웠다.

“다 왔잖아요.”

“아직 멀었다. 서너 시간 더 가야만 한다.”

“우라질.”

연석은 투덜거리면서 앉았다.

“더럽게두 멀다.”

그때였다. 한 떼의 중년 부인들이 한꺼번에 비행기로 몰려들어오고 있었다. 그녀들은 모두 녹색의 가운을 입고 있었고 가슴에는 십자가 배지를 달고 있었다.

“수고했어요.”

내 앞에 선 중년 부인이 손을 내밀면서 웃었다. 손톱에 빨간 매니큐어가 칠해져 있었다. 여인은 우는 아이들의 입에 고무 젖꼭지를 물리고는 익숙하게 안아들고 차례차례 비행기를 빠져나갔다. 연석은 시키지도 않았는데 졸랑졸랑 그 여인의 뒤를 따라가고 있었다.

인간은 환경의 동물인가. 벌써 그들에겐 본능적인 적응력이 생겨버린 것일까. 연석의 손은 그 중년 부인의 매니큐어 칠해진 손을 놓칠세라 꼭 붙들고 있었다.

나는 천천히 일어서서 좌석에 떨어진 물건들을 정리하였다. 아이들의 벗겨진 양말 한 짝이 눈에 띄었다. 그것을 들고 나는 비행기 트랩을 빠져나왔다.

“두 시간 후에 비행기는 출발합니다.”

핸더슨이 내 곁을 따라오면서 말을 했다.

“그 동안 공항 대기실에서 한숨 주무시지요. 어때요, 피곤하시죠?”

“예.”

나는 대답했다.

"처음엔 누구나 다 그렇습니다. 미국엔 처음인가요?"

"아뇨. 두번쨉니다."

"임무의 삼분의 이는 끝난 셈입니다. 자, 난 아이들의 입국수속을 하러 가겠습니다. 이제 그들은 미국 시민들이니깐요."

그는 사라졌다. 나는 줄을 서서 차례를 기다려 여권에 입국 도장을 받고는 대기실로 올라갔다.

아이들은 미국 여인들의 품에 안겨 한구석에 몰려 있었다. 조금 전까지만 해도 내 곁에서 앙앙거리고 울던 애라고는 생각되지 않을 정도로 그들은 나와 무관하여 보였다. 그들은 울기는커녕 기쁨의 소리를 지르면서 제멋대로 대기실 바닥을 기어다니고 있었다. 나는 의자에 편한 자세로 앉았다. 비행기 내에서는 잠 한숨 못 자게 되어 있는 규정 때문에 쉬는 시간에라도 눈 한번 붙여둘 필요가 있었기 때문이었다. 한꺼번에 피로가 몰려왔다. 건너편 의자에 연석은 앉아 있었다. 미국인 중년 부인이 주었는지 손에는 태엽을 감으면 감은 만큼 그림이 돌아가며 노래가 흘러나오는 장난감을 들고 있었다.

소년은 태엽을 감았다가 놓았다. 그러자 음악이 흘러나왔다.

"런던 브릿지 폴링 다운. 폴링 다운. 폴링 다운. 런던 브릿지 폴링 다운. 폴링 다운. 마이 페어 레이디."

소년은 태엽이 끊어지면 또다시 태엽을 돌려 음악을 틀었다.

그러자 내 머릿속에서는 소년이 비행기 속에서 부르던 노래의 가사가 떠올랐다.

"리리릿자로 끝나는 말은 노가리 아가리 종아리 머저리 우리 대가리."

우스꽝스럽게도 소년의 손에 든 장난감에서 흘러나오는 노래 곡조와 비행기에서 부르던 노래 곡조는 똑같았다. 단지 가사만 다를 뿐이었다. 원래 외국 곡에다가 가사만을 지어 아이들에게 동요로 부르게 했던 모양이었다.

이제 소년은 리리릿자로 끝나는 말은 찾지 않아도 된다. 얼마 후면 소년은 유창한 영어로 노래를 부를 것이다. 릿자로 끝나는 말은 잊혀질 것이다.

개나리 소쿠리 미나리 코끼리 병아리 항아리……

그 대신 다른 가사의 노래를 부를 것이다. 곡조는 같으나 가사만 다른.

"런던의 다리가 무너집니다. 무너져, 무너져요. 무너져, 런던 다리가 무너진다구요. 귀여운 아가씨."

나는 깊은 잠에 빠져들었다.

나를 깨운 건 핸더슨이었다. 두 시간 동안 대기실에서 정신없이 잠 속에 빠졌던 모양이었다. 꿈도 꾸지 않은 숙면이었다.

"미안합니다."

핸더슨은 내 잠을 깨운 것이 미안한 듯 상냥하게 웃었다.

"비행기에 타야 합니다. 곧 출발합니다."

우리는 나란히 트랩을 걸어 비행기 속으로 들어갔다. 외국에서 오는 탑승객이 다 내리고 오직 시카고까지 가는 국내 손님들만이 탔기 때문인지 비행기는 텅텅 비어 있었다. 우리는 전용 좌석에 앉았다. 한 두어 시간 정신없이 잔 때문인지 몸은 한결 개운했다.

이제 세 시간 정도만 가면 내 임무는 끝나는 것이다.

나는 병사가 휴식시간에 총을 분해 소제하듯 젖병에 더운물을 붓고 분유를 타 흔들어 준비해놓았다. 돌연 미국에 도착해서 제일 먼저 했던 일이 대기실에서 정신없이 잠을 잔 것이라는 사실이 느껴졌고 그래서 나는 킬킬거리며 웃었다.

고아들은 출발하기 직전에 시애틀에 도착했을 때 안고 떠났던 여인들에 의해 또다시 우리들의 좌석으로 돌아왔다.

"아주 귀여운 아이예요."

여인은 쌍둥이의 머리를 가만히 쓰다듬어주었다. 나는 아이들을 받아들었다. 그때였다. 나는 분명히 볼 수 있었다. 그 아이들이 약속이나 한 듯이 나를 보고 방실방실거리면서 웃는 것을.

나는 믿어지지 않아 눈을 비비고 다시 그 아이들을 쳐다보았다. 분명히 아이들은 나를 보고 웃고 있었다. 그 웃음은 우연히 떠오른 웃음이 아니었다.

아이들을 싫어하는 나는 조카들을 잘 안으려 하지 않았다. 어쩌다 안아보려 하면 아이들은 불에 덴 듯 울었다.

"낯이 설어서 그래요."

형수는 민망한 듯 그렇게 대답하곤 했다. 내 손에서 벗어나 형수에게 돌아가는 조카들의 얼굴에는 언제 울었나 싶게도 웃음이 피어오르고 안도의 기쁨이 충만하고 있었다. 그 웃음을 나는 쌍둥이의 얼굴에서 본 것이었다. 그들은 내 얼굴을 기억하고 있었던 것이다.

나는 충격을 받아 비행기가 출발할 때까지 벨트도 매지 않고 그 아이들을 쳐다보며 깊은 생각에 잠겼다.

눈시울이 뜨거워지고 그들이 태평양 상공에서 나를 괴롭혔던 것에 역비례하는 기쁨이 용솟음쳐올랐다.

이 아이들이 나를 기억하고 있다. 단 하루를 같이 지낸 전혀 낯선 사내의 얼굴을. 자기들의 울음을 멈추기 위해 두 번씩이나 수면제를 먹인 사내의 얼굴을 기억하고 있다.

아이들은 더이상 울지 않았다. 방실방실 웃으며 내 입에 고사리 같은 작은 손을 들이밀면서 까르르르 까르르르 웃었다. 나는 혓바닥을 내밀어 보였다. 아이들은 웃었다. 꺄꿍꺄꿍해 보였다. 아이들은 까르르르 웃었다. 내가 조금이라도 반응을 보이면 아이들은 기다렸다는 듯이 까르르르 웃었다. 웃는 아이들의 몸에는 울며 떠나 보내던 보모가 매어준 복조리가 하나씩 매달려 있었다.

그 복조리가 내 눈을 찔렀다.

그래.

너희들을 길러주었던 보모들은 너희들에게 복을 주기 위해 복조리를 매달아준 것이다. 이제 너희들은 나와 헤어진다. 너희들은 금세 잊어버릴 것이다. 너희들 가슴에 매달린 복조리와 내 얼굴을.

나는 그애들이 오줌을 쌀 때마다 정성껏 기저귀를 갈아주었다. 기저귀를 갈아주기 위해 받침대에 누이고 엉덩이를 들어올리면 꼬마들의 엉덩이에는 매 맞은 자국처럼 푸른 멍자국이 선명히 엿보였다. 그것은 몽고반점이었다.

미국에서는 인디언의 아이들에게서나 볼 수 있는 게 몽고반점이라고 했다. 그 몽고반점이 공연히 나를 센티멘털하게 만들었다.

여권이 나와 비자를 받기 위해 미국 대사관으로 찾아갔을 때였다. 국제결혼한 많은 한국인 부인들이 본국으로 철수하는 미군을 따라 미국으로 들어가기 위해서 수속을 밟고 있었다. 그 부인들 등에 어린 애들이 업혀 있었다. 차례를 기다리는 내 눈에 등에 업힌 애기 엉덩이의 그 푸른 몽고반점이 보였다. 미국인 남편을 따라 가기 위해 찾아온 그네들의 등에 업힌, 머리칼이 노랗고 눈알이 파란 아이들은 얼핏 보면 우리나라 아이 같기도 하고 얼핏 보면 외국 아이 같기도 했다. 그런데도 엉덩이에 매 맞은 자국처럼 파란 무청과 같은 몽고반점이 있었다.

나는 무엇일까. 엉덩이에 푸른 몽고반점을 가진 나는 무엇일까. 나역시 신체만 한국인이며 머릿속은 외국식 사고로 뒤범벅된 잡종 튀기가 아닐까.

기저귀를 갈아주는 내 손은 매번 떨리고 있었다. 그 푸른 몽고반점이 나를 슬프게 했다.

이 아이들은 평생 엉덩이에 푸른 반점을 가지고 살아갈 것이다. 껌을 씹고 핫도그를 먹으면서.

내 눈엔 낯선 빌딩 숲을 걸어가는 외로운 쌍둥이의 실루엣이 떠올랐다. 거리의 네온은 번쩍이고 자동차의 헤드라이트가 은박처럼 화려한 도시 속으로 긴 그림자를 드리우고 걸어가는 쌍둥이의 모습이 떠올랐다.

나는 때때로 고아처럼 느낀다.

나는 때때로 고아처럼 느낀다.

흑인 영가의 절규가 쌍둥이의 실루엣을 사로잡고 있었다.

깊고 어두운 십이월의 어느 겨울날. 나는 외롭다.

외국의 어떤 팝송 가수가 부른 노랫말이 흑인 영가의 음율을 이어받고 있었다.

조용한 눈발 속의 거리를
창문에서 내려다본다.
나는 바위 나는 하나의 섬
나는 깊고 견고한 벽을 쌓았네.
아무도 들어올릴 수 없게
우정도 필요없어요.
아픔만 주니까.
웃음도 사랑도 다 조숫거리
나는 하나의 바위 하나의 섬.

4

　헤어질 시간이 가까워오고 있었다. 여행은 끝나가고 있었다. 비행기는 넓은 미국 대륙을 가로질러 중부로 날아가고 있었다.

　시카고가 마지막 기착지였으므로 사람들은 도착하기 삼십여 분 전부터 술렁이고 있었다. 나는 어린애들을 화장실에 차례차례 데리고 가 얼굴을 씻겼다. 그들은 차디찬 물이 얼굴에 닿았음에도 울지 않았다. 비명을 지르고 내 얼굴을 쥐어뜯으며 웃었다.

　잘 보여야지.

　나는 그들에게 속삭였다.

　너희들을 맡는 새로운 부모, 새로운 나라에게 잘 보여야지.

　어린애들을 씻기고 돌아와 나는 연석을 불러세웠다.

　"얼굴을 씻어라."

　"왜요?"

　소년은 퉁명스럽게 나를 쏘아보았다. 손은 시애틀에서 받은 장난감을 꼬옥 쥐고 있었다.

　"씻으라면 씻어."

　나는 연석을 데리고 화장실로 들어갔다. 연석과 둘이선 세번째의 화장실행이었다. 한 번은 시끄럽게 노래 부르던 녀석에게 겁을 주기 위해서, 한 번은 훔친 라이터를 돌려받기 위해서. 이번엔 그의 얼굴을 씻어주기 위해서.

　나는 세면대에 물을 틀어주었다.

　"얼굴을 씻어라."

　나는 소년에 대한 적의가 이미 깨끗이 사라진 것을 느끼고 있었다. 라이터 하나로 녀석에게 구타를 했던 나는 얼마나 바보인가. 라이터는 얼마든지 새로 구할 수 있지 않은가.

소년은 우두커니 서 있다가 갑자기 얼굴을 씻기 시작했다.

"이도 닦아라."

나는 내 세면도구에서 새 칫솔과 치약을 꺼내주었다. 소년은 물기 묻은 얼굴을 수건으로 닦으려다 말고 나를 물끄러미 올려다보았다.

"괜찮아요."

소년은 대답했다.

"닦으라면 닦아라. 곧 새 엄마 아빠를 만나야 하지 않니. 얼굴 깨끗이 씻고 이 닦아봐라. 깨끗한 네 모습에 엄마가 얼마나 좋아하시겠니."

"하지만."

소년은 망설였다.

"이건 아저씨 칫솔 아니에요?"

"괜찮아. 내겐 하나 더 있으니까."

소년은 묵묵히 치약이 잔뜩 묻은 칫솔을 내려다보았다. 소년은 이를 닦기 시작했다.

그 언젠가 내가 생전 처음으로 미국 군인들에게 선사받은 치약과 칫솔로 소년은 이를 닦고 거품을 뱉었다. 세수를 하고 이를 닦자 소년의 얼굴은 한결 맑아 보였다. 머리까지 빗기고 나는 소년을 데리고 좌석으로 돌아왔다.

비행기는 곧 시카고에 닿았다. 몇 되지 않은 승객들이 내리자 시애틀에서처럼 같은 복장을 한 중년 부인들이 한꺼번에 기내로 들어오고 있었다.

나는 팔에 안긴 쌍둥이를 내려다보았다. 나는 이 아이들의 얼굴을 기억할 것이다. 왜냐하면 우린 언젠가 또다시 만날 수 있을지도 모르므로.

안녕.

나는 왼팔에 안긴 아이에게 속삭였다. 까르르르 아이가 웃었다.

안녕.

나는 오른팔에 안긴 아이에게 속삭였다. 역시 아이는 웃었다.

"수고 수고 수고했어요."

여인이 다가와 아이를 받아들었다. 아이는 울기 시작했다.

"아저씨."

뜨거워지는 눈시울을 감추기 위해 돌아선 내 등뒤에서 연석의 목소리가 들려왔다.

"나 갈래요."

소년은 소리쳤다.

나는 돌아보지 않았다.

그들이 사라져버린 후 우린 최후로 기내를 정리하였다. 서로서로의 수고를 치하하면서 악수를 나누고 더러워진 시트를 치웠다. 그때였다.

나는 좌석 밑 구석진 자리에 내 라이터가 떨어져 있는 것을 보았다. 나는 망연히 그 라이터를 쳐다보았다. 감히 주우려는 마음조차일지 않았다. 나는 부끄러웠다.

연석은 내 라이터를 훔치지 않았던 것이다. 라이터는 바지 주머니에서 미끄러져 바닥 구석에 떨어져 있었던 것이다.

"아저씨."

헤어지는 연석을 될 수 있는 한 보지 않으려고 나는 등을 돌렸었다. 그런데 그때 무언가 할말이 있는 듯한 어조로 나를 불렀던 소년이 마지막으로 내게 하고자 했던 말은 과연 무엇이었을까. 그것은 단순한 인사말이었을까.

"나 갈래요."

그것이 우리들이 나눈 마지막 말이었다. 그 말을 하고 싶어 소년은 나를 불렀던 것일까. 나는 떨리는 손으로 라이터를 집어들었다. 찰 칵 눌러보았다. 불이 들어왔다. 나는 서둘러 주머니 속에 그것을 집 어넣었다.

"갑시다."

핸더슨이 앞장을 섰다. 우리는 트랩을 걸어나왔다.

자동으로 돌아가는 회전대에서 우리는 나란히 임자 없이 돌고 있 는 짐을 찾아들었다. 우린 맨 마지막 손님이었으므로 회전대 위에는 우리들의 짐밖에는 없었다.

서둘러 공항 복도로 빠져나왔다.

대합실은 붐비고 있었다. 열다섯 명의 고아들이 각기 제 부모들을 찾아갔는지 대합실 여기저기서 플래시가 번쩍번쩍 터지고 있었다. 환호성이 일고 아이들의 울음소리가 공항을 쩡쩡 울리고 있었다.

나는 멀찌감치 떨어져 내가 데리고 왔던 아이들이 어디만치 있는 지 발돋움하여 찾아보았다.

찾기는 쉬웠다. 쌍둥이 아기였으므로 두 아기를 안고 사진 찍는 부 모를 찾으면 되었다. 다행히 마음 좋게 생긴 늙은 부부가 입이 찢어 져라 웃으며 아기들을 안고 사진을 찍고 있었다.

연석은 한구석에 서 있었다. 어느 틈에 새 옷으로 갈아입고 있었 다. 카우보이 모자까지 쓰고 있었고 손에는 카우보이 권총이 들려 있 었다. 그는 이제 배연석에서 '토마스 배'로 탈바꿈해 있는 것이다.

나는 무엇이든 입으로 소리내어 빌고 싶었다. 단 하루 동안 기독교 인 행세를 하였으므로 단 하루 동안의 신에게 빌고 싶었다. 그들에게 신의 은총이 내리기를.

"갑시다."

핸더슨이 등뒤에서 나를 툭툭 쳤다.

"수고했어요. 또 만납시다."

핸더슨은 내게 손을 내밀었다.

"만날 수 있을까요?"

"물론. 살아 있다면 언제든."

우리는 손을 흔들었다. 그는 사라졌다. 나는 다시 한번 그들을 돌아보았다. 탕탕. 연석은 카우보이 권총을 들고 눈에 띄는 대로 뚜렷한 대상 없이 총을 쏘고 있었다.

탕탕 탕탕. 타앙 타앙.

나는 미로와 같은 시카고 공항을 헤엄쳐 나오기 시작했다.

문득 떠나기 전 S연맹 구내 교회에서 마지막 예배 드릴 때 불렀던 찬송가의 구절이 거짓말처럼 분명하게 기억되었다. 나는 중얼거려 보았다.

"우리 다시 만날 때까지 하나님이 함께 계셔, 사망 권세 이기도록 지켜주시기를 바라네. ……다시 만날 때 그때까지 계심 바라네. 아멘."

아멘.

밑도끝도없는 단어 하나를 나는 웅얼거렸다.

(1977년)

하늘의 뿌리

1

일요일 오후 그는 지붕 위로 올라갔다.

사다리를 지붕에 엇비슷 걸쳐놓고 위태롭게 페인트 통과 붓을 들고 올라가는 남편을 부축해주면서 그의 아내는 그의 뒷머리칼이 눈에 띄게 하얗게 세어버린 것을 흘깃 보았다.

그러자 마음이 서글퍼져서 아내는 그가 지붕 위로 올라가는 것이 마치 영원한 이별이라도 되는 것처럼 떨리는 목소리로 한마디 했다.

"괜찮아요, 여보?"

"음."

그는 돌아보지 않고 조심조심 사다리를 밟고 지붕 위로 올랐다.

지붕 위로 가까스로 올라갈 때까지 그의 아내는 마음이 놓이지 않아 힘껏 사다리를 붙들고 있었다.

다 올라가서야 그는 고개를 돌려 아내를 보며 웃었다.

"오늘중으로 페인트 칠을 끝내고 말겠어."

"무리하진 마세요."

"뭐라고?"

아내는 입에 손을 대고 주먹나팔을 만들어 소리쳤다.

"무리하지 마세요."

"괜찮아."

남편은 대답했다.

"기와를 밟으실 때 기와가 깨지지 않게 주의하시고요, 또 미끄러지지 마세요. 경사가 심해서 미끄러지면 어떻게 되는지 아시죠?"

"걱정 말래도."

그는 전송이나 하듯 손을 흔들었다.

"텔레비전 안테나 건드리지 마시고요, 전선줄 주의하세요."

"알겠어."

그는 굴뚝 뒤로 사라졌다.

아내는 한참 동안 고개를 뒤로 꺾고 발돋움하여 지붕 위를 쳐다보았다. 그러나 이미 남편은 보이지 않았다. 지붕의 기와는 보이지 않고 단지 건물벽 위로는 투명한 푸른 하늘뿐이었다. 경비행기 한 대가 느릿느릿 금속 부분을 반짝이며 하늘을 가로지르고 있었다.

아내는 돌아서서 미룬 빨래를 마저 해치우기 위해 수돗가로 걸어갔다. 수도꼭지를 틀고 찬물에 빨래를 헹구고 또 방망이질을 하면서 아내는 길게 한숨을 쉬었다. 한숨 쉬는 버릇은 근래에 생긴 것이었다.

며칠 전 그는 평소보다 일찍 집에 돌아와 우두커니 거실에 앉아서 찔끔찔끔 맥주를 마시고 있었다. 아직 해가 뜰에 한줌 정도 남아 있는 초저녁이었다.

"웬일이세요?"

그녀가 이렇게 일찍, 하며 눈을 동그랗게 뜨자 그는 응 그냥 하며 옷을 벗으며 그녀의 시선을 피했다.

"어디 아프세요?"

"아니."

그는 힘없이 대답하고는 바지를 갈아입고 뜰에 나가 줄넘기를 하기 시작했다. 그것은 그의 전용 운동이었다. 그는 목욕탕 뜨거운 물 속에 들어앉아 고지식하게 천 번을 헤아리는 늙은이처럼 줄넘기도 하루에 백 번씩 세 번을 계속해야만 그만두곤 했다. 아침식사 준비를 할 때마다 남편의 뛰는 모습이 창문 밖으로 보이고 헐떡이는 숨소리가 들려왔다.

그것은 일상의 운동이라기보다는 무슨 고통스런 임무를 인내하는 장거리 경주처럼 보였다. 이를 악물고 땀이 밴 얼굴은 고통과 열기에 일그러져 당장이라도 줄넘기를 그만두고 싶은 마음을 억지로 극기하려는 듯 조바심이 굽은 등을 활시위처럼 당기고 있었다. 그런데도 남편은 이를 악물고 꼬박꼬박 삼백 번을 채우고 나서야 그 운동을 그만두곤 했다.

"제발."

언젠가 한번 그녀가 가쁜 숨을 몰아쉬며 지쳐 서 있는 남편에게 땀 닦을 수건을 내밀면서 말을 했다.

"그 엉터리 운동 좀 그만 하실 수 없으세요?"

"안 돼."

남편은 단호하게 대답했다.

"이건 내 컨디션 조절법이야."

"그럼."

잠자코 식사 준비를 끝내고 꾸역꾸역 밥을 먹는 그의 앞자리에 앉자 그녀는 참았던 말을 이었다.

"백 번씩 두 번으로 줄이세요."

"그건 안 돼."

남편은 살을 발라 먹기 위해 이빨로 물어뜯어 절단시킨 붉은 게의 엄지발을 젓가락으로 쑤시면서 진지하게 대답했다.

"작년까지만 해도 난 백 번씩 네 번은 했어. 삼 년 전에는 백 번씩 다섯 번은 했어. 한데 이젠 백 번씩 네 번을 한다면 까무라치고 말 거야. 난 당분간 백 번씩 세 번 되풀이하는 것을 지켜나갈 거야. 언젠가는 당신이 원하는 대로 이백 번밖에 못 하게 될지도 모르고 나중엔 열 번도 못 하는 노인이 되었다가 얼마 뒤엔 서 있지도 못하는 앉은 뱅이가 되고 말겠지. 사람은……"

남편은 게의 속살을 훑으면서 대답했다.

"뛰다가 달리다가 걷다가 앉았다가 그리고 눕는 거야."

남편의 그 말은 매우 철학적인 의미를 담고 있는 것처럼 들렸다. 그래서 그녀는 말했다.

"그럼 당신은 그냥 앉아 있기 싫어서 계속 뛰는 건가요?"

"그럼."

그녀는 계속 웃었다. 게의 속살을 젓가락으로 쑤시는 남편의 주름진 얼굴을 보며 그녀는 갑자기 그가 노인이 되어버린 모습을 상상했다. 이빨 빠진 구멍 같은 잇몸으로 게의 속살을 먹는 남편을 상상하자 그녀는 웃음이 터져나와 견딜 수가 없었다.

남편은 말을 계속했다.

어린 시절 그가 살던 고향 어귀엔 철로가 있었고, 철로는 산을 가로지르고 있었는데, 거기엔 터널이 뚫려 있었다고 했다. 터널 이쪽에서 보면 저쪽 구멍이 뚫린 터널 입구가 환히 보였지만 막상 터널은 꽤 길어 뛰어도 오 분 정도는 걸렸다는 것이다.

하루에 꼭 네 번씩 기차가 오르고 또 내렸는데 대부분의 마을 사람들은 기차가 오는 시간을 알고 있었으므로 안심해도 좋을 시간엔 내를 건너 돌아가는 산길보다는 그 터널을 걸어 이웃 마을로 가곤 했다는 것이다.

하지만 마을 어른들은 동네 아이들에게는 절대로 그 터널로 걸어 다니지 못하게 했는데, 그것은 아주 오래 전 한 어린애가 그 터널을 걷다가 기차에 치이고 나서부터였다는 것이다.

이런 어른들의 엄격한 경고에도 불구하고 아이들은 걸핏하면 터널 속에 들어가 놀았다. 터널 속에 들어가면 한여름에도 시원했으며, 천장에서는 물이 뚝뚝 듣고 있었다. 벽에는 마음대로 낙서할 수 있었고, 철로에 쇠붙이를 갈아 자석을 만들 수도 있었다. 못 쓰게 된 숟갈을 철로 위에 놓고 기다리면 기차가 지나간 후엔 납작한 칼이 되고 마는 그 과정이 재미있어서 나중에는 성한 숟갈을 철로 위에 놓아두고 철로변 숲속에 숨어 기차가 오기를 기다리곤 했다.

마치 전봇대에 귀를 대면 쏴아 - 바람 소리가 들려오듯 철로에 귀를 대면 아득히 먼 곳에서 달려오는 기차의 바퀴 소리가 잠든 아버지의 심장 두근거림처럼 들려오고 그 소리가 점점 커지면 이윽고 반딧불이 파아 - 파아 - 피어오르는 산기슭에서 거대한 곤충처럼 눈을 부라린 기차가 얼굴을 나타낸다는 것이었다.

아카시아 숲속에 숨어 두 눈만 내놓고 가슴은 터질 듯한 흥분에 떨면서 바지에 오줌을 조금씩 흘리며 철로 침목 옆 자갈돌을 부서져라 쥐고 있으면 기차는 꿈결처럼 미끄러져서 가까워지고 이윽고 악몽과도 같은 검은 회오리바람이 허공을 가르면서 기차가 고함고함을 지르고 눈앞을 스쳐 지나갔다. 그 엄청난 바퀴가 레일을 짓밟으며 구르고 누르고 찌르고 할퀴며 지나가버리면 눈 한번 감았다 뜬 새에 진공과 같은 침묵이 갑자기 내려와 아이들은 덜덜 떨며 철로로 가서 달빛에 날카롭게 빛나는 비수, 어제는 밥을 뜨는 숟갈이던 비수를 경이의 눈으로 바라보았다. 그 날카로운 칼은 달빛으로 금박을 하고서 마치 그 굉장한 짐승이 흘리고 간 새끼곤충처럼 철로 위에 누워 있었는데, 만져보면 몹시 뜨거워서 손가락이 데일 정도였다.

이 기차와의 놀음은 점점 커져서 나중에는 기차가 저 산기슭을 돌아오는 순간부터 터널 속을 뛰기 시작하여 기차가 터널로 진입해들어오기까지 무사히 터널 바깥으로 뛰어나갈 수 있는가 하는 기차와의 경주놀음으로 발전되었던 것이다.

그것은 물론 위험한 놀이였다. 하지만 산기슭에서부터 터널 입구까지는 꽤 멀어, 아무리 뜀박질 못하는 녀석이라도 터널 속에서 기차에 받혀 그만 죽어버리는 그런 위험은 생각조차 할 수 없는 거리였다.

이 놀이는 사실 어린이들에겐 새로운 모험이었으며 경이로운 뜀박질이었다. 경주를 벌이는 소년들은 으레 나란히 철로변에 서 있다가 저 먼 곳에서부터 기차의 모가지가 고개를 내밀면 미친 듯이 뛰기 시작했다. 어머니의 자궁과도 같은 터널 속을 심장이 풍선처럼 부풀어오르도록 뛰고 나서 마침내 터널 밖으로 나가 쓰러지듯 누우면 메아리까지 포함해서 기차는 아우성과 메아리 또 고함과 메아리, 통곡과 메아리, 그 모든 것을 한꺼번에 입에 가득 물었다가 터널 밖으로 토해내고, 바로 그 순간 그들은 비와 같은 기쁨에 떨면서 교미하는 짐승처럼 소리를 지르곤 했다.

아, 아.

무사히 기차를 이겼다는 기쁨은 곧 죽음과 싸워 이겼다는 기쁨으로 다가와서 어둠으로 사라진 기차의 뒷모습을 노려보며 발작적으로 자갈돌을 던져버리는 이 놀이는 그러나 오래 계속되지는 못했다.

왜냐하면 한 소년이 마침내 기차에 치여 죽었기 때문이었다.

그 소년은 언제나 뜀박질에 앞장서던 소년이었으며 그날도 그 경주를 시작한 장본인이었다. 세 명의 소년들이 뜀박질을 벌였는데 터널 한가운데서 그만 소년은 넘어졌던 것이다.

"그때 나는 그애를 구해줄 수 없었어."

남편은 아내를 보고 말을 이었다.

언제나처럼 소년은 앞장서서 달렸으며 남편은 두번째로 달리고 있었다는 것이다. 밤이었지만 저쪽 터널 입구가 둥그렇게 보이고 그곳은 그들의 유일한 탈출구이자 삶의 구명대였다. 삶의 구명대이자 삶의 뿌리이기도 했다. 그 구명대는 언제나처럼 눈앞에 있었지만 멀었으며, 그래서 터널 속을 뛰면 가위에 눌린 꿈처럼 제자리걸음을 하고 있는 착각이 들고 등뒤에서는 마악 쳐들어오는 기차의 바퀴 소리가 예민하게 들려와 발은 무아지경 속의 날개처럼 날고 이윽고 이상한 쾌감이 가슴속에서 치밀어올라 입에서는 거품과도 같은 웃음이 터져나오고 그래서 허허허 웃으면 터널 속에서 웃는 소리는 갇힌 곤충의 날개 소리처럼 번쩍번쩍거리고, 이제 막 그 구명대 속으로 뛰어들려는 순간 갑자기 앞서가던 소년이 레일에 부딪혀 쓰러지고 말았다는 것이다.

바로 몇 발짝만 걸으면 바로 눈앞에 그들이 목표한 구명대가 있는 그런 거리였다.

살려줘.

소년은 넘어져서 그를 보았다는 것이다. 소년은 그냥 단순히 넘어진 것이 아니라 그만 신발이 침목 사이에 끼어버렸던 것이다.

그가 소년의 손을 붙들고 몇 번이나 일으켜세우려는 순간 저쪽 동굴 입구에서 기차의 빛나는 눈이 돌연 밝아오고 온 터널을 가득 채우는 발작적인 기적 소리가 한꺼번에 밀려들어와 그는 소년의 손을 뿌리치고 그만 내리 뛰었다는 것이다.

"그 친구는 얼마나 세게 내 손을 쥐었던지 나중에 보니 내 손등엔 할퀸 자국이 깊게 남아 있었지."

이야기를 끝마치고 나서 남편은 그렇게 말을 했다.

"그 상처는 지금도 남아 있어."

남편은 아내에게 그 상처를 보여주었다. 과연 남편의 관목과 같은 손등엔 변색되어버린 상처의 흔적이 남아 있었다.

결혼해서 십오 년이 지났는데도 남편의 몸에 난 상처를 아직 몰랐다는 것은 얼마나 우스운 일일까.

"그 사람은 죽었나요?"

"죽었어."

남편은 별로 살이 없는 게의 잔다리를 와드득와드득 이빨로 깨물며 말했다.

"그때 난 말야. 사는 게 어떤 것이란 걸 알았지. 당신은 왜 내가 그렇게 꼬박꼬박 줄넘기를 삼백 번씩 하는지 알겠어?"

"하지만 줄넘기는 터널 속을 달리는 경주는 아니잖아요."

"아냐. 같아."

남편은 결론을 내리며 일어섰다.

"늘 내 등뒤에서는 말야, 기차의 바퀴 소리가 들려오는 것 같아. 넘어지면 안 된다, 뛰어야지. 절대 넘어지면 안 된다, 넘어지면 죽는다……"

"하지만 그 사람은 신발이 침목 사이에 끼었다면서요. 그럼 신발을 벗어버렸으면 되잖았어요."

"응."

넥타이를 매면서 남편은 거울을 들여다보았다.

"신발을 벗어버렸으면 살 수 있었을 거야. 하지만 그땐 고무신이 얼마나 귀했는지 당신도 알잖아. 고무신을 기워 신고 다녔던 때니까 말야."

출근하는 남편을 전송하려고 대문에 나왔을 때 남편은 문득 돌아서면서 아내의 볼을 꼬집으며 말했다.

"당신은 내게 뭘 줄 알아?"

"몰라요. 일찍 들어오기나 하세요."

"당신은 내 고무신이야."

그날 아내는 하루 종일 남편의 그 말이 무슨 뜻인가를 곰곰이 생각했다.

왜 나를 그이는 고무신이라고 했을까. 왜 그이는 나를 침목 사이에 낀 신발이라고 했을까. 그 얘기는 뻔히 벗어만 버린다면 살 수 있는 탈출구지만 단지 아까워서 마치 살의 일부처럼 느껴져서 우물쭈물하다 기차에 치여버리고 만다는 이야기인가. 아내는 남편이 돌아오면 단단히 따져보리라 작정했다. 하지만 그날 밤 그는 늦게 들어와 미처 따져볼 겨를도 없이 바로 잠이 들었고 이 생각은 그래서 까마득히 잊혀졌다.

그런데 다음날 저녁 남편은 좀처럼 하지 않던 저녁 운동을 시작했으며 의외로 백 번씩 두 번도 채우지 못하고 힘없이 돌아와 거실에서 맥주를 찔끔찔끔 마시고 있었다. 지난 봄부터 용케도 끊어 피우지 않던 파이프까지 찾아 물고 의자에 잠겨서 뻑뻑 연기를 뿜어대고 있었다.

"웬일이세요?"

그녀가 아무래도 심상치 않아 커피를 들고 와 묻자 남편은 눈이 시린 사람처럼 그녀를 마치 반사된 햇빛을 보듯 올려다보았다.

"끊었던 담배까지 피우시고."

"저 당신 말야."

오랜 망설임 끝에 얘기를 꺼내는 사람처럼 남편은 무거운 입을 열었다.

"내가 무슨 말을 해도 놀라지 않겠어?"

절로 커피잔을 든 손이 떨려 그녀는 탁자 위에 커피잔을 올려놓고 애써 태연스레 남편을 바라보았다.

"무슨 얘긴데 그러세요?"

"놀라지 마."

남편은 우울하게 이마 위에 흩어진 머리칼을 쓸어올렸다.

"약속해. 약속하지?"

"……"

설탕 부스러기가 탁자 위에 흩어졌다. 그녀는 갑자기 공포를 느꼈다.

"얼굴 좀 봐. 나를 좀 봐."

그녀는 남편의 얼굴을 보았다. 그녀는 마루에 앉아 있었고, 남편은 의자에 앉아 있었으므로 그의 수염난 턱이 완강한 타인의 얼굴처럼 느껴졌다.

"당신 안 놀라지?"

"예."

그녀는 대답했다.

"그럼 됐어."

남편은 길게 한숨을 쉬었다.

"나 빚을 졌어."

그녀는 잠자코 식은 커피를 한 모금 마셨다.

"당신 모르게 빚을 졌어. 회사 공금을 썼어."

그녀는 잠자코 두어 모금 커피를 더 마셨다. 손이 떨려서 입술에 대는 커피잔이 초인종처럼 경련했다.

"좀 많이 졌어."

"……얼마나요?"

간신히 그녀는 물었다.

"아주 많아."

"……얼만데요?"

남편은 잠자코 파이프를 빨았다. 그러나 불은 꺼져 있었고, 그래서 담배연기는 피어오르지 않았다. 그저 무심코 뻑뻑 남편은 불기도 없는 파이프를 빨아대었다. 아내는 커피잔을 내려놓았다.

왜 대답을 못 하는 것일까.

가끔 그녀는 남편 모르게 옷을 맞출 때가 있었다. 그럴 때는 공연히 미안해서 남편 앞에서 새로 맞춘 옷을 입고서 마치 패션 모델처럼 걸어보고는 어때 괜찮아요? 하고 애교를 피우곤 했는데, 그럴 때면 남편은 으레 얼만데? 하고 묻곤 했다. 알아맞혀보세요. 오만원? 아뇨. 십만원? 아, 아뇨. 그럼 육만원? 비슷해요. 미안해요. 여보. 하지만 예쁘죠? 음. 그런 대화가 고작이었다.

그런데 남편은 액수에 대해서 이야기하지 않고 있다. 왜 그럴까.

그녀는 잠시 생각했다.

아, 아, 차라리 그 정도의 액수였으면. 그 정도의 빚이었으면.

"……얼만데요?"

남편은 잠자코 손가락을 일곱 개 펴 보였다.

"칠십만원인가요?"

"아니."

"그럼요?"

"칠백만원."

그녀는 커피잔을 들어 마셨다. 그러나 커피는 담겨 있지 않았다.

"미안해."

남편은 갈라진 목소리를 냈다.

"어처구니가 없어."

"도대체 어디에 쓰신 건가요?"

그녀는 남편을 똑바로 보았다. 서쪽 창문으로 지는 석양이 비쳐 들어와 남편의 얼굴을 붉게 채색시키고 있었다.

"그건 묻지 마. 미안해. 부탁이야."

"여자 때문인가요?"

"……"

남편은 잠자코 자신의 손바닥을 물끄러미 보았다. 마치 손금이라도 보듯이.

"그런가요? 여자 때문인가요?"

"아냐."

갑자기 그녀는 남편의 침묵이 자신의 의혹을 더 확실한 것으로 만드는 것을 느꼈다. 맞았다. 남편은 나 모르게 여자를 알고 있었던 거다. 그래. 우리들의 첫애가 죽은 지 벌써 십여 년이 되어가고 아직 나는 애를 낳지 못했다. 언제나 친구들은 얘기했다. 애, 살다보면 남편보다도 애가 소중하단다. 남편도 마찬가지라더라. 애, 너도 주의해라. 니 남편이 어느 날 불쑥 딴 데서 낳은 애를 데리고 나타날지 어떻게 아니. 남편들은 믿을 수 없다고. 애, 그저 눈뜬 장님이라니까 애.

그러나 낙천적인 성격의 그녀는 그런 말을 들을 때도 남편에 대해서는 한 번도 의심하거나 하다못해 조그만 불안감조차 느끼질 않았다.

그들의 유일한 자식이었던 아들아이가 다섯 살 때 폐렴으로 죽었을 때 장난감과 사진을 치운 것은 남편이었으며, 재작년인가 남편에게 넌지시 양자를 하나 들일까요 했을 때 고개를 흔들면서 신경질을 부렸던 것도 남편이었다.

그녀는 남편을 진실로 사랑했으며 남편은 유일한 그녀의 생명이었다. 남편식의 말로 표현한다면 남편은 그녀의 유일한 구명대이자 탈출구였던 것이다.

"아니에요."

그녀는 눈물을 글썽이며 남편을 보았다.

“틀림없어요. 여자 때문일 거예요.”

“울지 마.”

우울하게 남편은 대답했다.

“놀라지 말라고 했잖아. 내가 잘못했어.”

“우는 것은 놀라서 우는 것이 아니에요. 슬퍼서 우는 거지.”

“그럼 슬퍼하지 마.”

“남의 일처럼 말씀하시는군요.”

“여자 때문이 아니니까.”

“그럼 뭐예요?”

“묻지는 마. 내가 바보짓을 했어.”

“믿어도 되나요, 그 말씀?”

“맹세할게. 장인어른, 우리 아버지 이름을 걸고 맹세할게.”

그것은 그의 말버릇이었다. 신을 믿지 않는 남편은 무엇이든 사소한 것도 맹세할 일이 있으면 으레 그 두 분을 걸어 맹세를 하곤 했다. 어떤 의미에서는 익살스런 장난기 어린 그런 맹세를 이런 심각한 마당에서 천연스럽게 꺼내는 남편의 유아성이 오히려 마음을 흔들어 대고 있었다.

“그럼 뭐예요?”

남편은 그녀를 물끄러미 보았다.

“노름을 했어.”

“노름이요?”

“음. 미안해, 내가 잘못했어.”

그것은 전연 의외의 대답이었다.

처음엔 회사에서 퇴근하면 장난으로 슬롯머신에 매달렸다는 것이다. 그러다가 회사 동료들에게 화투도 배우고 트럼프도 배우고 늦게는 경마장에도 갔었다는 것이다.

마권을 사들고 관중석에 앉아 땅을 박차며 뛰어가는 말을 보며 도박을 했다는 것이다. 어떤 때는 돈을 땄지만, 그 다음날에는 딴 것까지 합해서 다 잃었다는 것이다. 거기에서 그만두었으면 괜찮았을 텐데 마침내는 카지노에도 가게 됐다는 것이다. 거기서 돈을 잃었다는 것이다. 돈이 모자라면 오늘은 딸 수 있다는 확신 끝에 회사 금고에서 돈을 꺼냈다는 것이다. 물론 따기도 했지만 언제나 딴 것만큼 다 잃어, 돌아올 땐 차비조차 없을 때도 있었다는 것이다. 그런데 그 액수가 눈사태처럼 불어났다는 것이다. 그래서 한 달 뒤에 있을 감사 때까지 그 돈을 메워놓지 않으면 형사 처벌을 받게 된다는 것이다.

그것이 남편의 대답이었다. 얘기에 비해서는 너무나도 간단한 과정이었다. 그녀는 길게 한숨을 쉬었다. 한숨을 길게 쉬는 버릇은 그때부터 시작되었다.

"언제부터 시작했어요?"

"뭘?"

"노름을 말이에요."

"작년 가을부터야."

"그래서 맨날 늦으셨나요?"

"그렇게 됐어."

남편은 시큰둥 말했다.

"카지논가 뭔가에는 언제부터 갔는데요?"

"봄부터."

"그런데도 내겐 한 번도 얘기하지 않으셨어요?"

"얘기할 성질의 것이 아니잖아."

"당신은 칠백만원이라는 돈이 얼마나 큰지 아세요?"

"알아."

남편은 신음했다.

“내 삼 년 월급이지.”

“그럼 왜 그 많은 돈을 잃으실 때까지 매달리셨어요?”

“재미있었어.”

“얼마나요?”

“나를 잊을 수 있을 만큼.”

“자신을 잊는다는 것이 그럼 재미있는 일인가요?”

“글쎄.”

남편은 신음했다.

그럴지도 모른다. 어쩌다가 정사중에 눈을 뜨면 남편은 눈을 감고 있었다. 그의 열중하여 눈 감은 모습을 보면 살을 맞대는 부부가 아니라 전혀 낯선 사람의 얼굴이었다.

“그땐 저까지도 잊으셨나요?”

“미안해.”

남편은 대답했다.

“하지 않으려고 무진 애를 썼었어. 정말이야. 내 말 믿겠어?”

“짐작할 수는 있어요.”

“내 손을 봐. 면도칼로 손등을 그었다고.”

남편은 손등을 보였다.

“거짓말 마세요. 그건 누가 손톱으로 할퀸 상처라고 하셨잖아요.”

“아냐.”

남편은 대답했다.

“그건 거짓말이었어. 실은 내가 다시는 도박하지 않겠다고 맹세한 흔적이야.”

“거짓말쟁이로군요, 당신은.”

그녀는 생각했다.

어쩌다 면도하다 턱에 피만 나도 엄살을 피우던 남편이었다. 그런 소극적 성격의 남편이 어떻게 자신의 손등을 면도칼로 그을 수가 있을 것인가.

그날 밤 그녀는 좀체 잠을 이룰 수가 없었다.

남편의 등에 역시 등을 대고 돌아누워 그녀는 남편 모르게 숨죽여 울었다.

한 번도 내색조차 하지 않았던 남편의 그 무서운 위선의 침묵이 미웠으며, 그런 엄청난 일을 마흔이 훨씬 지난 지금에 와서도 태연히 저지를 수 있는 남편의 무신경이 미웠으며, 감쪽같이 속아 눈뜬 장님이 되어버린 자신의 무딘 눈치가 미웠으며, 그 엄청난 액수를 잃어버린 남편이 미웠으며, 남편을 미워하게 만든 그 많은 사람들이 미웠으며, 그리고 어떻게 해달라는 구체적인 방안도 없이 고백한 남편이 미웠으며, 그래서 나중에는 도대체 어떻게 했으면 좋을 것인가 앞으로의 일이 막막해서 그녀는 울고, 그리고 울었다.

새벽녘 교회의 종이 울 때야 그녀는 그녀가 가지고 있는 모든 것을 팔기로 작정했다. 결혼할 때 받은 반지며 목걸이도, 시집올 때 친정 어머니가 주신 패물도 모두 팔리라 작정했다. 그래도 돈은 훨씬 모자랄 것이다. 그럼 어떻게 할 것인가. 전화도 팔아야지. 냉장고도 팔고, 가지고 있는 값 나가는 것 모두 팔 것이다. 그래도 모자라면 어쩔 것인가. 아, 아. 그러면 어쩔 것인가. 그렇게 된다면 나중엔 집을 팔아야 할지도 모른다.

그러자 갑자기 그녀는 무서워졌다. 비로소 남편의 과오가 얼마나 무서운 결과를 초래할 것인가를 생각하게 되었으며, 남편의 말대로 한 달 이내에 감사가 시작된다면 아무래도 얼른 집을 내놓지 않으면 안 된다고 생각했다. 그녀는 비명을 지르고 말았다.

결혼생활 십오 년 동안 그녀는 힘들게 저축하여 살림을 늘렸다. 잃은 것은 소중하던 아들뿐이었다. 이 집을 마련할 때까지 얼마나 고통을 참아야 했으며, 또한 얼마나 인내했던가를 그녀는 상기했다.

그녀는 한숨을 쉬고 또 쉬었다. 문득 그녀의 등뒤에서 역시 등으로 마주 댄 남편의 숨소리가 남편이 얘기했던 달려오는 기차의 바퀴 소리처럼 느껴졌다. 그녀는 그제서야 남편이 얘기했던 고무신의 의미를 깨달았다. 우리는 피차 서로에게 벗어버릴 수 없는 고무신인지도 모른다. 남편에게 그녀는 벗어버릴 수 없는 고무신이었으며, 그녀에게 남편은 벗어버릴 수 없는 고무신이었다. 그런데도 등뒤에서는 기차가 달려오고 있다.

그녀는 길게 한숨을 몰아쉬었다. 머리맡 문풍지 사이로 바람 소리가, 미래의 세월을 재촉하는 수레바퀴 소리가 박차를 울리며 달려오고 있었다. 그녀는 갑자기 머리칼이 하얗게 세어버린 기분이 들었다.

2

가을 햇살은 여름 햇살처럼 독한 열기는 없었지만 제법 따가웠다. 더구나 지붕 위는 한낮의 열기를 받아 온상 속처럼 화끈거렸다. 그래서 그는 웃통을 벗었다.

지붕 위의 붉은 페인트 칠은 오 년은 훨씬 지났으므로 그 본래의 짙은 붉은빛을 상실하고 오래된 상처에 남아 있는 머큐롬의 흔적처럼 멍든 자국을 군데군데 겨우 나타내 보이고 있었다.

처음에 그는 한심했지만 막상 일을 시작하니 왠지 근질근질한 유쾌함이 벌레처럼 기어다니고 더구나 등뒤의 따스한 가을 햇살은 혀처럼 감미로웠다.

미끄러질세라 페인트 칠을 잔뜩 한 붓을 들고 조심조심 지붕의 끝에서부터 칠하기 시작하자 이 일이 문득 가장의 지리한 의무감 같은 것보다는 무료한 뒤끝에 가벼운 그림이라도 그리는 창작행위 같은 느낌이 들었다.

그래서 그는 휘파람을 불면서 페인트 칠을 시작했다. 낮술을 마셨을 때 햇볕 받은 온갖 사물이 갑자기 육체미를 자랑하기 위해 형광물질을 바른 근육들처럼 번뜩이듯이, 달아오른 지붕 위에 그가 그은 두터운 붉은 페인트는 햇볕에 번쩍이며 빛났다.

지붕 위는 조용했으며 그가 사는 집이었음에도 불구하고 전혀 낮이 설었다.

지붕 위에서 내려다보는 거리 역시 새로운 시각에서 바라본 풍경이었으며, 그가 살고 있는 집의 지붕 위는 그에게 미지의 이방지대였다.

마치 머리칼과도 같군.

집이 내 몸이라면 지붕은 머리칼과도 같군.

간혹 그의 아내는 그의 뒷머리가 얼마나 하얗게 세었나 보여주기 위해서 거울 앞에 선 그의 머리 뒤에 작은 거울을 갖다대고 거울 속에 투영된 그의 뒷머리를 적나라하게 보여주곤 했다.

지붕 위는 마치 그의 머리칼과도 같았다.

그렇다면 나는 지금 내가 사는 집의 머리칼에 염색을 하고 있는 것이다. 그것도 붉은 염색을.

지붕은 양쪽 날개를 펼치고 있었다.

한쪽 날개를 다 칠하고 나니 해는 상당히 기울어 있었다.

반은 마쳤군.

기분좋은 안이한 방심상태 속에서 그는 지붕 위에 걸터앉아 담배를 피워물었다. 멀리로 저 멀리로 같은 규격의 지붕들이 파도처럼 넘실거리고 있었다. 이은 기와의 무늬가 마치 생선 비늘의 결처럼 출렁이고 있었다. 지붕 위는 다락과 같아서 아무도 보이지 않았으며 텅 비어 있었다.

그는 우두커니 목을 꺾고 막힌 데라고는 없는 사방을 이리저리 바라보았다.

먼 한강 위로, 아파트 단지 위로, 조그만 산 능선 위로 붉은 노을이 지고 있었다. 아파트 단지의 창문들은 햇볕을 반사하며 눈을 찔렀다.

그의 눈은 그 도시의 숲으로 침몰하는 석양을 망연히 좇고 있었다. 소슬한 바람이 불어와 그의 머리칼을 날렸다.

갑자기 그는 깊은 고독을 느꼈다. 그는 가만히 몸을 굽혀 지붕 위에 누웠다. 하늘엔 허공을 가로지른 전선줄이 오선지처럼 획을 긋고 있었고, 그 위에 석양을 우는 새떼들이 나란히 음표처럼 앉아 쩍쩍이고 있었다.

그의 등뒤로 그가 지고 나가야 할 짐, 아내와 그 모든 짐이 밀착되었다.

빠진 이빨은 지붕 위에 버려라.

어릴 때 빠지려고 이빨이 흔들리면 그의 어머니는 말씀하셨다.

그러면 지붕이 새 이빨을 준다.

어린 그에게 지붕은 곧 하늘이었으며, 그의 이빨은 하늘인 지붕에서부터 왔다.

아내는 저녁식사 준비를 했다. 그녀는 늘 식사 준비를 할 때가 즐거웠다. 식사 준비를 하고 나서 그녀는 집 안의 문을 모조리 잠갔다. 커튼을 닫고 문을 몇 번이고 확인하여 닫았다.

식사 준비는 다 되었으므로 그녀는 거실 소파에 앉아 스웨터를 뜨기 시작했다. 흘깃흘깃 시계를 보았지만 시간을 읽는 것이 아니라 오래된 그녀의 무의식적인 버릇에 불과했다.

오늘도 늦으시는군.

그녀는 혼잣말로 중얼거렸다. 그러나 새삼스레 화가 나지는 않았다. 그녀는 기다리는 일에 익숙했으며 남편은 기다림 끝에 오는 손님이니까.

그녀는 스웨터 짜기에 열중해서 모든 것을 까마득히 잊고 있었다.

밤이 깊어서야 돌아오는 남편도, 그녀가 판 패물도, 온갖 가재도구도, 마침내는 겨울이 오기 전에 팔고 떠나야 할 이 집도 그녀는 까마득히 잊어버리고 있었다.

남편은 캄캄한 밤중에야 페인트 칠을 끝냈다. 유쾌한 피로감에 잠겨 그는 도시의 하늘 위에 뜬 달을 노려보았다. 그가 새로 칠한 페인트는 달빛을 받고 번쩍번쩍 빛났다.

그는 피로해서 내려가려고 몸을 일으켰다.

그는 사다리가 놓였던 자리로 돌아왔다. 그러나 사다리는 있어야 할 자리에 없었다.

그는 당황해서 이리저리 살펴보았다. 하지만 분명히 사다리는 없었다. 이럴 수가 없다고 그는 중얼거렸다. 그래서 다시 한번 확인해보려고 했다. 그러나 그를 내려줄 사다리는 어디에도 없었다.

그는 가만히 여보- 하고 소리를 질러보았다. 그리고 귀를 기울였다. 아무런 대답도 들려오지 않았다. 이번에는 아주 큰 소리로 여보- 하고 소리를 질러보았다. 그리고 귀를 기울였다. 역시 아무런 대답도 들려오지 않았다.

먼 곳에서 개가 컹컹 짖었다.

그는 도대체 어떻게 된 일인가 생각해보기 위해 머리를 모았다. 그러나 아무런 이유도 떠올릴 수가 없었다.

그는 할 수 없이 이 지붕을 탈출하는 수단이 없을까 여기저기를 살펴보았다. 그러나 별 신통한 수단은 없는 것이 분명했다.

그는 고립되었다.

그는 돌아가야 한다고 생각했다.

그는 지붕의 챙에서부터 가는 철제 홈통이 땅 아래와 연결되어 매달려 있는 것을 보았다. 그는 그 철제 홈통이 자신의 몸무게를 감당할 수 있는지 시험해보기 위해 손으로 가만히 밀어보았다. 꽤 단단한 듯 여겨져서 주의만 한다면 어느 정도 힘을 지탱해줄지도 모른다는 생각이 들었다.

젠장.

그는 투덜거리며 신발을 벗었다. 그리고 조심해서 철제 홈통을 가만히 두 다리로 감았다.

겨우 홈통은 두 다리 사이에 밀착되었다. 그는 천천히 자신의 체중을 홈통에 실었다.

그리고 미끄러져내려가기 위해 마악 상체의 체중을 실으려는 순간 철제 홈통은 깨어지는 소리를 내며 부서져 떨어져나갔다.

엉겁결에 그는 지붕의 챙을 붙들었다.

그는 위태롭게 허공에 매달렸다. 그는 지붕인 하늘에 매달린 셈이었다. 그를 받쳐줄 것은 아무것도 없었다. 그가 의지하고 있는 것은 하늘이 내린 한 가닥의 뿌리뿐이었다. 그는 허우적거렸다. 문득 등 뒤로부터 검은 바람이 불어오고 그 바람 소리 속에서 눈빛을 밝힌 죽음의 수레바퀴 소리가 달려오고 있는 듯한 공포를 느꼈다. 그는 무서웠다.

여보―

그는 비명을 질렀다. 살려줘.

(1977년)

돌의 초상

1

그 많은 사람들 중에서 왜 유독 최 노인의 모습이 내 시선을 끌게
되었는가는 불가사의한 일이다.

이른봄 모처럼 좋은 날씨에 고궁은 가족을 동반한 사람들로 발 디
밀 틈조차 없이 가득가득 차 있었다.

마침 벚꽃이 만개해 있었다. 고궁측에서 늦은 밤까지 밤 벚꽃놀이
를 연장하겠다고 발표하였으며 사람들은 가족을 이끌고 고궁으로
몰려들었다.

그 지리했던 겨울 끝에 어김없이 다가온 봄은 두터운 내의를 벗게
하고 사람들을 답답하고 어두운 방구석에 앉아 있지 못하게 들쑤셔
대고 있었다.

건강한 젊은이들은 등산복 차림으로 산을 찾아가거나 모처럼 휴

일을 맞은 젊은이들은 이른 아침부터 극장 앞에 줄을 서 있었다. 이도 저도 아닌 사람들은 겨우내 굳게 닫힌 방 안에서 하루 종일 뛰어놀던 아이들의 시달림을 받고 하품을 하면서 고궁으로 고궁으로 몰려들고 있었다.

어른들의 가슴에 안긴 아이들이나, 첫 걸음마를 배우는 아이들 손에는 으레 풍선이 하나씩 매달려 있었고 여기저기 벚꽃 아래에서 가족사진을 찍는 행복한 미소가 넘쳐 흐르고 있었다.

긴 겨울 동안 실내 우리에 갇혀 있던 동물들도 날이 풀리자 제 철창을 찾아 새로 이사를 했으며 원숭이 똥구멍이 진짜 빨간색이라는 것을 확인한 아이들은 원숭이 우리 앞에서 떠나려 들지 않았다.

새들도 날개를 펴고 퍼드득거리며 날아다니고 물위로 갓 솟아오른 물개의 콧잔등 위에서 이른 봄날의 햇살이 부서지고 있었다.

좋은 봄날의 휴일이었다.

도심지 한복판에 적어도 이렇게 산책을 즐길 만한 고궁이 있다는 것은 다행스런 일이었다. 고궁으로 들어가는 원남동 입구는 아예 인파로 뒤덮이고 있었다.

아이스크림을 핥는 꼬마들도, 고궁측에서 대여한 손수레에 앉아 어머니가 미는 대로 끌려가는 애기들도, 아예 도시락을 싸가지고 온 사람들도, 사진기를 메고 기회만 있으면 찰칵찰칵 셔터를 눌러대는 어른들도, 장롱 속에 깊숙이 들어 있던 봄옷을 꺼내 입어 나프탈렌 냄새를 물씬 풍기는 여인도, 행여 길을 잃을세라 손자의 고사리 같은 손을 쥐고 나선 할머니도, 모두모두 좋은 봄날의 따스한 햇살 속에 활짝 웃음을 담고 있었다.

사람뿐 아니었다.

철책 속에 갇혀 있던 동물들도 그 두터운 털가죽 속에 갓 끓어오르는 뜨거운 피와 근질근질한 욕정, 모처럼 되찾은 야성의 거센 광기로 이빨을 보이면서 일광욕을 하고 있었다.

여기저기서 웃는 소리와 행복한 지껄임이 새소리처럼 넘쳐흐르고 활짝 만개한 벚꽃은 바람도 없는데 흩어져서 난분분 난분분하고 있었다.

그래서 벚나무 그늘 아래 앉아서 오랫동안 저희들끼리만 통하는 밀어를 속삭이는 젊은 연인들 어깨 위에는 눈과 같은 벚꽃의 낙화가 견장처럼 떨어지고 있었다.

사람들은 머리 위에 어깨 위에 떨어진 벚꽃의 세설(細雪)을 이른 아침 싸리비로 집 앞의 눈을 쓸 듯 털어버리며 상대편 눈썹에 떨어진 벚꽃 꽃잎이 하얗게 세월을 뛰어넘어 눈썹을 바래게 한 것인 양 서로 웃고 그리고 털어주었다.

애써 땅 위에 떨어진 하얀 꽃잎들을 쓸어모을 필요는 없어서 그냥 내버려두었는데 오후쯤부터는 벚꽃나무 밑 산책로는 아예 흰 융단을 깐 긴 회랑처럼 하얗게 빛나고 있었다.

놀이터에서는 아이들을 태운 목마가, 열대어 같은 비행기가 치차(齒車) 소리를 내며 굴러가고 있었다. 목마가 속력을 내자 간신히 말의 잔등에 매어달려 있던 꼬마들이 와아, 와아 소리를 지르고 어떤 아이들은 겁이 나서 울음을 터뜨렸다.

나는 벚꽃나무 밑 산책로와 놀이터 중간쯤 잔디밭에서 그 최 노인을 만났다.

나는 혼자서 고궁에 나왔다. 모처럼의 화창한 봄날에 빈 아파트에서 홀로 낮잠을 자거나 텔레비전을 켜고 재방송되는 영화를 졸면서 보는 것도 따분한 일이었다. 그래서 몇 군데 전화를 걸었는데 한결같이 부재중이었다. 당연한 일로 이 좋은 날에 집에 갇혀 있는 녀석이란 산에 올라갔다 다리가 부러져 깁스를 하고 있는 녀석들뿐이었다. 경희에게 전화를 걸었지만 짐작대로 집에 붙어 있질 않았다. 별수 없이 혼자서 집을 나설 수밖에 없었다.

이왕 나선 김에 할 일 없이 방심한 마음으로 소일만 할 것이 아니라, 사진기를 들고 휴일의 풍경을 담아보리라는 직업의식이 발동해 나는 집 앞 로터리에서 필름을 다섯 통이나 샀다.

나는 사진 찍는 일을 직업으로 가지고 있었다. 잡지사에 근무한 일도 있었고, 신문사에도 있었지만, 잡지사에서는 신춘 모드랍시고 도저히 실용 가치가 없는 희한한 디자인의 옷을 입은 모델 사진 찍는 데 넌덜머리가 나 있었고, 신문사에서는 정치가, 기업인 혹은 살인범 따위의 얼굴만 찍는 일에 진절머리를 치고 있었으므로 지난 겨울 나는 직장을 그만두고 아예 스튜디오를 차렸던 것이다.

나는 프리랜서를 자처하고 있었다. 간혹 광고용 사진 부탁도 들어오고 캘린더용 사진 부탁에, 작은 잡지사의 촬영을 청부 맡는 일 이외로 평소에 찍고 싶었던 사진에 전념할 수 있었다.

소위 예술 사진을 찍는 일은 아주 즐거운 일이었다.

목적이 있어서 고궁 뒷담에 모델들을 세워놓고 찍거나 혹은 갓 구워낸 요리를 찍거나 비행기 트랩을 막 내리는 외국 정치가를 찍는 일이 아닌, 전혀 낯설고 돌연한 피사체를 파인더 안으로 포착해서 들여다보면 비로소 내가 살아 있는 풍경을 찍고 있다는 만족감에 셔터를 누르는 손끝이 팽팽히 긴장되어 떨리고 있었다.

살아 있는 풍경, 움직이는 피사체는 어디든 있었다. 우리의 눈은 얼마나 부정확한가.

가령 아파트 앞 광장에 갓 피어난 봄꽃들 위로 갑자기 수십 마리의 나비들이 떼지어 날아와 꽃잎마다 날개 접고 쉬는 것을 카메라의 파인더 안으로 들여다보면 풍경은 가지 치고 불필요한 군더더기는 자연 사라져, 단지 내가 필요로 하는 피사체만 집약되어 초점에 모인 뜨거운 햇빛처럼 생생하게 불타오르고 있었다.

아무리 먼 거리라도 망원 렌즈를 사용해서 초점을 맞추면 나비만 특별하게 드러나고 한 뼘 떨어진 꽃잎조차도 흐릿하게 멀어져 보여 정확히 맞추려는 손마저 수전증에 걸린 듯 떨리고, 이 순간을 놓치면 안 된다는 조바심으로 숨이 가빠 어떤 때는 우물쭈물, 찍으려 하는 사물의 정지된 찰나를 놓치기 일쑤였다.

지난 겨울 나는 얼어붙은 한강변을 헤매었다. 말로만 들은 철새들이 멀리는 낙동강 하구로 가까이는 인천 앞 갯벌로 몰린다는 것만 알았을 뿐 철새들이 바로 한강변에도 날아든다는 것은 금시초문이었다.

한강변 아파트 사이로 철새들이 떼지어 날아다니고 있었다.

나는 겨우 내내 그 새들을 찍는 것으로 시간을 보냈다. 우거진 갈대숲 사이로 떠오르는 철새보다는 여름 내내 모래를 채취하던 웅덩이 위에 납색 얼음이 두텁게 얼어 있으며 여기저기 채취선의 거대한 철제 탱크가 우뚝우뚝 서 있고 아파트의 창문이 반짝거리는 도시의 복판으로 날아드는 철새의 모습은 내가 원하는 이중 의미까지 형상화할 수 있는 좋은 소재였던 것이다.

스튜디오 암실에서 네가 필름을 한 장 한 장 인화하면 생명감이 넘쳐흐르고 새떼들이 아파트 건물 사이에서 날갯짓하고 있었다.

나는 그래서 구태여 촬영을 위해 멀리멀리 떠날 필요는 없다고 마음을 굳히고 있었다.

소재는 어디에건 있었다.

가능하면 봄중에 그 동안 찍은 사진들을 모아 작은 전람회라도 마련해보리라는 생각까지 들어 나는 휴일이라도 좀이 쑤셔 시간을 할 일 없이 낭비할 수는 없었다.

그래서 사진기를 들고 고궁으로 찾아간 길이었다.

사진을 찍다보면 뭐니뭐니 해도 인물 사진이 가장 쉬우면서 힘든 소재 중 하나라는 사실을 깨닫게 된다.

인물 사진 중에서도 가장 백미가 여인의 누드 사진으로, 여인의 나체는 아무리 벗겨도 양파처럼 그 끝이 헤아려지지 않는다. 신이 창조한 물건 중에 가장 아름다운 물건은 뭐니뭐니 해도 여인의 나체일 것이다.

한 여인의 나체 사진을 수백 장 찍는다 하더라도 어느 것 하나 중복되는 모습은 없으며 빛의 조명, 놓인 자세, 각도, 분위기, 그런 사소한 기미가 여인의 나체를 극대화하는 것이다.

여인의 누드 다음으로 좋은 소재는 어린이와 노인들의 사진이었다. 이들은 표정이 풍부하며 천진하고 그만큼 자연에 가까운 표정을 짓고 있었다. 피사체가 톤이 튀거나 부분으로 드러나 보이는 경우는 어딘지 생경하나, 자연에 가까워 주위환경에 녹아 있는 경우일 때는 사진은 정지되어 있지만 여러 가지 의미를 한꺼번에 담고 움직이며 팽팽한 생동감이 넘쳐흐르는 것이었다.

고궁에서 나는 닥치는 대로 사진을 찍었다.

일광은 풍부해서 조명을 의식할 필요는 없었다. 사방 어디에건 동물과 꽃과 나무가 배경으로 인물들을 든든히 받쳐주고 있었다. 더구나 사람들마다 애써 웃기려 하지 않아도 절로 인위적이 아닌 자연스런 미소가 행복하게 넘쳐나고 있었다.

나는 카메라의 셔터를 확대하였다. 한 바퀴 돌고 놀이터 부근으로 왔을 때 나는 잔디밭 위에 홀로 앉아 있는 노인을 보았다.

순간 이것은 물건이 되겠구나 하는 육감이 불꽃처럼 튀었다. 한눈에도 노인을 중심으로 그 배경이 직사각형의 파인더 안 풍경으로 집약되었다.

노인 주위에만 유독 벚꽃이 만개해 있었고 연신 꽃이 떨어지고 있었다. 멀리 호숫가로 햇빛이 찰랑찰랑 부서지고 있었고 인파가 가득 넘치고 있었다.

그들과 격리된 노인의 모습이 내 창작욕에 불을 댕겼다.

나는 카메라를 들이대었다. 망원 렌즈의 조리개를 조이자 노인의 모습이 성큼 다가왔다.

가슴이 뛰었다. 눈짐작보다 아주 근사한 구도였다. 나무랄 데 없는 스냅이었다. 나는 셔터를 누르려고 호흡을 멈추었다.

그때였다.

나는 왠지 그 노인네가 눈으로 봤을 때보다 막상 파인더 안으로 당겨 가까이 접근시켜 보았을 때 어딘지 부자연스럽다는 느낌을 받았던 것이다.

나는 사진을 찍으려 하지 않고 그냥 노인을 바라보았다.

노인은 바위처럼 꼼짝도 않고 앉아 있었다. 그뿐인가. 어딘지 이상할 정도로 울긋불긋한 새 한복에 새 모자 새 고무신을 신고 있는 것처럼 보였다. 미동도 하지 않았으므로 노인은 마치 옮겨놓은 이삿짐처럼 보이고 있었다. 사진관에서 사진 찍을 때처럼 정지되어 있는 노인네의 모습은 그렇다면 이처럼 멀리 떨어져 몰래 카메라를 들이대고 있는 나의 존재를 눈치채고 있는 것일까. 대부분의 사람들은 잘 웃다가도 막상 카메라를 들이대면 근엄해지거나 굳어버리곤 하는데 노인의 모습이 바로 그러했다.

아무리 근사한 구도라고 할지라도 피사체가 생명력을 잃어버렸다면 곤란한 일이었다. 나는 카메라를 내리고 한참 동안 노인을 지켜보았다.

나는 저만큼 나이 든 노인네가 혼자서 이 고궁에 왔을 리는 없다고 생각했다.

분명히 며느리나 손자들과 함께 고궁으로 왔으며 아마도 그들은 근처 가게로 아이스크림을 사러 갔거나 아니면 손자가 쉬를 하고 싶어 며느리가 공중변소로 데리고 간 사이에 그들이 올 때까지 기다리고 있는 것이라고 나는 생각했다.

꼼짝 말고 계세요, 아버님. 걸어다니시다간 길을 잃어요. 여기 꼼짝 말고 계세요. 아시겠어요.

저 노인은 필경 누군가 돌아오기를 기다리고 있는 것이다. 나는 그렇게 생각했다.

좀 오래 걸리지만 꼼짝 말고 여기 있으라고 하였으므로 노인네는 늙은이다운 질긴 인내심으로 잔디밭에 얌전히 앉아 있는 것이라고 생각했다. 그래서 나는 그 노인네를 잠시 방치해둔 가족이 돌아오기를 기다리기로 했다.

나는 벤치에 앉아서 담배를 피워물었다. 담배 한 개비가 다 탈 때까지 기다려보았으나 여전히 노인네는 혼자였다.

나는 생각했다.

아마도 공중변소에 갔던 손주녀석이 원숭이 우리 앞에서 정신을 잃고 있는 모양이라고.

그렇다면 아까운 시간을 저 노인을 지켜보며 함께 기다리는 것으로 보낼 수는 없다고 나는 생각했다. 그래서 나는 그 자리를 떠나기로 마음먹었다.

나는 어린이 놀이터로 다가가 사진을 찍었다. 아이들은 언제나 즐거운 소재였다. 나는 고궁을 또다시 한 바퀴 돌기 시작했다.

사진 찍는 일에 정신이 팔려 시간 가는 것을 잊고 있었다. 시장기가 몰려왔지만 식당에 들어가서 밥 먹는 것으로 시간을 뺏기고 싶지 않아 나는 햄버거를 사서 휴지로 감아들고 걸어다니며 순식간에 먹어치웠다.

해는 머리 위에서 조금씩 조금씩 기울고 있었다. 봄날의 휴일은 차츰차츰 저물고 있었다. 이른 아침부터 몰려들었던 인파는 벌써부터 조금씩 썰물처럼 빠지고 있었다. 새로 들어오는 사람들도 적지 않았으나 나가는 사람이 더 많아 오전보다는 다소 빈자리가 눈에 띄었다.

준비해왔던 필름 다섯 통이 어느새 바닥이 나서 나는 DP점에서 필름 두 통을 더 샀다. 두 통만 더 찍고 고궁을 나가리라 마음먹었다.

그래서 부지런히 세 바퀴째 고궁을 돌기 시작했다.

마악 어린이 놀이터 쪽으로 접어들려다가 나는 놀랍게도 두 시간 전에 만난 노인네가 아직 그 잔디밭 위에서 조금도 움직이지 않고 얌전히 앉아 있는 것을 보았다. 더위도 느끼지 않는지 모자를 그대로 쓴 채 한복 단추 하나도 풀어뜨리지 않고 석상처럼 앉아 있었다.

나는 충격을 받았다.

어찌 된 일일까. 두 시간 전부터 노인은 한 발짝도 움직이지 않은 채 그대로 굳어 있다. 아니 내가 발견하기 훨씬 전부터 노인네는 그 자리에 그렇게 있었을지도 모른다. 그 시간이라면 함께 온 가족들이 이미 돌아오고도 남았어야 할 시간이 아니겠는가.

점심시간도 지났다. 그런데도 꼼짝없이 앉아 있다. 어쩌면 저럴 수가 있는가.

나는 강한 호기심을 느꼈다. 그래서 천천히 노인 앞으로 다가갔다. 아주 가까운 벤치에 앉아서 가만히 노인을 쳐다보았다.

노인은 정물처럼 앉아 있었다. 새 한복의 깃은 하얗게 빛나고 한복 단추가 햇빛에 번득이었다. 모자와 흰 고무신은 먼지 하나 묻지 않았다. 정갈한 성미를 가진 노인네가 애써 깨끗이 복장에 신경을 썼다기보다는 어딘지 자연스럽지 못한 분위기가 있었다. 마치 녹을 갑자기 벗겨내고 새로 도금을 한 것과 같은 인위적인 느낌이었다. 과장해서 말한다면 갓 죽은 시체에 다린 옷을 입히고 억지로 화장을 한 것 같은 기묘한 성장이었다. 시체의 부패한 냄새를 방지하기 위해서 기름을 바르고 향수를 뿌린 것처럼 노인네의 모습에선 본인의 의사가 아닌 타인에 의해서 곱게 꾸며진 듯한 이상스런 분위기가 있었다.

나는 망설일 수 없었다.

나는 일어서서 노인 앞으로 다가갔다.

"할아버지."

나는 가만히 불러보았다.

노인은 그러나 나를 보지 않았다. 그 얼굴에 표정이 없었다. 입은 약간 벌어져 있었고 어딘지 탈을 쓴 백치의 표정이었다. 막 웃으려 하는 표정인지 아니면 막 웃음을 끝낸 표정인지 어쨌든 분간할 수 없는 기묘한 미소가 노인의 얼굴에 고정되어 있었다.

"할아버지."

나는 어쩌면 노인네가 가는귀가 먹었을지도 모른다고 생각했으므로 크게 소리질렀다. 노인은 가까이서 보자 생각보다 더 나이가 들어 보였다. 아마도 여든 살은 넘었을 것 같은 모습이었다.

"할아버지."

나는 재차 소리를 질렀다. 그러나 노인은 내게 얼굴을 돌리지 않았다. 나는 노인의 시선이 어디만큼 가 있는가를 살펴보았다. 노인의 시선을 쫓아가보니 그의 눈은 어지러이 낙화하는 벚꽃나무에 고정되어 있었다. 아니 노인네가 그 꽃을 보고 있었다라는 표현은 적합하지 않았다. 왜냐하면 노인의 눈은 실상 아무것도 보고 있지 않았기 때문이었다. 외계를 향해 눈은 분명 열려 있었지만 그저 그곳에 고정되어 있을 뿐 그것을 인식 안으로 받아들이는 표정은 아니었다.

이 노인네가 눈을 뜨고 자는 것일까. 나는 생각했다.

이 노인네가 눈을 뜬 채 봄날의 나른한 백일몽에 잠겨 있는 것일까. 그렇담 깨워야지.

나는 노인의 어깨를 가만히 흔들었다.

"할아버지."

그제서야 느릿느릿 노인의 얼굴이 나를 보았다.

146

"어어."

노인은 불확실한 목소리로 이상한 대답을 하면서 나를 보았다. 그 얼굴이 웃고 있었다.

"할아버지, 누구와 같이 오셨나요?"

"미, 미안합니다."

노인은 여전히 불확실한 목소리로 대답했다.

"누굴 기다리세요, 할아버지?"

"어, 어, 미, 미안합니다."

나는 난처했다.

"여기 누구하고 오셨어요, 할아버지."

"배, 배가 고파요."

노인네는 말했다.

"밥, 밥 좀 주세요."

나는 그제서야 노인네가 노망이 든 것을 알았다. 그렇다. 노인은 제정신이 아니었다. 그는 노망이 들어 있었다. 그렇다면 더욱 이상하지 않은가. 이 노인이 노망이 들었다면 뭣 때문에 고궁까지 데리고 온 것일까. 누군가 바람을 쐬주기 위해 데리고 나왔다면 어째서 이처럼 오랫동안 한자리에 앉혀놓고 도대체 어디로 가버린 것일까. 어쩌면 이 노인네는 길을 잃었는지도 모른다. 있으라는 한자리에 있지 않고 제멋대로 돌아다니다 길을 잃고 이곳에 쭈그리고 앉아 있는지도 모른다. 그렇다면 이 노인을 여기까지 데리고 온 가족들은 한창 정신없이 노인을 찾고 있는지도 모른다.

고궁을 돌아다니면서 나는 자주 들었다. 미아를 보호하고 있다는 고궁 관리실의 확성기 안내방송을. 엄마를 잃고 미아가 되어버린 아이가 약수동에서 오신 철이 엄마를 찾는다는 안내방송이 좀전에도 있었으며, 그와 같은 내용의 방송이 자꾸 되풀이되고 있었다.

그럴 것이다.

아이들은 고삐 풀린 망아지처럼 모처럼의 해방감을 어머니의 손아귀에 맡긴 채 구속될 수는 없을 것이 아니겠는가. 닥치는 대로 쏘다니다보면 눈 깜짝할 사이에 아이들은 어머니를 잃어버릴 것이며, 어머니도 역시 아이들을 시야에서 잃어버릴 것이다.

이 노인도 마찬가지일 것이다. 옷차림으로 보아 아주 궁색한 집안의 노인은 아닌 것 같다. 아니 그 추측은 틀릴지도 모른다. 고궁에 나설 때면 누구든 한껏 새옷으로 갈아입고 멋을 부리는 편이니까.

어쨌든 노인은 가족을 잃었으며 가족 역시 노인을 잃어버린 것은 분명한 일이었다. 나는 망설였다.

어떻게 할 것인가. 이 노인네를 그냥 내버려두고 자리를 피해버릴 것인가. 그리하여 정신없이 노인을 찾고 있을 가족의 눈에 마침내 띄어버릴 것을 기대하는 편이 오히려 나을지도 모른다.

벌써 해는 뉘엿뉘엿 지고 있고 필름은 아직 두 통이나 남아 있다. 곧 해는 충분치 못한 빛의 양으로 떨어질 것이다. 감도가 좋지 않은 사진은 찍으나마나 한 휴지에 불과하다.

나는 짜증이 났다. 그렇다고 하더라도 노인을 그냥 내버려둘 수는 없었다.

"일어나세요, 할아버지."

"선생님."

노인은 웃었다. 영원히 웃고 있는 탈을 쓴 광대처럼.

"미, 미안합니다."

나는 노인의 어깨를 부축해서 몸을 일으켰다. 의외로 노인의 몸은 무거웠다. 세워놓고 보니 풍채도 좋았고 뼈도 굵었다.

"걸으실 수 있겠죠?"

"예."

“그럼 따라오세요.”

“예. 선생님, 고맙습니다.”

노인은 꾸벅 고개를 숙였다.

나는 노인을 데리고 관리실 쪽으로 걸어갔다.

관리실은 고궁 입구 바로 옆에 있었다.

“오줌이 마렵습니다, 선생님.”

왠지 남 보기에 창피해서 서너 발걸음 앞서 걷다 노인이 엉거주춤 제자리에 선 채 따라오지 않아 다시 되돌아가보았더니 노인은 웃으면서 말했다.

제기랄. 나는 울화통이 치밀었다.

“따라오세요.”

마침 눈앞에 공중변소가 있었다. 노인은 얌전하게 나를 따라왔다. 사람들이 가득 차 있는 변소에서도 노인은 한복 바지를 벗으려 들지 않았다.

“소변을 보세요. 여기가 변소입니다.”

사람들이 나를 흘깃흘깃 보았다. 가만있자. 어쩌면 이 사람들은 나를 나이 든 아버지를 모시고 온 부자지간으로 볼 것이 아니겠는가. 일일이 설명할 수 없고 변명할 수 없는 처지이고 보면 어쨌든 노인에게 싹싹하게 보일 필요는 있었다.

나는 낯을 붉히며 노인의 허리띠를 풀어주었다.

노인은 오줌을 쌌다.

나는 허리띠를 들고 기다렸다.

이게 도대체 무슨 꼴인가. 나는 노인이 오줌을 싸는 동안 부리나케 도망가버리고 싶었다. 오줌 싸기를 기다려 허리띠를 주자 노인은 정성 들여 그것을 맸다. 나는 노인을 이끌고 관리실로 들어갔다.

관리실엔 울고 있는 두 아이와 관리인이 앉아 있었다.

"뭡니까?"

제복을 입은 관리인이 나를 보았다.

"저 노인 때문에 왔는데요."

"그런데요?"

"아무래도 가족을 잃은 사람 같습니다. 그래서 방송을 좀 해주었으면 하고요."

관리인은 흘깃 노인을 보았다.

"보아하니."

관리인은 침을 퉤 뱉으며 한숨을 쉬었다.

"가족을 잃은 노인 같지는 않습니다."

"그러면요?"

"일부러 버린 노인 같습니다."

"뭐라고요?"

나는 믿어지지 않아 그를 쏘아보았다.

"그게 무슨 소립니까?"

"시끄러워."

관리인은 내게 대답하려 들지 않고 긴 의자에 앉아 앙앙 울고 있는 아이를 향해 소리쳤다. 아이들은 그러나 울음을 멈추지 않았다.

"저 아이들 좀 보세요."

관리인은 나를 보았다.

"저 아이들이 부모를 잃어버린 아이들처럼 보입니까?"

나는 아이들을 돌아보았다.

"그럼요."

"아닙니다. 일부러 버린 아이들입니다."

"버리다니요?"

"키우지 못할 사정이 있는 아이들을 구경가자고 꼬여서 이곳까지 데리고 와 아이스크림 하나 사주고는 도망가버린 부모들에게서 버려진 아이들이란 말입니다."

나는 아이들을 보았다. 아이들은 너무 울어 목이 쉬어 있고 얼굴은 지저분하게 더러워져 있었다.

"어떻게 그런 걸 아십니까?"

"이보세요."

관리인은 맥없이 대답했다.

"하루에도 서너 명씩 저런 아이들이 생겨납니다. 방송을 해봐도 절대로 찾아가지 않는 아이들입니다."

"방송은 했습니까?"

"목이 쉬어라고 했습니다."

사내는 신경질을 부렸다.

"젠장. 갖다버리려면 아예 낳지나 말 것이지."

사내는 귀 뒤에 꽂아두었던 담배꽁초를 피워물었다.

"버려지는 아이들은 모두 특징이 있습니다."

"특징이요?"

"모두 새옷을 입히는 것이죠."

"그야 나들이 가는데 새옷을 입히는 것은 당연하지 않습니까?"

"물론 그렇죠. 하지만 저애들 좀 보세요. 신발도, 양말도, 모두 새 겁니다. 못 믿으시겠다면 한벗 벗겨보세요. 러닝셔츠도 팬티도 새 겁니다. 우린 옷차림만 봐도 압니다."

"하루에도 서너 명씩 있다고요, 버려지는 아이들이?"

"그렇습니다. 버리기 전에 마지막으로 새옷을 입히고 마지막 소원을 들어주는 거죠. 주머니를 뒤져보면 이런 편지가 나올지도 모릅니다. '잘 있거라. 이 아이의 이름은 김순철입니다.' 돈도 몇 푼 들어 있을지도 모릅니다."

"밤까지 부모가 찾아가지 않으면 어떻게 되는 겁니까?"

"우린 일단 미아 보호소로 넘깁니다. 거기서 한 달 정도 있다가 그 래도 소식이 없으면 고아원이나 그런 데로 보내는데 십중팔구 저애 들도 고아원행입니다. 다행히 오늘은 애기들이 없습니다. 평소엔 강 보에 싸인 애기들이 젖병을 문 채 이곳에 옵니다. 그런 때면 우린 기 저귀까지 갈아줘야 합니다."

나는 입구에 엉거주춤 서 있는 노인을 가리켰다.

"그렇다면 저 노인은 어떻습니까?"

"마찬가집니다. 버려진 겁니다. 옛날, 아시잖습니까. 나이 든 노인 네들을 산 속에 갖다버렸잖습니까. 돌아오지 못하게 떠날 때는 눈 내 리는 밤에 떠났다고 합니다. 심산계곡에 갖다버리고 돌아오면 발자 국이 눈에 묻혀 지워지죠. 천하 없는 노인네라도 빈 산을 헤매다 들 짐승들에게 잡혀 죽기 십상입니다. 고려장이죠. 아마, 바로 그겁니 다. 요즈음엔 이런 고궁에 갖다버리는 사람들이 늘어나고 있습니다. 애써 산 속에 갖다버릴 필요도 없이 이렇게 버리면 얼마나 쉬워요. 신판 고려장입니다. 보세요. 저 옷차림을 보세요. 왠지 전부 새것 아 닙니까. 옷을 벗기면 아까 말했던 대로 러닝도 팬티도 모두 새것일 테니까요. 두고보세요."

"믿어지지 않습니다."

나는 왠지 화가 솟았다. 나는 허락된다면 관리인의 머리통을 한 대 후려치고 싶었다.

"일단 방송은 해봐야죠."

"물론입니다."

사내는 한숨을 쉬었다.

"요즈음엔 버려지는 노인들도 늘고 있습니다. 어쩌자는 것인지 통 모르겠습니다. 하기야 늙어갈수록 애가 되어 노인이건 애건 둘 다 어리긴 마찬가집니다만."

관리인은 일어섰다.

"할아버지. 할아버지."

노인은 주춤주춤 다가왔다.

"제 말 들려요, 할아버지?"

"예. 잘 들립니다."

"할아버지, 집이 어디예요?"

노인은 연신 종이 먹는 양처럼 얌전하게 웃고 있었다.

"배가 고파요. 배가 아주 고픕니다."

"젠장."

관리인은 투덜거렸다.

"돈 노인이로군. 노망 들었습니다."

나는 담배를 피워물었다.

"할아버지 이름이 뭐예요?"

"이름이요?"

"할아버지 이름 말이에요."

"최순돌입니다."

"누구하고 여기 왔어요?"

"미안합니다."

노인은 꾸벅 인사를 했다.

"나는 아무 죄가 없습니다."

"그야 물론입죠, 할아버지. 할아버지가 무슨 죄가 있을라고요."

관리인에겐 노인의 엉터리 대답을 어느 정도 즐기려는 낌새가 묻어 있었다.

"어쨌든."

나는 말을 거들었다.

“일단 방송이라도 해보십시다.”

“물론이죠.”

사내는 비아냥거리듯 대답했다. 탁자 위에 놓인 기계의 스위치를 올리자 번쩍하고 불이 들어왔다.

사내는 마이크를 집어들었다.

“마이크 시험중입니다. 하나, 둘, 셋, 잘 들립니까. 잘 들립니까.”

“잘 들리는데요.”

나는 짜증스럽게 대답했다.

“사람을 찾습니다. 사람을 찾습니다. 할아버지와 같이 오신 보호자를 찾습니다. 할아버지 이름은 최순돌입니다. 최순돌 할아버지와 함께 오신 보호자 되는 분은 관리실로 급히 연락 바랍니다. 다시 한 번 말씀드리겠습니다. 사람을 찾습니다. 사람을 찾습니다. 할아버지와 함께 오신 보호자를 찾습니다. 할아버지 이름은 최순돌, 최순돌입니다……”

방송은 서너 번 되풀이되었다.

나는 의자에 앉아 앙앙, 잠시 그쳤던 울음을 계속하고 있는 아이들을 쳐다보았다.

한 아이는 계집애였고 또 한 애는 사내아이였다. 둘 다 서너 살쯤 되었을까. 겨우 말 몇 마디 할 정도의 어린아이들이었다.

도대체 이 아이들은 어떤 이유로 버려진 것일까. 아예 갓 태어난 어린애라면 모른다. 그런 이야기는 왕왕 들었다.

새벽녘에 대문간에서 고양이 울음 같은 어린애 울음소리가 들려 나가보면 강보에 싸인 핏덩어리가 앙앙 울고 있다는 이야기, 으레 잘 키워주세요 따위의 편지가 들어 있다는 이야기, 미리 아이 없는 집을 물색해서 버려진 아기는 다행히도 그 집에서 맡아 키우게 되었는데 세월이 지나 아기를 버린 엄마가 나타나 키운 정이 깊으냐 낳은 정이 깊으냐 갈등한다는 이야기는 많이 듣고 본 신파조의 내용들이었다.

그러나 이처럼 멀쩡히 제 앞가림할 정도로 키워가지고 버리는 사람들은 도대체 어떤 사정들일까.

하기야 해방이 되었을 때 도망가던 일본 사람들이 아이들을 길거리에 버리고 사라졌다는 이야기는 많이 들었다.

제 한 몸 추스르기도 힘든 전쟁터에서 혹은 야밤에 배를 타고 강을 건너 삼팔선을 넘을 때면 으레 갓난아이는 강변에 버려지거나 물 속에 머리째 처박혀 죽어버렸다는 이야기도 많이 들었다.

모두의 안전을 위해서, 언제라도 깨어나 울음소리를 낼지 모르는 아이는 별수 없이 강변에 버려질 수밖에 없었다.

"아이는 또 낳을 수 있잖소. 여보."

버려진 아이를 생각하며 나룻배에 고개 숙이고 손등을 피가 맺히도록 깨물며 숨죽여 우는 아내의 귓가에 남편들을 그렇게 속삭이곤 했었다는 것이다.

그렇다. 아이는 원하면 또다시 낳으면 그만이었다. 목숨을 부지하는 것이 급선무였으니까.

일본인이 버리고 간 아이들은 어머니가 주고 간 요깡을 깨물며 북만주 벌판에서 얼어 죽었고 굶주린 늑대의 밥이 되었다. 전쟁터에 버려진 아이들도 마찬가지였다. 다행히 사람들의 양해를 얻어 간신히 버려지지 않고 나룻배에 올라탄 아이도 울음을 터뜨리려는 기척이 보이면 가차없이 물 속에 처넣기로 약속한 뒤에야 겨우 허락되었는데 대부분 아이들은 달빛이 부서지는 강물에 조용히 던져질 수밖에 없었다.

긴박한 공포 속에서 아무도 그 야비한 살상과 수장(水葬)을 말릴 수는 없었다.

마치 풍랑 센 바닷속에 사가지고 온 처녀를 던져 해신의 노여움을 가라앉히려는 어부들처럼 그들은 스스로의 목숨을 건지기 위해서 아이들을 물 속에 제물로 던져버리곤 했었다.

어쩌다 강변에 도착할 때까지 신통하게도 조용히 잠들어 있는 아이가 하나 있어 바라보면 으레 어머니의 손에 입을 틀어막힌 채 질식해서 죽어 있었다는 것이었다.

어머니는 행여 아이가 울세라 자신도 모르게 아이의 숨구멍을 틀어막고 있었던 것이다.

그렇게 많은 아이들이 버려졌으며 그렇게 많은 아이들이 죽었다.

그러나 지금은 그 당시와는 전혀 상황이 다르지 않은가. 저와 같이 이 도시의 한복판에 버려져야 할 이유는 없는 것이다.

하물며 관리인의 말이 사실이라면 아직 살아 있는 노인을 저처럼 버릴 이유는 없는 것이다.

나는 맥없이 담배를 피워물었다. 이미 새로 산 두 통의 필름을 소비하기엔 늦어버렸다.

유리창 밖 고궁은 서서히 저물어가고 있었다.

"어떻습니까?"

관리인이 나를 돌아보았다.

"제 말이 맞지 않습니까?"

"맞다니요?"

"보세요. 아무도 저 노인네를 찾으러 오지 않지 않습니까?"

"올 겁니다."

나는 퉁명스럽게 대답했다.

"좀더 기다려봅시다. 아직 시간은 조금밖에 흐르지 않았소."

"기다려봐야 소용없습니다."

관리인은 기지개를 켰다.

"부질없는 짓입니다."

"한 번 더 방송해보시오."

"소용없다니까요."

"해봐요."

나는 강요했다.

"이보세요."

그는 나를 한심하다는 듯 쳐다보았다.

"만약 노인을 찾고 있었다면 방송하지 않아도 진작 관리실로 뛰어 왔을 겁니다."

나는 입을 다물었다. 그의 말은 하나도 틀린 것이 없었다.

"만약."

나는 그를 보았다.

"오늘밤 안으로 저 노인을 찾아가지 않는다면 어떻게 됩니까?"

"모릅니다. 우린 경찰서로 넘겨버리면 그만입니다. 아마 모르긴 합니다만 양로원 같은 데로 넘겨질 겁니다."

그는 일어서서 책상 위에 쌓여 있는 물건들을 하나하나 뒤져보았다. 책상 위에는 우산과 시계, 트랜지스터 라디오, 신발, 지갑 따위들이 한 무더기 쌓여 있었다. 아마도 고궁 나들이객의 분실물들인 모양이었다.

"저 노인네는 이 물건들보다 못한 신세죠. 이 물건들은 언젠가는 찾아가는 사람들이 나타납니다. 하지만 저 노인은 아무도 찾으러 오지 않을 겁니다. 살아 있는 목숨보다 우산이 더 소중한 세상입니다. 젠장."

그는 의미 없이 우산을 쫘악 펼쳐보았다. 유리창 바깥으로 햇살은 완전히 기울어 사라지고 어둠이 뿌려지고 있었다. 종일토록 붐비던 사람들도 많이 줄어 있었다. 간혹 밤벚꽃을 즐기러 들어오는 사람들이 오가고 있을 뿐 고궁은 내리는 어둠과 함께 쓸쓸하게 파장되고 있

었다. 어느 틈에 여기저기서 수은등이 켜졌고 칙칙한 검은 나무숲 속
에서 벚꽃이 하얗게 눈을 흘기고 있었다.

　나는 가야겠다고 생각했다.

　내가 더이상 이곳에 기다리고 앉아 있을 필요는 없다. 이만큼 성의
를 보인 것만 해도 내 할 일은 다했다.

　나는 일어섰다.

　긴 의자에 앉아 있던 두 아이도 이미 울음에 지쳐서 꾸벅꾸벅 졸고
있었다.

　"가겠소."

　나는 힘없이 사내를 보았다. 노인의 눈이 나를 좇고 있었다. 아무
런 걱정도 근심도 느끼지 못하는 백치상태 속에서 노인은 자신의 입
장 따위는 아예 잊어버리고 연신 웃으면서 나를 보고 있었다.

　"할아버지."

　나는 노인 앞에 섰다.

　"난 갑니다."

　"고맙습니다."

　노인은 입을 벌리고 웃었다. 행복한 미소가 얼굴에 흘러넘치고 있
었다. 어이하여 이 노인네는 울음조차 보이지 않는 것일까. 이제 겨
우 세 살 먹은 아이들도 울 줄 알거늘. 웃음을 흘리는 입은 이가 몇 개
밖에 없어 마치 검은 구멍 위에 돋아난 불규칙한 버섯 같아 보였다.
하얗게 세어버린 머리칼이 주름진 이마 위를 듬성듬성 덮고 있었다.

　"나는 아무런 죄가 없습니다. 미안합니다."

　노인은 웃으며 나뭇등걸 같은 딱딱한 손을 내밀었다.

　"난 가겠습니다. 할아버지."

　나도 손을 내밀자 노인은 고맙기라도 한 듯이 내 손을 마주 잡았다.

　"배가 고픕니다. 밥 좀 주십시오."

158

관리인은 묵묵히 나와 노인이 벌이는 기묘한 대사를 바라보고 있었다. 그는 길게 한숨을 쉬었다.

"내 보기엔 댁한테 그새 정이 든 모양입니다."

관리인은 웃지 않았다.

나는 벌레를 피하기라도 하듯이 노인의 손에 잡힌 손을 빼려고 힘을 주었다. 순간 무어라고 형언할 수 없는 이상한 감정이 가슴을 찢었다.

이 자식아.

나는 나 자신에게 엄중히 꾸중했다.

최소한 노인네에게 저녁 한 끼라도 베풀어줘야 할 것이 아니냐.

하지만.

나는 잠시 망설였다.

이건 나와는 하등 상관 없는 일이잖은가. 이건 귀찮은 일이다. 공연한 센티멘털리즘에 스스로 빠져들 필요는 없다. 그러나.

나는 돌아섰다.

"이 노인네를 내가 데려가겠소."

"예?"

관리인은 깊은 상념에 빠져 있었는지 얼핏 실감이 오지 않는 듯한 말투로 물었다.

"이 노인네를 내가 데려가겠소. 저녁 한 끼 대접하겠소. 그래도 괜찮지요?"

"글쎄요."

사내는 시선을 피했다.

"일단 우리 책임이긴 하지만 뭐 아무려면 어떻습니까. 대신 연락처만 가르쳐주길 바랍니다. 혹 연락이 오더라도 우린 그 정도는 알고 있어야 하니까요."

나는 내 아파트의 전화번호를 적어주었다.

나는 서둘러 관리실을 나섰다. 나는 값싼 유희를 벌이는 듯한 부끄러움을 느꼈다.

노인은 총총히 내 뒤를 따라오고 있었다. 금속의 수은 불빛이 노인의 얼굴을 납색으로 물들이고 있었다.

어쨌든 이 고궁을 빨리 벗어나야 한다고 생각했다.

고궁을 나오면서 벌써 나는 나의 경솔한 행동을 후회했다. 노인은 이미 내게 크나큰 짐으로 다가왔다. 나는 허락된다면 재빨리 도망가버리고 싶을 정도였다. 겨우겨우 짜증을 인내하면서 택시를 잡았다.

노인은 내게 무거운 돌의 무게와 같은 부담이었다.

그것은 일테면 이런 느낌이었다. 지난 여름 나는 돌에 미친 친구녀석에게 이끌려 단양으로 자연석 채취를 하러 따라갔던 적이 있었다. 나는 그 녀석의 서재에 수많은 돌이 전시되어 있는 것을 보고 감탄을 금치 못했었다. 녀석이 채취한 돌은 예사 돌이 아니었다.

함부로 굴러다니는 것처럼 보이는 돌들은 수백년을 두고 흘러내린 물에 의해 각을 잃고 부드러운 곡선을 그리고 있었다. 돌들은 하나같이 성난 모서리를 잃어버리고 분노의 각을 상실하고 있었다. 수백년 동안 지층의 밑바닥에서 엄청난 무게에 짓밟히고 억눌린 흙이, 응결된 분노와 고통으로 마침내 변화를 보여 시퍼런 적의를 보이며 생성된 돌들은 그러나 이미 비와 바람, 세월과 물, 그런 집요한 애무의 혀로 조용히 침묵하고 있었다.

비와 바람, 물, 그런 자연의 애무는 돌을 갖가지 형상으로 이룩하고 있었다. 참으로 위대한 창조였다.

산의 모양을 닮은 돌. 폭포의 모양을 닮은 돌. 동물의 모습과 흡사한 돌. 아름다운 꽃무늬를 표면에 노출시킨 돌. 남녀의 성기를 닮은 돌.

녀석의 방에 가득 찬 돌들은 하나같이 독특한 모양을 하고 있었다.

"좋은 돌일수록 자연과 닮아 있다."

녀석은 그렇게 말했었다.

"사이 좋은 부부가 어딘가 닮아 있듯."

그 다음 주말 나는 녀석을 따라 수석 채취를 나갔다. 돌의 명산지로 꼽히는 단양 지방이었다. 마침 가뭄이 심해 웬만큼 깊은 곳에 들어가기 전에는 정강이 이상까지 물이 차올라오지 않았다.

우리는 웃통을 벗고 따가운 여름 햇살을 받아가며 돌과 씨름을 했다.

나는 오후 내내 하나의 돌도 발견해낼 수 없었다. 유리처럼 맑은 물 속에 가라앉은 돌들은 그럴듯하다 싶어 문득 뽑아보면 그 최초의 빛깔을 상실하거나 최초의 환상을 지워버리고 있었다.

저것이다 싶어 마악 뛰어가 돌을 꺼내보면 이미 돌은 순결을 잃어버리고 타락한 검은 때를 보이거나, 탈색되어 있었다.

나는 그저 막연히 돌들의 모습에서 내가 늘상 보는 사물의 형태를 찾으려 노력할 뿐이었다.

"선입견을 버려라."

내가 돌을 집어올렸다가 마구 첨벙첨벙 물 속에 던져버리자 녀석은 그렇게 타일렀다.

"좋은 돌이란 흔치 않아. 평생 좋은 돌을 발견하지 못하는 사람도 있어. 마찬가지로 거의 매일 이곳에서 수석 채취하는 사람들이 깡그리 훑어내려가도 또 매번 좋은 돌이 발견되는 것은 그만큼 사람의 눈이 교활하기 때문이야. 좋은 돌은 절대 숨어 있지 않아. 네 발 밑에 있어. 바로 네 발 밑을 봐라. 그곳에 있어. 미리 마음을 정하지 마라. 무늬 있는 돌, 사람과 같이 생긴 돌, 혹은 기막힌 돌을 찾아야지 하고 선입견을 가지고 돌을 보면 좋은 돌이라도 추한 노파의 모습으로 둔갑한다고. 좋은 돌을 보기 위해서는 마음조차도 물처럼 담담해지지 않으면 안 돼. 네 자신이 물이 되어라. 마음을 미리 정하지 말고 돌의 마음이 되면 좋은 돌이 보인다고."

"젠장. 어렵군."

나는 침을 퉤퉤 뱉었다.

그날 오전 친구녀석은 청개구리상의 돌 하나와 꽃 모양의 돌 하나를 채취하였다. 그 동안 하나도 채취하지 못한 내가 가여웠던지 녀석은 도시락을 먹으며 오후에는 무조건 네 차례다라고 장담을 했었다.

과연 햇살이 기울 무렵 돌 하나가 발견되기는 했다.

"과히 좋지는 않다만 이만하면 좋은 돌이라고 할 수도 있다."

녀석은 물 속에 들어 있는 검은 돌을 가리켰다. 나는 녀석이 가리키는 돌을 들여다보았다. 그 돌은 물 속에 잠긴 채 들짐승처럼 누워 있었다.

"이게 뭐냐?"

한참을 들여다봐도 도저히 그 녀석의 말이 무엇을 의미하는지 짐작조차 할 수 없어서 나는 그를 쳐다보았다.

"이 자식아. 이건 암석이 아니냐."

"봐라, 돌을 이렇게 자른다고 가정하면 산수(山水)형의 자연석이 되지 않니. 제법 좋은 돌 같다. 이건 주봉(主峰)이 되겠고, 이건 작은 산봉우리가 되겠지. 어떠냐, 가질 테냐?"

"좋았어."

"그럼 돌부리를 캐봐라."

나는 녀석이 내어주는 삽을 들고 물밑에 일부만 고개를 내민 돌의 뿌리를 캐기 시작했다. 생각보다는 쉬운 일이 아니었다. 금세 뿌리를 캐리라 생각했던 나는 그러나 만만찮게 저항하는 돌의 뿌리에 구슬땀을 흘렸다. 마침내 캐고 보니 돌은 생각했던 것보다 훨씬 컸다. 간신히 들 수 있는 무게였다.

"가져가겠냐?"

"그러지 뭐."

"공연히 욕심 부리지는 마라. 돌은 생각보다 무거워."

"그래도 여기까지 왔는데, 본전은 뽑아야 할 게 아니냐."

"그렇담 포기하고 딴 것을 찾기로 하자. 이건 너무 무거워 뵌다."

"가지고 가겠어."

나는 고집을 부렸다. 배낭 속에 돌을 집어넣자 그 돌 하나로 배낭은 가득 차올랐다. 우리는 해가 기우는 냇가를 떠났다. 제천까지 가는 버스 정류장으로 걸으면서 나는 곧 호기를 부렸던 만용을 후회할 수밖에 없었다. 돌은 무겁고 둔중했다. 등에 멘 돌이 걸을수록 무게를 더해갔다.

내가 필요로 하는 극히 일부분의 돌을 위해 뿌리째 한 덩어리의 돌을 메고 가야 한다는 자신의 어리석음이 곧 한숨을 불러일으켰다. 제천까지 용케 메고 왔던 돌을 나는 선술집 입구 화단에 팽개치고 말았다.

"봐라. 욕심 부리면 안 된다고 하지 않았냐."

친구녀석은 별로 심한 질책은 하지 않고 자신이 채취한 청개구리 상의 돌을 대신 내 배낭 속에 넣어주었다.

"넌 아직 멀었다. 돌을 수집하는 마음의 자세가 돼먹지 않았다. 원칙대로 말한다면 네가 메고 온 돌을 여기에 버려서는 안 된다. 정 버리고 싶다면 물 속에 넣어줘야 한다. 마치 초파일 물고기를 사서 강에 방생해주듯 돌도 제자리를 찾아주는 게 예의다. 아예 자신없는 돌은 그래서 우리들은 가져오지도 않는다."

샐비어 깨꽃이 가득 피어난 선술집 꽃밭 사이에 돌을 내려놓고 나는 소주병 속에 남은 술을 퍼부었다.

"웬수놈의 돌멩이야. 잘 있거라. 우라질."

마찬가지였다.

최 노인을 별 심각한 의무감도 느끼지 못한 채 덥석 맡아 데리고 나온 나 자신의 꼬락서니는 마치 무거운 돌을 메고 냇가를 떠나올 때의 모습 그대로였다.

나는 바보다. 택시 속에서 나는 참담한 느낌을 받았다. 노인은 물 속에서 자연적으로 이루어진 돌의 형태와 아주 닮아 있었다. 그렇다, 노인은 돌 그 자체였다. 저 노인이 한때 가졌던 새파란 젊음과 끓어오르는 피는 싸늘히 식어 비와 바람, 흐르는 물에 씻겨내려진 돌의 침묵을 닮아 있었다. 사람 역시 나이가 들수록 점점 자연을, 식물을 닮아가다가 마침내는 무생물로 변하는 것이 아닐까.

말하자면 나는 고궁에서 돌 하나를 채취한 꼴이었다. 아주 무겁고 전혀 쓸모없는 돌덩어리 하나를. 친구 말대로라면 나는 아예 그 돌을 들고 오지 말았어야 했다. 나는 쓸데없는 욕심을 부린 것이다.

그렇다고 제천 선술집 꽃밭에 돌을 버렸듯이 노인을 아무 데나 버리고 떠나버릴 수는 없지 않은가.

택시는 내가 사는 아파트 광장에 멈췄다. 나는 노인을 데리고 차에서 내렸다.

말 한마디 하지 않았는데도 노인은 충실히 사육된 짐승처럼 내 뒤를 꾸준히 따라오고 있었다.

2

분명히 외출할 때는 닫고 간 아파트 창문이 열려 있고 불까지 켜져 있는 것으로 보아 경희가 내가 없는 새 들어와 방 안에 앉아 있는 모양이었다. 경희는 열쇠를 또하나 가지고 있었으니까.

내가 불쑥 이 노인을 데리고 들어간다면 경희는 어떤 표정을 보일 것인가. 어쩌면 징그러운 털 많은 짐승을 보았을 때처럼 호들갑을 떨며 비명을 지를 것이다.

엘리베이터를 타고 오층으로 올라갈 때까지 노인은 말없이 따라왔다. 나는 엘리베이터에서 아무도 만나고 싶지 않았다. 그러나 엘리베이터는 사층에서 멎더니 한 여인이 올라탔다. 여인은 손에 정구채를 들고 있었다. 자주 엘리베이터 속에서 만나던 여인이었다. 여인은 흥미 있다는 듯 나와 노인을 물끄러미 바라보았다. 나는 여인의 모가지를 비틀어버리고 싶었다. 엘리베이터에서 내려 아파트 문에 달린 초인종을 누르자 안에서 소리가 났다.

"문은 열려 있어요. 들어오세요."

나는 문을 열고 들어섰다. 노인은 복도에 우두커니 서 있었다.

"들어오세요."

나는 마치 잘못 찾아온 손님에게 하듯 퉁명스럽게 말했다. 노인은 백치처럼 웃으며 문 안으로 들어섰다.

"어딜 갔다 오시는 거예요. 벌써 한참 되었어요. 밥도 해놨다구요."

얼굴은 내밀지도 않고 경희는 부엌에서 소리질렀다.

"나와봐."

나는 퉁퉁 부은 발에서 신발을 빼내며 소리질렀다.

"손님이 왔어."

"손님이요?"

"그래. 나와봐."

경희는 부엌에서 나타났다. 빈 욕실에서 목욕까지 했는지 머리를 길게 틀어올리고 있었다. 손에는 고무장갑을 끼고 있었다. 밀린 빨래를 하고 있었던 모양이었다. 노인을 보자 경희는 멈칫거렸다.

"인사드려. 시골 큰아버지야. 방금 서울역에서 모시고 오는 길이야."

나는 경희를 놀리고 싶은 생각이 들었다. 어차피 경희와 나는 결혼할 사이였다. 게다가 언젠가 한번은 시골에 계신 친척들과 어머니를 만나뵙고 인사드려야만 진짜 아내 후보감이 될 수 있다고 경희는 믿고 있었다. 경희는 평소 내 행동으로 보아 내가 자기를 심심풀이 말상대거나 아니면 단순히 욕정을 채우기 위한 도구로 생각하는 건 아닌지 불안감에 빠져 있는 편이었다. 그래서 기회 있을 때마다 경희는 이렇게 말을 했었다.

"당신은 어째서 결혼하자는 말을 하지 않는 건가요?"

"식이 무슨 소용이야. 우린 어차피 부부인데."

"그래두 안 그래요. 난 떳떳이 아이를 가지고 싶단 말이에요."

지난 겨울 경희는 아기를 지웠다.

"나 애기를 뱄어요."

아주 미안하다는 표정으로 경희는 침대 속에서 그렇게 고백을 했었다.

"어떻게 하죠?"

내가 별 반응을 보이지 않자 침묵을 지키며 어떤 결론이라도 내려주기를 바랐던 경희는 먼저 말문을 열었다.

"낳을까요, 아니면."

"아니면."

"시치미 떼지 마세요. 아니면 지울 수밖에 없잖아요."

"그럼 지우지 뭐."

잠시 긴 침묵이 왔다. 자존심이 강한 경희는 입술을 깨물며 내게 등을 보이고 있었다. 그 등이 쿨럭이고 있었다.

"당신은 무책임한 사람이에요. 난 노리갯감이 아니에요."

"누가 경희를 노리갯감이라고 했나?"

"나 애기를 낳고 싶어요. 내년이면 스물여덟이 돼요. 이제 이 생활도 지긋지긋해요. 눈만 뜨면 환자의 신음 소리, 주사 놓는 일, 피 묻은 상처, 소독 가제로 닦아주는 일, 밤 당번. 이젠 정말 지겨워요.”

나는 밤새도록 아직 태어나지도 않은 미래의 아기를 생각해보았다. 나는 숨이 막혔다. 다음날 경희는 혼자 뱃속의 아기를 지웠다.

내가 노인네를 친척이라고 소개하자 당황했던 것은 그녀의 평소 마음가짐으로 보아 당연한 일이었다.

나는 공연히 노인네를 데리고 이곳까지 온 짜증스런 부담감을 경희에게 어느 정도 떠맡기고 싶었다. 그녀를 놀리는 것으로.

경희는 찬찬히 고무장갑을 벗었다.

“아, 안녕하세요.”

경희는 노인네에게 큰절을 했다.

“큰아버지.”

나는 일부러 노인네를 돌아보며 소리쳤다.

“인사받으세요. 큰아버지, 내 처 될 사람입니다.”

“고, 고맙습니다.”

꾸벅 인사를 받으며 노인이 상냥하게 손을 모았다.

“나는 오, 오줌이 마렵습니다. 변소가 어디 있습니까?”

나는 간신히 웃음을 참으며 약간 어리둥절해 있는 경희를 보며 명령을 했다.

“이봐 경희, 큰아버지가 오줌이 마려우시대. 화장실 좀 안내해드려.”

무어라고 한마디 하려는 듯 입을 쫑긋거리다가 곧 얌전해져서 경희는 달려가 노인을 부축했다. 경희는 노인을 부축하고 변소로 다가갔다.

나는 소파에 앉아서 옷을 벗었다. 러닝셔츠까지 벗어버리고 맨몸으로 텔레비전의 스위치를 올렸다. 텔레비전에서는 쇼를 하고 있었다. 열린 창문으로 훈훈하고 감미로운 초봄의 봄바람이 조금씩 스며들고 있었다.

"어떻게 된 거예요?"

노인을 화장실로 안내하고 돌아온 경희가 아무래도 이상하다는 듯, 그러나 목소리를 죽여서 내 눈치를 살폈다.

"내버려둬."

나는 킬킬대며 웃었다. 웃음이 홍수처럼 터져나와서 도저히 견딜 수 없었다.

"웃지 마세요, 들려요. 그리구 옷 입으세요. 어쩌려고 이러는 거예요."

"괜찮아. 상관없어."

나는 대답했다.

"우리하구 상관없는 노인네야. 거리에서 주워왔다구. 주워온 노인네라구."

"뭐라구요?"

"미안해, 속여서. 약간 돌아버린 노인네야. 노망 들었나봐. 하지만 뭐 어때. 아주 얌전한 노인네야. 사람이라기보다는 식물에 가까워. 나두 어떤 노인인지 몰라."

"나를, 나를."

갑자기 경희가 눈을 부라렸다.

"놀리셨군요."

날카로운 손톱이 내 벗은 어깨를 힘차게 쥐어뜯었다. 나는 비명을 질렀다. 아픔은 곧 근질근질한 쾌감이 되어 나를 즐겁게 했다. 나는 거품을 흘리듯 웃었다.

"속았다구. 경희가 감쪽같이 속았어."

"나빠요. 사기꾼. 거짓말쟁이. 강도. 엉터리 사기꾼."

경희는 소파에 놓였던 방석을 들어 내게 던졌다. 나는 소리쳤다.

"항보옥. 항보옥."

나는 대충 오늘 고궁에서 있었던 일을 그녀에게 일러주었다. 경희는 별로 즐거워하지 않는 눈치로 내 말을 끝까지 들었다.

"어쩌자구,"

다 듣고 나자 경희는 긴 한숨을 쉬었다.

"데리고 왔어요. 그래서 어쩔 거예요?"

"글쎄, 나도 잘 모르겠어. 내가 도대체 왜 데려왔는지 모르겠어. 밥 한 끼만 먹이고 보내지 뭐. 배가 고프대. 밥 좀 달래."

"밥을 주고 나서 그럼 어디로 보내죠?"

"글쎄."

나는 생각했다. 참으로 막막한 느낌이었다. 그래 밥은 먹인다고 치자, 밥을 먹이고 나서 어쩔 것인가.

"노인네 집으로 보내지 뭐."

"집은 알아요?"

"몰라. 물어보면 되겠지."

"이봐요. 저 노인은 노망이 들었어요. 아무것도 몰라요. 당신은 몰라요. 우린 노인네들을 자주 다뤄봐서 안다구요. 노망은 정신질환 중의 하나예요. 뇌세포가 파괴돼서 살아 있는 송장과 다름없는 거예요. 저 노인은 눈만 떴을 뿐 송장이라구요."

"어쩌면 기억이 날지도 모르잖아."

"그럴 수는 없어요. 그것은 불가능한 일이에요."

"그럼 버리면 될 게 아냐."

"어디다요."

"쓰레기통에 버리지 뭐."

나는 웃었다.

"새벽녘에 쓰레기 인부들이 수거해서 트럭에 싣고 교외 변두리 쓰레기 매립장에 버릴 거야. 그럼 잘됐지. 무덤으로 직행하는 거니까 말야. 쓰레기 무덤."

"남의 말 하듯 하지 마세요."

"잠깐. 그건 그렇고. 왜 이렇게 조용해?"

애기에 정신 팔려 있던 나는 깜박 정신이 들었다. 너무 오랜 시간 동안 노인은 화장실에 틀어박혀 인기척이 없었다.

"어떻게 된 거 아냐?"

나는 일어서서 달려가 화장실 문을 열었다. 노인은 욕탕 타일 위에 쭈그리고 앉아 있었다. 아무래도 그 몸짓이 심상치가 않았다. 내 말을 곧이곧대로 들은 경희가 그저 화장실 문 앞까지만 안내해주고 돌아왔기 때문에 옷 입은 채 용변을 본 모양이었다. 고궁에서 노인이 오줌이 마렵다고 했을 때, 나는 노인의 허리끈을 풀어줬잖은가. 내 예상은 적중하였다. 노인을 일으켜세우자 역겨운 냄새가 확 코를 찔렀다.

"젠장, 우라질 노인네 같으니라구."

나는 되는 대로 소리질렀다.

"이봐, 경희. 이 영감태기가 똥을 쌌어. 오줌도 쌌구."

"미, 미안합니다."

노인은 불확실한 목소리로 대답했다.

"금붕어의 물을 갈아줘야 합니다."

"금붕어?"

나는 무슨 말인지 실감이 오지 않아서 노인네가 가리키는 손끝을 보았다. 노인은 경희가 목욕하다 남긴 욕조 안의 반쯤 찬 미지근한 물을 가리켰다.

"금붕어가 어디 있는데?"

“여기 있습니다.”

노인은 물 속을 가리켰다.

“물을 갈아주지 않으면 금붕어들이 죽어버립니다.”

“우라질.”

나는 혹시 노인 말대로 욕조 속에 붕어 새끼 한 마리가 들어 있지 않나 들여다보았다. 긴 머리칼 두어 개가 물위에 떠 있을 뿐이었다.

“어떻게 좀 해줘, 경희.”

“몰라요.”

고소하다는 듯 경희가 욕탕 밖에 서서 시치미를 떼고 있었다.

“아휴 이 냄새. 똥두 싸구 오줌도 쌌다구. 이걸 어떻게 좀 해줘. 옷 좀 벗겨봐.”

“난 몰라요. 큰아버지라면서요.”

“농담할 때가 아냐. 경흰 이런 일 많이 했을 거 아냐. 와서 옷 좀 벗기고, 몸도 좀 씻어줘야겠어. 제발 보고만 있지 마.”

“백 살 먹은 할아버지라두 남자는 남자예요. 외간남자 벗은 몸을 내가 뭣 때문에 씻어드려요. 내 할아범도 아닌데.”

“미, 미안합니다. 금붕어가.”

“입 닥쳐 영감태기야.”

나는 소리를 빽 질렀다.

“이빨을 뽑아버리기 전에 주둥이나 좀 놀리지 마.”

나는 분이 치밀어올랐다. 노인의 몸에 묻은 오물이 내 손끝에 닿았기 때문이었다.

“말조심 하세요.”

보다 못해 경희가 끼어들었다.

“아무리 제정신이 아니라도 아직 사람이에요. 당신도 얼마 안 가 이렇게 된다고요.”

"걱정 마. 이렇게 되기 전에 죽어버리면 돼."

아무래도 간호원을 직업으로 하고 있는 경희는 나보다 훨씬 나았다. 목숨을 다투는 시급한 경우에도 침착해야 하는 훈련에 익숙해 있는 경희로서 똥오줌 정도야 눈 깜짝하지 않아도 좋을 사태였다.

"똥은 당신도 싸요."

"나는 싸지만 남의 신세는 안 져."

경희는 노인의 옷을 벗기기 시작했다.

"그건 지금 얘기고. 당신도 어렸을 때는 기저귀 찼을 거예요. 당신도 언젠가는 이렇게 돼요."

나는 우울하게 세면대에서 손을 씻었다. 씻고 또 씻어내렸다. 아무리 씻어내려도 불쾌감은 씻어지지 않았다.

경희는 침착하게 노인의 옷을 모조리 벗겨버렸다.

백의의 천사로군. 나는 막연히 생각했다.

옷을 벗기자 관목처럼 마른 앙상한 피부가 드러났다. 몸은 한때의 싱싱함을 완전히 상실하고 삭아버린 재에 불과하였다. 뼈마디가 아른아른 드러났다. 마치 생물실에 걸린 플라스틱으로 만든 모조 인체 골격 표본 같았다. 그저 한때 당당하고 굵은 체격을 가졌었다는 흔적만 겨우 보일 뿐 고분 발굴 현장에서 흙더미를 헤치고 발견한 돌촉의 파편 같은 뼈마디들이 간신히 붙어 있을 뿐이었다. 피부는 뼈 위에 비틀리며 발라져 있었다. 바지를 벗기자 노인의 성기가 그대로 드러났다. 가늘고 메마른 두 다리 사이에 성기는 오그라들어 매달려 있었다. 전성기 때의 그 생식기관 속에 넘쳐흐르던 청춘과 힘, 활력, 여인을 괴롭히던 무분별한 욕정, 심신의 살을 갉는 쾌감, 그 모든 것을 상실하고 성기는 그곳에 매달려 있었다. 그래서 그것은 시들어빠진 마른 나뭇가지처럼 보였다. 음모는 송두리째 빠져 있었다.

"뭘 봐요."

신경질을 부리며 경희가 소리쳤다.

"나가요. 서 있지 말고."

"구경 좀 하고. 참 한심하군. 기껏 저 정돈가. 저렇게 형편없이 쭈 그러지나. 비참하군."

"남의 일처럼 얘기하지 마세요. 잘난 체하지 말아요."

"발기시켜봐."

나는 진지하게 경희를 보았다.

"발기가 되면 경희가 하룻밤 자선사업 좀 해줘. 그게 바로 충효라 는 거야."

잠자코 경희가 슬쩍 그 성기를 건드려보았다. 노인은 중얼거렸다.

"금붕어가 죽습니다. 물을 갈아줘야 삽니다."

"무슨 소리예요?"

"금붕어가 죽는데."

"금붕어가 어디 있는데?"

"성기를 말하나봐. 성기가 죽으니까 물을 갈아줘야 한다는군. 프 로이트가 따로 있나 뭐."

"잔소리 말고 욕조의 물 좀 빼고 더운물 좀 받아줘요."

나는 시키는 대로 욕조의 마개를 뺐다. 더러운 물이 입맛을 다시며 빠져 달아났다. 나는 더운물을 받았다.

"이젠 나가세요. 목욕 시키는 동안 식탁에 음식 좀 차리세요. 내가 준비를 다 해놨어요. 그러지 않아도 배가 고프다는 노인인데 목욕을 하고 나면 허기져 죽을지도 몰라요."

"젠장. 알겠다구."

나는 욕실을 나섰다.

나는 아무도 보지 않은 채 켜둔 텔레비전에서 흘러나오는 노랫소 리에 따라 콧노래를 부르면서 식탁을 차리기 시작했다. 식사는 완벽

하게 준비되어 있었다. 그저 그릇에 퍼담아 식탁 위에 가지런히 놓아
두면 그만이었다.
　욕실 쪽에서 노랫소리가 들려왔다. 나는 귀를 기울였다.

　　자장 자장 우리 아가 자장.
　　꽃같이 어여쁜 우리 아가야.
　　귀여운 너 잠잘 적에
　　하느적하느적 나비 춤춘다.

　나는 잠자코 그 노랫소리를 들었다.
　열린 창문에서 스산한 바람이 몇 점 들어와 신문지를 날리고 커튼
을 들쳐놓았다. 그리고는 조용했다. 그 고즈넉한 밤의 적막을 뚫고
경희의 노랫소리가 가늘게 끊어질 듯 이어지고 있었다. 그녀가 지워
버린, 낳지도 못한 아기를 잠재우려는 자장가 소리처럼 들려왔다.
나는 숨을 죽였다. 몇 살쯤 되었을까. 거진 백 살에 가까운 노인의 몸
을 씻기면서 경희는 무엇을 생각하고 있는 것일까. 설마 노인네를 낳
지도 못하고 지워버린 아기로 착각하고 있는 것은 아닐 것이다.

　　잘 자라 우리 아가 앞뜰과 뒷동산에
　　새들도 아가양도 다들 자는데
　　달빛은 영창으로 은구슬 금구슬을
　　보내주는 이 밤
　　잘 자라 우리 아가.

　나는 뜨거운 침을 삼켰다. 발소리를 죽이며 욕실로 다가가보았다.
열린 문 안에서 경희는 노인의 몸을 씻어주고 있었다.

174

수증기가 뿌얗게 욕실을 채우고 있었다.

더운물 속에 노인을 풍덩 집어넣고서 경희는 부드럽게 노인의 몸을 구석구석 씻어내리고 비누질을 하고 있었다.

그 모습은 충분히 아름다웠다.

벌써 머리까지 감기었는지 잘 빗어진 흰 머리에는 경희의 머리핀이 가르마를 타 꽂혀 있었고 해수욕장에서 사용하는 고무 튜브가 노인의 손에 쥐어져 있었다.

나는 순간 노인네가 오줌, 똥만 함부로 싸지 않는다면 며칠쯤 같이 있어도 무방하지 않을까 하는 생각을 하면서 이 기묘한 목욕 행위를 지켜보았다.

나는 저 장면을 카메라로 찍어야겠다고 생각했다. 저 장면을 찍는다면 아주 근사한 장면이 될지도 모른다. 그러나 절대 방해해서는 안 될 것이다. 이 아름다운 목욕 행위를.

목욕이 끝날 때까지 나는 소파에 앉아 텔레비전을 보았다. 텔레비전에서는 쇼 프로가 끝나고 수사물이 방영되고 있었다.

때르릉때르릉 전화벨이 울렸다. 나는 전화를 받았다. 나는 상대편이 말할 때까지 기다렸다.

"여보세요. 아파트죠?"

또 그 여자다. 나는 생각했다.

"거기 김영근씨 계신가요?"

"안 계십니다."

나는 될 수 있는 대로 화를 나타내지 않으려고 참으며 대답했다. 이 여인은 아파트로 이사 와서 반년 동안 매일같이 전화를 걸어오는 여인이었다. 이제는 목소리가 낯이 익어 수화기만 들어도 누군지 분간이 될 정도였다.

"어디 나가셨나요?"

"이보세요. 몇 번이나 얘기해야 알아들으시겠어요. 우린 이 아파트에 새로 이사 왔습니다. 그런 사람은 없습니다. 제발 전화 좀 걸지 마세요."

나는 수화기를 털썩 내려놓았다. 도대체 어떻게 된 여인일까. 매일 되풀이되는 이 문답을 여인은 전화를 끊는 순간이면 벌써 잊어버리는 것인가.

여인은 처음 이사 왔을 때부터 전화를 걸어왔다. 빈방에서 때르릉 때르릉 저 혼자 벨이 울고 있었다. 받고 보니 문제의 여인이었다. 내가 사는 방은 오래 전부터 비어 있었다. 그렇다면 텅 빈 방에서 전화벨은 혼자 울었을 것이다.

집주인은 따로 있었고, 그는 세를 놓고 다달이 돈을 받는 사람이었다.

"전화는 있으니까요."

다른 집보다 최소한 이십만원을 더 받아야 되겠다는 집주인의 이유 중의 하나가 바로 그 전화였다.

이삿짐을 가져오자 아파트는 텅 비어 있었다. 오래 전부터 비어 있었기 때문에 사람의 훈기란 전혀 없었다. 그저 냉랭했다. 깨끗이 청소된 방들은 가구도 벽걸이도 일절 없이 그저 흰 벽뿐이었다. 욕탕엔 쓰다 남은 칫솔 두 개만 덩그러니 내팽개쳐져 있었다. 커튼도 없었으므로 햇볕은 무상으로 출입하였다. 방이라기보다는 차양 밝은 온실 같은 느낌이었다.

그런 빈방에서 간단없이 전화벨이 울리고 있었다. 나는 물론 받지 않았다. 아무에게도 내 전화번호를 가르쳐준 적은 없었으니까. 아니 그 말은 틀렸다. 나는 처음부터 전화번호를 모르고 있었다. 주인에게 전화가 있다는 말은 들었는데도 그만 전화번호 묻는 것을 잊어버렸던 것이다. 그 때문에 더 많은 집세를 지불했으면서도. 그러니 그 전화가 나를 찾는 전화가 아닌 것은 분명하였다.

처음엔 그저 내버려두면 울릴 만큼 전화벨이 울리다 제풀에 끊어질 것이라고 나는 생각하고 있었다. 그런데도 전화벨은 계속 오랫동안 울었다. 귀를 틀어막아도 별수 없었다. 신경전을 벌이다 피곤해진 내가 더이상 참을 수가 없을 만큼 집요하게 벨소리는 이어지고 있었다.

받으면 안 돼, 하고 나는 생각했다.

전화를 받으면 발각된다. 저들은 계속 이 방을 감시하고 있었으며 그래서 과연 빈방인가 아닌가 확인하기 위해서 신호를 보내고 있다. 전화를 받으면 방에 누군가 침입하였다는 증거가 될 것이며, 그렇게 되면 곧이어 누군가 방을 두들길 것이다.

문을 열면 문 밖엔 한 떼의 사람들이 서 있을 것이다.

"체포하러 왔소."

그들은 번쩍이는 수갑을 내밀 것이다.

"갑시다."

나는 눈을 가릴 것이다. 캄캄한 안대로 눈 가린 경주용 말처럼.

마침내 나는 수용소에 갇힐 것이다.

그리하여 내 살은 각이 떠져 비늘로 변해버리겠지.

참다 못해 전화를 받으니 기다렸다는 듯 숨가쁜 여인의 목소리가 들려왔다.

"어머, 계셨군요. 잘됐어요. 좀 와주세요. 이리로 와주세요. 안 오시면 전 죽을지 몰라요. 부탁이에요."

그 여인의 전화는 그로부터 반년간 매일처럼 걸려오고 있었다.

매번, 당신이 찾는 사람은 없습니다. 나는 당신이 찾는 김영근이 아닙니다, 그 사람은 없습니다. 나는 새로 이사 온 사람입니다. 꼬박꼬박 대답을 해주어도 다음날이면 어김없이 절박한 여인의 숨가쁜 목소리는 계속되고 있었다.

안 오면 죽을지도 모른다는 여인의 협박이 사실이라면 벌써 죽었어도 수십 번 고쳐죽었어야 옳았다.

"또 그 여인이로군요."

수화기를 쾅 내려놓자 욕실에서 경희가 나타났다. 노인을 앞세우고. 노인은 내 침실용 가운을 의젓하게 걸치고 있었다. 나는 기분이 나빴다.

"누구 맘대로 그 옷을 입혔어."

"그럼 어떻게 해요. 옷이 없는데요. 이 사람 옷은 빨았어요. 하루 있어야 마르니 참아주세요."

"젠장, 그러다가 또 똥을 싸면 어떡하고."

"그러진 않을 거예요. 봐요. 예쁘죠?"

경희는 자랑스럽게 노인의 몸을 가리켰다. 나는 멍하니 노인을 올려다보았다. 노인은 희극 배우 같아 보였다. 물로 행군 머리칼은 얌전히 빗겨 있었고 양 옆 가리마 위에 경희의 머리핀이 얌전히 꽂혀 있었다.

"어때요, 예쁘죠?"

"예쁘긴, 삶은 호박 같아."

"미, 미안합니다."

노인은 기분좋게 나를 보고 웃었다.

"비가 오면 지붕이 샙니다."

"뭐라는 거야?"

"비가 오면 지붕이 샌대요."

"웃기는 소리 하는군."

"당신은 몰라요. 이만큼 얌전한 노인도 드물다고요. 미쳐도 이처럼 얌전히 미친 노인은 아주 양반이라고요. 우리 병원에 한 노인네가 와 있는데요, 동리 어린아이를 괴롭히다 붙잡혀왔어요. 여섯 살 난 아이를 글쎄 손가락으로……"

"시끄러워."

나는 일어섰다.

"밥이나 먹자. 이거 배고파 살 수가 있어야지."

"배가 고픕니다. 밥을 주세요."

"영감태기. 밥 달라는 말만은 멀쩡한 정신으로 하는군."

"앉으세요. 아이 착하지."

"고, 고맙습니다."

노인은 가만히 의자에 앉았다.

"봐요. 얼마나 착한가. 시키면 시키는 대로 해요."

"그럼 베란다에서 떨어져보라고 해."

"아서요. 퉁명스럽기는."

경희는 냅킨을 노인의 턱에 둘러주었다. 노인은 밥을 먹기 시작했다. 놀라운 속도였다. 저처럼 양순하고 저처럼 무기력하던 노인네의 어디에서 저런 탐욕스런 식욕이 불붙고 있는 것일까.

구멍 같은 입에 몇 개 남아 있지 않은 이빨로 밥을 퍼넣고는 별반 씹지도 않고 물처럼 들이마시고 있었다. 우리는 우울하게 이 식물인간이 행하는 저작 행위를 잠시 지켜보았다.

그렇다. 먹는 것은 얼마나 추한 인간의 본능인가.

"천천히 먹으라고 해."

나는 소리를 질렀다.

노인은 밥을 입가에 흥건히 흘려 묻히고는 내 고함 소리에 놀란 듯 눈을 멀뚱히 뜨고 나를 보았다. 어쩌면 자기의 이 즐거운 기쁨을 강하게 제지하려는 동물적인 불길한 예감을 느꼈기 때문인지 노인은 갑자기 풀이 죽어 내 눈치를 보면서 급히 밥을 삼켰다. 목젖이 꿈틀거렸다. 슬금슬금 내 눈치를 보면서 행여 이 무서운 사내가 자기의 밥그릇을 빼앗아갈지도 모른다는 동물적인 공포로 개처럼 나를 살펴보았다. 나는 맥이 풀렸다.

"천천히 먹으라고 해. 체할지도 모르잖아."

"체하진 않아요."

경희는 모른 척 생선의 살을 발라내고 가시를 골라내서 노인의 밥숟갈 위에 가만히 올렸다.

"노인들이 체하는 건 드물어요. 아이 착하지. 먹어요. 아, 아, 하고."

노인은 그제서야 용기를 되찾았다. 적어도 자기 편이 하나 있다는 안도감으로 노인은 코를 처박고 먹기 시작했다.

눈 깜짝할 새에 한 그릇이 비워졌다. 몇 개 남아 있는 밥알을 노인은 숟갈 소리를 내면서 긁어 먹었다. 그러고는 입가에 묻은 밥알을 손가락으로 떼내어 우물우물 마저 삼켜버렸다.

"밥을 더 주세요."

노인은 아이처럼 칭얼댔다.

"배가 많이 고픕니다."

경희는 잠자코 밥그릇을 들고 일어서더니 부엌으로 가서 밥을 가득 담아왔다.

노인은 또다시 코를 박고 밥을 먹어치우기 시작했다.

"종일토록 굶은 모양이에요. 가엾어라. 당신은 가엾지 않으세요?"

나는 이미 입맛을 잃고 있었다. 대충 배를 채우고 소파로 옮겨앉아 가만히 노인의 무자비한 탐욕을 지켜보았다.

저 모습이 내 미래의 투영도일까. 나는 참담했다.

인간은 낳아서 강보에 싸여 젖을 먹고 키워지면 어느 날 뒤뚱뒤뚱 걷게 된다. 연한 잇몸에 이빨도 돋아나고 닥치는 대로 깨물려고 덤빌 것이다. 어른의 입을 유심히 봐두었다 흉내내어 아주 간단한 말을 배우기 시작한다. 엄마, 아빠, 맘마. 어느 날엔 빠르게 걸으며 뛰고 할퀴고 욕심을 부리는 본능도 깨우치게 되며 학교에 들어가 구구단을 외우게 된다. 마침내는 은밀한 곳에 발모가 시작되고 여인을 사랑하게 된다.

그렇다. 야심이 팽배하기 시작한다. 남을 딛고 밟지 않으면 자신이 쓰러진다는 것을 배우게 된다. 송곳니가 발달되기 시작한다. 보다 큰 부(富), 보다 큰 야망, 보다 큰 명예, 보다 큰 수놈으로서의 정욕, 보다 안락한 생활에의 야망, 그런 욕망의 노예가 되고 만다. 그리고는 애를 낳고 서서히 늙어간다. 이빨이 빠지고 머리가 세기 시작한다. 눈이 안 보이며 귀가 어두워진다. 간혹 터무니없이 죽어버린다. 차에 치이기도 하고 심장마비로, 혹은 불치의 암으로 죽어간다. 그리고는 점점 갓 태어난 아기로 되돌아간다. 점점 식물이 되어간다.

마치 무비 카메라를 거꾸로 돌려보면 필름 속에서 쓰러졌던 사람이 일어서고 깨진 유리창이 되돌아서 말짱해지듯이 인간은 어느 정점에서 점점 아이의 세계로 되돌아간다.

저것인가.

나는 우울하게 노인의 탐욕스런 저작 행위를 바라보며 생각했다.

저처럼 속되고 더러운 동물의 본능세계가 언젠가는 다가올 나의 미래란 말인가.

적어도 나는 나 자신의 미래에 대해서 어느 정도 낙관하고 있었다. 감상적인 생각이긴 하지만 적어도 내겐 은퇴한 노인으로서, 회상하는 추억마다 아름다운 회색의 그림자를 간직하면서 적당히 늙어가고 적당히 죽을 자신만큼은 있었다. 적어도 남에게 신세지지 않으며, 적어도 남에게 부축받지 않으며 늙어갈 자신이 있었다.

그런 욕망 때문에 우리는 이처럼 수레바퀴처럼 뛰고 있는 것이 아닌가. 열심히 벌고, 열심히 사랑하고, 열심히 모으고, 열심히 저축하는 것은 말하자면 그와 같은 최소한의 행복을 움켜쥐기 위한 것이 아닌가.

그런데 한 시간이라도 더 살려고 몸부림치는 인간의 욕망이 고작 저것이란 말인가.

그렇다.

나는 분명한 느낌을 받았다.

저 노인에게 필요한 것은 이제 분명한 한 가지뿐이다. 그것은 안락사일 것이다.

어리석은 인간들은 인간의 죽음을 어떻게 정의내려야 하는 것일까로 의견을 다투고 있었다. 심장 박동의 정지로 죽음을 선고하는 것이 맞는가, 아니면 신체의 경직으로 죽음을 선고할 것인가, 아니면 뇌파의 정지로 죽음을 선고할 것인가, 의견이 분분했다. 그래서 학자들이 한데 모여 결론을 내렸다.

오직 뇌파의 작동이 정지되었을 때만 죽음을 선고할 수 있다고 정의한 것이다. 그러나 인간의 죽음이 어찌 뇌파의 정지뿐이겠는가. 심장이 멎었으면 그는 이미 죽은 것이며, 비단 저 노인처럼 밥을 먹고 똥을 싸고 말을 한다고 할지라도 이미 죽어 있는 시체와 다름없는 경우도 있는 것이다. 진실로 인간이 인정을 가진 동물이라면 의견 대립 없이 주삿바늘을 들어야 할 것이다. 저 노인에게 인슐린 주사를 놔주어서 거추장스럽기만 한 '외출한 영혼'에 종지부를 찍어주어야 할 것이다.

노쇠한 동물을 위해 우리는 총을 발사한다. 마찬가지로 저 노인에게 살아 있는 우리가 최대한 베풀어줄 수 있는 마지막 애정은 서둘러 편안하게 죽음을 맞게 하는 일뿐이다.

죽여라.

저 노인에게 행복한 죽음을 맞게 하라.

"뭘 생각하고 있는 거예요?"

식사를 끝내자 경희는 노인을 소파에 앉히고 텔레비전 화면을 노인에게 잘 보이도록 방향을 바꿔준 뒤 내 옆자리에 앉았다.

"모르겠어."

나는 경희의 어깨에 머리를 기대었다.

"자 이젠 저 영감을 어떻게 한다?"

"담배 한 대 주세요."

경희는 내 입에 물린 담배를 빼서 자기 입에 물었다.

"최선의 방법은 말야, 경희가 말야, 병원에서 주사기에다 인슐린을 한가득 넣어가지고 말야, 잠든 새에 죽여버리는 것 같아."

"생각한다는 게 고작 그것이었나요?"

"음."

나는 신음했다.

"이제 보니 아주 잔인한 사람이군요, 당신은. 머릿속으로 살인할 생각까지 하고 있는 걸 보니."

"살인. 저 노인을 죽이는 것도 살인인가? 시든 나뭇가지를 베어주는 게 당연한데도."

"대학 다닐 때요, 한때 양로원에 나가서 실습한 적이 있었어요."

경희는 눈을 지그시 내리감고 내 어깨 위에 머리를 기대왔다.

"간호원들은 누구나 자기 환자를 예쁘게 꾸미는 버릇이 있어요. 그래서 할머니들 머리에 리본을 매단다, 입술에 루주를 칠한다, 야단이었는데 노인 둘이서 양지바른 툇마루에 앉아 하루 종일 다정하게 얘기를 하고 있더란 말이에요. 원래 노인들은 특히 여자 노파들은 어느 정도 동성애로 빠지기 쉬운데요, 이상하다 싶어 귀를 기울이다 보니 통 이가 맞지 않은 대화를 하루 종일 나누고 있더군요. 한 노파가 그래서 말이유, 우리 큰애가 말이유, 하고 말을 하면 다른 노파는 우리 영감이 살아 있을 땐데 말이유, 하고 영 동문서답 하는 거예요.

그래도 하루 종일 서로 말을 하고 있었어요."
"소위 대화의 단절이로군."
"그러다 한 노인이 죽었는데 말이에요. 그 다음날에도 노인은 나와 앉아서 빈 툇마루에 상대방 노인이 있는 것처럼 말을 하고 있었다고요. 그래서 말이유, 우리 큰애가 말이유, 하면서 말이에요."
"자 그러니 저 노인을 어떻게 한다?"
"하룻밤을 재워요. 그러고 나서 생각해봐요."
"값싼 동정은 하지 마."
"애초부터 값싼 동정으로 집으로 데리고 들어온 사람은 누군데요."
"그야 물론 나긴 하지."
나는 씁쓸히 입맛을 다셨다.
"그런데 어쩌자고 저렇게 노인을 버릴 수가 있을까?"
"버리긴요. 아마 길을 잃은 노인네일 거예요. 잘하면 두둑이 사례를 받을지도 몰라요. 신문에도 모범시민으로 기사가 날지도 모르고요."
"징그러운 소리 마."
나는 눈을 흘겼다.
"고궁 관리인이 분명 버려진 사람이라는 거야. 그런 사람들이 심심찮게 있다는 거야."
"아이들은 많이 있지만 노인을 뭣 땜에 버려요? 보아하니 천한 노인도 아닌 것 같은데."
"신판 고려장이지 뭐. 그럴 사정이 있었을 거야. 재혼하려는 여인이 사별한 남편의 시아버지를 마지못해 모시고 있다 막상 결혼하게 되니까 마지막으로 좋은 옷 입혀서 아버님, 우리 창경원이나 갈까요 하고 나와 잔디밭 위에 앉혀놓고 뺑소니쳐버렸을지도 모르잖아."

"상상력이 풍부하신 편이에요, 당신은."

"그렇담 도대체 왜 창경원에 앉아 있는 거야. 길을 잃었담 길거리에 서 있거나 옷도 평상복이어야 맞을 텐데."

"노망은 어느 날 갑자기 와요. 충격을 받으면 갑자기 돌아버린다고요."

"어쨌든 저 작자를 어떻게 한다?"

"모시고 살까요? 당신같이 막돼먹은 사람은 미래의 거울 하나쯤 갖고 사는 것도 괜찮아요."

"이봐. 저러다가 죽어버리면 어떻게 할 거야."

"곡하면 돼죠, 뭐. 아이고, 아이고, 아이고, 아이고."

갑자기 경희가 큰 소리로 청승맞게 곡을 하기 시작했다.

"이봐 이거 왜 이래. 재수 나쁘게."

나는 벌떡 몸을 세웠다.

"가만있어봐. 아주 미쳐버린 영감은 아닌 것 같아. 아까 고궁에서 두 이름이 뭐냐고 물으니까 최순돌이라고 대답하더군. 그러니 몇 마디 물어보면 의외로 집 주소를 기억해낼지도 몰라. 그럴 경우도 있지 않을까?"

"있긴 있어요. 노망 든 노인네도 어떤 부분에 대해서는 아주 또렷또렷 기억하고 있다고요."

"그럼 물어봐. 어쩌다 사는 동네라도 알아두면 최소한 편리할 게 아냐. 정 안 되면 경찰서에 넘겨줘버리면 그만이지만."

우리는 노인을 보았다. 노인은 텔레비전을 바라보고 있었다.

"할아버지."

경희가 노인을 불렀다.

어릿어릿한 표정으로 노인은 우리를 보았다.

"할아버지 이름이 뭐예요?"

“최순돌입니다.”

“몇 살이지요?”

경희는 마치 노래자랑에 나온 아동을 상대로 한 아나운서처럼 상냥하게 물었다.

“열, 열두 살입니다.”

까르르 경희가 웃었다.

“열두 살이래요. 이 할아버지 아주 귀여운 데가 있어.”

경희가 웃자 노인도 따라 웃었다. 자기가 누구를 웃겼다는 사실이 자랑스럽고 대견하다는 듯 벙글벙글 웃었다. 그 웃음엔 나한테는 보여주지 않던 친절하고 재롱스런 데가 있었다. 노인은 경희를 신뢰하고 있다. 마치 강아지도 자기에게 사랑을 주는 사람에게 본능적인 애정을 느끼듯.

“할아버지 집이 어디예요?”

“열, 열두 살입니다.”

한 번 웃음을 보인 경희에게 자신감을 느꼈는지 똑같은 대답을 하고 나서 노인은 분명 경희가 웃으리라 기대하고 자신이 먼저 웃었다.

“열두 살입니다.”

노인은 벙글벙글 웃었다:

“오늘 말이에요. 할아버지, 창경원에 갔었지요?”

“열두 살입니다.”

“이봐.”

나는 소리를 질렀다. 화가 나서가 아니라 어느 정도 노인에게 공포를 느끼게 해야 한다고 생각했기 때문이었다. 나는 일부러 얼굴을 무섭게 찡그렸다.

“할아범, 오늘 창경원에 갔었지? 누구하고 갔었어?”

“미, 미안합니다.”

갑자기 꼬리를 감추는 강아지처럼 노인은 눈을 휘둘렀다. 그는 나를 무서워했다.

"나는 배가 고픕니다. 밥을 좀 주세요."

"이런 젠장. 얘기가 통해야 말이지."

"가만있어봐요."

경희가 가만 노인 쪽으로 다가갔다. 경희는 노인의 손을 살그머니 쥐었다. 그리고 어린애 잠재우듯 토닥토닥 어깨를 두드려주었다.

"할아버지, 지금 몇 살이지요?"

"열, 열두 살입니다."

그러나 노인은 한 번 혼이 났으므로 웃으려 하지 않았다. 그는 내 눈치를 살폈다.

경희가 일부러 웃었다. 공허한 웃음이었다.

"누구하고 창경원에 갔었지요?"

"원숭이하구 갔습니다."

"아주 돈 노인은 아니에요."

경희가 나를 돌아보았다.

"창경원에서 원숭이를 연상해냈잖아요. 가만있어보세요."

경희는 노인의 눈을 마주 보았다.

"할머니는 어디 있어요?"

"할머니는 죽었습니다."

노인은 또렷또렷 대답했다.

"내일모레 죽었습니다."

"술 하세요, 할아버지? 술 마실 줄 아세요?"

"할머니는 죽었습니다."

"당신 술 좀 가져오세요."

경희는 나를 보았다. 나는 냉장고 위에서 위스키를 두 잔 따라왔다. 한 잔은 경희를 주었다.

"술 마시게 해도 괜찮을까?"

"오히려 좋아요. 너무 긴장하고 있어요. 그건 당신 때문이에요. 불좀 끄세요."

나는 스위치를 내렸다. 스탠드의 불만 켜졌으므로 실내는 은은하게 밝아졌다.

"마셔봐요. 할아버지."

경희는 노인의 입가에 술잔을 가져갔다. 노인은 고개를 흔들었다.

"괜찮아요, 할아버지. 무서운 게 아니에요. 자 마셔보세요."

노인은 한 모금 술을 마셨다. 그리고 잃어버렸던 감미로운 술맛의 향기를 기억해낸 것일까. 연거푸 술을 마셔 잔을 비웠다.

"할머니는 어디 있나요, 할아버지?"

노인은 딸꾹질을 했다. 이내 취기가 오르는지 노인은 몸을 소파에 기대었다. 갓 목욕한 뒤였으므로 무리는 아닐 것이다.

"할머니는 죽었습니다."

"언제요?"

"내일모레 죽었습니다."

"할머니는 어디 살지요?"

경희는 교묘하게 유도해나가고 있었다.

"할머니는 땅속에 삽니다."

"아니 땅속말고요. 그전엔 어디 살았었는데요?"

"내일모레 죽었어요."

"고향이 어디예요, 할아버지?"

"물 마시면 됩니다."

"애들은 몇 낳았어요?"

"허리가 아픕니다."

“하나 둘 셀 줄 아세요?”

“알고 있습니다.”

금방 술기운이 올랐는지 노인은 한결 기분이 좋아져 많이 느슨해지고 있었다.

“그럼 세어보세요. 하나 둘 세엣……”

경희는 손가락을 하나씩 세고 있었다.

노인도 따라서 손가락을 하나씩 세어 보였다.

“하나, 두울, 세엣, 네엣, 다섯, 여섯, 일곱, 아홉, 열.”

“일곱 다음엔 여덟이지요.”

“일곱 다음엔 여덟이지요.”

“다시 세어보세요.”

“다시 세어보세요.”

갑자기 노인네가 경희의 말을 그대로 따라하기 시작했다. 해프닝이다. 나는 욕을 쏟아붓고 싶었다. 그러나 소리를 질러 이 돼먹지 않은 대화를 중단시킬 수는 없었다. 무언가 처절하고 절실한 비애감이 가슴속에 물처럼 스며들어오고 있었기 때문이었다. 나는 술을 찔끔찔끔 마셨다.

평소 우리의 대화 역시 실상 이런 것인지도 모른다.

“따라하면 어떻게 해요?”

“따라하면 어떻게 해요?”

“나 죽겠네, 할아버지, 몇 살이죠?”

“열두 살입니다.”

즐겁게 노인은 큰 소리로 대답했다. 경희는 아주 유쾌한 듯 웃었다.

“할아버지, 애들은 몇 낳았어요?”

“할머니가 낳았습니다.”

“그래요, 할머니가 아기를 몇 낳았는데요?”

“네 마리.”

노인은 손가락을 다섯 개 펴들었다.

“그건 다섯인데요.”

“다섯 마리.”

“집이 어디예요, 할아버지?”

“창경원입니다.”

“창경원.”

경희가 손뼉을 쳤다. 그러자 노인도 따라 손뼉을 쳤다. 경희가 까르르 웃었다. 노인도 히물히물 웃었다.

“집이 어디예요? 생각해보세요, 할아버지. 이건 중요한 거예요. 할아버지 한번 생각해봐요. 이젠 집으로 돌아가야지요. 여긴 할아버지 집이 아니에요. 집으로 가야잖아요.”

“창경원입니다.”

노인은 손뼉을 쳤다. 할 수 없이 경희도 손뼉을 쳤다. 노인은 히물히물 웃었다. 할 수 없이 경희도 까르르 웃었다.

“할아버지, 집이 어디예요? 할아버지 댁이 어디세요? 그걸 생각해보세요. 그러지 않으면요, 매일매일 더 잊어버려요. 지금 기억해내지 않으면 영영 못 돌아가실지도 모른다고요. 할아버지 생각해보세요.”

“아아.”

노인은 기지개를 켰다.

그는 행복하게 소파에 머리를 기대었다. 하품을 계속했다. 노인은 스르르 눈을 감았다.

“할아버지, 할아버지.”

참다 못해 경희가 노인의 어깨를 흔들었다. 노인은 귀찮다는 듯 눈을 떴다 감으며 아예 돌아누워버렸다.

“잠들었어.”

보다 못해 내가 거들었다.

“차라리 자도록 내버려둬.”

“조금만 조금만 더 물었으면 캐낼 수도 있었는데.”

경희가 혼잣말로 중얼거렸다.

“아아.”

나는 기지개를 켰다.

“저 영감을 어디서 재운다?”

“침대에서 재워야 해요. 노인들은 저항력이 약해서 찬 데서 재우면 병에 걸려요. 감기나 도지면 폐렴이 될지도 몰라요.”

“그럼 우린 어떡하고?”

“소파에서 자죠, 뭐.”

“원 젠장. 효부 효자 났구먼.”

나는 경희를 껴안았다.

“이상한 휴일이야, 내참 더러워서. 이럴 줄 알았다면 아예 데리고 오지도 않는 건데. 자 하룻밤 재워서 내일은 어떻게 한다?”

“내일은 내일 생각하세요.”

“난 내일 일찍 출근해야 돼.”

“난 내일 이브닝 당번이에요. 당신 돌아올 시간에 나갈 수 있어요. 그 동안 노인은 내가 돌볼게요.”

“아니 내일도 이 집에서 재울 작정이야? 난 못 해. 난 못 하겠어. 도로 창경원에 데려다주든지 경찰서에 보내버리든지 해야지. 난 못 참겠어. 이 집은 양로원이 아냐.”

“밥을 지어놓고 나갈 테니 당신이 밥만 차려주면 돼요. 일찍 돌아오겠어요. 열한시 퇴근이지만 눈치 봐서 열시쯤 돌아올게요. 요샌 내가 고참이 돼놔서 어느 정도 시간을 낼 수 있어요.”

"자, 그럼 저 노인을 침대로 갖다 뉘든지 베란다에서 밀어 떨어뜨리든지 해야 할 텐데."

"당신이 좀 옮기세요."

"아, 아, 미쳤어. 내가 미쳤어. 경희도 미치고 우린 둘 다 미쳤어."

"한 사람 더 있어요. 저 할아버지까지 미쳤으니까요."

나는 노인을 안았다. 놀랍게도 가벼웠다. 마치 내부에 가득 바람이 든 풍선을 안은 기분이었다. 노인은 행복하게 잠들어 있었다. 가늘게 코까지 골면서.

우리는 노인을 침실 침대에 뉘었다. 이불을 덮어주고 가만히 잠든 노인을 쳐다보았다. 너무나 평온하고 너무나 평화롭게 잠들어 있어서 저처럼 깊은 잠에 빠져 있다면 애써 달리 어떻게 해치워야겠다는 생각은 떠오르지 않을 것만 같았다.

"밤에 오줌 싸면 어떻게 해? 가운은 고사하고 침대 버릴 텐데."

"내가 밤중에 일어나서 오줌을 한번 누일게요."

"이러지 마. 정성이 뻗쳤어?"

"그럼 기저귀를 채우면 돼요."

"기저귀가 어디 있어?"

"가만있어보세요."

경희는 잠깐 방을 비웠다가 허드레 타월 한 장을 가져왔다. 늘 해온 직업이었으므로 아주 익숙하게 접어 잠든 노인의 가운을 들췄다. 맨몸이 드러났다. 경희는 노인의 가랑이에 타월을 끼웠다. 그리고 단단히 가운을 덮고 그 위에 이불을 씌웠다.

"냄새가 나나봐."

"노인 냄새예요."

"노인에게서 냄새가 나나."

"그게 바로 사람 냄새란 거예요."

“아닐 게야.”

나는 머리를 흔들었다.

“사람 냄새가 아니라 실은 어딘가 썩어가는 냄샐 거야.”

“썩긴, 우리도 썩어가고 있는데요.”

“자 나가지.”

“쉬잇.”

경희가 자신의 입가에 손가락을 들이대며 내 말을 막았다.

“가만히 봐요.”

경희는 조용히 속삭였다.

“예쁘지 않아요? 잠자는 모습이 아주 어린애 같아요.”

나는 노인을 보았다. 애써 반대할 이유는 없었다.

“자는 모습은 정말 아름답군.”

“나가요.”

우리는 발끝으로 걸어 거실로 나왔다.

창문을 닫고 커튼을 쳤다. 텔레비전까지 끄자 정적이 다가왔다.

우리는 소파에 나란히 누웠다. 몸은 그 동안의 노인 치다꺼리만으로도 솜처럼 피로했다. 그러나 정신은 맑았다.

“참 우스워요.”

밑도끝도없이 경희가 천장을 보며 중얼거렸다.

“뭐가?”

“산다는 것이요.”

“공연히 수선떨지 마. 아직 우린 젊어.”

“난 스물여덟이에요. 그런데도 폭삭 늙어버린 것만 같아요.”

“좋아하네. 할망구 같은 소리 하고 있네.”

“그 노인은 자기가 열두 살이라고 그랬잖아요. 그럼 우린 이미 송장이에요.”

“자 가까이 다가와.”

나는 경희의 몸을 껴안았다.

“아서요.”

가만히 경희는 내 손을 밀었다.

“왜 이래.”

“뽀뽀하고 싶은 심정이 아니에요.”

“난 뽀뽀하고 싶은 심정이야.”

나는 다소 무리하게 경희의 몸에 손을 얹었다. 잠옷 속으로 손을 넣어 젖가슴을 쥐었다. 젖꼭지는 딱딱하게 수축해 있었다.

가만히 입을 가져가 그 젖꼭지를 입 안에 넣었다. 그리고 혀로 핥기 시작했다.

“이러지 말아요. 저 방에 노인이 자고 있어요.”

“알게 뭐야. 자고 있는데. 설혹 깨었다고 해도 산송장이야. 상관없어.”

“당신은 이제 보니 변태로군요.”

경희는 한숨을 쉬었다.

그래.

나는 생각했다.

나는 변태다.

바로 곁에 한 사람이 죽음의 문 바로 앞에 서 있으므로 욕망은 더욱 불붙고 있다.

아니 욕망이 불붙어서 이런 정사를 꾀하려 하는 것은 아니다. 단지 내가 살아 있음을 확인하기 위한 것이다. 난 늙지 않았다. 난 아직 젊다. 애를 만들 수도 있다. 낳지는 않더라도. 내 피는 아직 용광로처럼 끓어오르고 있다. 우린 살아 있다. 질긴 칡과 같은 생명을 가지고 있으며 우린 젊다.

나는 미친 듯이 젖가슴에 얼굴을 파묻었다.

성급하고 초조해서 바지를 벗기려고 하자 경희는 별로 달아오른 기색도 없이 스스로 바지를 내렸다. 그러나 몸은 얼음장처럼 차갑고 냉랭했다.

나는 무안당한 사람처럼 경희의 얼굴을 쏘아보았다.

"왜 그래? 도대체 왜 이러는 거야?"

"당신은 나쁜 사람이에요."

"이봐 우린 아직 젊어. 그리구 살아 있다고. 좋아. 경희 말대로 언젠가는 저 영감태기처럼 늙어버린다고 하자. 그건 다음 문제야. 설혹 그렇게 늙어버린다구 하더라도 그 추한 미래 때문에 오늘을 미리 절망할 필요는 없는 거야. 자 경축하자고. 살아 있음을 경축하자고."

나는 탁자 위에 놓인 술잔에 남은 술을 입 안에 털어넣었다.

그리고 경희의 입을 막았다. 입이 벌어졌다. 나는 독한 술을 경희의 입 안에 피처럼 집어넣었다.

그 순간 나는 경희의 얼굴이 젖어가는 것을 느꼈다. 가만히 입술을 눈가에 대어보자 눈가가 흥건히 젖어 있었다.

"왜 그래?"

"아무 말도 하지 마세요."

경희는 손가락을 펴서 얼굴을 가렸다. 경희는 숨죽여서 울기 시작했다.

3

다음날 새벽 일찍 나는 집을 나섰다. 소파에서 곤히 잠든 경희를 깨우지 않기 위해 살금살금 발돋움하고 걸어 욕실에서 수염을 깎고

세수를 하고 나서 배달된 우유를 꿀꺽꿀꺽 마시고 있노라니 잠이 덜
깬 목소리로 경희가 물었다.

"왜 이렇게 일찍 서두르세요?"

"미안해."

나는 사과의 말을 했다.

"오늘 아침엔 빨리 인화해서 거래처에 넘겨줄 사진이 있어 일찍
출근해야 해."

"식사 차려드릴까요?"

"괜찮아. 우유를 한 병 마셨어."

"그것 가지고 되겠어요?"

"그럼. 괜찮고말고. 자요."

나는 코트를 입었다.

"난 오늘 이브닝이에요. 다섯시 출근에 열한시면 끝나요. 어떻게
사정을 봐서 열시쯤 돌아올게요."

"그래도 괜찮아? 이틀 동안 외박해도?"

"나야 괜찮아요. 제가 있는 게 싫으신가요?"

"아니."

나는 웃으며 아직 잠이 덜 깬 상태로 간신히 눈을 뜨고 있는 경희
의 볼을 쥐어뜯었다.

"내가 없으면 안 될 게 아니에요. 저 노인네를 달리 어떻게 할 수도
없고. 당신이 저 노인의 똥오줌을 받아내시겠어요?"

"젠장."

나는 투덜거렸다.

"저 영감을 이젠 어떻게 한다?"

"일단 출근하세요. 다섯시까지는 내가 돌볼 수 있으니까요. 차라
리 잘됐죠. 당신 출근하고 나서 혼자 있는 것보다는 장난감이라도 하

나 있는 셈이니까요. 좀 징그럽긴 하지만."

"가만있자, 그 영감이 뭘 하고 있는가 좀 보고 가야겠군."

"내버려두세요."

경희가 내 코트 자락을 잡아당겼다. 나는 그녀의 입술에 키스를 했다.

"깨어 있을 거예요. 노인들은 새벽잠이 없는 편이니까요. 내버려두세요. 난 실컷 자야겠어요. 공연히 시달리긴 싫어요. 그냥 가세요."

"그럼. 자요."

나는 시계를 보았다. 나가야 할 시간이었다. 나는 경희의 입술에 다시 한번 키스를 퍼붓고 문을 열고 나왔다.

출근해서는 나는 바쁜 일에 쫓기느라 집 생각을 할 겨를이 없었다. 오전 내내 거래처에서 부탁한 광고용 사진을 확대 인화해서 간신히 시간을 맞출 수 있었다. 인근 음식점에서 간단히 식사를 끝내고 와서는 암실에 틀어박혀 어제 고궁에서 찍은 사진들을 인화해보았다.

사진들은 생각보다는 훨씬 훌륭한 작품들인 것처럼 보였다. 다섯 통 필름을 모두 인화해보았는데 하나도 지루하게 느껴지질 않았다. 나는 절로 신이 나서 휘파람을 불며 작업을 했다.

오후 네시쯤 경희에게서 전화가 왔다.

"나 한 시간 일찍 출근해요."

경희가 그렇게 말을 꺼냈다.

"밥솥에 식사 준비를 끝내놨어요. 반찬은 냉장고 속에 있고요. 먹고 싶은 게 있으면 오실 때 슈퍼마켓에서 직접 사가지고 오세요. 그리고 옷이 말라 당신 가운 벗기고 노인의 옷 갈아입혔어요."

"설마 가운에 똥을 싸진 않았겠지?"

"후훗, 안 했어요. 걱정하실 건 없어요. 내가 변기에 앉혀놓고 똥도 뉘었어요. 걱정하실 건 없어요. 오셔서 저녁밥만 먹이세요. 내 되는 대로 일찍 올 테니까요."

"어쩔 셈이야. 그럼 그 영감태기를 계속 데리고 있을 셈이야? 설마 경희는 그 영감태기를 시아버지나 되는 것으로 착각하고 있는 것은 아닐 테지?"

"그럼 어떻게 해요? 달리 어쩔 수도 없잖아요. 적당한 방법이 생각 날 때까지는 일단 우리가 키우는 게 어때요? 강아지나 새처럼. 그렇잖아요. 남들은 개도, 고양이도 키우는 판인데. 동물보다는 훨씬 낫지요. 말도 하고 웃고 울고 거기에다 애교도 있어요. 오늘 얼마나 웃겼는 줄 아세요? 글쎄 대낮에 아파트 광장에 데리고 나갔었는데 혼났어요. 어찌나 보채는지 아이스크림을 다섯 개나 사주었다고요."

"정성도 뻗쳤군."

나는 빈정거렸다.

"지금 출근하면 어떻게 한단 말이야. 나 빨라야 여섯시 퇴근이야. 두 시간 동안 미친 노인한테 어떻게 집을 맡기고 간단 말이야. 그 동안 집 안을 돌아다니며 성냥 장난을 할지도 몰라. 불이라도 나면 어떻게 해?"

"지금 막 잠이 들었어요. 가만히 안아들고 자장가를 불러주니 이내 코를 골았어요. 내처 두 시간은 잘 거예요. 걱정 마세요. 문을 잠그고 나갈게요."

"알겠어, 우라질."

나는 수화기를 내려놓았다.

사진들은 갓 약품용액에서 건져내왔기 때문에 모두 흠뻑 젖어 있었다. 전열기로 말리면서 나는 생각했다.

하룻밤 새에 노인이 어느 틈에 우리 생활 속에 끼어든 것 같은 느낌이 들었다. 강아지조차 키울 수 없는 아파트 속에 나는 애완동물을 사육하고 있는 것이다. 이제 빈방을 이 동물이 혼자 지키고 있을 것이다. 잘 훈련된 충실한 강아지처럼.

여섯시에 나는 퇴근을 했다. 화창했던 봄날은 저녁 무렵 땅거미가 지면서 잔뜩 흐려지기 시작했다. 어째 꽃을 시샘하는 비라도 뿌릴 것처럼 음산한 회색 구름이 도시의 하늘을 온통 뒤덮고 있었다.

동네 슈퍼마켓에서 성게젓 한 병과 알배추 한 덩어리를 사가지고 아파트로 돌아왔다. 엘리베이터를 타고 내 방으로 올라가면서 나는 긴 한숨을 쉬었다.

왠지 어제 고궁에서 데리고 올 때의 그 안이했던 생각에서 나는 꽤 많이 진전해 깊숙이 빠져버린 것만 같았다.

아, 아.

이제 내 집으로 돌아간다면 미친 영감이 민물고기처럼 빙글빙글 웃으며 앉아 있을 것이다. 내가 누릴 수 있는 최소한의 자유. 빈집에서 홀로 목욕을 하고 홀로 음악을 듣고 홀로 담배를 피우며 창문을 열어놓고 소파에 앉아 술을 찔끔찔끔 마시면서 홀로 석간신문을 보는 그 소중한 자유가 무단 침입한 이방인에 의해서 박탈되어버린 것이다. 나는 이렇게 되리라고는 생각조차 하지 않았었다. 전혀 엉뚱한 무생물에 가까운 늙은 짐승 때문에 내 소중한 자유가 무력하게 깨어져버린다는 사실에 나는 화가 났다.

"어쩌자는 거야."

나는 혼자 소리 내어 신경질을 부렸다.

경희는 도대체 어쩌자는 거야. 늙은일 화초처럼 때맞춰 물 주고, 가지 치고, 햇빛 쬐이고, 키우려 든다면 그래서 어쩌자는 것이냐.

언젠가 경희는 한 쌍의 십자매를 사가지고 아파트에 온 일이 있었다.

"십자매는 웬만해선 죽지 않아요. 당신 같은 게으름뱅이도 키울 수가 있어요. 한번 베란다에 놓고 키워보세요."

물, 배추 조각과 메조를 모이 그릇에 놓아줄 때마다 나는 이 울지

도 못하는 칙칙한 한 쌍의 새가 아예 문틈으로 잽싸게 빠져나가 도망
가버리기를 기대했다. 그런데 어느 날 아침 새장 안을 들여다보니 바
둑알만한 새알이 서너 개 구르고 있었고, 암놈이 그 알을 품고 있었
다. 잘하면 새끼새 몇 마리쯤 볼 수 있다는 기쁨으로 이제나저제나
기다리는 동안 정도 들었는데 아무리 기다려도 알은 부화되지 않고
마침내 썩어버렸다.

"십자매는요, 사육용 새로 키워지기 때문에 절대 스스로 새끼를
부화시키지 못하는 법이라고요."

평소 집에서 키우는 고양이나 개는 물론 새도 금붕어도 싫어하는
나는 강제적으로 떠맡겨진 십자매에 대해서 아는 것이 없는 게 당연
했다. 그런데도 십자매라는 새가 처음부터 야성이 퇴화되었고 아예
완상용 새로 키워졌다는 사실을 알고 나자 갑자기 그 동안 가지고 있
던 한 가닥의 정마저 뚝 사라져버릴 정도였다.

알도 못 까는 새가 무슨 말라죽을 새냐.

더구나 어느 날 마침내 내가 기대했던 대로, 모이를 주는 동안에
수새가 새장을 박차고 뛰어나가 어쩔 새도 없이 베란다를 한 바퀴 돌
더니 아파트에서 떨어져내렸다.

섭섭한 생각은 털끝만치도 없었다. 이럴 바엔 남은 새도 도망가라
는 심정으로 새장 문을 열어놓고 있었는데 암새는 나갈 생각도 없이
그저 횃대에 올라앉아서 청승맞게 끽끽 끽끽 울부짖고만 있을 뿐이
었다. 자유가 무엇인지도 모르는 새에게 열린 문은 무의미한 출구일
뿐이었다.

밤새도록 귀가 따갑도록 울더니 새벽녘엔 조용해서 무심코 들여
다보았는데 암새는 모이통에 부리를 틀어박고 죽어 있었다. 나는 새
의 시체를 쓰레기통에 버렸다. 쓰레기통은 복도 끝에 붙어 있어 버리
기만 하면 저절로 아래층까지 곤두박질쳐 내려가게 되어 있었다.

그날 저녁 일찍 퇴근해 아파트 광장에서 바람을 쐬고 있노라니 동네 아이들이 와아와아 고함을 지르며 뛰어다니고 있었다. 나는 물끄러미 아이들이 무엇을 저리도 요란스럽게 쫓아다니고 있는가 바라보았다. 아이들은 소리를 지르며 새 한 마리를 쫓아다니고 있었다.

이상하게도 새는 그저 파드득 날갯짓할 때마다 겨우겨우 한 마장쯤 날아갔다. 제풀에 뚝뚝 떨어져 앉을 뿐이었지 시원스레 창공을 차고올라 아파트의 숲을 뛰어넘어가지는 못하고 있었다. 자연 아이들의 발걸음이 빨라질 수밖에 없었으며, 마침내 새는 그중 빠른 아이의 손에 잡힐 수밖에 없었다.

"새다. 새야."

손에 새를 쥔 소년이 신이 나서 소리질렀다.

"십자매다, 십자매."

나는 무언가 짚이는 바가 있어서 소년에게 다가갔다.

"뭐니?"

"새예요."

새를 잡은 소년이 자랑스레 소리질렀다. 새는 가엾게도 무자비한 손바닥에 결박되어서 머리만 내놓고 겁에 질려 있었다. 새의 눈이 나를 보았다. 나는 그 새가 어제 도망간 수놈 십자매인 것을 알았다.

"어디서 봤니?"

"저기 굴뚝 밑에서요."

"예쁘구나. 이걸 어떻게 할 거니?"

"기를래요. 내가 기를래요."

나는 소년들이 떼지어 사라져가는 것을 보면서도 그애들을 막아세우고 그 새를 내 것이라고 말한 다음 빼앗을 수는 없다고 생각했다. 차라리 잘되었는지도 모른다.

나는 생각했다. 그런데 어째서 새는 도망쳐 나갔으면서도 기껏해야 아파트 주위를 맴돌 수밖에 없었을까. 나는 그것이 이해가 되지 않았다. 아무리 인간에 의해서 길들여진 새라 할지라도 일단 새장 밖으로 도망해 나갔다면 더 멀리, 더 많이, 더 높이, 날아가봄직도 한 것이 아니겠는가.

며칠 뒤 찾아온 경희는 빈 새장을 보고 물었다.

"새들은 다 어디 갔어요?"

"도망갔어."

나는 시큰둥하게 대답했다.

"모이를 주려고 문을 열었는데 그 틈에 도망가버렸어."

"쫓아버린 거예요, 당신은. 난 알아요."

한숨을 쉬면서 경희는 대답했다.

"도무지 이해가 가지 않아요, 당신은."

"왜?"

"난 당신이 지난 겨울 줄곧 한강변에서 철새 사진을 찍는 것을 봤어요. 그때 당신은 신이 나 있었고, 저 새들을 봐라, 하면서 감탄했었어요. 그런데 왜 기르는 새들은 사랑하지 않는 것일까요?"

"그 새들은 자연이었고 풍경이었어. 하지만 경희가 갖다준 새들은 자연이 아냐. 그것은 말야, 마치 조화(造花)만 같아서 생명이 없어 보였어."

엘리베이터 속에서 숫자판이 반짝 켜질 때마다 나는 게양대 위의 국기를 바라보듯이 우러르며 생각했다.

이 귀찮은 영감태기야.

진실로 네가 인간이라면 기회는 바로 지금이다. 문은 열려 있다. 이 기회를 놓치지 마라. 도망가버려라. 제발 빌고 비노니 도망가버려. 내가 방문을 열어보면 없어져 있을지어다.

어쩌자는 생각도 없이 일단 데려다놓고 골치를 썩이고 있는 내게도 해방의 기쁨을 느끼게 해줄지어다. 아멘.

엘리베이터에서 내려 나는 아파트 문 앞에 섰다. 주머니에서 키를 꺼내 문을 열려는데 문이 힘없이 스르르 저 혼자 열렸다. 문은 열려 있었다.

나는 안으로 들어갔다. 내 생각이 맞았을지도 모른다는 행복한 기대감이 가슴에 저며들었다.

봐라. 문이 열려 있지 않은가. 경희 말대로라면 문은 잠그고 나갔을 테고 그런데도 문이 열려 있다면 안에서 누군가 문을 열고 나갔다는 이야기가 되는 것이니까.

내 짐작은 맞았다.

방 안 어디에도 노인은 없었다.

"할아버지."

나는 술래잡기하듯 소리지르며 아파트 안을 모두 뒤져보았다. 노인은 없었다. 믿어지지 않아서 옷장 속도, 캐비닛 속도, 욕조 안도, 냉장고 안도 모두 들여다보았다. 노인은 분명 없었다.

나는 행여 이 기쁨이 옷장 속에 들어 있을 노인의 비명 소리로 깨어질지도 모른다는 불안감에 조마조마하면서 온 집 안을 샅샅이 뒤져보았지만 노인은 오, 오, 사랑스럽게도 부재중이었다.

나는 긴 한숨을 쉬었다.

갔다. 노인은 떠나버렸다. 얼마나 근사한 노인이냐. 미친 예언자처럼 불쑥 나타났다 사라진 노인에겐 어쩌면 빛나는 예지가 들어 있는지도 모른다.

그때였다.

나는 무엇인가 거실에 흩어져 있는 것을 보았다. 나는 달려가 마룻바닥을 쳐다보았다. 갓 배달된 저녁 신문이 싹둑싹둑 오려져 있었다. 아무렇게나 손으로 찢은 흔적은 아니었다. 날카로운 금속제품으로 한꺼번에 자른 듯이 베어져 있었다. 마치 공작시간에 가위로 색종이를 베어낸 조각처럼 보였다. 그 속에 다른 흰 종이조각도 베어져 뒤섞여 있었다. 나는 흰 종이를 주워 조각을 맞춰보았다.

그것은 경희가 내게 주고 간 메모지였다. 거기엔 다음과 같이 씌어 있었다.

'열시에 돌아올게요. 밥은 다 해놨어요. 그 동안 노인 아저씨와 재미있게 노세요.'

나는 주위를 살펴보았다.

그때였다.

나는 수많은 물건들이 마룻바닥에 흩어져 있는 것을 보았다.

화분의 꽃이 모가지가 베어져 바닥에 구르고 있었다. 그뿐이냐. 닥치는 대로 베어 뿌려져 온 집 안은 외국에서 우승하고 돌아온 운동선수의 카 퍼레이드가 지나간 아스팔트 위에 하얗게 떨어진 축하 테이프처럼 어질러져 있었다. 꽃이, 종이가, 경희의 원피스가, 식탁보가, 인형의 모가지가 잘려 바닥에 하얗게 깔려 있었다. 새로 맞춰 아끼느라고 별로 자주 입지 않은 경희의 원피스가 재단사가 가위질해놓듯 싹둑싹둑 잘려 있었다.

우라질.

나는 문을 닫았다.

이 미친 영감태기가 어디선가 가위를 찾아내어 무턱대고 온 집 안의 물건을 싹뚝싹뚝 잘라낸 것에 틀림이 없다. 적의라든가 잔인성 때문이라기보다는 아이들이 단순히 가위질하는 일에 쾌감을 느껴 신문지를 오리는 일에 열중하듯 그저 빈 시간을 즐기기 위해 그 누구의 간섭도 받지 않고 가위질해대고 있었을 것이다.

나는 분노가 치밀어 온몸이 폭발해버릴 것만 같았다.

죽인다. 죽여버리고 말 테다. 이놈의 영감태기, 만나면 가위로 모가지를 베어놓고 말 테다.

그때였다.

문 밖에서 수런거리는 소리가 나더니 짤막하게 초인종 소리가 났다. 나는 문을 열어보았다. 문 밖엔 한 떼의 아파트 주민들이 서 있었다.

"안녕하세요."

맨 앞에 서 있던 여인이 앙칼진 소리로 말을 걸어왔다. 나는 그 여인을 보았다. 그 여인은 어제 노인을 데리고 엘리베이터를 타고 올라올 때 만난 아래층의 정구채를 든 여인이었다.

"웬일입니까?"

나는 물었다.

"저 노인양반 아시죠?"

여인은 맨 뒤쪽에 서 있는 노인을 가리켰다. 사람들이 비켜 섰다. 나는 맨 뒤에 서 있는 노인을 보았다. 나는 절망했다.

"글쎄요."

나는 애매하게 대답했다.

"하지만 분명히 댁께서는 어제 저 노인을 데리고 엘리베이터를 타셨잖아요."

"그, 그렇습니다."

달리 변명할 말이 떠오르지 않았다. 나는 일단 수긍하기로 했다.

"친척이신가요?"

다른 사람이 물었다.

"글쎄요."

나는 대답했다.

"그런 셈입니다만. 도대체 무슨 일입니까?"

"보세요."

여인은 뒷짐졌던 손을 내밀었다. 여인의 손엔 노오란 꽃 한 송이가 들려 있었다.

"저 노인네가요, 이 꽃을 잘랐다구요. 온 복도의 꽃들을 다 잘랐어요. 물 주려고 복도에 내놓은 꽃들의 모가지를 다 잘라놨다구요. 이건 선인장꽃이에요. 우리 애기아버지가 애지중지하는 꽃이에요. 오년마다 한 번씩 피는 꽃인데."

"미, 미안합니다."

나는 대뜸 무슨 일이 일어났는지 짐작했다. 그들의 분노를 일단 진정시키기 위해서는 어쨌든 사과부터 해야 된다고 생각했다.

"용서해주십시오. 정중히 사과하겠습니다."

"뭐 어쩌자는 것은 아니에요. 이웃끼리니까."

다른 여인이 상냥하게 말을 붙였다.

"첨엔 화가 났지만 노인네에게 집이 어디냐고 물어도 이상한 말만 하잖아요. 그래서 일단 댁으로 모시고 온 것뿐이에요."

"미, 미안합니다."

나는 어제 줄곧 맹목적으로 되풀이하던 노인의 말을 그대로 흉내낼 수밖에 없었다.

"할아버지."

누군가 노인을 보고 간호원처럼 말을 건네었다.

"이젠 그만 주책을 부리세요. 할아버지, 자 들어가세요."

"아이 다행이네. 우린 집 잃은 노인넨 줄만 알고."

사람들은 뿔뿔이 흩어졌다. 나는 얼른 노인의 팔을 잡아끌어 집 안으로 들이밀었다. 그리고 문을 닫았다. 그제서야 그 동안 참았던 분노가 터졌다.

"이 미친놈."

나는 노인을 향해 소리질렀다.

노인은 소파에 기대서서 나를 두릿두릿 얼빠진 눈으로 쳐다보았다.

"이 똥만 싸는 미친 영감태기."

어, 어, 불확실한 소리를 내며 노인이 뒷걸음질쳐 베란다 쪽으로 밀려갔다. 그러다 제풀에 주저앉았다.

나는 다가가 영감의 턱을 손바닥으로 받쳐들었다. 노인은 부들부들 떨고 있었다. 생각 같아서는 한 대 쥐어박고 싶었다. 그러나 차마 손이 나가지 않았다. 나는 바닥에 떨어진 종이조각과 꽃 한 송이를 쥐어들었다.

"먹어. 이 자식아. 이걸 먹어."

나는 구멍과 같은 입을 강제로 벌리고 그 안에 종이조각을 털어넣었다. 노인은 우물쭈물 종이를 씹기 시작했다. 종이 먹는 양처럼.

"이것도 먹어라."

나는 꽃을 노인의 입 안에 처넣었다. 꽃은 부스러져 한 잎 한 잎 흩어졌다. 노인은 울기 시작했다. 소리를 내지는 않았다. 투명한 눈물이 깊게 팬 주름의 계곡을 타고 흘러내려 비 온 뒤 빛나는 거미줄에 매달린 빗방울처럼 번져나갔다.

나는 노인의 손에서 가위를 빼앗았다. 노인의 눈물을 보자 기분이 언짢아져서 화를 달래기 위해 더이상 사나운 짓을 할 수 없을 것 같은 심정이었다.

나는 털썩 소파에 주저앉았다.

낭패한 기분이 들어 거푸 담배를 두어 대 갈아 피웠다. 이 일을 어떻게 수습할 수 있을 것인가. 나는 막막했다.

간단하게 먹은 점심 때문에 허기가 다가왔지만 밥을 찾아 먹을 수 없었다. 나는 지쳐 있었다.

갑자기 친구의 말이 머리를 때렸다.

"돌은 캐어냈던 자리에 도로 갖다두는 게 원칙이야."

공연한 객기로 무거운 돌을 제천 선술집까지 지고 왔다가 술김에 선술집 화단 속에 부려놓고 나올 때 녀석은 그렇게 말했었다.

그래.

어제 고궁을 나올 때 나는 어쩜 쓸데없는 욕심을 부려 노인을 데리고 오고 있는지도 모른다는 생각을 했었다. 그렇다면, 노인이 내게 무거운 돌이라면 최소한 캐어냈던 자리에 되돌려 놓아주고 오면 될 것이 아니겠는가.

그렇다. 내가 노인을 데리고 왔던 잔디밭 위에 갖다놓고 오면 그만이다. 그러면 마음의 짐까지도 벗을 수 있다.

하지만 지금은 어둑어둑한 저녁. 아무리 밤벚꽃놀이를 열시까지 한다고 하더라도 이 저녁에 창경원에 데리고 갈 수 있을 것인가.

나는 무서운 복수의 감정이 고개를 드는 것을 느꼈다. 나는 무서운 음모의 강렬한 쾌감으로 몸을 떨었다. 전갈의 독이 내 핏속으로 수혈되어 스며들기 시작했다.

그렇다.

나는 노인을 아무 곳에나 버리면 그만이다. 왜 진작 그런 생각을 못 했을까. 아니다. 그 생각은 어제부터 문득문득 자주 들곤 했었다. 하지만 그 강렬한 악마의 유혹을 애써 모른 체 덮어두고 지워버리고 있었을 뿐이었다.

이제는 더이상 망설이지 않아도 된다. 지금이 노인을 버릴 최선의 기회이다. 몸도 마음도 죄악감에서 벗어날 수 있는 최선의 기회를 놓쳐서는 안 된다.

처음부터 노인은 버려져 있었지 아니한가. 그 누군가에 의해서 마지막 따스한 말을 듣고, 마지막 새옷으로 갈아입혀진 후에 가족 누군가에 이끌려 마지막 산책길에 나서서 마침내 버려진 노인이 아니었던가. 그러니 나는 죄책감을 느낄 필요는 없다. 나는 내가 할 수 있는 모든 것을 다 했다. 나는 밥을 먹였으며, 목욕을 시켰으며, 재웠으며,

술까지 먹였다. 나는 표창받는 모범 선행 아동처럼 행동했다. 그것
으로 충분하다.

이제 내가 취할 행동은 분명해진다. 나도 그 노인에게 누군가가 베
풀어주었던 대로 고려장을 베풀어주면 그만이다.

나는 자칫 시간을 끌면 변할지도 모르는 자신의 마음을 노려보며
몸을 일으켰다.

마지막으로 밥을 차려 먹일 것인가.

안 돼.

나는 머리를 흔들었다. 밥 먹는 탐욕스럽고 추한 노인의 행동을 보
다가 자칫 연민의 정을 느끼게 되면 안 된다. 그보다도 경희가 일찍
돌아온다면 어쩔 것인가. 그럴 리가 없겠지만 몸이 아프다는 핑곗 대
고 일찌감치 돌아올지도 모른다.

자 이때다. 기회는 이때다. 방은 비었고, 아파트 주민들은 모두 저
녁을 먹거나 텔레비전을 보는 가장 조용하고 한가한 시간이다. 이 틈
을 타야 한다. 나는 이미 서너 명의 아파트 주민들에게 이 노인과 나
는 결코 무관한 사이가 아니라는 것이 발각되었다. 어쩌면 복도에
서, 엘리베이터 속에서, 광장에서 들킬지도 모른다. 그러니 망설일
틈도 없다.

나는 옷걸이에서 코트를 내려 입었다.

"할아버지."

나는 바닥에 앉아서 아직도 꽃잎을 우물우물 삼키고 있는 노인을
다정하게 불렀다. 노인은 본능적으로 눈을 희번덕거리며 내 눈치를
보았다.

"일어나세요."

내가 의외로 상냥하게 말을 꺼내자 노인의 얼굴에는 금방 천진하
고 가벼운 웃음이 피어올랐다.

"가십시다, 할아버지."

"고, 고맙습니다."

노인은 벙글벙글 웃었다.

"몇 살이세요?"

"열두 살입니다."

나는 웃었다. 노인도 웃었다. 나는 크게 웃었다. 노인도 크게 웃었다.

"창경원에 가십시다. 할아버지 집으로 가십시다."

"원숭입니다. 코끼리도 호랑이도 있습니다."

"하마도 있고 공작도 있고 물개도 있어요."

우리는 서둘러 방을 빠져나왔다.

다행히 복도는 텅 비어 있었다. 우리는 엘리베이터 앞에 섰다. 엘리베이터는 십오층 꼭대기에서 내려오고 있었다. 십삼층에서 한 번 멈췄다.

나는 생각했다.

엘리베이터를 타면 안 된다. 십삼층에서 한 번 멈춘 것으로 보아 누군가 타고 있을 것이다. 그뿐인가. 내려가는 길에도 수많은 사람들이 올라탈지 모른다. 그렇게 된다면 내 비위는 변명의 여지도 없이 발각될 것이다.

나는 아파트 주민들이 한 달에 한 번씩 시행하는 비상 대피훈련 때 사용했던 비상계단을 생각해냈다.

나는 노인을 데리고 복도 끝까지 갔다. 다행히 철문은 열려 있었다.

우리는 옥외 비상계단에 섰다.

거대한 아파트 외벽에 매달린 계단은 거미의 발처럼 위태롭게 이어져내려가고 있었다. 불도 없었고 통로도 좁았다.

비상훈련이다.

나는 중얼거렸다. 한 손으로는 노인의 손을 떨칠세라 꼬옥 움켜쥐고 계단을 조심조심 내려가기 시작했다.

바람이 세차게 불어와 머리칼이 함부로 흩날렸다.

우리는 한없이 긴 좁은 난간을 내려갔다.

우리는 그 누구의 눈에도 띄지 않았다. 다행히 아파트 광장에서도 남의 눈에 띄지 않았다. 나는 빨리 이 아파트에서 벗어나야 한다고 생각했다.

될 수 있는 대로 먼 곳에 버릴 것, 그리하여 절대로 찾아오지 못하게 할 것.

아파트 지구에서 벗어나자 그대로 벌판이었다. 아직 신개척지인 강남지구는 곳곳에 광활한 벌판이 전개되어 있었다. 한때는 논이나 밭에 불과하던 농경지 아니면 서울에서 매일같이 산더미같이 버려지는 쓰레기를 매립한 땅들이었다. 아무리 아파트가 서고 새로운 주택이 건설되지만 곳곳에 빈 공터가 무한정 뻗쳐 있었다. 잘 정리된 구획구획 사이로는 넓은 아스팔트가 곧장 뻗어나가고 있었다.

간혹 빠른 속도로 달리는 자동차들이 핑핑 지나갈 뿐 주위는 어둡고 삭막하였다.

가로등조차 없는 거대한 공터는 언제나 진흙이 질퍽질퍽 습기에 젖어 있었고 채 베어내지 못한 미루나무들이 전신주처럼 우뚝 서 있었다.

"오줌이 마렵습니다."

부지런히 따라오고 있던 노인이 등뒤에서 중얼거렸다. 나는 노인의 허리를 끌러주었다. 노인은 벌판에 서서 소변을 보았다.

하늘은 어두워 별조차 보이지 않았다.

스산한 봄바람이 불어오고 날씨가 흐린 것으로 보아 아무래도 곧 봄비가 뿌릴 것만 같았다. 달도 보이지 않았다.

어디다 버릴 것인가.

나는 생각했다. 저 노인을 어디다 버릴 것인가.

문득 지난 겨울 사진을 찍던 한강변의 모래사장이 떠올랐다. 지난 겨울, 얼음에 그늘진 교각 사이에 살점처럼 남아 있던 한강 모래사장에 노인을 버려두고 도망쳐버릴 것인가. 그렇게 한다면 노인은 새벽녘에 어쩌면 어두운 백사장을 배회하다 싸늘한 시체로 변해 있든지 아니면 모래를 파낸 거대한 물구덩이 속에 빠져 익사체로 떠오를지도 모른다. 그럴 바에는 처음부터 모래를 파고 노인을 산 채로 묻어버리는 것이 나을지도 모른다.

나는 머리를 흔들었다. 노인을 무덤 가까이에 버려서는 안 된다. 비록 무책임하게 버린다고 할지라도 어쩌면 마음 착한 다른 사람에게 구원될 수 있는 그러한 장소에 버려야 할 것이다. 이 밤중에 한강 백사장에 버린다면 그것은 아무에게도 구원될 수 없는 사각지대 속에 던져버리는 일이다.

그럴 수는 없다.

노인은 소변을 끝내고 우두커니 서 있었다. 나는 노인의 바지를 추어올리고 허리띠를 졸라매주었다. 쿨럭쿨럭 노인은 밭은기침을 했다.

우리는 다시 캄캄한 빈터를 무작정 걷기 시작했다.

저 멀리로 찬란한 서울의 야경이 불타고 있었고, 검은 강물 위에 야경의 불빛이 거꾸로 번져 흐르고 있었다.

남산 위에 조명등이 붉은 별처럼 붙박여 있었다. 가까이로는 내부의 불을 모두 밝힌 아파트들의 거대한 모습이 공룡처럼 눈을 빛내며 서 있었다.

도시의 풍요하고 찬란한 밤의 광기와 쾌락에 젖어 밤이면 더욱 빛나는 요염한 도시의 요기가 한데 어우러져 밤하늘 위로 탐조등의 불빛처럼 뻗쳐오르고 있었다. 초파일 날 맑은 강물에 머리를 씻어내리듯 온 도시는 밤하늘 위로 빛나는 모발을 흩날리고 있었다. 그래서 온 도시는 조명 속에 번쩍이는 야회복 차림의 여인처럼 빛의 갑옷을 입고 타오르고 있었다. 도시는 폭죽을 터뜨리면서 불꽃놀이로 번쩍이고 있었다.

나는 그 속으로 들어가야 한다고 생각했다.

노인을 남의 눈에서 떨어진 한강변이나 이 신시가지의 벌판 속에 버릴 것이 아니라 저 반짝이는 도시의 한복판에 버리고 돌아와야 한다고 생각했다.

저곳이야말로 미로이며, 정글이며, 늪이며, 숲이며, 계곡이 아닌가.

그 옛날 우리의 조상들은 노인들이 귀가 어두워지고 이빨이 빠지기 시작할 무렵이면 눈이 오기를 기다렸었다. 겨울은 한 해에 거둔 음식을 쥐처럼 갉아먹으며 봄이 올 때까지 기다리며 지내야 되는 길고 긴 계절이었다. 식구는 하나라도 더는 것이 현명한 방법이었다.

갓 아이를 낳아 퉁퉁 부은 아낙네의 젖무덤을 아기는 제쳐놓고 서방이 대신 빨아먹기도 했다. 그 때문에 아기는 백 일도 되기 전에 굶어 죽었지만 남편은 젖살이 올라 온몸이 부옇게 살찌곤 했다. 백 일도 되기 전에 죽은 아이의 시체는 얼어붙은 앞 강변에 버렸지만, 비리고 작은 고기라서 굶주림 끝에 밤이면 인가까지 내려오는 늑대들도 입을 대지 않았다.

산천에 눈벌레가 흩날리기 시작해서 죽은 아이 시체 위에 하얀 옷을 입힐 무렵이면 노인들의 이빨은 으레 두서너 개씩 빠지기 시작했고 그럴 때면 아내의 젖무덤을 파먹어 살찌고 기운 오른 아들녀석은 지게 위에 노인을 거꾸로 태우고 산골로 찾아들어가곤 했었다.

얕은 산골이라면 노인은 늑대와 한떼가 되어 돌아올지도 몰라 기운 찬 아들녀석은 산 속으로 산 속으로 계속 들어가 이윽고 뻗은 나무가 하늘을 가리고 돌더미가 발을 찢는 깊은 계곡에 노인을 버리고 돌아왔으며, 돌아올 때면 한번 내리기 시작한 눈보라는 더욱 기승을 부려 사내의 발자국을 이내 지워버리게 마련이었다.

절대로 돌아봐서는 안 된다고 믿는 사내는 바람처럼 계곡을 뛰어내리고 냇물을 뛰어넘어 숨이 턱에 닿을 때까지 뛰어 집으로 돌아오는데, 그날 밤부터 여러 날은 문풍지를 두드리는 바람 소리에도 소스라치게 놀라 귀를 기울이고 휘영청 밝은 달빛이 문창호지를 찢을 때 언뜻 바라보면 뜰 앞 싸리나무 그림자가 머리 풀어헤친 노인의 그림자인 것만 같아 숨죽이고 노려보는 것이었다.

아부지. 할무니 왔다.

귀 밝은 아들녀석이 벌써 잠이 깨서 행여 문풍지 두드리는 소리가 못내 그리운 할머니 소리인가 애비를 깨우면 애비는 아내의 젖꼭지를 만지며 마른 젖을 파먹다 말고 고개를 흔들곤 했었다.

아니다. 바람 소리다.

할머니가 입던 옷가지를 껴입은 아낙네 역시 잠귀가 밝아 한밤중에 눈뜨고 남편을 깨울 때가 있었다.

어무니 소리 아닌감.

아니다, 싸락눈 쌓이는 소리다.

겨우내 내리는 눈은 창호문을 손톱으로 싸락싸락 긁어내려 어쩌면 할머니 피 마른 등허리 긁어주던 손톱 소리인 것만 같아 손주녀석이 어쩌다 문을 열라치면 애비는 소리를 지르며 윽박지른다.

문 열지 마라. 귀신 들어온다.

언젠가 게으른 사내 하나가 아주 얕은 앞산에 노인을 버리고 온 뒤 다음날 밤에 떨며 우는 문풍지 소리에 나가보니 갖다버린 노인네가 돌아와 있고, 눈을 뜨고 얼어 죽어 있었다. 몇 년간 그 귀신이 마을을 돌아다니며 곡소리하며 울며불며 동냥질하고 다녔었는데, 착한 마음에 문을 열면 들어올 생각 않고 손만 들이밀고 사람의 이빨 하나씩만 뽑아내는 통에 마을 사람들은 다시는 문을 열어주지 않았으며 밤

마다 배고파 울던 늑대 소리도 한동안은 조용히 물러가고 돌아오지
않았었다.

그래.

나는 생각했다.

이제 내가 노인을 버리려 한다면 애써 한적한 곳을 찾을 것이 아니
라 저 도시의 숲속으로 들어가야 할 것이다. 눈은 내리고 있지 않으나
네온은 요염히 타올라 내 도망쳐온 발자국을 이내 지워버릴 것이다.

나는 지나가는 택시를 세우고 노인을 태웠다. 운전기사에게 명동
으로 나가달라고 부탁을 했다.

도시에는 버릴 곳이 너무나도 많이 산재되어 있었다. 조금만 머리
를 쓰면 남의 눈에 띄지 않고 버릴 장소는 어디든 깔려 있었다.

어쩌면 극장표를 두 장 사가지고 들어가 영화를 구경하다가 슬그
머니 화장실이라도 가는 척 나가버리면 그만일 것이다. 극장 문을 나
오는 순간 잊어버리면 그만이다. 나머지는 극장 종업원들이 알아서
해줄 것이다.

우체국도 좋을 것이다. 소포라도 부칠 것처럼 행동하다 슬며시 나
가버리면 그만일 것이다. 아니면 병원 대기실은 어떨까.

이것도 저것도 번거로우면 그저 길거리에 세워놓고 그냥 뒤돌아
보지도 않고 사라져버리면 그만일 것이다.

나는 마음이 가벼워졌다.

차는 도심으로 깊숙이 빠져들어갔다. 거리마다 사람들이 넘쳐흐
르고 있었다. 화려한 네온의 불빛이 요염하게 타오르고 쇼윈도에 물
건들은 가득 차 있었다.

"이 이상은 못 들어갑니다."

운전사는 명동 입구에서 차를 세웠다. 나는 노인을 데리고 차에서
내렸다.

파도처럼 넘치는 인파는 함부로 어깨를 부딪고 지나가고 있었다. 술집마다 껄껄거리며 잔을 부딪는 웃음소리가 들려오고 있었으며 할 일 없이 몰려든 젊은이들은 손에 손을 맞잡고 무턱대고 거리를 오르내리고 있었다. 백화점 계단에서 누가 굴러떨어졌는데, 그러자 지나가던 사람이 낄낄대며 웃었다.

나는 택시 속에서 노인을 어디다 버릴 것인지 어느 정도 마음을 정해놓고 있었다.

어쨌든 명동성당까지는 가보자고 결정했다. 명동성당 부근에는 종합병원이 있고 성당 앞 마당에서는 많은 사람이 바람을 쐬며 산책하고 있을 것이다. 일단 그곳에 가서 상황을 보고 병원에 버리거나 아니면 성당 앞에 버리고 돌아오면 그만이 아니냐는 결정을 내리고 있었다.

병원과 성당, 그 두 가지 중 어느 곳도 나쁜 곳은 아니었다.

병원은 어쨌든 춥고 아프고 가난한 사람들을 돌보아줄 의무가 있는 곳이며, 성당 역시 그런 곳이잖은가. 그곳에 버린다면 일단 마음의 부담에서 벗어날 수가 있을 것이다. 병원에선 히포크라테스의 손길이, 성당에선 성모 마리아의 손길이 이 가엾은 노인을 돌봐줄 것이다. 찬미 예수.

우리는 인파를 헤치고 언덕길을 올라 성당 입구로 들어섰다. 노인은 얌전히 내 뒤를 믿음이 지극한 군병(軍兵)처럼 따라오고 있었다.

나는 성당 입구에 서서 어느 쪽을 택할 것인가 망설였다. 그러나 오래 걸리지는 않았다. 나는 히포크라테스보다는 예수가 더 자비심이 많을 것이라고 판단을 내렸다. 왜냐하면 예수 그리스도는 어쨌든 십자가에 못박혀 돌아가셨으므로 그 누구의 고통도 그 누구의 아픔도 자신의 아픔처럼 느끼실 것이며, 진실로 예수 그리스도의 손길이 자비롭다면 이 아흔아홉 마리에서 홀로 떨어진 길 잃은 늙은 양 한 마리를 푸른 초원으로 인도해줄 것이라고 나는 믿었다. 찬미 예수.

　나는 노인을 데리고 성당 앞으로 올라갔다. 여기저기 번화한 거리에서 벗어나 둘만의 장소를 찾아온 쌍쌍의 연인들이 그늘진 곳마다 모여 시험에 들고 있었다. 나는 노인을 벤치 위에 앉혔다. 가슴이 뛰기 시작했다.

　"할아버지."

　나는 노인을 보았다. 노인은 흐린 눈으로 나를 바라보았다. 어디선가 찬송가 소리가 들려왔다.

　"이제 난 가겠습니다. 날 원망하지는 마세요."

　노인은 이유도 없이 천진하게 웃었다.

　"미, 미안합니다."

　노인은 대답했다.

　"난 배, 배가 고픕니다. 밥을 주십시오."

　"좀 기다리세요. 저 사람들이 줄 겁니다."

　나는 불 밝힌 성당의 첨탑을 가리켰다. 그곳엔 십자가가 매달려 있었다.

　"누구든 할아버지에게 밥을 줄 것입니다."

　나는 모자를 노인의 머리 위에 씌워주었다.

　"안녕히 계세요, 할아버지."

　"고맙습니다."

　노인은 대답했다. 그리고 말을 이었다.

　"이층에서 놀면 안 됩니다. 계단에서 굴러떨어집니다. 주의하세요."

　노인은 하얗게 웃으며 나를 보았다.

　"고맙습니다."

　나는 확실하게 대답했다. 헤어지는 마당에 매정하게 굴 필요는 없지 않은가.

"그럼 가겠어요."

나는 돌아서려고 몸을 세웠다.

그때였다. 앉아 있던 노인네가 웃으면서 내게 손을 내밀었다. 나는 놀라서 이것이 무슨 뜻인지 잠시 생각해보았다. 왜 노인네가 손을 내밀었을까. 무엇인가 달라는 손짓일까. 아니면 악수라도 하자는 걸까.

나는 어리둥절해서 노인의 경직된 손을 가만히 내려다보았다.

나는 조용히 손을 내밀어보았다. 내 손을 노인의 손이 마주 잡았다. 생각보다는 따뜻한 손이었다. 나는 갑자기 무서워져 손을 빼었다. 그리고 노인의 얼굴을 보았다.

노인은 연신 천진하게 웃고 있었다. 그러나 분명 그 손짓에는 얼굴의 표정과 다른 무엇이 있었던 것으로 나는 느꼈다.

문득 노인의 천진스런 백치의 표정은 어쩌면 위장된 것이며 저 종잡을 수 없는 대화들 역시 꾸민 말인지도 모른다는 생각이 내 머리를 때렸다.

노인은 어쩌면 분명한 이성을 가진 사람일지도 모른다.

단지 그것을 살아오면서 습득한 현명한 지혜로 위장하고 숨기고 있는 것이 아닐까.

나는 다시 한번 노인을 쳐다보았다. 노인은 이미 내게서 관심이 떠나 있었다.

흐린 눈으로 발 아래 찬찬히 타오르고 있는 불빛을 멍하니 바라보고 있었다.

나는 뒷걸음질쳐서 그 자리에서 도망갔다. 그리고 어느 정도 멀어졌다 생각되자 단숨에 이를 악물고 뛰어서 언덕길을 곤두박질쳐 내려갔다.

돌아보아서는 안 된다.

나는 중얼거렸다. 긴장해서인지 양손에 부쩍 땀이 솟아 있었다.

가슴이 풀무질하듯 부풀어오르고 마음은 급해서 까무라칠 것만 같았다.

달아나는 내 등뒤에서 무언가 더 빠른 속도로 달려와 내 몸뚱이를 잡아챌 것만 같은 공포감이 다가오고 있었다.

나는 명동을 뛰었다.

이제는 안심해도 되겠지 하면서도 도무지 마음이 놓이질 않았다. 마지막 헤어질 무렵 내밀었던 노인의 손 하나가 내 도망가는 속도와 함께 따라오고 있었다.

비가 내리고 있었다. 오후부터 흐리고 눅눅했던 하늘에서 봄비는 운무로 흩날리기 시작했다.

택시를 타고 나는 아파트로 돌아왔다. 문을 걸어잠그고 나는 몇 번이고 잠긴 문을 확인하였다. 손바닥에 묻은 냄새를 씻어내기 위해 나는 세면대에 가득 물을 받아 서너 번 씻어내렸다. 그래도 손에 묻은 노인의 냄새는 가시지 않았다. 나는 식탁 위에 제대로 차리지도 않고 닥치는 대로 게걸스럽게 식사를 해치웠다.

연거푸 담배를 대여섯 대 갈아 피우고 텔레비전을 켜고 소파에 앉아 술을 마구 들이켰다. 그제야 마음이 어느 정도 가라앉았다.

모처럼 되찾은 해방감으로 나는 마음이 편안해졌다. 베란다에 나가 봄비를 맞았다.

나는 꺼릴 게 없다고 생각했다.

하늘을 우러러 부끄러움이 있을 수 없다고 나는 마음을 달랬다.

아무렴. 그렇고말고.

남은 술을 들이켠 후 나는 욕실에 들어가 목욕을 했다. 온몸에 조금이라도 남아 있는 더러운 냄새를 씻어내려야겠다고 생각했다. 온몸에 비누질을 하고 있는데 초인종 소리가 났다.

나는 머리에 가득 흘러넘치는 비누 거품을 문지르다 말고 귀를 기울였다.

누굴까.

나는 숨을 죽였다.

갑자기 내가 버린 노인이 내 뒤를 밟아 찾아왔을지도 모른다는 불길한 예감이 들었다.

그러나 나는 이내 낄낄대며 웃었다. 그럴 리가 있는가.

그건 말도 안 되는 일이다.

초인종이 두세 번 계속 울렸다. 나는 눈을 부릅뜨고 문을 노려보았다. 짧은 침묵이 흐른 뒤 문이 비틀리는 것을 보았다.

경희다.

흘깃 거실에 걸린 시계를 보았다. 시계는 아홉시 오십분을 가리키고 있었다. 경희가 돌아올 거라는 것을 까마득히 잊고 있었다.

나는 잠시라도 불안해했던 자신의 유약함에 혀를 내보이며 웃었다.

문이 열렸다.

경희가 종이봉지를 들고 들어서고 있었다.

"당신, 있었군요."

"그래."

나는 머리칼을 세차게 비비며 대답했다.

"그런데도 대답이 없으시고."

"보면 몰라? 머리 감고 있었어."

"식사는 하셨어요?"

경희는 빗방울이 맺힌 코트를 벗고는 봉지에서 물건을 꺼내 식탁 위에 쏟았다.

"먹었어."

"아아."

경희가 내게로 다가오며 한숨을 쉬었다.

"피곤해요. 피곤해 죽겠어요."

"목욕해. 물이 따뜻해."

"어디 갔어요?"

"누구 말야?"

나는 짐짓 모른 체하고 더운물을 몸에 뒤집어썼다.

"할아버지 말이에요."

"찾아봐."

나는 노래를 부르기 시작했다. 경희는 사라졌다.

온몸에 상쾌한 더운 피가 끓어오르고 참월한 욕망이 혀를 보였다.

"없어요."

한참 만에 경희가 나타나서 노래하듯 소리질렀다.

"할아버지가 없어졌어요."

"그래."

나는 휘파람을 불었다.

"어디 갔어요?"

"본 대로야."

"뭐라고요?"

"본 대로라니까. 없어졌다고."

"없어지다니요?"

"나도 모르겠어."

넓은 타월로 대충 몸을 닦은 후 거실로 나서며 나는 유쾌하게 대답했다.

"회사에서 돌아오니까 행방불명이야. 그 대신 방바닥에 저런 선물이 놓여 있더군."

경희는 바닥을 내려다보았다.

"이게 뭐예요?"

"그 영감쟁이가 가위 가지고 저렇게 닥치는 대로 잘라논 거야. 경희 원피스도 잘라놨어. 미친 영감태기야. 참 한심해."

"아니 이게 무슨 짓이에요?"

"나한테 신경질내지 마. 시아버지처럼 잘해준 것은 경희 쪽이었으니까."

나는 선풍기를 틀어 머리를 말리면서 딴전을 피웠다.

"차라리 잘됐지 뭐. 어차피 버리려던 노인네 아니었어. 제 발로 나가준 노인네야말로 예쁘고 착한 노인네지. 안 그래?"

"당신."

믿어지지 않는다는 듯 경희는 나를 노려보고 있었다.

"숨기지 말고 똑바로 대답하세요."

"숨기긴."

나는 휘파람을 불었다.

"내가 숨기긴 뭘 숨긴다고 그래?"

"시치미 떼지 말고 내 눈을 똑바로 보세요."

경희는 앙칼지게 내 눈을 쏘아보았다. 나는 그 눈을 마주 보았다.

"난 알아요. 당신이 뭘 했는지 알아요."

"알다니? 이거 왜 이래, 생사람 잡지 마."

"그 할아버지가 제발로 걸어나갔을 리가 없어요. 그건 말도 되지 않아요."

"하지만 사실인 걸 어떻게 해."

"사실이라고요?"

어처구니없다는 듯 경희는 혀를 찼다.

"노망 든 노인네가 제 발로 나가는 경우는 드물어요. 당신 분명히 대답하세요. 내다버리셨죠. 그렇죠. 버리셨죠."

"……"

나는 선풍기의 스위치를 껐다.

"대답하세요. 왜 말 못 하시는 거예요? 내 눈을 보고 대답해보세요. 내 말이 맞죠? 내다버리셨죠?"

"귀찮게 굴지 마."

나는 이빨을 보였다.

"이거 왜 야단이야. 여긴 내 집이야. 양로원이 아니야."

"더러운 사람."

경희는 침이라도 뱉을 듯이 나를 노려보았다.

"당신은 구제받을 수 없는 사람이에요."

"말 다 했어?"

내 말은 그러나 알맹이가 없이 공허했다.

"어디다 버리셨어요? 말하세요."

"몰라. 잊어버렸어."

"창 밖을 봐요. 비가 내리고 있어요."

"나하곤 상관없어."

"이건 아주 무서운 일이에요. 어째서 우리하고 상관없다는 거예요? 우린 살인을 한 거예요."

"어차피 내다버릴 영감태기였어. 그 영감태기 가족도 버렸다고. 우린 할 만치 했어. 천당 갈 자격증은 얻어놓은 거야. 가족도 아닌 우리가 데려다 밥 먹이고 재우고 똥오줌 받아주고 목욕시키고 술까지 먹이고, 꽃 자르고 원피스 자르는 것까지 다 용서해줬다고. 그거면 됐지 뭘 그래? 어쩌자는 거야? 그럼 죽을 때까지 데리고 살 작정이었나? 어차피 헤어질 거라면 미리 헤어지는 게 현명한 거야. 너무 나만 야단하지 마."

"일어나세요."

차갑게 경희는 명령했다.

"시간이 없어요. 일어나세요."

"일어나서 어떻게 하겠다는 거야?"

"찾으러 가요. 그 할아버지를 찾아나서요."

"난 못 해."

"정말이세요?"

"정말이잖고."

"좋아요. 그럼 어디다 버렸는지 그것만이라도 얘기하세요. 제가 찾으러 가겠어요."

나는 경희의 어깨 위에 손을 얹으며 부드럽게 속삭였다.

"자, 잊어버리자고, 경희. 우린 젊어. 젊은 만큼 젊음을 누릴 권리가 있다고. 자 잊어버리자고."

"비켜요. 그 더러운 손."

경희는 내 손을 벌레라도 되는 것처럼 홱 뿌리쳤다. 나는 은근히 화가 치밀었다.

"도대체 왜 이래? 뭐가 야단이야? 이러지 마."

"어디다 버렸어요?"

"몰라."

"쓰레기장에 버렸나요?"

"천만에."

"어디예요?"

"정말 근사한 데 버렸어."

"시낸가요?"

"시내도 한복판이야."

"명동인가요?"

"바로 맞았어."

"됐어요. 그럼."

경희는 벌떡 일어나 코트를 입었다.

"어딜 가려고 그래?"

"찾으러 나갈 테예요."

"이봐, 명동 어딘지나 알아? 명동은 넓어. 손바닥이 아냐."

"상관 마세요."

경희는 구두를 신었다. 나는 별수 없이 옷을 주워입기 시작했다.

"기다려. 이봐, 경희."

쾅 문을 닫고 빠르게 경희는 나가버렸다. 나는 코트를 걸치고 경희의 뒤를 쫓았다. 아파트 광장에서 경희를 잡을 수 있었다. 빗발은 제법 굵어져 있었다.

우리는 말을 나누지 않았다. 비를 맞으며 빈 차를 기다렸다.

택시 속에서도 말을 나누지 않았다.

차가 명동 입구에 도착할 때까지 우리는 아무런 말도 나누지 않았다.

혼잡하던 명동 거리는 시간도 늦고 빗발까지 세차 모두들 일찌감치 집으로 돌아갔는지 한산했다.

비닐우산 하나 살 겨를도 없이 경희는 좁은 거리를 뛰기 시작했다. 나는 비를 맞으며 그녀의 뒤를 쫓았다.

엉망진창이다.

나는 우스꽝스러운 이 뜀박질에 겨드랑이 밑이 간질간질하여 금방이라도 배를 잡고 웃어버릴 것만 같았다. 코미디다.

이것은 저급한 코미디다.

어쩌자는 것이냐.

버린 노인을 또다시 찾으러 가는 이 기묘한 토막극은 도대체 어쩌자는 것이냐.

버린 노인을 되찾아 껴안고 이 죄인을 용서해주소서, 엎드려 빌어야 한단 말이냐.

"어디예요?"

성당 입구에 서서 경희는 나를 노려보았다.

"저쪽이야."

나는 손가락으로 성당 위쪽을 가리켰다.

"성당 앞 벤치예요?"

"그래."

"됐어요. 여기 계세요. 따라오지 마세요."

경희는 차갑게 나를 막아세웠다.

"나 혼자 올라가겠어요."

나는 홀로 떨어져서 담배를 피워물었다. 온몸이 부들부들 떨리고 있었다. 꼭 비 때문이라고만 할 수 없는 오한이 뼛속 깊이 스며들고 있었다.

밤 깊은 거리는 점점 시들어가고 차가운 불빛만 깜박이고 있었다.

나는 오랫동안 기다렸다. 떨고 또 떨었다.

그러나 경희는 내려오지 않았다.

나는 올라가보아야 한다고 생각했다. 그러나 내게 지금 그렇게 할 자격이 남아 있는지 아닌지 분간이 되지 않았다. 급하게 마신 술이 머리를 뒤죽박죽 혼란시키고 있었다.

나는 오랫동안 그들이 내려오기를 기다렸다. 참회하는 마음은 일지 않았다. 죄의식도 느껴지지 않았다.

마음은 그저 담담했다.

왜 안 올까.

그제서야 헤어질 무렵 내게 손을 내밀던 노인의 그 천진하던 웃음의 의미를 어렴풋이 알 것 같은 느낌이 들었다.

그것은 용서의 의미가 아니었을까. 모든 것을 받아들이는 돌의 침

묵으로 내밀던 노인의 딱딱하게 굳은 그 손은 이미 모든 것을 용서해
주겠노라는 손짓이 아니었을까.

나는 천천히 언덕 위로 올라갔다.

벤치에 경희가 홀로 앉아 있었다. 그녀는 울고 있었다.

"갔어요."

경희는 흐느끼며 내게 외쳤다.

"없어요. 할아버지는 가버린 거예요."

비 맞은 경희의 머리칼이 함부로 얼굴을 뒤덮고 있었다.

"우린 죄를 지었어요. 우린 나쁜 사람들이에요."

(1978년)

진혼곡

1

우리 부부는 마침내 결론을 내렸다. 이제는 우리에게도 한 마리의 노예쯤은 필요하지 않겠는가고.

실상 우리 부부는 한 마리의 노예를 사기 위해서 얼마나 내핍생활을 했던가.

한 마리의 건강한 노예를 사기 위해 얼마나 많은 돈이 필요한가는 노예를 거느려본 사람은 알 것이다. 물론 선택받은 사람들은 수십 마리의 노예를 거느릴 수 있겠지. 어떤 행복한 사람들은 문 밖으로 한 발짝이라도 나갈라치면 영양상태가 좋은 노예들이 멘 가마를 타고 다니기도 하지만 우리로서는 오직 한 마리의 노예, 허락된다면 건강하고 힘이 센 노예, 거기에 운이 좋으면 온순하여 밤에 쇠사슬을 매어달지 않더라도 도망가지 않는 노예 한 마리만 있으면 충분할 것이다.

무거운 물건을 들다 허리를 다친 날 더운물 찜질을 하며 신음하는 내게 아내는 말했다.

"여보. 당신은 노예가 아니에요. 아무래도 무리를 해서라도 노예 한 마리를 사야겠어요."

아내의 말은 맞다.

무거운 물건을 들어올리는 일은 마땅히 노예의 몫이다. 나무를 뿌리째 캐내어서 앞마당에 옮겨 심는 것도 노예의 몫이다. 밤마다 문을 걸어잠그고 한밤중에 창문을 흔드는 바람 소리에도 행여 도둑인가 귀를 기울이다보면 아, 아, 한 마리의 노예가 있다면, 칠흑 같은 밤에도 예민한 후각으로 주인의 냄새를 판별하고 낯선 사내는 소리쳐 경계하는 노예가 있다면 하고 나는 중얼거리곤 했었다.

더욱이 노예들은 번식력이 약해져 거의 멸종단계에 이르렀다. 밀림에 들어가 노예들을 사냥해오는 장사꾼들도 예전처럼 다녀올 때마다 수십 마리의 노예들을 채집해오지는 못한다. 부상 때문에 총과 칼은 사용하지 못하고 덫을 놓아서 잡는데 노예들은 무차별한 노획으로 멸종단계에 이르렀다.

거리에 오가는 노예들은 대부분 늙고 병들어 팔려고 내놓아도 쓸모없는 것들이 대부분이다. 더이상 무리한 사냥으로 노예들이 지상에서 사라질까 두려워 건강한 수컷 노예와 자궁이 큰 암컷 노예를 교미시켜보았지만 그들은 무정란의 알만 계속 낳았을 뿐 더이상 부화되지 않았다.

이대로 가다가 노예들은 지상에서 사라져버릴 것이다.

상대적으로 노예의 값은 치솟아 이만하면 되겠지 하고 시장에 나가보면 우리가 마련한 돈으로는 겨우 죽어가는 이빨 빠진 늙은 노예가 고작이었다.

"늙은 노예라도 살까요?"

견디다 못해 아내는 짜증을 부리곤 했다.

"늙은 걸 사다 뭘 해."

"그들에게 자장가라도 부르게 하지요."

"한 곡도 못 끝내고 죽어버릴 거야."

"그럼 바느질이라도 시키죠."

"눈이 어두워 실은 어떻게 꿰고."

그래.

늙은 노예는 아무런 소용이 없다. 죽은 다음 털을 뽑아 딸아이 인형의 머리칼이나 만들 거라면 모르지만. 딸아이의 장난감을 위해서 늙은 노예를 사들일 필요는 없잖은가.

그런데 우리 부부에게 행운이 다가왔다.

일단 한번 나가보자고 마음먹고 찾아간 파장 무렵의 시장에서 우리는 건강하고 젊은 노예를 사들일 수 있었다.

노예시장은 거리 끝에 있었다. 밤에 밀림 속에서 채집해온 노예들이 단상 위에 전시된 채 우울하게 서 있었다. 노예를 팔기 위해 여기저기서 장사꾼들이 소리를 질렀다.

"사세요. 늦기 전에. 건강하고 젊은 노예가 있습니다."

어떤 장사치들은 노예가 얼마나 젊은가 보여주기 위해서 입을 벌려 이빨을 내보이게 하고 있었다. 그도 그럴 것이 노예들에겐 나이가 없는 것이다. 노예들에겐 이빨이 나이다. 하나도 빠지지 않고 하나도 벌레 먹은 치아가 없다면 그 노예는 그만큼 값이 나가게 마련이다. 나무의 나이를 알려면 밑동을 잘라 나이테를 셀 수밖에 없듯이 노예의 나이를 알려면 입을 최대한 벌리게 하고 그 더러운, 냄새 나는 이빨을 낱낱이 헤아릴 수밖에 없는 것이다.

어떤 노예는 얼마나 힘이 센지 보여주기 위해 끊임없이 자기 키만큼 흙을 파고 또 묻었다. 어떤 노예는 줄곧 노래를 부르고 있었다. 암

컷들은 발정기에 접어든 성기들을 뙤약볕 아래 고스란히 드러내놓
고 춤을 추고 노래를 하고 있었다.

왜냐하면 노예를 사려는 사람들은 필요한 용도에 따라서 노예들
을 선택하기 때문이다. 사람들의 용도는 다양해서 어린애에게 자장
가를 불러줄 노예, 무거운 짐을 들어 나를 강인한 힘을 가진 노예, 무
료한 시간에 목욕을 도와주고 온몸에 짙은 향수를 바른 뒤 손님들을
위해 춤을 출 노예 등등, 제각각이었다. 노예. 음탕한 여인들은 건강
한 노예를 사서 온몸에 꿀을 바른 뒤 빈틈없이 혀로 핥게 할 것이다.
노예의 혀를 가늘고 길게 만들기 위해 그녀들은 좁은 병 속에 꿀을
담고서 혀를 넣어 꿀을 핥도록 훈련시킨다. 노예의 혀는 뱀처럼 가늘
고 길어질 것이다.

그녀들은 노예들의 타액으로 목욕하여 눈부시게 아름다워지고,
나날의 향연에도 늙지 않는 피부를 갖게 되겠지.

어떤 노예는 담뱃불을 붙여주는 일로만, 어떤 노예는 단지 그곳에
있는 이유만으로 필요하게 된다. 수십 마리의 노예를 거느린 사람들
은 아녀자들의 욕정 때문에 예리한 비수로 노예의 성기를 거세시킨
후 자신들의 곁에 존재하는 나무와 돌처럼 살아 있지 않은 무생물로
장식해놓을 수도 있다. 그것은 그들의 자유다. 노예가 그들의 소유
물이므로 그들을 죽이건 팔을 비틀건 그건 그들의 자유다. 단지 그런
모습이 아름답다는 이유만으로 언제나 뒤로 걷기를 강요당하는 노
예가 있을 수 있으며, 언제나 자기의 발바닥을 핥는 노예도 있을 수
있다.

정원을 꾸미기 위해서 주인이 살아 있는 노예를 박제하여 정교한
입상처럼 세워놓는 것도 자유이며 어떤 노예는 말이 많아 혀를 잘릴
수도 있다. 어떤 예민한 사람은 노예의 눈이 자신의 비밀을 엿보는
것 같아 언짢다고 느낀다면 서슴지 않고 눈을 찔러 장님을 만들어버

릴 수도 있을 것이다.

엄격히 말해서 그들은 노예라고 불려서는 안 된다. 노예는 전쟁에서 진 패자가 승자에게 바치는 전리품의 명칭이므로. 시장에서 매매되는 노예들은 노예라고 불리기보다는 가축이라고 불려야 할 것이다. 그렇다. 그들은 짐승이다. 다만 인간과 아주 흡사하게 생겼으므로 편의상 노예로 불릴 따름인 것이다.

노예시장은 파장 무렵이었으므로 사려는 사람은 별로 없었고 노예를 팔려는 장사치들의 고함 소리만 쩡쩡 울리고 있었다.

"사세요. 노예들이 있습니다. 시간이 얼마 남지 않았습니다. 망설이다 늦습니다."

우리 부부는 노예들이 엄청나게 비싸다는 것을 알고 있었으므로 그저 구경이나 하며 위안을 얻자는 데 무언의 합의를 보고 있었다.

아직 길들지 않은 사나운 노예들은 철창 안에 갇혀서 울부짖고 있었다. 어린아이들이 그들에게 더러운 물을 끼얹었다.

"구경하고 가십시오."

장사꾼들은 우리 부부가 지날 때마다 벌거벗은 노예들을 채찍으로 후려치며 소리 높여 말했다.

"이빨을 보여드릴까요?"

나는 고개를 흔들며 사양했다. 지는 햇볕 속에서 노예들은 함부로 배설한 오물과 침과 땀으로 더러운 냄새를 풍기고 있었다. 우리는 코를 막지 않으면 안 되었다.

"봐요, 여보."

아내는 시장 한복판에 자리한 상점을 가리켰다. 나는 아내가 가리킨 곳을 바라보았다. 그곳엔 건장한 노예 하나가 지렛대를 어깨에 둘러메고 쉴새없이 거대한 맷돌을 갈고 있었다. 아침부터 한시도 쉬지 않고 맷돌을 갈았을 텐데도 노예는 조금도 지친 기색이 없었다. 성난

듯 부풀어오른 근육이 마디가 굵은 뼈 위에 울퉁불퉁 솟아 있었고 땀
방울이 피부 위로 샘솟아 갓 건져올린 기름에 튀긴 생선처럼 보였다.

"비싸겠죠, 여보?"

아내는 숨을 죽이고 내게 속삭였다.

"저 근육 좀 봐요. 힘이 넘치고 있어요, 여보. 지칠 줄도 몰라요. 게
다가 아주 젊어 보여요."

"그렇군."

나는 신음하며 대답했다.

얼마나 탐스러운 노예인가. 부름을 기다리는 완강한 다리와 하대
받는 일에 길들여져 좀더 강한 채찍을 원하는 충실한 눈.

나는 뜨거운 침을 삼켰다.

"한번 물어봅시다, 여보."

아내가 행여 다른 사람이 들을세라 낮은 목소리로 내게 말했다.

"비싸면 사지 않아도 되잖아요. 가격이나 알아봅시다."

"그러지."

나는 아내의 소원을 물리칠 수 없었다. 우리는 채찍을 들고 서 있
는 노예 상인 앞으로 다가갔다. 그는 술을 마시고 있었다.

"저 노예가 댁의 소유인가요?"

사내는 힐끗 나를 보았다.

"그렇소."

사내는 못마땅하다는 듯 대답했다.

"왜, 사시겠소?"

"가격이나 알아볼까 하고요."

아내는 상냥하게 말했다.

"뭣에 쓰려우?"

사내는 시큰둥하게 말했다.

"이것저것 아무 일이나요. 우린 처음 노예를 사는걸요."

"저 노엔 못 하는 게 없소."

사내는 손에 들린 채찍을 허공으로 치켜들더니 휘둘렀다. 채찍은 허공을 찢으며 날아가 노예의 등을 후려쳤다.

"일어나라."

사내는 낮게 그러나 흉포한 목소리로 부르짖었다. 노예는 비틀거리며 일어섰다.

"말을 알아듣는군요."

나는 신기해서 그를 올려다보았다.

"저 노엔 우리가 하는 모든 말을 알아듣소."

"그럼 말을 할 줄도 알겠군요?"

"물론 그렇소."

사내에겐 자신의 물건을 팔려는 끈질긴 상혼이 결여되어 보였다. 오히려 자신의 물건을 철저히 즐기려는 잔악한 장난기가 번득이고 있었다.

"말해봐라."

노예는 어리둥절해서 그의 주인을 쳐다보았다. 채찍으로 맞은 등에는 붉게 물든 징그러운 상처가 부풀어 있었다.

"말해봐라."

사내는 소리를 질렀다.

노예는 몸을 곤두세웠다. 노예는 말하기 시작했다.

"저는 노예입니다. 무엇이든 시켜주십시오. 제 이름은 노미입니다."

"어때요?"

사내는 술기운으로 상기된 얼굴을 자랑스럽게 펴들었다.

"놀라운데요."

나는 진심으로 감탄을 했다.

"저는 노옙니다."

노예는 똑같은 말을 되풀이하기 시작했다.

"무엇이든 시켜주십시오. 제 이름은 노미입니다. 저는 노옙니다. 무엇이든 시켜주십시오. 제 이름은 노미입니다. 저는 노옙니다."

"그만."

사내는 소리쳤다.

"저 녀석은 그만하라고 할 때까지는 언제나 되풀이합니다."

나는 태엽 풀린 인간처럼 깎아 세운 듯이 서 있는 노예를 쳐다보았다. 뉘엿뉘엿 지는 햇볕에 노예의 벗은 몸은 황금으로 빚은 동상처럼 찬란한 석양을 반사시키고 있었다.

"노래도 부릅니까?"

아내가 호기심에 가득 차서 물었다.

"얼마든지. 무슨 노래든지 원하는 대로 부르지요."

사내는 자랑스럽게 채찍을 들었다.

"노미. 노래를 불러라."

노예는 머리를 세우고 지는 석양을 향해 얼굴을 들었다. 노예는 노래를 부르기 시작했다.

"발을 맞춰라 하나 두울 셋. 손을 흔들며 하나 두울 셋. 갈 길이 멀다 하나 두울 셋."

노예의 목소리는 둔중하게 흘러가는 강물의 소리 같았다. 노예는 선 자리에서 손을 힘차게 흔들고 제자리걸음을 하며 마치 명령이 떨어지면 어떠한 장애라도 뚫고 나갈 듯이 영원히 행군하는 맹목의 병사처럼 노래를 불렀다.

"영리한 노예로군요. 어쩌면."

아내는 한숨을 쉬며 말했다.

"발을 맞춰라 하나 두울 셋. 손을 흔들며 하나 두울 셋……"

"그만……"

사내는 명령했다.

노예는 제자리에 멈춰섰다.

"뭘 원하십니까? 저 노예는 무엇이든 합니다."

"물구나무서기도 할 줄 아나요?"

"물론."

사내는 쾌활하게 대답했다.

"노미. 물구나무서라."

노예는 맨발로 흙먼지를 일으키며 몇 발짝 빠르게 갔다. 그리고 두 손을 땅에 디디고 놀라울 정도로 민첩하게 물구나무를 섰다.

"놀라운 노예로군요. 도대체 누가 길들였나요?"

"저 노예는 자기 스스로 터득했습니다. 좀 유다른 노예지요. 저놈을 잡을 때 나는 그물로 생포했습니다. 워낙 영리한 녀석이라서 교묘한 덫에도 걸리지 않았으니까요. 저 노예는 누구에게 배운 것도 아닌데 내가 그물로 옭아매자 입을 열어 말을 했습니다."

"뭐라고요?"

사내는 낄낄거리며 웃었다. 그는 유쾌하다는 듯 술병을 기울여 남은 술을 단숨에 들이켰다.

"이렇게 말을 했습니다. 나는 노예가 아닙니다. 나는 짐승이 아닙니다. 나는 사람입니다."

"뭐라고요?"

아내와 나는 놀라운 나머지 입을 벌리고 그를 쳐다보았다.

"자기가 사람이라고요?"

"그래요."

사내는 웃었다.

"잡힐 때 녀석은 알을 품고 있었습니다. 자신의 가슴속에 알을 품고 새끼가 태어나도록 부화시키고 있었던 것입니다."

"알이라니요?"

아내는 믿어지지 않는다는 듯 고개를 갸우뚱거렸다.

"왜 알을 품고 있었을까요? 새도 아니면서."

"노예들이 우리 인간과 다른 것은 알에서 태어나는 것입니다. 또 교미를 하면 새끼를 배는 것이 아니라 알을 배고 그것을 낳은 뒤 체온으로 녹여 부화시키는 것이지요. 이것이 저 녀석이 품고 있던 알입니다."

사내는 품 속에서 주먹만한 알을 하나 꺼내었다. 그것을 그는 눈 깜짝할 새에 땅 위에 세게 던졌다.

아내는 비명을 질렀다.

"안 돼요. 깨져요."

사내는 그럴 줄 알았다는 듯 배를 내밀고 크게 웃었다.

"망치로 두드려도 깨지지 않습니다."

그때였다.

물구나무서 있던 노예가 무서운 기세로 달려와 땅바닥에 구르는 알을 집어들었다. 노예는 알을 가슴에 품고 애원하는 눈빛으로 주인의 얼굴을 쳐다보았다.

순간 사내의 채찍이 머리 위로 치켜지더니 하늘을 가르며 노예의 등으로 내리꽂혔다. 노예는 비명을 지르며 땅 위에 쓰러졌다. 그러나 노예는 가슴에 품었던 알은 떨어뜨리지 않았다. 굴욕과 천대와 복종에 길들여 있던 노예의 눈에 순간 증오와 적의의 표정이 스쳐 지나갔다.

"가져와라, 노미."

사내는 침착하게 말했다. 노예는 머리를 흔들며 물러섰다. 애원하는 눈에서 무언가 차가운 물방울이 맺혀 굴러떨어졌다.

"저것이 무얼까요?"

아내가 이상하다는 듯이 노예의 얼굴에서 흘러내리는 물방울을 들여다보며 물었다.

"이상한 놈입니다. 저 녀석은 슬프면 눈에서 물이 흘러내립니다."

"땀이 아닐까요?"

나는 믿어지지 않아 머리를 흔들었다.

"아닙니다. 분명히 이상한 물이 흘러내립니다."

노예는 쉴새없이 눈에서 물을 흘리며 무릎으로 기어 주인 앞으로 다가왔다. 노예는 주인의 발에 입을 맞추었다. 그리고 가슴에 품었던 알을 두 손으로 공손히 떠받들어 주인에게 내밀었다.

"가자, 노미."

상인은 기특하다는 듯이 노예의 머리를 쓰다듬었다.

"시간이 지났다, 노미. 오늘도 역시 너는 새 주인을 만나지 못했다."

"잠깐."

나는 돌아서려는 그를 막아 세웠다.

"비싸겠군, 저 노예는?"

"물론 그래요."

"값이 얼마 정도 됩니까?"

아내가 겸연쩍은 듯이 낯을 붉히며 말했다.

"우린 얼마 가지고 있지 못해요. 겨우 늙은 노예 한 마리 살까 말까 합니다만 부족한 액수는 훗날 채워드리겠습니다."

"얼마 가지고 계슈?"

사내는 눈을 찡긋거리며 물었다. 아내는 주머니에서 가진 돈을 모두 꺼내 사내에게 내밀었다. 사내는 침을 발라 한 장 한 장 확인하며 돈을 세었다. 마지막 지폐를 손가락으로 넘기고 나서 사내는 어림없다는 듯 소리질렀다.

"이 돈으론 늙은 노예도 못 삽니다. 늙은 암컷 노예라면 모를까."

"우린 꼭 저 노예를 갖고 싶어요."

사내는 물끄러미 아내의 얼굴을 쳐다보았다.

"왜 모든 사람들이 저 노예를 갖고 싶어하지?"

사내는 우두커니 서 있는 노예의 성기를 채찍으로 툭툭 건드렸다. 노예는 오줌을 싸기 시작했다. 아슬아슬한 위기를 노예의 우스꽝스런 바보 행위가 구원해주었다. 세 사람은 배를 잡고 웃었다.

"좋소. 젠장, 또 한 놈 잡으면 되지. 이래 뵈도 노예사냥에서 나를 따를 사람은 없으니까."

사내는 의외로 선선히 돈을 주머니 속에 구겨넣었다.

"가져가시오, 주인 나리."

사내는 노예의 엉덩이를 걷어챘다.

"노미, 너는 지금부터 내 것이 아니다. 너는 팔렸다. 지금 이 시간부터 나는 네 주인이 아니다. 지금 이 시간부터 나는 너에게 먹이를 줄 수 없다. 지금 이 시간부터 저 사람들이 너의 주인이다. 가거라, 노미."

노예는 멍청하게 아내와 내 얼굴을 바라보았다. 주인의 명령이 전혀 새로운 것이었기 때문에 무엇을 뜻하는가 생각해보는 듯이.

"가져가요. 주인 양반."

사내는 손에 들었던 채찍을 내게 내밀었다.

"이것이 저 녀석을 길들인 채찍입니다. 저 녀석의 입에서 '저는 노예입니다' 라는 말이 나올 때까지 나는 이백사십 번이나 채찍을 휘둘렀소. 이백삼십구 번 때릴 때까지 저 녀석은 죽어라고 말을 듣지 않았거든. '저는 인간입니다' 라고 말했단 말씀이야. 꼭 이백사십번째에 녀석은 말하더군. 말해봐, 노미.”

노예는 몸을 세우고 말했다. 높낮이가 없는 단조로운 목소리로.

“저는 노옙니다. 무엇이든 시켜주십시오. 제 이름은 노미입니다. 저는 노옙니다. 무엇이든 시켜주십시오. 제 이름은……”

“그만.”

나는 좀전에 사내가 했던 대로 채찍을 휘둘러 허공을 찢으며 부르짖었다.

“됐소, 주인 양반. 처음으로 노예를 가져본 사람치고는 대단한데. 그리고 이건 덤으로 드리겠소. 저 녀석을 생포할 때 빼앗은 알이오. 아이들에게 장난감으로 주시오.”

나는 그것을 받아 주머니에 넣었다.

“잘 가, 노미.”

상인은 유쾌한 듯 노예의 엉덩이를 걷어찼다. 노예의 눈에서 또다시 물방울이 한 줄기 흘러내렸다.

“주의하시오, 주인 양반. 요즈음엔 노예도둑이 심하니까.”

사내는 석양 속으로 사라졌다. 노예시장엔 어둑어둑 땅거미가 몰려들고 있었다. 상인들은 두세 마리씩 아직 덜 팔린 노예들을 앞세우고 각자 집으로 돌아가고 있었다. 대부분 늙은 노예들이었다.

“가자, 노미.”

아내는 낯을 붉히며 꿈에도 그리던 우리들의 새로운 노예를 향해 최초의 명령을 내렸다. 노예는 우리들의 나아갈 길을 인도하는 능숙한 짐승처럼 고개를 끄덕이며 힘차게 앞장섰다.

“노래를 불러라, 노미.”

노예는 손을 힘차게 휘두르며 노래를 부르기 시작했다.

“발을 맞추자 하나 두울 셋. 손을 흔들며 하나 두울 셋. 갈 길이 멀다 하나 두울 셋……”

2

우리 부부가 노예 '노미'를 집으로 데려와서 제일 먼저 했던 것은 몸에 문신을 새기는 일이었다. 그즈음 노예의 필요성은 누구나 느끼고 있었지만 노예의 값이 워낙 오르고 남아 있는 것도 대부분 늙고 병든 노예들이었으므로 노예들의 몸에 자기의 소유임을 증명하는 각인이라도 새겨놓지 않으면 야밤을 틈타 노예들을 훔쳐가기 때문이었다. 노예들은 누구나 데리고 있는 사람이 주인이었다. 잃어버리고 나서 우연히 자기 노예를 거리에서 만나 싸움이 벌어진다 해도 그것은 한 마리의 딱정벌레를 가지고 싸우는 일과 마찬가지였다. 날아다니는 딱정벌레를 한 마리 잡아다가 그것을 자기 소유라고 주장하는 미친 짓이었다. 곤충들이 그 누구의 소유도 아닌 것처럼 노예는 그 누구의 소유도 아니면서도 그것을 잡은 자, 구속하는 자, 지배하는 자의 것이었다.

그렇다면 우리는 마땅히 노미의 몸에 우리의 것임을 증명하는 각인을 새겨둬야 한다.

집에 도착한 즉시 나는 쇠꼬챙이를 불에 달궈 '노미'를 단단하게 말뚝에 결박시킨 후 엎드리게 하고, 엉덩이에 문신을 새기기 시작했다. 나는 그곳에 나의 이름과 아내의 이름을 한 자 한 자 정성 들여 새겨넣었다. 뜨겁게 달아오른 쇠꼬챙이가 노예의 엉덩이 살을 파고들어 푸른 연기를 피워올렸다. 아픔을 견디지 못해 노예는 발광하였지만 말뚝에 연결된 단단한 쇠사슬은 노예를 도망치지 못하게 하였다.

마침내 노예의 몸엔 우리집의 소유임을 알리는 문신이 새겨졌다. 노예는 죽을 때까지 몸에 그 문신을 갖고 지닐 것이다.

노예를 우리집에 데리고 와서 문신을 새기고 그 불로 입은 상처가 아물 때까지 우리는 솔직히 말해서 노예를 어떻게 사용해야 할 것인지 난감하기만 했다. 밤마다 우리는 노예의 발목에 족쇄를 채우고 그를 도망가지 못하게 하였으며 아침에는 족쇄를 풀어주었다. 그것만이 우리가 노예를 소유하였다는 사실을 확인시켜주는 유일한 작업이었다.

아직 우리에게 노예는 생소한 물건이었다. 새로운 가구를 들여놓고, 그곳에 옷을 진열한다거나 서랍 속에 옷가지들을 차곡차곡 넣어두기가 왠지 두려운 것처럼 노예를 어떻게 부려야 할는지 우리는 서로의 눈치만을 살피고 있었다. 왜냐하면 노예에게 행하는 최초의 말이 우리가 노예에게 부여하는 법 그 자체이기 때문이었다.

신성한 법의 첫 조문을 일상적인 것, 이를테면 벽에 못을 박는다거나 물 세 주전자를 단숨에 쉬지 말고 들이켜보라거나 몸을 구겨서 쥐구멍으로 들어가보라는 따위의 하찮은 것으로 기록할 수는 없었다.

우리는 이미 모든 일을 우리 스스로가 해오도록 교육을 받아왔었다. 가난한 우리 아버지는 평생토록 한 마리의 노예도 거느리지 못하였다. 노예는 유산으로 물려줄 수 있었기 때문에 아버지는 못내 아들인 내게 그 사실을 미안해하셨다. 노예는 무엇보다 값이 나가고 소중한 유산이었다. 사회적 지위를 거느린 노예의 숫자로 계산하던 아버지 시대에 아버지는 평민보다 격이 떨어지는 천민일 수밖에 없었다.

그러므로 나는 태어날 때부터 누구의 부축 없이 스스로 걸었다. 아내 역시 마찬가지여서 태어나 어머니의 자궁에서 떨어진 순간부터 자기의 배내옷을 스스로 장만하지 않으면 안 되었다. 그것은 이빨을 자신의 칫솔로 닦는 것처럼 자연스런 일이었다.

지금까지 나는 모든 일을 내 힘과 머리, 육체에 의해서 처리해왔다. 비가 새면 지붕에 올라가야 했으며 이삿짐을 혼자서 날라야 했다.

앞마당의 푸성귀도 키웠다. 우리가 누구의 도움도 없이 만든 딸아이도 무엇이든 해낼 수 있는 나를 하느님보다는 못하지만 무지개도 만들어낼 수 있는 마법의 인간으로 여기고 있었다. 어릴 때 내가 아버지를 그렇게 생각했던 것처럼.

그러나 우리에게 우리가 힘들어하는 것을 무엇이든 대신해줄 수 있는 노예가 생긴 것이었다.

배가 고프면 노예의 살을 베서 먹을 수도 있을 것이다. 노예가 흔할 때 모든 사람들은 노예 고기를 최고의 요리로 여겼을 정도였으니까. 머리가 아픈 사람은 노예의 머리를 베어 통째로 삶아 먹었으며, 귀가 아픈 사람은 노예의 귀를 베었다. 그러나 이제 아무도 노예를 먹으려 하지 않는다. 값이 비싸기도 하지만 노예들은 너무나 인간의 모습과 닮아 있으므로 노예의 살을 베어 먹는 것은 타인의 살을 베어 먹는 것과 같은 식인(食人)의 느낌을 불러일으키므로. 우리 부부는 노예에게 행하는 최초의 명령을 고민하는 것으로 헛된 나날을 보냈다. 그 일은 너무나 피로해서 숫제 노예시장에 내보내 값을 올려 되팔아버리고 싶을 정도였다.

그러던 어느 날 우리에게 최초로 노예한테 명령을 내릴 수 있는 기회가 찾아왔다. 그것은 참으로 엉뚱한 명령이었다. 아내 쪽 먼 일가 중에 한 마리의 암컷 노예를 거느린 사람이 있었다. 그 암컷 노예가 최근에 발정을 시작해서 성격이 난폭해졌다고 걱정이었다. 사방으로 암컷 노예의 발정을 달래줄 수컷 노예를 수소문하고 다녔지만 가까운 사람들이 소유하고 있는 노예들은 이미 대부분 늙고 병들어 젊은 암컷 노예의 피를 잠재워줄 힘이 없다는 말이었다. 마침 우리가 젊고 건장한 노예를 구했다는 말을 듣자 그는 상당한 액수의 사례를 할 터이니 자기 노예의 발정을 달래게 교미를 시켜달라는 부탁을 해왔다.

나는 거절할 다른 이유를 찾아낼 수 없었다. 그건 흔히 있는 일로서 오히려 소유하고 있는 노예가 종마(種馬) 역할로 사용된다는 것은 주인의 허영심을 만족시키기에 충분할 정도였다. 그러나 주인인 내가 내리는 첫번째의 명령이 미쳐 날뛰는 암컷 노예의 정욕을 달래주라는 것이라면 어딘지 석연치 못한 느낌이 들었다. 그것은 노예를 빌려주어 돈을 받는 야비한 타락 행위처럼 느껴졌다.

"괜찮아요, 여보. 노미는 건강하고 힘이 있어요. 한 번으로 부족하면 두 번, 그것도 부족하면 세 번쯤은 지치지 않고 교미할 수 있어요. 우리는 횟수마다 돈을 받을 수 있어요."

아내의 눈은 호기심으로 가득 차 있었다.

"소문이 나면 여보, 사방에서 부탁이 들어올지도 몰라요. 그러면 우리는 많은 돈을 모아 또 한 마리의 노예를 살 수 있어요."

나는 망설였지만 곧 결단을 내렸다. 우리는 그 집으로 노미를 데리고 가기로 약속을 했다.

"일어나라, 노미."

나는 말뚝에 매인 채 쭈그리고 앉아 있는 노미에게 채찍을 휘두르며 말했다. 노미는 어리둥절한 눈빛으로 나를 쳐다보았다. 노예는 일어섰다. 아내는 그의 발목에 매인 족쇄를 풀어주었다.

우리는 노미를 앞세우고 거리로 나섰다. 밤이었지만 하늘은 푸르고 달이 밝아 환히 시야가 뚫렸다. 걸을 때마다 노미의 발목에 매달린 족쇄 고리가 쩔렁쩔렁거렸다. 그것은 방울 소리처럼 달밤 속을 흘러갔다.

아내의 먼 친척은 우리를 기다리고 있었다. 미리 연락을 받고 노예를 모처럼 목욕시켜 머리까지 정성 들여 빗게 한 뒤였다.

"이처럼 건장한 노예는 첨 보는걸."

사람들은 떼지어 나와 노미를 보고 수군거렸다. 집 뒤켠에 마련된 노예를 위한 축사는 말끔히 정리되어 있었다. 발정난 노예는 벌거벗은 채 침대 위에 누워 있었다. 밝은 불빛 아래 암노예의 벌려진 가랑이 사이 드러난 성기에서는 발정난 노예들에게서 보이는 음탕한 액체가 흘러나와 음부를 적시고 있었다.

아내의 친척은 노미의 몸에 기름을 붓기 시작했다. 기름은 노미의 육체 위를 빈틈없이 흘러서 그를 청동으로 빚은 동상처럼 돋보이게 만들었다.

"들어가라, 노미."

나는 수많은 사람들의 주시 속에 노미에게 명령을 했다. 노미는 이해가 가지 않는 얼굴로 나를 쳐다보았다. 한 번도 듣지 못했던 이상한 명령이 주인의 입술에서 튀어나와 어떻게 하는 것이 주인의 명령에 충실히 복종하는 것인가를 알아보려는 듯이.

"들어가라."

나는 문이 열린 축사를 가리켰다. 노예는 내가 가리킨 곳을 쳐다보았다. 노예는 표정 없이 침대에 가랑이를 벌리고 누운 암노예를 보았다.

"오늘 하루 너는 내 노예가 아니다. 너는 저 노예와 더불어 하룻밤을 자야 한다."

"주인 나리."

노미는 비로소 입을 열었다. 나는 그의 표정이 노예시장에서 사가지고 올 때의 표정과 분명히 달라, 순간 착각하지 않았나 하는 충격을 받았다. 그는 노예처럼 말하지 않았다. 그는 인간처럼 말했다. 그를 생포해온 상인이 노미가 말을 할 줄 아는 노예라고 말하고 노예에게 말을 시켜보았을 때도 나는 그가 값을 올리기 위해서 과장해 보인 것이라고 믿었을 따름이었다. 실제로 노미는 훈련된 노예들이 사용하는 단조로운 어조로 아주 사용하기 간단한 단어만을 구사하며 말했었다.

저는 노예입니다. 무엇이든 시켜주십시오. 제 이름은 노미입니다.

그런데 돌연 노미의 입에서 그가 사용해 보이지 않았던 어조의 침착하고 부드러운 말이 튀어나왔을 때 나는 놀라서 넘어질 뻔했다.

"저는 짐승이 아닙니다, 주인 나리."

나는 주위 사람들을 둘러보았다. 나는 그 많은 사람들로부터 내 노예가 유창하게 우리 인간과 다름없이 말을 구사한다고 칭찬을 듣느니보다는 주인의 명령에 거부하는 사나운 노예, 아니 그보다도 노예 하나 다스리지 못하는 무능력한 주인이라는 조소를 듣게 될까 두려웠다. 그러나 많은 사람들은 다행히 노미의 말을 듣지 않았다. 그들은 호기심에 가득 차서 그들끼리 무어라고 떠들며 소리를 지르고 있었기 때문에 노미의 말을 듣지 못하였다.

"나는 짐승이 아닙니다, 주인 나리."

순간 나는 채찍을 휘둘렀다. 채찍은 허공을 찢으며 날아가 노미의 등을 후려쳤다. 노예는 땅바닥에 굴렀다. 그러나 그는 곧 엎드려 빌며 내 발밑으로 기어와 무릎을 꿇고 말했다.

"나는 짐승이 아닙니다, 주인 나리."

사람들이 차츰차츰 몰려들었다. 노미의 눈에서 불가사의한 물이 샘솟듯 흘러나왔다. 나는 분노보다는 증오와 두려움에 가득 차서 마구 채찍을 휘둘렀다.

"짖어라. 노미, 개처럼 짖어라."

노예는 무릎을 꿇고 울부짖기 시작했다. 그의 비명 소리는 이 지상에 있는 어떠한 짐승들의 비명 소리도 아니었다. 개의 비명 소리도 닭의 울음 소리도 아니었다. 풀숲을 스쳐가는 바람 소리도 모래사장을 핥는 파도 소리도 아니었다. 물건이 떨어져 깨어지는 소리도 아니었으며 악기 소리도 아니었다. 그의 비명 소리는 그 자신만이 가지고 있는 절대의 음색이었다.

노예는 무릎으로 기어 축사로 들어갔다. 이미 암노예는 예민한 후각으로 자기가 원하는 수컷의 접근을 알아차리고 있었으며 그래서 그녀의 성기에서는 더욱 짙은 액체가 흘러내리고 있었다. 사람들은 어둠 속으로 물러갔다. 그것은 노예에 대한 기본적인 예의였다.

다만 나는 홀로 축사 문 앞에 서 있었다. 노예들의 교미는 격렬해서 절정에 이르면 상대편을 죽이거나 갈가리 찢어버리는 불상사가 종종 일어나 노예의 주인인 나는 만약의 경우를 대비해서 채찍을 들고 지켜 서 있어야 했다.

나는 한 번도 노예들의 교미를 지켜본 적이 없었다. 어릴 때부터 우리 인간들은 거리에서 흔히 벌어지던 노예들의 교미를 보아서는 안 된다고 교육을 받아왔다.

수컷의 냄새를 맡고 미쳐 날뛰는 암노예를 노미는 품안에 끌어안았다. 너무나 간단하게 암노예는 진정되었다. 마치 스스로의 독침으로 상대편을 찔러 마비시키는 벌처럼.

그는 나보다 더 익숙하게 암노예를 다루었다. 요람에 잠재워진 아이를 다루듯 노미는 암노예를 안아 입을 맞추었다. 노미의 붉은 혀가 암노예의 목덜미를 핥아내리기 시작했다.

"자거라."

그는 예언자처럼 말했다.

"잠들거라."

암노예의 몸이 북처럼 누웠다. 노예의 몸은 거대한 북채였다. 하늘에서 내리는 빗방울이 아득히 먼 곳에 배를 드러내고 누운 대지의 큰 북을 두드리듯 경련하며 떨었다.

3

우리들이 노미에게 행한 최초의 명령은 그대로 법이 되었다. 마치 빛이 있으라 명령하여 있게 한 신의 말처럼.

노미는 우리들의 충실한 노예였다. 그리고 아름다운 노예였다. 그는 노예 이상의 노예였으며 또한 노예 이하의 노예였다. 처음의 충실한 복종으로 나는 주인으로서 권위를 얻었다. 그러나 한 가지, 그가 너무나 자유롭게 말하고 너무나 자유롭게 자기의 의사를 표시한다는 사실에 나는 오랫동안 지울 수 없는 의혹에 싸여 있었다.

이백사십 번의 매질 끝에 노미는 스스로 나는 노예입니다라고 말했다고 했다. 이백삼십구 번의 혹독한 매질에도 그는 자기가 인간이라고 말했다고 그는 내게 일러주었다. 그리고 노예는 말했다. 저는 노예입니다. 무엇이든 시켜주십시오.

제 이름은 노미입니다.

아득히 먼 곳, 노예들이 살고 있는 밀림에서 그물에 잡혔을 때 그는 사냥꾼에게 나는 인간입니다라고 말했다고 했다. 그것이 그의 최초의 말이었다. 그렇다면 그건 그들의 법이었을 것이다. 이백사십 번의 매질이 그의 입에서 노예임을 자인하는 말이 튀어나오게 하였다. 그러나 어떠한 채찍으로도 그가 행한 최초의 믿음을 바꾸어버릴 수는 없을 것이다. 고통과 구속이 그의 입에서 노예임을 말하게 하였지만 그의 마음을 바꿀 수는 없을 것이다. 그는 아직도 자기가 인간임을 믿고 있는 것이다.

나는 그렇게 생각했었다.

암노예와 교미를 강요당했을 때 무릎으로 기며 했던, 나는 짐승이 아닙니다 나리, 라는 소리는 실은 어떠한 채찍질에도 쉽사리 지워지지 않는 마음의 외침 소리였을 것이다.

나는 단순히 노예에게 가질 수 있는 호기심 이상의 의혹에 빠져들
었다.

나는 상인에게서 덤으로 건네받은 알을 꺼내 들여다보았다. 생포
되었을 때 노미는 이 알을 품고 있었다고 했다. 주먹만한 알은 완전
한 구형이었으며 내용물은 강하고 딱딱한 껍질에 의해서 밀폐되어
있었다.

나는 그것이 무엇일까 생각해보았다. 생포되었을 때 가슴에 품고
있었다면 그것은 그가 낳은 알일까. 노예들은 알에서 태어난다. 자신
이 낳은 알을 부화시키기 위해서 가슴속에 품고 있었던 것은 아닐까.

나는 알을 세게 던져보았다. 망치로도 깨어지지 않아요 하고 상인
은 말했었다.

그는 그것을 견고한 망치로 있는 힘을 다해 두들겨보았다. 그것은
깨지지 않았다.

나는 노미를 불러 그것을 깨보라고 말했다. 노예는 머리를 흔들며
말했다.

"그건 깨어지지 않습니다, 나리."

"어째서?"

나는 믿어지지 않았다. 노미는 우리가 상상할 수 없는 힘을 가졌으
며 나는 손님이 올 때마다 내 노예가 얼마나 힘이 강한가를 보여주기
위해서 그를 불러 명령을 내리곤 했다.

"돌을 맨손으로 깨어라, 노미."

"정원에 있는 나무를 뽑아라, 노미."

"거위와 닭이 교미해서 낳은 알을 단숨에 백 개를 삼켜라, 노미."

노미의 힘은 수천만 년 전 이 지상에 살았던, 한입에 호수를 삼켜
마르게 하고 한 발에 무화과나무숲을 짓밟아버리는 공룡보다 강하
였다. 사람들은 노미가 무엇이든 먹고, 마시고, 부수어뜨리고, 옮길

수 있다는 사실을 알아차린 후 점점 노미가 할 수 없는 일이 무엇일까를 곰곰이 궁리한 다음 마침내 나름대로의 묘안이 떠오르면 서슴없이 찾아와 노예의 힘을 시험해보려고 했다.

"저 거리에 있는 강에 다리를 놓을 수 있겠는가, 노미? 하룻밤 동안에……"

"할 수 있습니다, 나리."

동네 사람들은 아침 일찍 노미의 말이 진실인지 확인하러 강가에 나가보았다. 그곳엔 지금까지 본 적이 없었던 다리가 놓여 있었다. 사람들은 그것이 신기루와 같은 환영일지도 모른다고 생각했다. 마치 비 온 뒤 서편 하늘에 잠시 떠올랐다 사라지는 무지개처럼 노예가 일시적으로 마술을 부려서 사람들의 의식을 마비시켰음에 틀림없다고 말했다. 그래서 동네 사람들은 조심조심 다리를 건너가보았다. 자칫 안개로 빚은 환상의 다리가 마법의 시간이 지나 일시에 와르르 흔적도 없이 사라져 사람들을 강 속으로 침몰시키는 것이 아닌가 두려워 난간을 붙들고 빙판 위를 건너듯 다리를 밟았다. 그러나 다리는 무너지지 않았다. 지난 여름, 쉬지 않고 비가 내려 지도 위에 존재하지 않는 또하나의 바다가 탄생되었던 그 무자비한 홍수 속에서도 노미가 만든 다리는 무너지지 않았다.

사람들은 노미를 노예의 탈을 쓴 악마라고 말하기 시작했다. 어떤 사람들은 그가 우리를 지배하러 온 마법사라고 말하기도 했다.

그래서 어떤 사람은 내게 이런 명령을 내려주기를 부탁했다.

"해를 따올 수 있겠는가, 노미?"

나는 마을 주민들의 주문을 뿌리칠 수 없었다.

"해를 따올 수 있겠는가, 노미?"

"불가능합니다, 주인 나리."

노미는 웃으며 머리를 흔들었다.

"그 대신 태양의 뜨거운 열은 훔쳐올 수 있습니다. 태양이 잠들 때를 기다려 그의 살점을 베어올 수 있습니다."

"어떻게?"

노미는 하룻밤 하루 낮을 축사에 틀어박혀 물과 흙으로 이상한 돌조각을 만들어 보았다. 그것은 마을 사람들이 한 번도 보지 못했던 이상한 돌조각이었다. 얼마나 맑은지 그것으로 들여다보면 얇은 나뭇가지가 나무 밑동처럼 부풀어 있었다. 그 돌조각으로 사물을 보면 어떤 사물이든 확대되어 보였다. 아내가 그 돌조각을 통해 나를 보더니 이렇게 말했다.

"당신이 열 배로 부풀었어요."

"태양의 살점을 베어왔습니다, 나리."

노미는 사람들 앞에 그 돌조각을 내밀었다.

"무엇이든 태우겠습니다, 주인 나리. 무엇을 태울까요?"

누군가 자신의 손을 내밀었다. 그의 얼굴엔 냉소 섞인 비웃음이 감돌고 있었다.

"내 손을 태워봐라, 노미. 하지만 네 녀석이 내 손을 태우지 못한다면 네 손가락 하나를 베어버릴 테다."

"좋습니다, 나리."

노미는 이상한 돌조각으로 태양을 가렸다. 태양의 빛이 반사되어 손을 내민 사람의 팔을 얼룩지게 만들었다.

"뜨겁습니까?"

"아니."

손을 내민 사내는 웃었다. 노미는 잠자코 이상한 돌조각을 움직여 보았다. 태양의 빛이 오므라들었다.

"뜨겁습니까?"

"아니."

태양의 빛이 마침내 하나의 점이 되었다. 손을 내민 사내는 얼굴을 찡그렸다. 그의 손에서 연기가 타올랐다. 마치 노미의 엉덩이에 불을 달군 쇠꼬챙이로 문신을 새길 때처럼 사내는 비명을 지르며 물러섰다. 그의 두 눈엔 공포가 가득 차 있었다.

"악마다."

사내는 소리쳤다.

"저건 노예가 아니다. 저건 짐승도 아니다. 저건 악마다."

사내는 내게 소리쳤다.

"채찍을 빌려주게."

그는 망설이는 내 손에서 채찍을 빼앗아 들었다. 사내는 마을 주민 앞에서 당한 모욕과 또 한편의 경외심으로 뒤범벅된 광기로 마구 노미를 후려치기 시작했다. 노미는 쓰러졌다. 그날 밤 노미는 달빛 아래에서 눈가에 물방울을 샘솟게 하며 홀로 서 있었다. 낮에 채찍으로 입은 상처가 온몸을 갈가리 찢어놓고 있었다.

"저는 악마가 아닙니다, 주인 나리."

노미는 내게 말했다.

"저는 아버지에게서 배웠습니다. 주인 나리. 태양의 살점을 베는 법을 배워왔습니다. 주인 나리, 저는 악마가 아닙니다."

"네 눈에서 흘러내리는 물은 무엇이냐?"

나는 오래 전부터 가지고 있던 의문을 그에게 물어보았다.

"이것은 눈물입니다, 주인 나리."

"우리 인간들은 눈에서 물 따위는 흘리지 않는다. 다른 노예들도 눈에서 물을 흘리지 않아. 유독 노미 너만 어째서 눈에서 물을 흘리는가? 그것도 아버지에게서 얻은 것인가?

"그렇습니다, 주인 나리."

노미는 대답했다.

"아버지가 제게 주셨습니다. 슬플 때는 눈에서 물을 흘리는 약을 주셨습니다. 주인 나리가 오늘 다른 분에게 저를 벌하는 채찍과 그것을 휘두를 수 있는 힘을 주신 것처럼."

"왜 너는 내 채찍과 너의 이상한 눈물을 비교하는가?"

"눈물은 바로 제 채찍이기 때문입니다, 주인 나리."

"채찍으로 노예를 다스릴 수 있는 것처럼 네가 흘리는 눈물로 다른 노예를 다스릴 수 있는가?"

"채찍처럼 노예를 굴복시킬 수는 없으나 제가 가진 채찍은 다른 노예를 자유로써 용서할 수 있습니다, 주인 나리."

"그 물을 내게 줄 수 있는가, 우리 인간에게도 줄 수 있는가?"

"있고말고요, 주인 나리. 지금 당장이라도 드리겠습니다, 주인 나리. 하지만 한 가지 조건이 있습니다."

"그것이 무엇인데?"

"제 다리에 묶인 쇠사슬을 풀고 채찍을 버리시면 됩니다. 그러면 주인 나리는 누구든 굴복시킬 수 있습니다. 나리는 인간의 왕이 되실 것입니다."

그러나 나는 노예의 말처럼 그의 발에 매달린 족쇄를 풀어주지 않았다. 나는 짐승의 말에 귀를 기울이는 어리석은 인간이 아니며 그의 말대로 채찍을 버려서 노예를 손님처럼 대하는 어리석은 바보도 아니었다.

나는 그의 주인이었으며, 그는 내가 거느린 한 마리의 노예에 지나지 않았다.

사람들의 호기심은 좀체 멎질 않았다. 그들은 하루가 다르게 기발한 착상을 가지고 와서 노미에게 명령을 내리곤 했다.

노미는 이제 내 개인의 노예에서 온 마을의 관심거리로 떠오르기 시작했다.

"지구를 들어올릴 수 있을까, 노미?"

노미는 물구나무서서 말했다.

"저는 하늘을 디디고 지구를 들어올렸습니다, 주인 나리."

"자신과 똑같은 또하나의 쌍둥이를 만들 수가 있는가, 노미?"

노미는 이틀 낮 이틀 밤을 축사에 틀어박혀 역시 이상한 돌조각을 만들었다. 그것은 인간의 얼굴뿐 아니라 하찮은 사물까지도 쌍둥이로 만들었다. 사람들은 돌조각을 들여다볼 때마다 그 안에 들어 있는 낯선 사람의 얼굴이 누구인가를 서로서로에게 물었다.

"이 사람이 누군가?"

"이 사람이 누구야?"

"자네 얼굴이지."

자신의 얼굴을 한 번도 본 적이 없는 사람들은 돌조각에 떠오른 낯선 얼굴이 어디서 왔으며 왜 그곳에서 얼굴을 돌리는 순간 나타났던 사람이 사라지는지 공포에 떨며 지켜보았다.

그런데도 노미가 단 한 가지 할 수 없는 일이 있다면 그것은 그가 생포될 때 품고 있었던 알을 깨뜨리는 것이었다.

하룻밤 새에 강에 다리를 놓고, 태양의 살을 베고, 나무의 뿌리를 단숨에 뽑고, 지구를 들어올리는 노미가 주먹만한 알을 깰 수 없다는 것은 얼마나 불합리한가.

마을 주민들 모두가 노예 노미에 대해서 무엇이든 할 수 있고 무엇이든 들어올릴 수 있다고 믿고 있을 때 그 노예를 가진 주인만이 남들이 모르는 약점을 하나 알고 있다는 것은 기분좋은 일이었다.

어른들이 모두 그의 힘과 지혜에 대해서 경탄과 또 한편의 경외를 느끼고 있을 때 동네 아이들에게 노미는 이미 노예가 아니라 그들이 태어나기 전 어머니 자궁 속에서부터 오랫동안 꿈꿔오던 미래의 환상이었다.

아이들이 무지개를 하나씩 갖고 싶다고 했을 때 노미는 물을 뿜는 동안 입가에 떠오르는 무지개를 하나씩 선물하였으며 배고픈 아이들에게는 구름 위에서만 자라는 달고, 시고, 쓰고, 그리고 매운 과일을 따다주었다. 우리들의 딸아이에게 노미는 지옥과 천국에 한 다리씩 걸치고 선 마술사였다.

딸아이가 노미에게 갖고 싶은 것, 먹고 싶은 것, 보고 싶은 것, 그리고 듣고 싶은 것을 요구할 때면 그는 무엇이든 가져다주었다. 노래하는 개미와 그 누구도 보지 못했던 이상한 과자, 딱딱한 물과자, 만지고 깨뜨릴 수 있는 물, 잠시만 햇볕 속에 놓아두면 녹아내리는 고체의 물을 만들어주었으며 나무를 잘라 긴 대롱을 만들어 대롱에 일정한 간격의 구멍을 뚫어 입김으로 불면 이상한 소리가 나는 악기를 만들어주었다.

노미는 딸아이에게 그 이상한 소리가 나는 나무는 피리라고 말해주었다. 그러나 무엇이든 할 수 있는 노미도 딸아이가 네가 태어난 곳으로 한번 데려가달라고 말했을 때 머리를 흔들며 말했다.

"안 됩니다, 아가씨. 그곳은 너무나 멀어 가시다가 할머니가 되실 겁니다. 아가씨, 그 대신 꿈속에서는 가실 수 있습니다."

그날 밤 딸아이는 이상한 나라를 꿈속에서 보았다고 말했다.

수많은 노예들이 거리에 밀려나와 춤을 추고 노래하고 있었다. 그 가운데를 한 노예가 지나가고 있었다. 그는 왕관을 쓰고 있었다.

"노미였어요, 아빠. 노미는 왕관을 쓰고 있었어요, 아빠."

자기가 태어났던 곳으로 데려갈 수 없다는 노미가 한낮 햇볕의 미립자 속에서 밤을 기다리며 숨어 있는 꿈의 포자(胞子)를 지배하여 우리 딸아이의 깊은 잠 속에 자기가 원하는 꿈의 씨앗을 파종시켜놓았다는 것은 경이로운 일이었다.

노미는 인간의 꿈까지도 지배할 수 있는 것일까.

그러한 노미가 어째서 자신이 가슴에 품고 있던 조그만 알 하나를 깨뜨릴 수 없다고 말하는가. 나는 이상했다. 인간의 꿈까지 지배하는 힘을 가진 나의 노예가.

"왜 안 된다는 것이냐, 노미?"

노미는 말했다.

"그것은 깨어지지 않습니다, 주인 나리."

"왜?"

"그 속의 것을 보고 싶으시다면 가슴에 품어야 합니다. 깨뜨리고 파괴하려는 사람에게는 알의 껍질이 부서지지 않는 법입니다, 주인 나리. 그 문이 열리게 하려면 가슴에 품고 오랫동안 기다려야 합니다. 얼마나 가슴에 품어야 할지, 그래서 그 문이 언제 열릴지 그건 저도 모릅니다. 천 년이 걸릴지도 모르지요. 하지만 내일이라도 당장 문이 열릴지도 모릅니다."

"그 안에 무엇이 들어 있는가? 그것은 너의 새끼인가? 네가 교미해서 낳은 너의 새끼인가?"

노미는 웃으며 말했다.

"그것은 우리 아버지가 주신 것입니다, 주인 나리."

4

노미의 아버지는 누구인가. 그것은 짐승인가 반인반수의 괴물인가. 아니면 악마인가. 환상인가. 상인의 말처럼 노미의 아버지는 우리들처럼 인간이었던가.

노미의 눈에서 물을 흘러내리게 하고, 무엇이든 명령하는 대로 준비하는 능력과 지혜와 재능을 주고 무엇으로도 깨어지지 않는 알을 준 노미의 아버지는 누구인가. 그는 추방된 천국의 사생아인가. 어쩌다 돌연변이로 태어난 짐승인가.

"너의 아버지에 대해서 말해다오, 노미."

어느 날 밤 나는 노미에게 말했다. 그는 웃었다.

"제가 말씀드린다고 하더라도 주인 나리는 믿지 않으실 겁니다."

"어째서?"

"아버지는 이 지상에 태어난 최초의……"

그는 일단 말을 끊었다.

"계속해라, 노미."

"제가 이 말을 한다면 주인 나리는 저를 채찍으로 이백사십 번 후려치실 것입니다."

"네가 언젠가 네 자신이 인간이라고 말했을 때 채찍으로 얻어맞은 것처럼?"

"그렇습니다, 주인 나리. 저는 이제 제가 기억하는 말 중에서 인간이란 말을 지워버렸습니다. 인간이란 말을 발음할 때 사용하는 성대가 잘렸습니다."

"나는 너를 이백사십 번 때리지는 않겠다. 그 대신 인간이란 말을 사용할 때마다 채찍으로 열 번만 때려주마. 왜냐하면 너는 노예이며 짐승이기 때문이다."

"자비로우신 주인 나리."

노미는 내 발밑에 엎드려 입을 맞추었다.

"열 대에서 열 대를 더 때리신다고 해도 이백사십 번보다는 가볍습니다. 그만큼 주인 나리는 자비로우십니다. 하지만 이것만은 분명히 말씀드릴 수가 있습니다. 아버지는 이 지상에 태어난 최초의 인간이었습니다, 주인 나리."

"네가 아니라 너의 아버지가 인간이라고 말한다면 채찍 한 번으로 용서할 수 있다."

나는 채찍으로 그의 등을 후려쳤다.

"고맙습니다, 주인 나리."

노미는 말하기 시작했다.

아버지가 태어났을 때 이 지상엔 아직 완전한 인간은 없었다. 아버지가 최초의 인간이었다.

태양은 아직 덜 식어 불덩어리였다.

너무 뜨거워 겨우 태어난 수목들은 말라 죽었다.

그래도 용케 살아남은 나무들은 어느 날 갑자기 내리기 시작한 비로 비로소 뿌리를 내리기 시작하였다.

비는 헤아릴 수 없는 날을 계속해서 내렸다. 아주 먼 후일 손가락 다섯 개를 헤아릴 줄 알게 된 완전한 인간이 태어났을 때 그들은 손가락과 발가락을 모두 합하여 거푸거푸 헤아리며 그토록 많은 날을 비가 내렸다고 말하였다. 어떤 인간은 동굴벽에 용암이 타다 남은 숯덩어리로 그가 헤아릴 수 있는 숫자만큼 금을 긋고 나서 이렇게 말하였다.

비, 비가 내렸다.

그는 열 개의 금을 그었다. 그가 그은 한 개의 눈금은 만 년을 가리키는 단위였다. 실로 십만 년 동안 비가 내린 셈이었다.

어느 한순간 태양이 부서져서 그 파편으로 무시무시한 암흑 속에 내던져진 원형의 지구는 이 비로 뜨거운 열기를 알맞게 식혔다. 그리고 골짜기마다 흘러내린 물이 자꾸만 한데 모여 강을 이루고 마침내는 거대한 바다를 이루었다.

겨우 뿌리를 내렸던 수목들은 무한정 자랐지만 자꾸 자라기만 한들 아무 소용 없다는 것을 알게 되자 스스로 자제하여 성장을 멈추었다. 그 대신 외부로 향하던 힘을 내부로 향해 열매를 맺고 꽃을 피우고 탐스러운 과일을 가지마다 주렁주렁 매달았다.

바람은 아직 생기지 않았다. 바람을 일으킬 만한 움직임이 없었기 때문이었다.

움직임이라고는 서서히 자라는 나무들, 아직 채 바다로 이르지 못한 발늦은 물들이 뒤늦게 일어나 계곡을 천천히 걸어내려오고 있었을 뿐 어느 날 갑자기 십만여 년을 계속해 내리던 비가 멎고 대지를 덮은 수증기 사이로 이상한 기운이 서서히 스며들더니 마침내 운무가 걷히고 찬란한 태양이 물로 씻어 정결한 얼굴을 드러내자 바람 하나가 피어올랐다. 오랜만에 얼굴을 보인 태양의 숨결이 대기 속에서 소용돌이쳤다.

바람은 나무숲 사이를 빠져 달아나고 거대한 잎줄기를 타고 기어오르더니 조금조금씩 생명력을 더해가서 웬만한 과일쯤은 떨어뜨리고 떨어지는 낙과(落果)의 움직임을 빨아들인 후 빨아들인 만큼 힘이 세어져서 또다른 과일을 떨어뜨리고, 다시 힘이 세어져서, 마침내는 잔잔한 바다의 잠을 깨우고 잠이 깬 바다의 최초의 호흡을 거두어서 이제는 어쩔 수 없는 미친 광기로 날뛰기 시작했다. 바람은 최초의 움직임이었다.

바다는 미친 바람에 겹겹이 어우러져 주름을 일으키고 더이상 물러설 수 없게 되자, 산기슭을 향해 부풀어오른 물결을 내던졌다. 그것이 파도가 되었다.

마침내 지구는 오랜 예감 끝에 눈을 떴다. 이제는 새 생명이 태어나도 좋을 시간이었다. 그러할 때가 되었다. 지구는 그가 가지고 있는 바람을 이용해서 빛과 그림자들의 정령들을 한데 모으고 물과 숲의 혼들을 한데 모아 아주 조그마한 새 생명을 하나 만들었다. 그것은 아직 생명을 채울 만한 몸을 가지지 못해서 마침내 서투른 걸음마를 배운 아이들처럼 바람을 부축하고 일어서서 한 발짝씩 떼어놓으며 만나는 사물들에게 자기를 채울 몸을 빌려달라고 애원을 했다. 아무도 그 어린 혼의 넋을 채워줄 그릇을 빌려주지 않았다. 별수 없이 그 어린 혼을 만들었던 신이 또다른 형태들을 창조하였다. 그리하여 하늘을 나는 벌과 물고기, 원숭이와 말이 탄생되었다.

아버지는 알에서 태어났다. 그 알은 초원 위에 놓여 있었다. 그것은 신이 창조한 물건이 아니었다. 이 온갖 우주와 만물을 창조한 신도 그 알이 어디에서부터 날아와 그곳에 놓여 있는 것인가를 알 수 없었다. 신은 괘씸해서 그가 창조한 바람과 비로 그 알을 파괴하려 하였지만 알은 꿈쩍도 하지 않았다. 이제는 제법 자란 벌과 물고기들이 그 알을 침으로 쏘기도 하고 핥기도 하였지만 알은 깨어지지 않았다. 말도 공룡도 그 알을 깨뜨릴 수 없었다.

알은 제 스스로 깨어졌다. 그 속에서 아버지가 태어났다. 그는 두 발로 걷는 이 세상 최초의 짐승이었다. 그는 두 개의 눈과 두 개의 귀, 한 개의 입과 코, 두 팔과 두 다리를 가진 이상한 짐승이었다. 그는 태어나자마자 누구의 부축 없이 일어서서 성큼성큼 걸었다. 그는 오랜 숙면 끝에 일어난 듯 쾌활하고 명랑했다. 그를 최초로 발견한 것은 하늘을 나는 새였다. 새는 놀라서 그에게 날개를 준다고 말하였다. 그러나 그는 머리를 흔들고 필요하지 않다고 대답했다. 모든 동물이 모여들어 이 이상한 짐승에게 너는 누구냐고 물었다. 그는 대답했다.

"나는 인간이다."

그는 아무것도 원치 않았다. 그는 또 어느 것도 죽이지 않았다. 모든 동물은 그의 신하가 되었다. 아버지는 왕이었다. 신은 이 불가사의한 아버지를 질투하였다. 신은 야밤을 틈타 아버지의 생명을 없애기로 하였다. 신은 독침 한 방이면 공룡을 쓰러뜨리는 왕벌을 만들었다. 왕벌은 깊이 잠들어 있는 아버지의 다리에 독침을 놓았다. 그러나 아버지는 죽지 않았다. 왕벌은 신을 배반하였다. 아버지는 왕벌을 용서해주었다.

왕벌은 아버지의 신하가 되었다. 신은 바람을 불러일으켰다. 그러나 어떠한 바람도 아버지를 쓰러뜨릴 수는 없었다. 마침내 땅이 갈라지는 지진을 일으켰다. 그러나 아버지는 바람과 땅까지도 신하로 만들었다. 신은 물을 일으켜 홍수를 내게 하였고, 그것도 여의치 않자 마침내 불을 만들었다. 아버지는 물과 불까지도 신하로 만들었다. 신은 마침내 이성을 잃었다. 신은 자신이 만든 창조물 중에 가장 잔인하고 비정한 공룡을 유혹했다. 아버지를 죽이면 너에게 날개를 준다고 말하였다. 공룡은 자기 몸의 만분의 일도 안 되는 아버지와 싸움을 벌였다. 훗날 후손들은 동굴에 숯덩어리로 스무 개의 금을 그었다. 실로 공룡과 아버지는 이십만 년을 싸운 셈이었다. 공룡은 죽었지만 아버지는 그가 가진 꼬리 하나를 잃었다. 이미 지친 늙은 신은 자기의 딸에게 저 인간을 죽여달라고 부탁을 했다. 딸은 아버지와 똑같은 갑옷을 입고 구름을 타고 지상에 내려왔다. 아버지는 잠에서 깨어났을 때 자기와 거의 똑같이 생긴 짐승 하나가 풀숲에 잠들어 있는 것을 보았다. 그는 아버지와 달라 부풀어오른 가슴과 커다란 엉덩이 그리고 무르익은 과일과 같은 성기를 가지고 있었다. 지금까지 아버지는 말과 새, 그리고 물고기와 교미를 했다. 그리하여 반은 사람이고 반은 말인 짐승과 반은 사람이고 반은 새인 짐승과 반은 사람이고 반은 물고기인 숱한 짐승들이 태어났다. 신은 자기가 창조한 생물들이 이 이단자에 의해서 또다른 모습으로 진화되는 것에 불같은 질투를 느꼈다. 그런데 아버지는 마침내 자기와 거의 비슷하게 생긴 짐승과 교미를 했으며 훗날 사람들이 서른 개의 금을 그어내리는 긴 잉태 끝에 한 개의 알을 낳았다.

"이것이 바로 그 알입니다, 주인 나리."

노미는 긴 얘기를 끝낸 뒤 내 손에 들린 알을 가리키며 말했다.

"그러므로 이 알은 이 지상의 어떤 힘으로도 깨뜨릴 수 없을 것입니다. 신이라도 깨뜨릴 수 없을 것입니다."

"그렇다면 노미, 아버지는 어떻게 되었는가?"

나는 호기심에 가득 차서 물었다.

"아버지는 죽었습니다, 주인 나리."

"바로 신이 보낸 딸에 의해서?"

"그렇습니다. 주인 나리."

노미의 눈에 물방울이 굴러떨어졌다.

"무엇으로 죽였을까? 바람으로도 물로도 불로도 죽이지 못하였는데."

"심장으로 죽였습니다, 주인 나리. 우리들의 어머니는 그 누구도 가지지 못한 뜨거운 심장으로 죽였습니다, 주인 나리. 우리들은 그것을 사랑이라고 부릅니다, 주인 나리. 아버지는 우리들의 어머니가 자기를 죽이러 보낸 신의 사자라는 것을 알면서도 어쩌지 못하였습니다. 자신의 죽음까지도 피할 수 없었습니다. 주인 나리. 임종하실 때 그의 신하들 모두가 아버지의 죽음을 지켜보았습니다. 그가 거느린 물들은 다투어 달려왔으며 바람까지도 뛰어왔습니다. 새들도 물고기들도 모여들었고, 태양도 그날만은 빛을 거두었습니다. 주인 나리. 어머니는 마침내 자기가 아버지를 죽게 한 사실을 알게 되었습니다. 어머니는 이미 어쩔 수 없이 아버지가 죽어가는 순간을 보며 비로소 하늘에 계신 신보다 자기를 사랑해준 인간이 더 소중한 것을 알았습니다, 주인 나리. 그러나 아버지는 어머니까지도 용서해주었습니다. 어머니는 아버지의 마지막 신하였습니다. 저는 새에게서 태어난 아들입니다, 주인 나리. 반은 아버지의 피를 가졌으며 반은 짐승의 피를 나눠 가진 혼혈아입니다, 주인 나리. 반은 아버지의 사랑과 반은 신의 적의를 가지고 태어난 노예입니다. 때문에 우리들은 때로는 용서하고 때로는 서로를 죽입니다. 비록 우린 신의 피를 나눠 가진 짐승입니다만 그러나 또한 아버지의 피를 나눠 가진 인간이기도 합니다, 주인 나리. 우리들 노예들은 아버지가 주고 가신 이 알을 누구나 소중히 가슴에 품고 있을 것입니다, 주인 나리. 아버지는 돌아가시기 전에 말씀하셨습니다. 나는 이 알 속에서 또다시 태어날 것이다."

노미는 내 손에서 가만히 알을 빼앗아 들었다.

"이건 주인 나리 것이 아닙니다. 이건 제 것입니다. 우리 노예들의 것입니다. 이것을 제게 주십시오, 주인 나리. 그러면 저는 제 목숨까지도 주인 나리에게 드릴 것입니다, 주인 나리."

"하지만 노미."

나는 말했다.

"네 말이 사실이라고 하자. 그렇다 하더라도 실로 네 아버지가 태어난 지 수억 년이 흘렀지 않은가. 그래도 아직껏 이 알은 부화되지 아니하였다. 이 알은 죽은 것이다, 노미."

"죽은 것이라 생각하신다면 주인께서는 이 알을 하찮은 돌보다도 못하게 생각하실 것입니다. 그리하여 이것을 제게 주서도 상관없으실 것입니다, 주인 나리."

"너는 아직도 이것이 살아 있는 것이라고 믿고 있느냐?"

노미는 머리를 끄덕였다.

"살아 있습니다, 주인 나리. 저는 그렇게 믿고 있습니다."

"가져라."

나는 그에게 알을 주었다. 노미는 엎드려 내 발밑에 무릎 꿇고 말했다.

"자비로우신 주인 나리. 이제 제 목숨은 주인 나리의 것입니다. 제가 죽어 다시 태어난다고 하더라도 저는 주인 나리의 노예일 것입니다."

5

노미는 그날부터 가슴속에 알을 품기 시작했다. 언제나 어디서나 그 알을 땅 위에 놓는 법이 없었다. 알은 노미의 심장이었다. 그의 표정은 진지했으며 당장이라도 알의 껍질이 깨어져서 새로운 생명이 그 속에서 태어나면 경배를 드릴 것처럼 엄숙했다.

바로 그 무렵 산을 넘고 물을 건너 아주 먼 곳에서 수천의 노예를 가진 위대한 사람이 우리 마을을 가로질러 지나간다는 소문이 퍼지기 시작했다. 아무도 그 사람의 얼굴을 보지 못하였다. 소문은 바람을 타고 흘러왔다. 그는 위대한 사람이며 올해로 천이백두 살의 나이인데도 곧은 허리를 가지고 있으며 한쪽 눈으로는 밤하늘의 빛을 세고 다른 한쪽 눈으로는 지상에 있는 모든 곤충의 다리 수를 모두 볼 수 있는 지혜를 가진 위대한 사람이라는 소문이었다.

그는 우리들 인간 중에 가장 위대한 인간이어서 그의 손끝이 닿을 때면 죽은 자가 살아나고 그의 입김으로 병든 사람이 일어선다는 인간의 왕이었다. 많은 병든 노인들이 벌써부터 그를 맞는다는 기쁨에 설레고 있었다. 앉은뱅이들은 그가 온다는 소문 하나로 벌써 일어섰으며 벙어리는 입을 열었다.

온 마을이 설레고 있었다. 그가 거느린 노예들은 모두 무서운 힘과 무서운 창과 칼을 소유하고 있다는 말도 들었다. 그가 지나기를 원치 않는 마을이 있으면 노예들이 불을 지르고 모든 곡식을 태워버렸으므로 그는 위대한 사람인 동시에 또한 무서운 인간이었다. 그러나 사람들은 그가 두렵기 때문에 마을을 무사히 지나게 하는 것이 아니라 그의 위대함, 그의 초능력적인 기적 때문에 더 환영하는 편이었다.

우리 마을도 예외는 아니었다.

우리가 걸어갈 때면 꼬박 십 년이 걸리는 이웃 마을에서 그는 불과 이틀 만에 도착했다. 벌써부터 우리 마을은 그가 이웃 마을에서 행한 기적으로 설레고 있었다.

그는 백 년의 가뭄으로 말라 죽은 들판에 단비를 내리게 하였으며 공동묘지에 묻힌 인간들은 모두 일어나 걷게 하는 기적을 행하였다. 죽은 사람들은 그의 입김으로 모두 기지개를 켜며 일어서서 아아, 오랫동안 잠을 잘 잤구나 했다는 소문도 들려왔고, 그가 지나간 자리마다 처녀들은 잉태를 했으며 한날 한시에 위대한 사람을 닮은 아이들을 낳았다.

그 대신 그는 아주 조그만 대가를 요구했다. 마을에서 가장 젊은 노예 세 마리와 바람으로 짠 비단 열 필을 대가로 요구했다. 그것은 그가 베푼 은혜에 비하면 아주 하찮은 요구였다.

그는 수천 마리의 노예에 세 마리의 노예를 보태었으며 바람으로 짠 비단으로 금빛 찬란한 옷을 지어 입고 마을을 떠났다.

노예들이 만든 가마 위에 올라타서 채찍보다 무서운 입김으로 십 년이 걸려야 할 우리 마을까지 불과 이틀 만에 달리도록 재촉하면서 미친 바람처럼 왔다.

우리 마을 사람들은 모두 거리에 나아가 그를 맞았다. 장님, 벙어리, 앉은뱅이, 꼽추, 난쟁이, 귀머거리, 절뚝발이, 죽음을 앞둔 노파, 미치광이, 짖지 못하는 개, 날지 못하는 새, 아기를 낳지 못하는 처녀. 모두 나와 위대한 사람을 맞았다. 그들은 창과 칼을 든 노예를 앞세워 왔다.

밤인데도 태양이 떴으며 그들이 떠날 때까지 태양은 붙들어놓은 것처럼 움직이지 않았다. 그는 노예들의 머리 위에 앉아 있었다. 흰 수염이 다리까지 내려오고 있었다.

그가 나타나자 장님들은 눈을 떴다. 벙어리는 말하고 앉은뱅이는
섰다. 귀머거리는 소리를 듣고 노파는 춤을 추었다. 짖지 못하는 개
들은 헐떡이며 짖었고 날지 못하는 새들은 떼를 지어 날았다. 처녀들
은 벌써 잉태하였으며 말랐던 우물에 물이 괴기 시작했다.
　"나는 왔다."
　위대한 사람은 말했다. 우리는 무릎을 꿇었다. 그때 우리는 우리가
어느 틈에 그의 노예가 되어버린 것을 알았다. 그는 명령하지 않았지
만 우리는 복종했으며 그는 우리의 주인이었다. 우리는 그의 노예였
다. 그는 우리처럼 채찍을 들지 않았다. 그는 채찍보다 무서운 법을
소유하고 있었다.
　"나는 왔다."
　그것이 그의 최초의 말이었다. 그것은 그의 법이었다. 나는 왔다.
그러므로 나는 이곳에 있다. 그가 선 자리는 그의 왕좌였으며 그가
걷는 흙은 그의 회랑이었다.
　한 노예가 입으로 불을 뿜었다. 한 노예는 입으로 물을 뿜었고, 한
노예는 몸을 접어 손수건보다 작게 만들었다. 한 노예는 두 팔과 두
다리가 잘리었다. 그는 가지를 자른 나무 같았다. 머리가 없는 노예
도 있었다. 그들은 노예의 머리 대신 닭과 칠면조의 머리를 달고 있
었다. 모든 노예들이 아름답고 실용적으로 사용되고 있었다. 고기를
구워먹고 싶으면 노예가 입으로 불을 뿜었다. 물을 먹고 싶으면 노예
가 입으로 물을 뿜었다. 새벽이 오면 닭의 머리를 가진 노예가 꼬끼
오 하고 울었다. 태양은 밤에도 지지 않았다. 위대한 사람은 거리 한
복판 광장에 집을 지었는데 너무나 눈 깜짝할 사이에 집이 지어졌다.
그것은 노예들이 만든 집이었다. 키가 큰 노예들이 기둥이 되었으며
난쟁이 노예들이 떼를 지어 침대를 만들었다. 위대한 사람은 궁전을
만들었다. 아, 아. 노예들을 벽돌처럼 쌓아올린 궁전은 너무나 찬란

했다.

"나는 자겠다."

위대한 사람은 난쟁이 노예들 위에 누웠다. 옆 마을에서 얻은 바람으로 짠 비단으로 만든 이불을 덮고. 그의 말은 법이었으므로 우리 마을 사람들은 그가 잠들어 있는 동안 모두 입을 다물고 걸을 때도 발끝으로 걸었다. 짖지 못하던 개들도 막 짖는 법을 배웠지만 위대한 사람의 잠을 깨우지 않기 위해서 입을 다물고 있었다.

위대한 사람은 너무 위대하게 코를 골았다. 그러나 우리는 그의 코 고는 소리가 너무 좋았다. 그가 코를 고는 것은 그만큼 인간적이었기 때문이었다. 우리는 그가 잠을 잘 때는 우리와는 달리 노래를 부르며 잠을 잘 거라 생각하고 있었을 정도였다.

그러나 위대한 사람은 우리들처럼 인간이었다.

위대한 사람은 꼬박 하루를 잤다. 그의 하루는 우리들의 삼 년이었다. 우리들은 삼 년 동안 위대한 사람의 잠을 깨우지 않기 위해서 얼마나 조심을 했던지 벙어리는 말을 한마디 한 후 또다시 벙어리가 되었다. 장님도 또다시 장님이 되었다. 죽었다가 일어선 시체들도 또다시 시체가 되었다. 기적은 소멸되었다.

그러나 위대한 사람은 꼬박 하루 만에 아주 하찮은 소리로 잠이 깨었다. 마을 사람 하나가 접시를 들고 가다 부주의로 그만 땅에 떨어뜨려 접시를 깨었다. 우리 마을 주민은 어느 누구도 그 작은 소리 때문에 잠을 깨지는 않았었다. 어린아이도 그 소리쯤은 이미 면역이 되어 있었다. 그러나 이 작은 소리 하나가 위대한 사람의 위대한 잠을 방해한 결과가 되었다. 그는 눈을 번쩍 뜨고 불쾌한 어조로 말을 했다. 그의 말은 법이었다.

"나는 잠을 방해당했다. 나는 잠이 깨었다. 내 잠을 방해한 사람을 찾아와라."

위대한 사람의 노예들은 주인의 명령에 복종하기 위해서 창과 칼을 들고 그 소리를 낸 운수 나쁜 사람을 찾아나섰다. 수색은 오래 걸리지 않았다.

접시를 깬 사내는 곧 결박당하여 잡혀왔다.

"네 손에 든 것이 무엇이냐?"

위대한 사람은 물었다.

"접시입니다."

운수 나쁜 사람은 대답했다.

"다른 손에 들린 것은 무엇이냐?"

"과일입니다."

"왜 그것을 들고 있었느냐?"

"선생님께 드리려고 하였습니다. 선생님께서 잠에서 깨어나시면 드리려고 하였습니다. 그런데 그만 접시를 깨뜨렸습니다."

위대한 사람은 과일을 먹었다. 그는 맛이 있다고 말하고는 그의 노예에게 맛있는 과일을 준비해두었던 사내를 광장에 묶고 목을 베라고 명령하였다. 노예의 칼이 단숨에 운수 나쁜 사내의 목을 베었다. 위대한 사람을 위해 운수 나쁜 사내가 과일을 베었듯이 운수 나쁜 사내의 목은 그렇게 굴러떨어졌다. 떨어진 목을 비명을 지르며 한 여인이 주워들자 위대한 사람은 물었다.

"저 여자는 누구인가?"

"죽은 사내의 부인입니다."

"목을 베어라."

위대한 사람은 명령했다. 그의 말은 곧 법이었다. 한 사람은 접시를 깨뜨렸기 때문에 또 한 사람은 비명을 질렀기 때문에 죽었다.

마을 사람들은 이 위대한 사람의 은총과 이 위대한 사람의 폭력을 동시에 맛보았다. 둘 중 어느 것이 위대한 사람의 정체인지 분간이

가지 않았다. 마을 사람들은 혼돈에 빠졌다.

위대한 사람 때문에 말을 할 수 있게 된 벙어리가 말을 했다.

"그는 악마다."

위대한 사람 때문에 눈을 뜰 수 있게 된 장님이 이렇게 말했다.

"여긴 지옥이다."

위대한 사람이 온 뒤 많은 사람들은 광장에 묶여 죽임을 당했다. 어떤 사람은 단순히 잠꼬대를 했다는 이유로 죽었으며 어떤 여인은 쌍둥이를 낳았다는 이유로 죽었다. 왜 위대한 사람은 그가 자비를 베푸는 것만큼 많은 사람을 죽이는지 이해할 수 없는 일이었다. 그의 법은 절대적이었으나 절대적인 만큼 기준이 없었다. 잠꼬대를 한 사람이 죽었으므로 행여 잠꼬대를 할까 두려워 눈을 뜨고 잠을 자던 사람이 이단자로 몰려 목숨을 잃었다.

어떤 사람들은 남의 눈을 피해 몰래 마을에서 도망가다 잡혀 죽었다.

"그는 누구인가?"

많은 사람들이 찾아와 노미에게 물었다. 노미는 대답했다.

"위대한 사람입니다."

"그를 죽여다오."

사람들은 노미에게 말했다.

"그를 죽여준다면 너를 우리들의 왕으로 만들어주겠다."

사람들은 근심에 가득 찬 얼굴로 말을 했다. 남편을 잃은 여인은 노미에게 말했다.

"그를 죽여준다면 너에게 아들을 낳아주겠다."

마을 사람들은 위대한 사람이 오기 전에 노미가 우리들 앞에서 무엇이든 불가능을 가능케 해 보였던 초능력의 소유자였음을 상기했으며, 이제 우리 자신이 노예가 되었을 때 믿을 것은 오직 한 마리의 노예 '노미' 라는 사실을 깨달았다.

"죽여다오, 노미. 그를 죽여준다면 우린 너를 인간으로 인정할 것이다. 쇠사슬과 채찍에서 해방시킬 것이며, 너에게 자유를 줄 것이다."

"위대한 사람은 나리들처럼 인간입니다."

노미는 머리를 흔들며 말했다.

"나는 인간들의 노예일 따름입니다."

몇몇 용감한 마을 사람들이 위대한 사람을 죽이기 위해서 칼을 가슴에 품고 궁전에 접근하였으나 그들은 위대한 사람의 얼굴을 보기도 전에 포로가 되었고, 그들은 힘센 노예들에 의해 갈가리 찢겨 까마귀의 밥이 되었다.

위대한 사람이 단 열흘 우리 마을에서 머무는 동안 아직 태어나지 않은 세 명을 포함해 이백오십오 명이 목숨을 잃었다. 세 명은 제 어머니의 뱃속에서 어머니와 함께 죽었다. 그의 하루는 우리들의 사 년이었으므로 우리는 사십 년 동안 아버지와 어머니와 자식들을 잃었다. 샘은 메말랐으며 곡식은 말라 죽었다. 황폐한 거리에 까마귀만 날았다. 그들의 먹이는 충분하고 풍요했으므로.

마침내 우리집에도 불행이 다가왔다. 어린 딸이 거리에 나가 노미가 만들어준 피리를 불었다. 아직 우리의 어린 딸은 백 살도 못 된 아이였으므로 거리의 공포쯤은 아랑곳하지 않았다. 이 피리 소리는 곧 위대한 사람의 귀에까지 전달되었으며, 그는 자기가 살아오는 동안 한 번도 듣지 못했던 이상한 소리를 듣는 순간 분노에 가득가득 차서 노예들에게 소리를 잡아오라고 명령하였다.

딸은 체포되었다.

위대한 사람은 말했다.

"너는 누구인가, 새인가?"

"아닙니다."

우리의 어린 딸이 대답했다.

"새도 아닌데 그렇게 이상한 소리를 내는가?"

"소리는 내가 내는 게 아니라 이것이 내는 것입니다."

어린 딸은 두 손으로 피리를 내밀었다.

그는 받지 않았다. 행여 그것이 어린아이를 앞세워 암살을 하려는 음모가 아닌가 두려워했으므로.

"이것은 누가 만들었는가?"

"노미가 만들었습니다."

"노미는 누구인가?"

"우리집 노예입니다."

노미는 그들 앞에 불려갔다.

"네가 이것을 만들었는가?"

"그렇습니다."

노미는 대답했다.

"이 안에 무엇이 들어 있는가?"

"소리가 들어 있습니다."

위대한 사람은 물끄러미 노미를 쳐다보았다.

"그렇다면 너는 소리를 잡았단 말인가?"

"그렇습니다."

노미는 당당하게 대답했다.

"너는 그렇다면 대단한 노예로군."

위대한 사람의 얼굴에 비웃음이 떠올랐다.

"나는 지금까지 소리를 잡아 넣는 노예를 가진 적이 없다. 너는 이제 내 부하가 되어라."

"안 됩니다."

노미는 대답했다.

"저는 우리 주인 나리의 노예입니다."

"나는 그들의 주인이다. 그러므로 너는 내 노예의 노예이다."

"아닙니다."

노미는 부드럽게 웃으며 말했다.

"나리에게도 주인은 계십니다. 나리도 주인의 노예인 것처럼 저도 우리 주인 나리의 노예입니다."

위대한 사람은 노여움에 수염을 떨었다.

"내 위에 주인이 있단 말이냐?"

"그렇습니다."

"그게 누구냐?"

노미는 말했다.

"이제 나타나실 겁니다."

"너를 죽이겠다."

위대한 사람은 말했다.

"너를 어떻게 죽여줄까?"

"나리."

노미는 무릎을 꿇고 눈에서 물방울을 떨어뜨렸다.

"저를 죽이고 살리는 것은 나리의 자유이십니다."

"좋다."

위대한 사람은 말했다.

"너에게 가장 최고의 영예를 주겠다. 내 너를 내 노예 중에 으뜸으로 삼겠다."

"보다 큰 구속은 원치 않습니다, 나리."

노미는 자신의 발을 묶은 쇠사슬을 가리켰다.

"이것으로 충분합니다, 나리."

"네 발에서 쇠사슬을 떼어주마. 너는 이제 자유롭게 걷게 될 것이다."

노미의 발에서 쇠사슬이 제거되었다.

"이제 너는 내 부하가 되었다."

"아닙니다, 나리. 나리는 쇠사슬 이상의 복종을 요구하십니다."

"너는 누구냐?"

순간 위대한 사람이 낮은 목소리로 물었다. 그의 목소리는 의혹에 가득 차 있었다.

"저는 노예입니다, 나리."

"어디서 왔느냐?"

"먼 곳에서 왔습니다, 나리."

"네가 내 말을 듣지 않는다면 이 어린아이의 목을 베겠다."

위대한 사람은 말했다. 어린 딸은 결박당하였다. 노예들은 허공에 칼을 쳐들었다.

"위대하신 나리."

노미가 일어서며 말했다.

"아가씨의 목을 베겠다면 제 목을 베옵소서."

위대한 사람은 물끄러미 노미를 보았다.

"저 아이 대신 네가 죽겠다는 말이냐?"

"그렇습니다, 나리."

"좋다. 그럼 네 목을 베겠다."

노미는 어린 딸 대신 결박당하였다.

"내 너를 천천히 죽여주마."

위대한 사람은 노예에게 노미의 팔을 자르라고 명령하였다. 노미의 한 팔이 잘렸다.

"너는 한 팔이 잘렸다. 이래도 내 말을 듣지 않겠다는 것이냐?"

"아직 한 팔이 남아 있습니다, 나리."

노미는 말했다.

"그 팔도 잘라주마."

노미의 두 팔이 모두 잘렸다.

그날 밤 나는 그들의 눈을 피해 몰래 노미를 만나러 갔다. 노미는 말뚝에 매여 있었다.

"나리."

나를 보자 노미는 웃으며 머리를 들었다.

"이곳에 오시면 안 됩니다, 나리."

"노미, 너는 무엇이든 할 수 있지 않은가? 너는 태양의 살점까지 베었다. 이제 네가 원한다면 말뚝쯤은 송두리째 뽑아버릴 수 있잖은가?"

"저는 할 수 있습니다, 나리."

노미는 말했다.

"위대한 사람을 죽일 수도 있습니다."

"그런데 어째서 이곳에 있는가? 너는 죽는다."

"저는 죽지 않습니다, 나리."

"노미."

나는 머리를 흔들었다.

"저들은 저를 죽이지 못합니다. 저는 살아 있을 것입니다."

"노미."

나는 그의 몸을 묶은 쇠사슬을 벗겨주었다.

"가거라, 노미. 도망가거라. 아직 네겐 두 발이 남아 있다."

"자비로우신 나리."

노미는 소리질렀다. 그의 얼굴에서 샘솟은 물방울이 굴러떨어졌다.

"나리는 제 쇠사슬을 풀어주셨습니다. 나리 손으로 풀어주셨습니다."

노미는 하늘을 우러렀다.

"자비로우신 나리가 제게 자유를 주셨습니다."

"가거라, 노미. 바람처럼 멀리 도망가거라."

"나리."

노미는 무릎을 꿇고 내 발에 입을 맞추었다.

"저는 도망갈 수 없습니다. 제가 도망간다면 저들은 나리를 죽일 것입니다."

"너는 이제 노예가 아니다."

나는 발 아래 꿇어앉은 노미를 일으켜세웠다.

나는 그의 이마에 입을 맞추었다.

"너는 사람이다. 이제야 나는 그것을 알았다."

"아닙니다, 나리."

노미는 머리를 흔들었다.

"저는 노옙니다. 무엇이든 시켜주십시오. 제 이름은 노미입니다."

다음날 노미의 두 다리가 잘렸다. 그리고 머리가 베어졌다. 마지막엔 심장이 날카로운 창으로 찔렸다. 그 심장에서 이상한 액체가 흘러나왔다. 우리들 인간은 아직껏 한 번도 본 적이 없는 짙은 농도의 붉은 액체였다. 그 액체는 활기를 지닌 채 서서히 온 마을을 흘러갔다. 노미는 죽었으며 위대한 사람은 떠났다. 그들은 다시 돌아오지 않을 것이다. 노미가 흘리고 간 붉은 액체의 흔적은 오랫동안 사라지지 않았다. 그가 남기고 간 붉은 피의 방향(芳香)은 오랫동안 사라지지 않았다. 훗날 숫자를 헤아릴 줄 알게 된 사람들은 동굴에 마흔 개의 금을 그었다. 금 하나는 만 년의 단위였다. 노미의 붉은 피의 흔적은 사십만 년이나 사라지지 않았다.

6

아주 먼 훗날 노미가 남기고 간 알 속에서 한 사람이 탄생했다. 우리는 그를 최초의 인간이라고 불렀다.

(1979년)

인간희극

1

결론부터 얘기한다면 아버지는 돌아가셨다. 어젯밤에. 올해 여든두 살이셨으므로 사람들은 이렇게 얘기하겠지. 참 살 만큼 사셨군. 그리고는 이렇게 물을 것이다. 뭔가 인사치레라도 해야 하니까, 자기의 아버지는 아니지만 어쨌든 누군가 죽는다는 것은 슬픈 일이므로 잠시 눈을 내리뜨고 조상(弔喪)의 표정을 나타내 보이며 낮은 목소리로 이렇게.

저런, 어떻게 된 일인가, 어떻게 된 일이야? 먹은 게 체하셨나? 아니면 감기라도 드셨나?

글쎄 뭐라고 대답할까? 이런 대답이 최상이겠지. 아닙니다, 아버지는 자살하셨습니다.

그렇게 대답하면 사람들은 눈을 둥그렇게 뜨겠지.

그리고 이렇게 물을 것이다.

아니 그처럼 나이 든 분이 자살을 하시다니, 믿어지지 않는군.

2

아버지는 나이답지 않게 튼튼한 몸과 질긴 생명력을 가진 노인이었다. 아니 그를 노인이라고 불러서는 안 된다. 그는 나이 든 청년이었다. 가령 맥주를 마실 때 깜빡 잊고 병따개를 가져오지 않은 것이 발견된다면 아버지는 슬그머니 맥주병을 이빨로 따곤 했었다. 무슨 묘기를 부릴 때의 뻐기는 그런 처세도 없이 아버지의 이빨은 단단한 맷돌이었다. 무엇이든 먹다가 돌이 씹힌다 해도 아버지는 그것을 뱉으려 하지 않고 그 무쇠와 같은 맷돌로 잘게 부숴 삼키곤 했었다.

나이에 따른 순은빛의 머리칼, 누에의 등처럼 주름 잡힌 얼굴과 마른 팔뚝, 어느 때부터인지 모르지만 온몸에 거뭇거뭇 돋아난 저승꽃의 반점, 잠자리에서 일어나 내의를 갈아입을 때 푸르르 떨어지는 몸의 비듬, 그런 것만 빼놓는다면 아버지는 건강한 청년과 다름없었다. 아니 건강한 여느 청년보다 아버지는 더 건강하고 무서운 정력을 가진 괴물이었다. 그 자디잔 신문기사의 활자를 아직껏 안경 없이 읽을 수 있었으며 흠이 있다면 가는귀를 먹어 웬만한 소리를 듣지 못하고 그와 얘기할 때면 소리를 조금 높여야 한다는 것인데, 그러나 놀랍게도 초가을 머리맡 어디에선가 또록또록 우는 귀뚜라미의 소리나 문풍지를 울리고 잠시 머물다 사라지는 바람 소리 따위는 절대로 놓치지 않았다.

"거짓말을 하고 있다."

언젠가 맏형이 몹시 분한 목소리로 우리에게 불평한 적이 있었다.

"아버지는 우리의 관심을 끌기 위해 거짓말을 하고 있는 것이야."

우리들 형제는 어느 정도 아버지에게 적의를 품고 있었다. 그 복잡한 이유는 한마디로 말하기 어렵다. 그가 낳은 네 명의 자식들보다 더 젊고 싱싱한, 돼먹지 않은 아버지의 불가사의한 건강에 대해 어느 정도 질투를 느낀 탓일 수도 있겠다. 실제적으로 그가 너무나 건강해서 우리 형제들을 차례차례 불러 출전시켜 한 사람 한 사람 상대해 쓰러뜨리는 죽음의 씨름을 벌이고 있는 게 아닐까 하는 기묘한 승부 의식을 느끼게 할 때가 너무나 자주 있기 때문이었다. 그는 그가 낳은 우리들의 임종을 지켜보기 위해 재생된 죽음의 사자처럼 느껴지곤 했다. 우리는 이미 태엽이 풀려가는 시계라면 그는 신의 힘을 빌려 모두 풀려버린 태엽을 다시 잔뜩 감은 팽팽한 긴장감을 유지하고 있었다.

언제부터인가 우리는 아버지가 우리를 감시하고 있는 것이 아닐까 하는 의혹에 사로잡히게 되었다. 우리가 허점이나 약점을 보인다면 이 늙은 괴물은 어느 틈에 우리의 약점을 치고 들어와 우리를 거꾸로 쓰러뜨릴지도 모른다는 불안에 잠겨 있었다. 그는 나이가 들어갈수록 더욱 무서운 힘과 풀밭 위에 떨어진 바늘 한 조각조차 찾아낼 수 있는 더욱 또렷또렷한 천리안을 가지게 되어 우리를 언제 어디서나 엿보고 감시하고 있는 듯한 착각에 사로잡히게 되는 것이다.

이런 공포와 불안은 그가 가는귀를 먹었기 때문에 그와 얘기할 때면 훈련을 받는 신병처럼 고함을 버럭버럭 지를 수밖에 없다는 데에 이르면 더욱더 가중되게 마련이었다. 그것은 우리에게 어떤 굴욕을 느끼게 했다. 우리는 언제나 그와 얘기할 때면 그와 대화를 나누는 것이 아니라 자기의 죄와 비행을 큰 소리로 낱낱이 보고하는 듯한 착각에 사로잡히곤 했다.

"안 들린다, 애야. 무슨 소리냐? 좀더 큰 소리로, 좀더 큰 소리로."

아버지는 주의깊게 우리에게 귀를 기울이다가는 그 늙어빠진, 그러나 늙었으므로 더욱 교활한 눈을 가늘게 뜨면서 머리를 흔들며 그렇게 말을 했다.

"아버지, 제 말은요. 아버지가 우리에게 부탁하신 그 말씀은요……"

"안 들려. 좀더 큰 소리로 말할 수 없겠니?"

이쯤 되면 말을 건 사람은 자존심이 상하게 마련으로 상대적으로 고함을 쳐서 소리를 바락바락 지를 수밖에 없었는데 아아, 그것은 적군에게 사로잡혀 암호를 밀고하는 척후병의 굴욕을 연상케 하는 일종의 고문이었다.

"거짓말이다."

맏형은 언제나 그렇게 말하곤 했다. 맏형의 말인즉 아버지는 아주 조그만 소리도 모두 잘 알아들을 수 있을 만큼 정상적인 청각을 소유하고 있는데 단지 관심을 끌기 위해 잘 안 들리는 행세를 하고 있는 것이라고 비분강개하고 있었다. 맏형은 아버지가 우리들이 바락바락 소리지르는 것을 보며 변태적인 쾌감을 느끼고 있다고 단언을 내리곤 했다.

"아버지는 변태다, 젊었을 때부터. 그것이 노년에 이르면 더욱 본능적으로 나타나게 된다."

"물론 그렇습니다, 형님."

둘째형은 의사라는 직업의식을 발동해서 조심스럽게 진단을 내리며 말을 받곤 했다.

"노인이 될수록 치매에 가까워지긴 합니다. 하지만 아버지는 아직 변태에 이르진 않았습니다, 형님. 아버지는 정상입니다. 의식도 명료하고요."

"잔소리하지 마. 넌 몰라. 나는 며칠 전 아버지가 수음하는 것을 보았어. 아아, 참으로 더럽고 추잡한 일이다."

노인에게도 성욕이 있는 것일까. 이런 질문은 아버지에게 합당한 것이 아니다. 아버지는 예순두 살에 나를 낳으셨다. 나를 낳은 어머니는 스물이 겨우 넘은 집안의 가정부였다. 나는 아버지의 더럽고 비열한 성욕의 결과로 잉태되었다. 아버지를 변태라고 부르는 맏형의 말은 결코 과장이 아니다. 나는 국민학교 졸업 때까지 맏형이 낳은 아들로 숨겨져 키워졌다. 나는 맏형을 아버지라고 불렀으며 형수를 어머니라고 불렀다. 내게 정충을 불어넣어준 장본인인 아버지는 어디까지나 내겐 할아버지였다. 철들 무렵부터 비밀을 알게 되어 마침내 맏형을 아버지라고 부르지 않고 어색하지만 큰형이라고 부르게 된 이후에도 나는 아버지를 아버지라고 부르지 못하고 할아버지라고 불렀으며 그때의 습관은 오늘날까지 이어내려오고 있는 것이다. 마흔도 넘는 연령의 차이에도 불구하고 할아버지 아니 아버지는 두 개의 눈과, 두 개의 다리를 가진 나를 낳게 했다.

나는 저주의 씨앗이었으며 온 집안이 나를 비정상적인 괴물이 만들어낸 살아 있는 견본으로 취급하고 있음을 나는 잘 알고 있었다.

맏형은 아버지 곁에 어린 조카들도 접근시키지 않았다. 아주 오래 전 나와 내 나이 또래의 조카 계집애를 아버지가 손수 목욕을 시킨 바로 그날 맏형은 총채의 손잡이가 부러지도록 조카 계집애를 때렸다. 맏형은 형수에게도 절대 짧은 팔의 원피스를 입고 시아버님 곁에 나서는 것을 허락지 않았다.

"죽어야 한다."

셋째형은 입버릇처럼 나를 볼 때면 말하곤 했다.

"네 아버지는 빨리 죽어야 한다."

그는 결코 '우리 아버지' 라든가, 그냥 '아버지' 라는 말을 사용하지 않았다. 나를 볼 때면 그는 말했다.

"너의 아버지는 죽어야 한다. 그는 악마다."

3

셋째형의 말에 나는 동의하지 않는다. 그가 말했듯 아버지가 악마라면 우리들 역시 그 악마의 피를 나눠 가진 악의 종자들일 테니까. 우리들 마음속엔 하루라도 빨리 아버지가 우리들 곁에서 소멸되기를 바라는 욕망이 가득했지만 또 한편으로는 그가 불멸의 존재이기를 바라고도 있었다. 아버지로서 그가 질기디질긴 생명력과 샘솟는 정력을 가지고 있다는 것을 끊임없이 확인함으로써 우리들도 언제까지나 꺼지지 않는 영원한 생명력을 나눠 가진다는 정신적 위안을 얻게 될 것이므로, 우리는 아버지가 백 살은 충분히 넘게 살 것이라는 예감을 가지고 있었다. 아버지의 임종은 상상조차 할 수 없는 관념의 세계였다. 적어도 우리들은 아버지가 이백 살, 아니면 그보다 더 오래 살아남을 것이라고 믿고 있었다. 아버지의 왕국은 영원히 파멸되지 않을 것이다.

신하들인 우리들이 모두 죽어 넘어진다 하더라도 아버지의 왕국은 또다른 신하들에 의해서 복종되고, 계승되고, 번영되어 날로 융성하게 될 것이다. 피를 나눠 가진 아버지의 근위병인 자식들에 의해서 암살이 자행되지만 않는다면.

아버지의 죽음은 어떻게 이뤄질 것인가. 저 끝간 데를 모르는 괴력과 힘, 지칠 줄 모르는 생명력을 가진 아버지의 죽음은 우리들이 보고 경험했던 대로 돌발적인 사고라든가, 호시탐탐 노리는 병균의 독에 침윤되어 나무 밑동만 남아버린 늙은 고목처럼 서서히 고사되어버릴 것인가. 이것도 저것도 아니라면 오랜 시간 좁은 구멍을 흘러내리는 모래시계처럼 마침내 더이상 흘러내릴 모래도 없이 텅 빈 그릇처럼 자연사를 맞이하게 될 것인가.

나는 알고 있다.

아버지의 죽음은 어느 날 순식간에 마술처럼 이뤄지지 않으면 안된다. 그 무엇으로도 아버지를 죽일 수 없을 것이다. 돌발적인 사고도, 여하한 칼도, 지진도, 화산의 용암도, 병균도, 자연사도 아버지를 죽일 수 없을 것이다. 우리들이 그토록 그의 죽음을 원하고 있다 하더라도 그는 털면 다시 수셈을 할 수 있는 주판의 알처럼 언제든 재생되고 있는 것이다. 아버지는 생을 더하고 곱하고 빼고 나눈 후 정답도 없이 그것들을 일순에 털어버리고 언제나 새로운 수식(數式)을 기다리고 있는 거대한 주판이었다.

그의 죽음은 전설의 흡혈귀처럼 돌연한 햇빛이거나, 십자가, 은으로 만든 탄환, 우스꽝스런 마늘, 거울의 반사광, 빛이 있으라 하니 그곳에 있었다는 이상한 주문 등, 그런 마법의 힘이 아니면 불가능한 일인 것이다.

그 아버지가 마법의 힘을 빌리지 않고 스스로 죽었다. 어젯밤에.

4

일 주일 전부터 아버지는 아무것도 먹지 않았다. 우리 형제들은 이 믿을 수 없는 일로 해서 모두 한자리에 모여 앉았다.

"일 주일 전부터 아버지는 식사를 거부하고 있다."

맏형이 우리들을 불러모은 이유를 설명했다.

"아무것도 먹지 않는다. 모든 식사를 거부하고 있다."

"물까지도요?"

둘째형이 물었다.

"그렇다. 물까지도 마시지 않고 있다."

우리들은 난해한 수수께끼에 빠진 기분이었다. 왕성한 식욕을 가진 아버지는 아침, 점심, 저녁, 언제나 두 마리 이상의 물고기와 핏물이 든 정육과 소금에 절이지 않은 푸성귀와 물에 씻지 않은 살구를 씨도 남기지 않고 모두 먹어치우곤 하던 대식가가 아니었던가. 그 튼튼한 맷돌과 같은 이빨로 아버지는 무엇이든 저작하고 잘게 부수어 삼키던 그런 대식가였다. 그러던 그가 갑자기 이 모든 성찬을 거부하기 시작했다는 것이다.

"그래서 너희들을 오라고 불렀다. 알다시피 나는 하루 세 끼의 식사를 치러본 적이 없다. 우리들이 굶을지언정 아버지의 식탁은 언제나 풍성했다. 그것은 최소한의 예의가 아니냐. 그런데 아버지는 그 어느 것 하나에도 손을 대지 않았다, 생선의 비늘조차도."

"믿을 수 없습니다, 형님."

셋째형이 딱딱한 목소리로 말을 받았다.

"하루 한 끼 정도 굶었다면 몰라도 일 주일 내내 아무것도 먹지 않았다면 그건 분명히 다른 이유가 있을 것입니다. 분명 아버지는 우리들 몰래 숨겨둔 다른 음식들을 먹고 있는지도 모릅니다."

"천만에."

어느 정도 화가 난 목소리로 맏형이 말을 받았다.

"나는 감시했다. 혹시 어딘가에 먹을 물건들을 숨겨둔 것이 아닌가 샅샅이 뒤져보았다. 하다못해 어항의 물고기도 새장의 새들도 아버지가 식사 대신 먹는 것이 아닐까 살펴보았다. 전혀 아니었다. 아버지는 일 주일 내내 아무것도 먹지 않으셨다. 화분의 꽃도 먹지 않았다. 흙도 먹지 않았다."

"물도요?"

의사인 둘째형이 같은 질문을 했다.

"식사를 하지 않는다는 것은 이해할 수 있어도 물조차 마시지 않는다는 것은 이해가 가지 않습니다. 혹시 어항의 물을 조금씩 마시는 게 아닐까요?"

"못 믿겠다면 네가 직접 확인해라. 아버지는 자신의 오줌조차 들이마시지 않으니까."

"왜 그럴까요?"

내가 묻자 큰형은 대답했다.

"그걸 알면 내가 너희들을 오라고 불렀겠냐?"

"아버지는 단식을 하고 있는 게 아닐까요?"

셋째형이 혼잣말로 중얼거렸다.

"형의 말대로 관심을 끌기 위해서."

"관심을 끌기 위해?"

낭패한 눈치로 큰형이 말을 받았다.

"안 돼. 그건 말도 되지 않는다. 관심을 끌기 위해서라면 좀더 쉬운 방법을 택할 수 있을 것이다. 아버지의 식욕을 알고 있지 않느냐. 그는 일 주일 내내 굶고 있다."

"그런 증세가 있을 수 있습니다."

의사인 둘째형이 대답했다.

"일종의 거식증입니다. 노인성 정신질환의 일종일 수도 있습니다. 말하자면 밥 속에 독이 들어 있지나 않을까 하는 망상 노이로젭니다."

"무슨 방법이 없을까?"

"내버려둡시다."

셋째형이 대답했다. 그는 술을 찔끔찔끔 마시고 있었다.

"언젠가는 먹겠지요. 그 동안 안 먹었던 양을 한꺼번에 먹어치울 것입니다. 설혹 영원히 먹지 않는다고 해도 이미 그것은 우리 탓이 아닙니다."
　"안 돼."
　단호하게 큰형이 머리를 흔들었다.
　"아버지는 그렇게 되면 굶어 죽을 것이다."
　"차라리."
　셋째형이 술기가 오른 얼굴로 말을 받았다.
　"그 편이 더 낫지 않을까요? 어차피 아버지는 죽어야 하니까요."
　"나는 그가 굶어 죽기를 바라고 있지 않다. 그것은 죄악이야."
　"형님."
　미묘한 표정으로 셋째형이 말을 했다.
　"위선적인 말은 하지 마십시오. 우리는 모두 그의 죽음을 바라고 있습니다. 그가 스스로 선택했다면 구태여 말릴 필요는 없습니다."
　"우리는 야만인이 아니다."
　큰형은 소리를 높였다.
　"그에겐 먹을 권리가 있다. 다른 방법으로 죽는다면 모르지만 굶어 죽는다는 것은 용납할 수 없다."
　"어떻게요? 잠들어 있을 때 그의 목을 조를까요?"
　"넌 그런 용기조차 없는 녀석이 아니냐."
　큰형은 비웃으며 웃음을 흘렸다.
　"너희들을 오라고 한 것은 어떻게든 아버지가 식사를 할 수 있는 방법을 강구하기 위해서다. 둘째 네가 말해봐라."
　"아무도 강제로 먹게 할 수는 없습니다. 아버지가 스스로 선택하기 전엔."
　둘째형은 대답했다.
　"일단 아버지를 만나보기로 하십시다. 만나서 아버지의 용태를 보기로 합시다. 아버지는 지금 어디 있습니까?"

"자기 방에 있다."

"함께 가기로 합시다."

둘째형은 일어서서 말을 이었다.

"준비해둔 식사가 있다면 들고 가기로 합시다."

나는 준비해둔 상을 들었다. 상 위엔 두 마리의 물고기와 흰 쌀밥, 김이 오르는 고깃국과 버무린 나물, 핏물이 흐르는 썰지 않은 정육이 큰 덩어리째 누워 있었다.

아버지는 흔들의자에 앉아 있었다. 그는 차례로 들어서는 우리들을 보았다. 일 주일 동안 물 한 모금 먹지 않았다는 형의 말을 어떻게 믿을 수 있을 것인가. 그는 힘이 다소 빠져 보였지만 여전히 생기 있고 단단해 보였다. 그는 마치 출전을 앞두고 이제 막 계체량을 끝내고 돌아와 탈의실에 앉아 있는 늙은 권투선수처럼 보였다.

"아버지."

둘째형이 큰 소리로 입을 열었다.

"오랜만에 뵙습니다, 아버지."

"뭐라는 소리냐?"

아버지는 미소 띤 얼굴로 귀에 손을 갖다대고 조심스럽게 물었다.

"오랜만에 뵙는다고요, 아버지."

큰형이 소리를 버럭 질렀다. 그는 끓어오르는 분노를 노골적으로 얼굴에 나타내고 있었다.

"오늘이 벌써 일 주일쨉니다, 아버지. 식사를 가져왔습니다, 아버지. 오늘은 무슨 일이 있어도 드셔야 합니다."

큰형은 내가 들고 들어온 밥상을 가리키며 소리를 질렀다. 그는 필요 이상으로 소리를 지르고 있었다. 나는 무거운 밥상을 그가 잘 볼 수 있게 방 한가운데에 놓았다.

"나는 배가 고프지 않아."

여전히 미소 띤 얼굴로 아버지는 늠름하게 말을 받았다. 열린 창가
에 매달린 새장에서 카나리아 한 쌍이 지지배배 짝을 맞춰 울었다.
　"무슨 일입니까? 왜 식사를 하지 않습니까?"
　"난 배가 부르다. 난 배가 고프지 않아."
　"아버지는 일 주일 내내 굶으셨습니다."
큰형이 결론을 내렸다.
　"이제 더 굶으시면 아버지는 돌아가시게 됩니다."
　"미쳤어."
셋째형이 중얼거렸다.
　"저 노인네는 제정신이 아냐."
　"넌 입 좀 닥치지 못하겠니?"
둘째형이 사나운 기세로 고개를 돌려 셋째형을 노려보았다.
　"들리지도 않아요, 내 목소리는."
　"듣고 있다."
아버지는 셋째형을 보고 미소를 띠었다.
　"니가 지금 내게 미쳤다고 말한 소리를 나는 들었어. 하지만 난 널
미워하지는 않는다."
　"봐요. 저 노인네는……"
셋째형은 분노로 일그러진 얼굴로 뒤물린 고함을 질렀다.
　"우리들의 속삭임 소리까지 듣고 있어. 저 노인네가 귀가 먹었다
는 것은 거짓이었다."
　"아버님."
다소 상냥한 얼굴로 큰형이 입을 열었다.
　"도대체 무엇 때문입니까? 왜 식사를 거부하시는 겁니까?"
　"배가 고프지 않아서 그렇다. 난 이제 먹을 만큼 먹었다."
　"그렇다면 언제까지 굶으실 겁니까?"

"배가 고플 때까지."

"형!"

셋째형이 발작적으로 소리를 질렀다.

"저 노인네는 어딘가에 먹을 것을 숨겨두고 있어. 밤마다 그것을 몰래 꺼내 먹을 거야. 난 알아. 그는 우리들을 비웃고 있는 거야."

그는 닥치는 대로 방 안을 뒤지기 시작했다. 그는 책상서랍을 모두 끄집어내었다. 아무것도 나오지 않았다. 다리가 부러진 안경, 파이프, 낡은 수첩…… 그는 어디 단서가 남아 있지 않을까 샅샅이 뒤지는 민완 형사처럼 증거를 포착하기 위해 눈을 부라리고 옷장과 캐비닛, 침대 속을 뒤졌다. 그러나 아무것도 나오지 않았다. 그는 상대적으로 분노에 차 있어서 으르렁거리며 아버지 곁으로 다가가 그의 얼굴에 가까이 얼굴을 마주 대고 그리고 고함쳤다.

"어디다 숨겼어? 말 좀 해보시지. 난 알아. 알고 있어."

아버지는 미소 띤 얼굴로 머리를 흔들었다.

"안 들린다, 애야. 니가 지금 무슨 말을 하고 있는 게냐?"

"아버님."

둘째형이 단호하게 말을 뱉었다. 그는 진단을 내리는 의사처럼 방 안을 가로지르며 걸었다.

"우리는 강제로 아버님께 밥을 먹일 수 있습니다. 우리는 아버지를 굶겼다는 수치스런 비난을 받고 싶지는 않습니다. 아버님은 우리들의 아버님입니다. 저희들은 아버님의 아들들이고요. 먹지 않으면 아버지는 곧 기운을 잃으시게 됩니다. 사람들은 이렇게 말을 할 것입니다. 저런 나쁜 아들들을 봐라. 저들은 아버지를 죽였다. 그것도 굶겨서 죽였다. 이건 수치스런 일입니다."

"난 너희들을 수치스럽게 만들고 싶지 않다. 너희들은 당당한 내 아들들이다."

"그렇다면 식사를 하십시오. 저희들이 보는 앞에서."

큰형이 상 위에서 수저를 들었다. 그는 그것을 아버지에게 내밀었다. 아버지는 여전히 미소 띤 얼굴로 수저를 내미는 큰형을 마주 보았다.

"내게 명령하지 마라."

"이건 명령이 아닙니다. 이건 어디까지나 권유입니다."

"수저는 필요없어. 배가 고프다면 난 맨손으로라도 먹을 수 있으니까."

"우라질."

셋째형이 소리질렀다.

"이 우스꽝스런 노릇을 도대체 언제까지 계속할 것입니까?"

그는 큰형의 손에서 수저를 빼앗아 들었다. 그는 수저를 들어 흰쌀밥을 한 가득 퍼들었다. 그리고 그는 아버지 곁으로 다가가 아버지의 얼굴을 거머쥐었다. 그는 미친개처럼 으르렁거렸다.

"누구든 도와줘요. 이 노인네의 손을 붙들어. 입을 벌려. 이 노인네는 우리를 비웃고 있는 거야. 강제로라도 먹여야만 해. 먹어, 이 독재자야. 씹고, 삼켜봐. 이 늙은이야. 자, 누구든 도와줘요. 도와달라니까."

그러나 아무도 그를 도와주지 않았다. 우리들은 멍하니 그의 광기를 말릴 수도 없이 쳐다보고만 있었다. 순간 아버지의 얼굴에서 줄곧 떠나지 않던 미소가 서서히 사라졌다. 그는 무서운 힘으로 셋째형을 떠다밀었다. 셋째형은 쓰러졌다.

"나를 먹이려 하지 말고, 원한다면 먼저 네가 먹어라."

"배가 고픈 건……"

큰형이 상냥하게 입을 열었다.

"우리들이 아닙니다. 배가 고픈 건 아버지입니다."

"난 배가 고프지 않다. 몇 번이나 말해야 내 말을 받아들이겠니? 난 단지 쉬고 싶다."

"나갑시다."

둘째형이 체념한 목소리로 한숨을 쉬며 말을 꺼냈다.

"오오, 난 참을 수 없어. 우리들은 저 교활한 노인네한테 말려든 거야. 우린 저항하지 않으면 안 돼."

셋째형이 끓어오르는 분노를 절제하지 못하고 연거푸 술잔을 기울이며 낮은 신음 소리로 받았다.

"내버려둬. 그는 오늘 밤 안으로 먹을 거니까. 아버지가 잘 보이는 곳에 밥상을 놓고 나왔으니까 그는 냄새를 맡겠지. 늙은이에게도 자존심이란 것이 있게 마련이야. 그에게 선택할 수 있는 기회는 주어야 한다."

둘째형은 눈을 감으며 소파에 몸을 던졌다.

"그는 참지 못할 거야. 실상 눈앞에 보이면 배고픔을 견디지 못할 거야. 그는 미친 듯이 먹게 될걸."

둘째형은 킬킬거리며 웃기 시작했다.

"우스운 일이야. 미친 건 아버지가 아니야. 미친 것은 우리들이지."

열린 창 밖으로 발빠른 바람이 달려갔다. 검은 나무들이 바람에 우수수 쓸려 무너지고 캄캄한 어둠 어딘가에서 집에서 키우는 가금(家禽)들의 날갯짓 소리가 푸드덕거렸다. 우리들은 무심코 바람에 떨어져 구르는 나뭇잎새들이 어둠의 파편이 되어 뜰을 맴돌고 있는 것을 보았다. 밤이 지날 때까지 아버지는 그토록 오랜 단식을 멈추고 마침내 거대한 식욕을 되찾아 힘찬 저작을 시작하게 될 것이다. 우리는 그것을 기다리고 앉아 있었다. 만약 그가 우리들이 바라던 대로 먹지 않는다면 그가 먹을 때까지 기다리지 않으면 안 될 것이다. 그것이 언제인가. 우리들의 분노는 도대체 언제 가라앉게 될 것인가.

"얘."

피로에 지친 갈라진 목소리로 큰형이 나를 돌아보았다. 그는 늙고 지친 모습을 하고 있었다.

"한번 가서 슬쩍 보고 오너라. 가만히 문을 열고 훔쳐보고 오너라. 그새 아버지가 밥을 먹기 시작하셨는지."

"알겠어요."

나는 소리를 내지 않기 위해서 발끝으로만 살금살금 걸어 복도를 지나서 아버지의 방문을 살며시 밀어보았다. 아버지는 여전히 흔들 의자에 앉아 있었다. 그는 깊은 잠에 빠져 있는 것처럼 보였다. 그러나 방 한가운데 차려놓은 만찬은 손끝 하나 건드리지 않은 채 그대로였다. 나는 도망치듯 복도를 되돌아 걸어나왔다.

"어떻게 되었니? 먹었니?"

"아뇨."

나는 머리를 흔들었다.

"손 하나 대지 않으셨어요."

"미친 늙은이."

큰형은 지친 모습으로 무거운 머리를 두 손으로 받쳐들었다.

"누가 이기나 보자."

"도대체."

나는 애원하듯 큰형을 쳐다보며 간신히 망설였던 입을 열었다.

"언제까지 여기서 기다릴 겁니까?"

"그가 먹을 때까지."

큰형은 킬킬거리며 웃었다.

"우린 물러서지 않을 것이다."

어느새 밤은 깊어 분노에 가득 찼던 셋째형도, 둘째형도 소파에 목을 꺾고 잠이 들었다. 그들은 가는 코를 골며 잠들어 있었다. 간혹 가다 셋째형은 잠꼬대를 했다.

"하느님."

그는 그렇게 중얼거렸다.

"우리를 시험에 들지 말게 하옵시고……"

"난 좀 눈을 붙이겠다."

마침내 무거워진 눈을 감으며 큰형이 하품을 했다.

"너도 눈을 좀 붙여두는 게 좋을 게다."

"전 졸립지 않아요."

나는 꼼짝도 않고 앉아 있었다. 그들은 일제히 잠이 들었다. 그들의 잠은 백 년 동안 줄곧 계속될 것이다. 가시장미덩굴은 아버지의 왕국을 덮고, 저주에 걸린 잠은 백 년 후에야 깨어날 것이다. 뜰을 맴돌던 바람도 잠들고 가금들의 날개 소리도 서서히 잦아들었다.

나는 서서히 일어서서 그들의 잠을 깨우지 않기 위해 조심스럽게 복도를 걸었다. 그리고 굳게 닫힌 아버지의 방문을 살며시 밀고 방안으로 들어섰다. 아버지는 미리 나를 기다리고 있었던 것처럼 눈을 뜨고 미소를 머금고서 나를 바라보았다.

"할아버지."

나는 속삭이듯 입을 열었다. 가는귀를 먹은 아버지가 내 목소리를 들었을까 염려하는 표정으로 그를 보았을 때 그는 다 알고 있다는 듯이 입을 열어 대답했다.

"어서 오너라."

그는 온화한 얼굴로 나를 응시했다.

"나는 네가 올 줄 알고 있었다. 네 형들은 모두 잠들었겠지?"

"그래요, 할아버지."

"날 할아버지라고 부르지 마라. 넌 내 아들이다. 나는 너를 예순두 살에 낳았다. 넌 지금껏 나를 한 번도 아버지라고 부르지 않았어."

"하지만 난 할아버지가 더욱 익숙합니다."

나는 수줍은 목소리로 대답했다.

"뭐라고 불러도 난 상관치 않겠다. 네가 날 형님이라고 부른다 하더라도 난 상관없어. 왜 왔느냐? 너도 네 형들처럼 내게 밥을 먹이기 위해서 온 것이냐?"

"그래요, 할아버지."

나는 대답했다.

"먹지 않으시면 할아버지는 죽게 됩니다."

"넌 모른다, 아가야."

아버지는 부드럽게 머리를 흔들었다.

"내가 왜 먹지 않는가를. 네 형들은 저 밥 속에 독을 넣었다."

나는 어리둥절한 얼굴로 아버지를 보았다. 그의 얼굴은 진지하고 엄숙해 보였다.

"그럴 리가 없습니다, 할아버지."

"내 말을 믿을 수가 없다면 저 밥을 새장 속의 새들에게 주어보렴. 난 이미 고양이 두 마리와 개 다섯 마리, 닭 열 마리와 오리 스무 마리를 죽였다. 그들은 나를 위해 희생했다. 아가야, 난 식사 때마다 미리 그것을 동물들에게 떠먹여보았어. 그럴 때마다 동물들은 신음 소리도 내지 않고 죽었다. 저것은 밥이 아니다. 저것은 독이다. 나는 독살당하고 싶지는 않다. 난 차라리 굶어 죽기를 원하고 있다."

"할아버지."

나는 비명 소리를 내며 무릎을 꿇었다.

"그건 오햅니다. 형들은 그럴 분들이 아닙니다."

"나는 너를 믿는다. 네 형들은 나를 죽이려 하고 있다."

"아닙니다, 할아버지."

내 눈에서는 걷잡을 수 없는 눈물이 흘러나왔다.

"형들을 믿지 않으신다면 그럼 제가 먼저 저 밥을 먹어보겠습니다."

"네가 저 밥을 먹어보겠다는 것이냐?"

"그럼요, 할아버지."

"안 된다."

할아버지는 단호하게 말을 끊었다.

"내 말을 못 믿겠다면 새에게 우선 밥을 줘보아라. 아니면 금붕어라도 좋아. 그들에게 우선 먹여보아라."

"제가 먹어보겠습니다."

"어째서 네가 죽으려 하느냐?"

"할아버지의 의심을 풀어드리기 위해섭니다. 할아버지, 전 형들을 믿고 있습니다. 그들은 할아버지를 사랑하고 있습니다."

나는 말을 이었다.

"믿지 않는다는 것이 더욱 무서운 독입니다."

나는 무릎을 꿇고 싸늘하게 식은 밥상에서 수저를 집어들었다. 눈물이 앞을 가려 온 시야는 뿌옇게 침전하고 있었다. 나는 수저를 들어 차디차게 굳은 밥을 한 숟갈 퍼올렸다.

"애야."

마침내 아버지가 참기 어려운 목소리로 간신히 입을 열었다.

"내가 졌다. 아가야, 내가 먹겠다. 상을 이리로 가져오렴. 아, 아, 얼마나 배가 고팠던지."

어젯밤 아버지는 두 마리의 물고기와 흰 쌀밥, 무를 넣은 고깃국과 버무린 나물, 피가 흐르는 정육을 모두 드셨다. 그리고 아버지는 숨을 거두셨다. 그러나 분명히 말해서 아버지는 그가 의심했던 대로 독살당한 것은 아니었다. 의사인 둘째형에 의해서 아버지의 사인은 정확히 밝혀졌다. 아버지는 그토록 오랫동안 굶으셨던 것에 비해서 너무 한꺼번에 많은 음식을 드셨던 것이다. 아버지의 사인은 소화불량이었다. 젊은 우리들에겐 소화불량쯤은 하찮은 증상이랄 수 있겠지만 그래서 가볍게 여길 수 있겠지만 아버지와 같이 나이 든 노인네들에겐 여간 주의하지 않으면 안 될 치명적인 병명이었다.

그러나 아버지의 사인을 단순히 소화불량이라고만 단언 내릴 수 있을 것인가. 아니다. 나는 그렇게 생각하지 않는다. 나는 아버지께서 자살을 했던 것이라고 믿고 있다.

왜냐하면 아버지는 너무 많이 드셨으므로. 무엇이든 지나치다는 것은 좋은 일이 아니므로.

(1981년)

방생

형에게서 전화가 걸려온 것은 이른 새벽이었다. 나는 마침 두시까지 꼬박 원고에 매달려 있었고, 그제야 겨우 원고를 끝마칠 수 있었지만 신경이 예민해져서 몸은 솜처럼 피곤했으나 머리는 바늘처럼 예민하게 곤두서 있었다. 간신히 위스키 두 잔을 마시고서야 잠이 들었는데, 그 잠을 깨운 것이 바로 형의 전화였다. 나는 투덜거리며 전화를 받았다.

"미안하다."

형은 목쉰 소리로 그렇게 입을 열었다.

"곤하게 잠자는 것을 깨워서 말이다."

같은 도시에, 그것도 십 분 거리에 살고 있으면서도 형과 나는 자주 만날 수 없었다. 전에는 일요일이면 함께 골프도 치곤 해서 형제끼리의 우의를 나누곤 했지만, 요즈음은 통 만나지 못했다. 형은 형대로 업무에 쫓기고 나는 나대로 원고와 정신적인 압박감에 시달리고 있었다.

"무슨 일이오?"

"또 터졌다."

형은 짜증난 목소리로 말을 받았다.

"왜요. 무슨 일이 있었어요?"

"무슨 일이 있긴. 너도 어머니 성격을 잘 알지 않느냐. 무슨 일이 있어서 터지는 분이냐. 요즈음 며칠 잠잠하시더니 또 속을 끓이신다. 온 집안이 난리다."

형은 길게 한숨을 쉬었다.

"병원에서 준 약을 꼬박꼬박 먹습니까?"

나 역시 짜증난 목소리로 하품을 베어물면서 시큰둥하게 물었다.

작년 겨울 어머니는 병원에 입원하시는 것이 소원이라고 입버릇처럼 말씀하셨다. 언제부터인가 어머니는 누구의 부축 없이는 걷지 못하셨다. 몇 년 전 미국에 다녀오실 때 다락에서 선풍기를 꺼내시다가 넘어져 척추를 몹시 다친 것이 재발한 모양이라고 의사는 진단을 내렸다. 몹시 심한 말더듬이처럼 첫발만 내디디면 대여섯 발짝은 이어 걸으시다가도 다시 서버리곤 하셨다. 누구의 부축 없이는 꼼짝도 못 하셨다. 휠체어를 사다드렸지만 어머니는 휠체어를 타고 다니시지는 않았다. 남 보기가 부끄럽고 창피하다고 해서 내가 업으려 해도 막무가내로 걷기만을 고집하셨다. 어쩌다 어머니를 모시고 외출을 할 때가 있었는데 나는 어머니를 부축하고 걷는 것이 은근히 부아가 나고 창피스러워서 모른 체 외면해버리고 아내에게 맡겨버리곤 했다.

나는 어머니가 못 걸으시는 것이 신체적인 증상 때문이 아니라 마음의 증상 때문이라고 굳게 믿고 있었다. 어머니는 어떻게든 주위의 관심을 자신에게 집중시키려 하고 있었으므로 그 마음이 신체적 증상으로 나타나 보행을 제대로 못 하는 병에 이르렀다고 나는 분석을 하고 있었다. 그렇게 마음먹는 것으로 나 자신을 위로할 수 있었다. 어머니가 나이 드셔서 마침내 두 다리를 제대로 못 쓰게 되리만큼 노화되었다고 생각하기는 싫었다. 어머니는 멀쩡한 두 다리를 가지고 있으면서도 단지 우리들의 관심을 끌기 위해 두 다리에 마비가 온 것처럼 행동한다고 나는 애써 믿고 있었다.

그래서 어떨 때 어머니를 부축하다보면 어머니의 교활한 계산에 내가 말려드는 것 같은 억울한 분노가 치밀어 나도 모르게 거칠게 어머니를 다룰 때가 있었는데 그럴 때면 어머니는 주위 사람들이 들으라는 듯 아야야 아야야 하고 비명을 지르곤 하셨다.

"넌 날 성한 사람 취급하냐. 어쩌면 그렇게도 막 다루냐, 다루긴."

지난 겨울 병원에 입원하셨을 때 어머니를 진찰했던 내과 의사는 우리들에게 이렇게 말했다.

"정신과 병동으로 옮기셔야겠습니다. 노인성 히스테리가 심합니다. 주위 사람들이 괴롭겠습니다. 저런 증상은 끊임없이 주위 사람들을 의심하고 괴롭히게 마련입니다. 저런 분을 간호하다간 주위 사람들도 히스테리가 되기 쉽습니다. 거짓말 같지만 히스테리도 전염되니까요."

어머니를 정신과 병동으로 옮기고 나서 나는 기분이 우울했다. 아무리 일흔네 살의 노인이라고 하지만 어머니를 정신과 병동에 입원시킨다는 것은 불쾌한 일이었다.

그러나 막상 본인은 별로 그렇게 느끼는 것 같지도 않았고 세 사람이 함께 쓰는 병동에서 어느 틈에 어머니는 함께 있는 젊은 여인과 중년 여인을 휘어잡고 대장 노릇을 하고 계셨다.

어머니를 찾아 정신과 병동으로 가는데 무심코 엘리베이터 걸에게 칠층을 가자고 말했더니 그녀는 이렇게 대답했다.

"칠층에서는 엘리베이터가 서지 않아요."

“어째서?”

“거긴 정신과 병동이니까요. 한 층 걸어내려가야 합니다.”

엘리베이터에 탔던 사람들이 모두 나를 주시하고 있었다. 정신과 병동으로 찾아가는 나를 아주 정신병자 취급하듯이.

나는 울컥하는 수치와 굴욕을 함께 느끼며 팔층에서 내려 계단을 통해 정신과 병동으로 들어갔는데 복도에 들어서자 그 병동이 다른 병동과 다른 분위기를 갖고 있다는 것을 느낄 수 있었다.

눈에 초점이 흐린 환자들이 복도를 느릿느릿 걷고 있었다. 그들의 얼굴은 표정이 없었으며, 얼굴은 백짓장처럼 희고 신경안정제의 장복으로 살들이 쪄서 부종 환자들처럼 보였다. 너무 천천히 걷고 있어서 그들은 우리에 갇힌 열대 동물처럼 보였다.

어머니는 의외로 건강하고 명랑해서 또렷또렷한 얼굴로 나를 맞아주셨다. 아마도 아들이 글을 쓰는 사람이라는 것을 벌써 소문 내셨는지 같은 방을 쓰는 환자들이 나를 흥미롭게 보았고 두 명의 환자들이 내게 와서 종이와 펜을 내밀고 사인을 해달라고 독촉했다. 둘 다 젊은 여인들이었는데 행동이 느릿느릿하고 나사가 빠져버린 모습들이었다.

한 방을 쓰는 중년 여인이 내 곁으로 다가오며 수다를 떨기 시작했다.

“아이구, 할머니 아드님이신가, 예쁘게도 생겼네. 뭣 하시는 분인가. 아이구.”

다른 침대엔 젊은 여인이 누워서 나를 말똥말똥한 눈으로 쳐다보고 있었다. 미리 문병을 했던 아내에게 들었던 대로 시집간 지 일 주일 만에 입원한 환자라는 것을 나는 첫눈에 알아차렸다.

“괜찮아요?”

내가 밑도끝도없이 퉁명스럽게 묻자 어머니는 대답하셨다.

“괜찮고말고.”

늘어진 환자복 사이로 어머니의 커다란 유방이 엿보였다. 어머니는 키가 작아 백오십 센티미터도 안 되었지만 유방만은 제법 컸다. 내가 그 유방 끝에 매달린 젖꼭지를 빨고 자랐다는 것을 생각하면 저처럼 함부로 환자복을 흐트리고 자신의 치부를 드러내는 어머니가 나이답지 않게 음탕하고 추악한 정욕을 아직까지 갖고 있는 것이 아닌가 하는 혐오감을 느끼곤 했다. 실제로 어머니는 자신의 성기가 늘어지고 닭벼슬처럼 처졌다고 내게 말하고는 몹시 운 적이 있었다. 어머니는 일 분에 열 번 울고 열 번 웃을 수 있는 천재적인 연기력을 가진 배우였다.

"하지만 이 밑구멍으로 여덟 명이나 빼냈으니 그럴 만도 하지."

울다가 어머니는 이내 웃으시며 그렇게 말했다. 그러다가 또 울었다.

"아이구 망할 놈의 영감. 이리 죽어가지고 나를 이처럼 지긋지긋하게 고생시키다니. 아이구 아이구."

그러다가 어머니는 정색을 하고 나를 보며 말씀하셨다.

"내가 보여줄 것이니 보겠니. 늙으니까 털도 다 없어지고."

어머니는 당장에라도 보여줄 듯이 허리띠를 푸셨다. 나는 신경질을 부렸다.

"제발 그만 좀 하세요, 제발."

어머니는 내가 보는 앞에서 침대에 요강을 들고 올라가 오줌을 누었다. 나는 내가 오면 어머니가 버릇처럼 오줌을 눈다는 것을 잘 알고 있었다. 어머니의 흰 엉덩이가 늙은 호박처럼 보였다.

"선생님 좀 만났니?"

"아뇨."

"만나라. 네가 오면 만나겠다고 했으니까."

"알겠어요."

나는 아래층으로 내려가 담당의사를 만났다. 그는 매우 젊은 의사였다.

"애쓰셨습니다. 저도 늙은 부모를 모시고 있지만 사실 여간 어려운 일이 아니니까요."

"전 맏아들이 아닙니다. 전 둘째아들입니다."

"알고 있습니다. 하지만 피장파장이지요. 하지만 직접 모시고 사는 분은 고통이 열 배나 더한 법이지요. 잘 아시겠지만 어머니는 노인성 히스테리 환잡니다."

"노망이 드셨나요?"

"아직 그런 단계는 아니지요. 차라리 노인들은 노망이 들면 본인 자신은 행복하고 편안합니다. 하루에 한 번 인터뷰를 하는데 보통 할머니가 아니더군요. 머리가 너무 좋아요. 어떤 땐 천역덕스럽게 거짓말도 합니다. 자칫하다간 저희들이 희롱당하는 것 같은 느낌을 받곤 하지요."

"맞습니다."

나는 웃었다.

"주의하세요, 선생님. 어머니는 명연기자이기 때문에 선생님을 조롱할지 모릅니다. 선생님을 속이고 그 속아넘어가는 것을 보며 즐거워할지도 모릅니다. 이런 말은 하지 않던가요? 며느리들이 제대로 먹을 것을 주지 않는다, 큰아들 작은아들 둘 다 자가용을 가지고 있으면서도 일 년이 넘도록 여행 한번 시켜주지 않는다……"

"……알고 계시는군요. 그래서 말인데요. 두 아드님이 번갈아 한 달에 한 번씩 여행을 시켜보시는 게 어떨까요?"

"선생님은 속으셨습니다. 저희들은 자주 어머니를 모시고 여행을 해요."

"허허 참."

의사는 입맛을 쩝쩝 다셨다.

어쨌든 일 주일에 한 번은 어머니에게 들러 이런 얘기 저런 얘기를
나누겠다는 약속을 하고 나는 병동으로 올라왔다.

내게 수다를 떨던 중년 여인은 이불을 뒤집어쓰고 울고 있었다.

"할머니가, 할머니가 그럴 줄 몰랐어요."

중년 여인이 흐느껴 울며 그렇게 말했다.

"난 할머니가 내 이야기를 듣고 늘 웃으시길래 즐거워서 그러시는
줄 알고 떠들었는데 너무하세요 할머니, 할머니."

어머니는 어느 틈에 담당 간호원에게 질이 낮고 시끄러운 환자와
함께 있으니 불편해서 못 견디겠다, 방을 옮겨주든지 저 여인을 딴
방으로 옮겨달라고 고자질을 한 모양이었다. 어머니는 들은 척도 않
고 침대에 앉아 있었다.

"썩어져 죽을 년."

어머니는 나를 가까이 오라고 손짓한 다음 내 귀에 입을 들이대고
속삭이셨다.

"저년은 쌍년이야. 시끄럽고 입만 열면 더러운 이야기만 한다. 저
년은 썩어져 죽을 년이다."

증오심, 어머니의 증오심. 어머니의 끝간 데를 모르는 증오심. 아
아 어머니의 증오심. 그 날이 서고 시퍼런 독을 품고 있는 증오심. 내
가슴속에도 들어 있는 증오심. 그것을 확인할 때마다 이것은 다름아
닌 어머니에게서 물려받은 것이라는 비애가 들고, 그것을 확인할 때
마다 자신에게 침을 뱉고 싶은 절망감.

나는 온 병동이 떠나가라 소리를 질렀다.

"제발 조용히 좀 하세요."

그 일이 있고 나서 어머니는 하루에 한 번씩 병원에서 주는 약봉지
를 비우셨다. 나는 그 약이 고단위의 신경안정제인 줄 알고 있었다.
그 약을 먹으면 어머니는 양순해지셨으며, 몇 시간이고 코를 골고 주

무셨다.

"약이야 꼬박꼬박 드신다."

형은 맥풀린 소리로 대답했다.

"하지만 약이 무슨 소용 있니. 저렇게 속을 끓이시는데."

"도대체 무슨 일이십니까?"

"파출부 아줌마가 계란을 훔쳐 먹었다고 야단이다. 어머니가 냉장고에 분명히 계란이 열두 개 들어 있었는데 두 개가 없어졌다고 야단이시다. 파출부 아줌마가 필경 훔쳐 먹었다고 그러신다. 그까짓 계란 두 개가 무슨 소용이냐고 해도 저 모양이다. 너도 어머니의 성질을 잘 알고 있지 않느냐. 파출부도 울고불고 당장 나가겠다고 보따리를 싸는 걸 내가 간신히 말렸다. 너도 알다시피 저 파출부마저 나가면 어머니 비위를 맞출 사람은 구하지 못한다."

그건 사실이었다.

형 집에 들어오는 가정부나 파출부는 어머니 등쌀에 한 달을 채우지 못하고 쫓겨나곤 했다. 어머니는 트집을 잡는 데 명수였다. 밥을 많이 먹으면 먹는다고 트집이었고, 손버릇이 나쁘다고 억지를 부렸다. 당신이 쓰시는 밀크로션을 찍어바른다고 야단이셨고, 시외전화를 함부로 쓴다고 야단을 치셨다. 어떤 아이는 엉덩이가 너무 크고 젖가슴이 너무 크니 후레자식이라고 트집을 잡았으며, 어떤 파출부는 퇴근할 때 뭘 훔쳐간다고 당신이 직접 몸수색을 한 적도 있을 정도였다. 지금 형 집에 있는 파출부는 성격도 무던하고 어머니의 비위도 설렁설렁 맞출 줄 아는 비위짱 좋은 성격을 가지고 있었다.

"그래서 말인데……"

형은 조심스레 말을 꺼냈다.

"네가 어머니를 모시고 어디 교외에 바람이나 쐬고 오려무나. 난 지금 회사에 출근하는 길이고 시간이 없지만, 넌 짬을 낼 수 있지 않느냐."

"형, 저도 바빠요. 죽을 맛입니다. 원고가 밀렸어요."

"서로 협조해서 살자 이 새끼야."

형은 농담식으로 말했다. 그는 지치고 목쉰 소리로 웃었다.

"하다못해 도봉산이든지 우이동이든지 아니면 신륵사라도 갔다 오려무나. 그래야만 속이 가라앉을 것이다."

형은 전화를 끊었다.

나는 끊긴 잠을 잇느라고 다시 눈을 감았다. 잠은 이미 맥이 끊겨 있었다. 나는 무거운 몸을 일으켜서 세수를 하고 이를 닦았다. 우라 질. 나는 투덜거렸다. 어머니는 우리를 괴롭히고 있다. 언제던가 나는 어머니가 촛불을 켜들고 기도를 하는 것을 우연히 본 적이 있었다. 어머니는 독실한 가톨릭 신자였다. 다리가 아프신 뒤로는 일요 일마다 성당에 못 가는 대신 누굴 시켜서라도 성수를 가져오게 하고서야 마음을 놓는 신도였다. 어머니의 영세명은 안나였다. 어머니는 촛불을 켜들고 버릇처럼 묵주신공을 외고 있었다. 참으로 돼먹지 못한 기도였다. 저 끝간 데를 모르는 질시와 의심, 증오와 적의를 갖고 있는 어머니가 왜 저토록 성모님의 은총을 갈구하고 계시는 것일까. 나는 어머니의 머리맡에 놓여 있는 작은 책자를 들여다보았다. 거기엔 다음과 같이 씌어 있었다.

'성모 마리아님! 이 병들고 죄 많은 영혼을 죽는 날 그날까지 편안하고 안락하게 살게 하다 거두어주옵소서. 나로 하여금 죽음을 무서워하지 않도록 해주옵소서.'

활자로 인쇄된 그 글씨는 어머니처럼 나이 든 분들에게만 나눠주는 책자인 모양이었다.

죽음이 어머니를 괴롭히듯 어머니는 우리들을 괴롭히고 있다. 아아 우라질 우라질.

나는 늦은 아침을 먹고 어머니가 계신 큰집으로 갔다. 아파트의 문을 두드리자 잠을 설쳐 부얼부얼한 얼굴로 형수가 나왔다. 집 안이 한바탕 격전을 치른 뒤에 느껴질 수 있는 우울한 분위기로 가라앉아 있었다. 두 아이는 이미 학교에 갔고 이제 조금 있으면 유치원에 들어갈 아이 하나만 소파에 앉아 있었는데 어른들의 무거운 분위기에 전염된 듯 계집아이도 나를 말똥말똥 쳐다보고만 있었다.

"야단이다. 아이들의 성격도 문제다. 어머니 때문에 아이들도 명랑하지 않고 비사교적인 성격으로 변하고 있다. 어쩌면 좋으냐. 아이들조차도 할머니를 미워하고 있으니."

언젠가 한탄 비슷이 형이 내게 했던 말을 나는 기억하고 있다. 어머니는 집에 아이들 친구가 오는 것도 좋아하지 않았다. 그들은 마루를 구르며 시끄럽게 굴며 장난감을 훔쳐간다고 의심하고 있었다. 아직 어린 나이 때, 아이들은 어머니의 만만한 분풀이 대상이었다. 아이들이 사리를 분별할 만큼 커지자 아이들은 각자 제 방에 틀어박혀 될 수 있는 대로 할머니와 마주치는 것을 피하고 있었다. 자연 집 안 분위기는 활기에 차고 명랑한 것이 아니라 침울하고 침몰한 배처럼 무겁게 가라앉을 수밖에 없었다.

"어떻게 됐습니까?"

나는 형수에게 물었다.

"여전히 뿔났습니까?"

나는 짐짓 아무렇지도 않게 머리에 두 손가락을 세워 뿔 모양을 만들어 보였다.

"들어가보세요. 누워 계시니까."

"어머니."

나는 엄살 반, 불평 반, 애교 반의 소리를 지르며 거실로 올라섰다.

"제가 왔습니다. 둘째아들이 왔습니다. 핫하하."

어머니는 침대 위에 등을 보이고 누워 있었다. 쑥냄새가 났다. 아마도 쑥찜을 하고 계셨던 모양이었다. 머리맡에 물그릇이 놓여 있었는데 그 속에는 틀니가 포르말린 속에 잠겨 있는 개구리처럼 들어 있었다.

"으하으핫하. 오마니(우리집은 원래 평안도이다) 무어가 어드르케 되었습네까?"

어머니는 실쭉 웃으며 나를 돌아보며 말했다.

"미친 자식."

어머니는 입술에 엷은 립스틱을 바르고 있었다. 얼굴에 분도 바른 모양이었다. 몇 년 전, 미국에 누이를 만나러 한 일 년 다녀오신 후 어머니는 매니큐어도 바르고 립스틱도 발랐다. 처음엔 신기했지만 날이 갈수록 화장을 한 어머니의 얼굴은 어딘지 기괴하고 추악한 느낌을 불러일으키고 있었다.

"무에 화가 난다고 속을 끓이십네까, 오마니. 누가 쳐쥑일 놈입네까?"

"시끄럽다."

갑자기 어머니는 준비해두었던 것처럼 울기 시작했다.

"아이고, 빨리 죽어야지. 죽어야지, 이처럼 괄세당하다간, 차라리 죽는 게 낫지. 아이고……"

"이러지 마시라요, 오마니. 죽긴 와 죽습네까. 일어나십시다래."

"일어나면."

"바람이나 쐬고 오십시다레 젠장."

어머니는 갑자기 환하게 웃었다.

"울다가 웃으면 똥구멍에 털 난다는 걸 모르십네까?"

"미친 자식."

어머니는 침대에서 무릎으로 기어내려왔다. 어머니는 언제부터인가 방 안을 무릎으로 기어다녔다. 그럴 때 어머니는 살의를 품은 짐승처럼 보였다. 네 발로 기는 것은 분명히 사람의 행동이 아니었다. 어머니는 차츰 인성(人性)은 없어지고 본능적인 수성(獸性)만 남은 것일까.

젊었을 때부터 어머니는 여름이건 겨울이건 옷을 몹시 껴입는 버릇을 가지고 있었다. 어머니는 치마 속에 다섯 개의 내의와 바지, 위에 세 개의 스웨터와 저고리를 걸치고서야 일어섰다. 어머니는 털실 뭉치처럼 보였다. 그 경황에도 어머니는 화사한 분홍빛 한복을 차려입고 있었다.

아! 그렇지.

나는 어머니의 화사한 한복을 보고서야 새삼스레 느꼈다.

아! 벌써 봄이지.

계절의 감각을 잊은 지가 오래였다. 나날의 일상생활에 정신없이 뛰다보면 세월은 물처럼 흘러가고 계절은 바람처럼 흘러갔다.

며칠 전 시내에 나가다가 차 속에서 한남동 단국대학교 담 너머로 개나리가 드문드문 피어 있는 것을 보고는 아! 봄이 왔구나 하는 느낌을 받은 것이 고작이었다.

나는 어머니를 부축해서 아파트 계단을 내려왔다. 어머니는 며칠 새에 더욱 다리를 못 쓰고 계셨다. 이러다간 마침내 앉은뱅이가 되어버리는 것이 아닐까. 잔소리, 앉은뱅이의 잔소리는 살아 있는 인간의 목소리가 아니다. 그것은 악마의 소리다.

"어디로 갈까?"

어머니는 차 속에 앉으시고서야 의기양양하게 웃었다. 그 웃음은 자신의 작전이 맞아들어갔을 때 저절로 나오는 쾌심의 미소 같은 것이었다. 우리는 이 교활한 노인의 작전에 멋있게 말려들었다. 바깥바람을 쐬고 싶을 때 어머니는 집안을 들들 볶아대셨다. 그것은 치밀한 계산에서 우러나온 연극이었다.

"신륵사로 가십시다."

"신륵사? 그게 어디냐?"

"나도 모르겠습니다."

"비가 오는데 괜찮겠니?"

그래 비가 오고 있었다. 굵은 비는 아니었다. 발이 가는 세우였다. 차창에 빗방울이 점점으로 맺히고 있었다. 온 대지는 촉촉하게 젖고 시야는 뽀오얀 봄기운으로 서서히 피어오르고 있었다. 고속도로로 들어서자 산천은 완연히 봄의 옷을 입고 있었다. 아직 초록의 빛은 보이지 않으나 먼산에 드문드문 노오란 개나리가 엉켜 있는 것이 보였고, 온 산야는 꼭 집어 말할 수 없는 부드러움과 생의 충만함, 죽은 자들 위에서 마악 살아 일어서려는 생명의 기지개, 그들의 합창 소리 같은 것이 어우러져·이상야릇한 요기를 뿜고 있었다. 그 위를 봄비가 촉촉이 내려 적시고 있었다. 한 마장을 걸어도 옷 속으로 스며들 비는 아니었고, 안개보다도 섬세한 빗방울은 참빗처럼 지난 겨울 동안 헝클어지고 때묻은 대지의 숲과 나무들의 머리칼을 감기고 그것을 정성 들여 빗질하고 있었다. 햇빛은 없었지만 온 누리에 부드러운 빛이 어디서부터인지 뚜렷한 방향도 없이 스며들어와 딱딱해진 대지는 부드러운 미소로 화해하고 실뿌리를 적셔 시들었던 나무들과 풀들은 반짝반짝 눈을 뜨고 있었다. 풀들은 모두 긴장한 신병들의 계급장처럼 빛나고 있었다.

어쨌든 어머니의 치밀한 작전에 말려들어 교외로 빠져나가는 것도 그처럼 억울하게 느껴지지는 않았다. 어머니만 아니었다면 나는 한낮이 기울 때까지 밀린 잠을 보충하느라고 이불을 뒤집어쓰고 있었을 것이다. 어머니의 엄살과 온 집안을 괴롭혔던 격전 뒤에 억지춘향격으로 떠나는 모처럼의 여행은 제법 봄을 맞는 기쁨마저 불러일으키고 있었다.

"어머니."

나는 뭔가 한마디쯤 해야겠다고 생각했다. 그냥 넘어가서는 안 된다고 생각했다. 그렇게 되면 고질적인 버릇이 될 것이다.

"도대체 왜 이러십니까? 좀 느긋하게 마음을 먹고 지낼 수는 없으시겠어요? 어머니 때문에 온 집안이 뒤숭숭합니다."

어머니는 대꾸도 않고 차창 밖을 내다보고 있었다.

"어머니처럼 행복한 분이 어디 있습니까. 다리가 좀 아프시달 뿐 건강하시고, 우리들 모두 밥벌이 잘하고 있지 않습니까. 여행을 하고 싶으면 이런 식으로 하지 않으셔도 되지 않습니까. 미리 나 여행 좀 시켜다오, 하시면 누가 안 된다고 펄펄 뜁니까. 왜 어머니는 며칠에 한 번씩은 집에 분란을 일으킵니까. 계란 두 개가 뭐 어때서 그러십니까. 훔쳐가지도 않았겠지만 설혹 훔쳐갔다고 한들 그게 뭐 대숩니까. 그저 가만히 앉아서 시어머니 대접만 받으세요."

"썩어 죽을 녀석."

갑자기 어머니는 나를 쳐다보았다. 어머니는 그러나 입에 미소를 띠고 계셨다.

"네놈도 언젠가는 나처럼 된다. 너도 니 새끼가 귀엽지. 다혜랑 도단이랑 귀엽지. 나도 너희들을 그렇게 키웠다. 너희들이 나를 원망한다면 내 나이가 되어봐라."

어머니 나이가 되어도 전 그렇지 않을 자신이 있어요. 나는 대답하려다가 겨우 말끝을 막았다. 그건 사실 자신이 없었기 때문이었다.

"사랑은 내리사랑인 법이야, 이 새끼야. 절대로 사랑은 올라가는 법이 아니다."

나는 할말이 없었다.

"나도 괴롭다. 왜 이렇게 죽는 게 힘이 드냐. 무섭고 무섭다. 난 가끔 내가 관 속에 묻혀 있는 걸 생각하면 겁이 난다. 얼마나 답답하겠니. 그 속은……"

"어머니는 백 살까지 사실 거예요."

"썩어 죽을 녀석. 이처럼 아프고 하루가 괴로운데. 아이고 싫다. 천 살까지 살래도 난 싫어. 나 그저 편안히 죽었으면 싶다. 어느 날 잠자다 죽는 걸 모르게 죽었으면 싶다."

그러나 나는 안다. 어머니는 말로만 그러할 뿐 누구보다 자신의 생명에 애착이 강한 것을. 심지어 어머니는 사래 잘못 들려 숨이 넘어가는 것이 우려돼 언제나 손이 닿는 곳에 자리끼를 놓고 계시며, 가끔 우황청심환을 심장이 뛴다고 씹어 삼키신다. 진짠지 가짠지 모르나 곰의 쓸개는 구할 수 없으니까 돼지 쓸개를 구해 물에 타서 잡수실 정도다. 어머니는 누구보다 개를 귀여워하시는 편인데 아파트로 이사 올 무렵 몸소 아침마다 밥을 주던 개를 동네 사람을 시켜 잡게 한 후 그것을 탕으로 해서 잡수실 정도다. 집 식구들은 기분이 언짢아서 외면했지만 어머니는 상하지 않게 냉장고에 두시고는 사흘 만에 '해피'라고 불리던 개의 몸뚱어리를 모두 씹어 삼키셨다. 어머니의 자비는 위선이며, 어머니가 개에게 베푸는 사랑은 오직 이기주의에 불과한 것을 나는 잘 안다. 아무리 그렇다 하더라도 자신이 키우던 개의 고기를 씹고 국물을 삼키는 어머니의 뻔뻔함은 불쾌하고 섬뜩한 느낌을 불러일으키고 있었다. 나는 그 일이 있은 뒤 어머니에게 빈정거리며 말했었다.

"개고기를 드셨더니 어떻습니까? 기운이 납디까? 어휴 얼굴 좀 보게. 화색이 도시네."

어머니는 치사하게 자신의 죽음을 무기로 우리들을 위협하고 협박하고 있는 것이다.

어릴 때 어쩌다 친구들과 싸우다 지게 되면 코피를 손바닥 같은 데

묻혀들고 나는 덤벼들곤 했다. 그러면 키 큰 놈들도 기가 죽어 슬슬 뒷걸음질치곤 했다. 그것은 피가 주는 이상한 공포감에 지레 질려버리는 마음 때문일 것이다. 어머니는 마찬가지로 비겁하게 자신의 죽음을 손바닥에 묻혀들고, 전후 길거리에서 손에 흙칠을 하고 동냥을 조르던 양아치들처럼 우리를 겁주고 있는 것이다. 그때 우리가 동냥을 했던 것은 진심에서 우러나온 것이 아니라 마지못해서, 공포에 질려, 피곤해서 행하는 일종의 도피인 셈이었다.

차는 한 시간 남짓 달려 여주 시내를 지나 신륵사에 도달하였다. 마침 준비했던 우산이 하나밖에 없었으므로 나는 한 손으로는 우산을 받쳐들고 한 손으로는 어머니를 부축하고 제법 효자처럼 절 문을 지나 절 마당으로 들어섰다.

어디선가 향냄새가 풍겨왔다. 목탁 소리도 청아하게 들려왔다. 그러나 절은 텅 비어 있었다. 그 흔한 관광객들도 평일이고 거기에 비까지 내린 터라 전혀 찾아볼 수 없었다.

절 앞으로 큰 강이 완만한 곡선을 그리며 흘러가고 있었다. 가는 빗줄기는 강 위를 부드럽게 두드리고 있었다. 그것은 마치 큰 북을 두드리는 가는 북채처럼 보였다. 도시에서 볼 수 없는 꽃들이 절 뜰에 조금씩 움트고 있었다. 절 마당은 막 울다 울음을 그치고 잠든 아이의 얼굴처럼 질펀히 젖어 있었지만 평화롭고 정갈해 보였다. 가사를 입은 중이 비를 피해 절의 추녀 밑을 따라 종종걸음으로 뛰어가고 있었다.

우산 위를 두드리는 가는 봄비가 그처럼 정다울 수 없었다. 우산을 타고 흐르는 빗물이 우산의 살마다 맺혀서 떨어질 듯 떨어질 듯 좀처럼 떨어지지 않았다.

"봐라."

대웅전 계단을 위태롭게 걸어가던 어머니가 발길을 멈추고 늘어진 벚나무의 가지 끝을 가리켰다.

"봄이다. 봄이 왔다. 싹이 움트고 있다."

나는 어머니가 가리킨 손끝을 바라보았다. 어머니의 말대로 늘어진 가지 끝에 새파란 새순이 사금파리처럼 빛나고 있었다. 왕성한 생명력이 죽은 나뭇가지 끝에서 무섭게 솟구쳐오르고 있었다. 그 가지 끝에 촉촉한 봄비가 가랑가랑 맺혀 있었다.

"이제 곧 벚꽃이 필 것이다."

어머니는 환히 웃으시며 나를 돌아보았다. 어머니의 얼굴은 소녀처럼 고왔다. 어느 틈에 머플러를 머리 위에 뒤집어쓰고 계셨다.

어릴 때부터 보아왔지만 어머니는 유난히 꽃을 사랑하셨다. 나는 기억하고 있다. 어머니를 따라 언덕을 넘어 영천시장을 갈 때마다 어머니는 남의 집 열린 대문 너머로 꽃들이 만발하면 발길을 멈추고 "아이고 고와라. 썩어져 죽을 놈의 꽃들이 저렇게도 고울까" 하며 감탄하시고는 주인이 뭐라든 상관없이 대문을 밀고 들어가 한참이나 꽃을 감상하시고서야 돌아서던 분이셨다. 다 죽어가는 화분의 꽃들도 어머니의 손만 닿으면 기적같이 살아나곤 했다. 한겨울 거실에 내다놓은 화분이 얼어터져 빈사상태에 이르렀을 때도 어머니가 가져다 두어 달 키우고 나면 불치의 병에서 일어서곤 했다. 어머니는 죽은 나무에 꽃을 피우는 마법사의 손을 가지고 있었다.

"아아."

어머니는 감탄하듯 절 마당을 바라보며 중얼거리셨다.

"썩어 죽을 놈의 봄이로다."

절 마당 한복판에 고색창연한 탑이 위태롭게 서 있었고, 그 탑 주위로 만개한 진달래꽃들이 피를 토하고 있었다. 절 뒤 숲속 아득히 먼 곳에서 새의 울음소리가 은은히 들려왔다.

"강을 보러 가자."

어머니는 절 앞으로 흘러내리는 길을 가리키며 말했다. 나는 어머니의 허리를 부축해서 몸을 돌이켰다.

한겨울 얼어붙었던 강은 완전히 풀려 천천히 흘러가고 있었고, 비에 젖은 자갈들은 윤이 나고 있었다. 강 너머 맞은편에 드리운 버드나무들이 머리를 풀고 부스스 기지개를 켜고 있었다.

한 떼의 사람들이 강가에 모여 있었다. 버스를 타고 먼 곳에서 떼를 지어 온 관광객들처럼 보였다. 대형버스가 강가에 멈춰 있었고 사람들은 비를 맞으며 모여 서서 강물을 바라보고 있었다. 우리는 그 곁으로 다가갔다. 그들은 단순히 관광을 온 사람들은 아닌 것처럼 보였다. 그들은 두 손을 모아 강을 향해 합장을 하고 있었다. 대부분 나이 든 사람들이었다.

"저게 무엇을 하는 건 줄 아니?"

어머니는 내게 물었다. 나는 대답했다.

"모르겠습니다. 봄맞이 관광객들이겠죠 뭐."

"아니다. 저 사람들은 모두 신자들이다. 불교 신자들."

"여기서 뭘 하고 있는 것일까요?"

"아마 방생을 하러 나온 것이겠지."

"방생이요? 초파일도 아닌데요."

"독실한 신자들은 때도 없이 한단다. 보렴."

어머니는 턱으로 그들을 가리켰다.

강가에 몰려선 사람들은 무릎을 꿇고 앉아 갖고 온 민물고기들을 강가에 풀어주고 있었다. 모두 나이 든 사람들이었다. 대부분 어머니 나이 또래였고 어떤 할머니는 휠체어를 타고 앉아 있었다. 어쩌면 노인단체에서 나온 신도들의 방생회인지도 몰랐다.

비닐봉지에서 민물고기를 꺼내 강물에 고기를 풀어주고 나서 노인들은 일제히 두 손을 모으고 합장을 하고 있었다. 무어라고 중얼거

리며 염불을 외는 소리, 기원을 하는 소리, 함께 입을 맞춰 중얼거리
는 노랫소리. 그런 노인들의 둔중한 목소리는 알몸으로 비를 맞고 있
는 강물을 타고 느릿느릿 흘러가고 있었다.

"어디서 오셨어요?"

맑은 목소리가 우리를 향해 들려왔다. 우리는 소리난 곳을 보았다.
어머니 또래의 노인네가 우리를 보고 맑게 웃고 있었다. 승려는 아니
었는데도 가사를 입고 있었다. 머리에 비를 맞지 말라고 비닐봉지를
뒤집어쓰고 있었다. 머리칼이 백설처럼 흰 노인이었다.

"서울서 왔다우."

어머니는 대답했다.

"아드님인가요?"

"우리 둘째라우."

"보기도 좋아라. 효자시네. 어머님 모시고 봄맞이도 나오시고."

"그럼요, 내 새끼들이야 부모 공경 기막히게 하지요."

"물고기 한 마리 드릴까요? 방생 좀 하실라우."

"고맙기도 하셔라."

어머니는 웃으셨다.

"난 불교 신자는 아닌데. 난 천주교 신잔데."

"천주교 신자면 어떻수? 다 극락왕생 비는 일인데. 여기 한 마리
남았수."

노인은 어머니에게 비닐봉지째로 민물고기 한 마리를 내밀었다.
어머니는 비닐봉지를 받아들었다. 봉지 속엔 붉은 고기 한 마리가 들
어 있었다. 제법 큰 놈이었다.

어머니는 노인들이 하듯 무릎을 꿇었다. 그리고 비닐봉지에서 펄
떡펄떡 살아 움직이는 민물고기를 꺼내들었다. 어머니는 그것을 강
물 속에 천천히 넣었다. 고기는 봄비 내리는 맑은 강물 속에 담겼다.

이 돌연한 해방이 실감나지 않는 듯 물고기는 움직이려 하지 않았다. 그러다가 지느러미를 돌연 힘차게 움직였다. 그는 강물 속을 꿰뚫고 멀리멀리 사라졌다. 어머니는 성호를 그었다. 그러고 나서 합장을 하고 눈을 감았다.

빗발이 굵어져 강물 위에 수없이 동그라미를 그리고 무방비 상태의 어머니의 몸을 참다랗게 적시고 있었지만, 나는 다가가 어머니의 몸을 우산으로 가려드릴 수가 없었다. 그것은 어머니의 깊은 기도를 방해하는 행위처럼 느껴졌다.

도대체 어머니는 무엇을 빌고 계시는 것일까. 어머니가 언젠가 묵주신공할 때 보았던 구절처럼 천주님께 병들고 죄 많은 영혼을 편안하게 거둬주시기를 비는 것일까. 아아, 어머니 말씀대로 나날의 삶은 얼마나 고통스러우며, 저 밝은 세상으로 가는 것은 얼마나 힘이 드는 것일까.

우리도 언젠가는 얼어붙었던 강이 풀려 저 바다로 흘러가듯 늙고 병들어 죽음의 바다로 흘러간다.

나는 멀찌감치 떨어져 어머니를 바라보며 기도가 끝날 때까지 기다리고 서 있었다. 나는 살아 있는 묘비 앞에 서 있는 기분이었다.

떼지어 찾아왔던 늙은 신도들은 다시 떼지어 소리도 없이 사라졌다. 대형버스가 주차해 있던 공터에는 어느 한 곳도 비우지 않고 우와와, 우와와 봄비가 내리고 있었다. 바람은 강물 위에 미끄러지며 빗발을 이리저리 몰고 다녔다. 오랜 침묵 끝에 어머니는 젖은 얼굴을 들고 나를 찾았다.

"어디 있느냐?"

어머니는 두릿두릿한 얼굴로 돌아보았다.

"저 여기 있습니다. 둘째아들 여기 있습니다."

나는 우산을 들고 어머니 곁으로 돌아갔다.

"썩어져 죽을 놈, 난 니가 날 버리고 어디론가 멀리멀리 도망가버린 줄 알았다."

"제가 가긴 어딜 가요."

"됐다."

어머니는 힘을 주며 일어서서 다가오려는 나를 막아 세웠다.

"이리 오지 마렴. 내가 그리로 가겠다."

"안 됩니다. 넘어지세요. 혼자서는 걷지도 못하시는 분이."

"괜찮아. 나 혼자서 걸어가겠다. 젠장할. 나 혼자서 저 산 너머까지 걸어가겠다."

어머니는 손을 들어 봄비에 젖어 능선이 하늘과 맞닿아 지워진 먼 산을 가리켰다. 어머니는 조금 전 그녀가 놓아준 물고기처럼 비늘을 반짝이며 서 있었다.

"젠장할. 죽은 나무에서도 꽃이 피는 봄이 아니냐."

어머니는 휘청이며 몸을 바로잡았다.

나는 그 자리에 서서 어머니를 지켜보았다. 어머니를 향해 손 하나 움직일 수 없는 이상스런 경외감을 나는 느꼈다.

어머니는 맑은 미소를 띤 얼굴로 나를 쳐다보았다. 그 얼굴은 아름다웠다.

어머니는 그 누구의 부축도 받지 않고 천천히 발을 떼어놓았다. 아니다. 그건 내 착각에 지나지 않았다. 어머니는 보다 큰 손, 보다 위대한 힘에 의해 떠받들리고 부축을 받고 있었다.

어머니는 왼발과 오른발을 번갈아 느릿느릿 떼어놓았다. 어머니는 이제 막 걸음마를 배우기 시작한 돌 지난 아이처럼 걸었다.

그러나 어머니는 세 발짝도 걸음을 떼놓지 못하셨다. 풀썩 하고 자리에서 쓰러지셨다. 그러나 나는 어머니 곁으로 다가설 수 없었다. 북받쳐오르는 슬픔이 눈물이 되어 내 얼굴에 흘러내리고 내 가슴은

형언할 수 없는 비애로 찢어지고 있었다. 나는 숨죽여 울면서 소리질
렀다.

"어머니 일어서세요. 그리고 제 곁으로 오세요. 썩어져 죽을, 저
산까지 걸어가세요. 일어서세요. 어머니는 할 수 있어요."

(1981년)

위대한 유산

어린 시절을 어떻게 이야기할 수 있으랴. 누구에게든 어린 날의 기억은 달콤하고 포근한 추억으로 남아 있을 것이다.

집이 가난했든 부자였든, 누구에게나 어린 날의 기억은 풍요하고 정다운 느낌으로 남아 있게 마련이다. 어린 날의 추억은 그래서 언제나 질 좋은 닭털 침낭처럼 부드럽고 따뜻한 회상 속에 떠오른다.

가난한 사람들은 으레 식구가 많아서 한 끼의 밥을 먹기 위해서는 공평하게 식구 숫자대로 등분해서 몫을 나눠 갖게 되는데 대개 남의 밥은 내 것보다 더 많아 보여 티격태격 싸웠던 추억도 일단 지나고 보면 아름다운 기억으로 남아 있을 것이며, 운 좋게 형편이 넉넉한 집안에서 태어난 사람들은 어린 날의 기억을 떠올릴 때면 크리스마스 전날 밤이면 어김없이 산타클로스 할아버지가 갖다주는 하모니카든지 병정인형이 생각나고, 학교에서 돌아올 때 반가이 맞아주던 어머니의 웃음소리, 아침에 자고 일어났을 때 아차 잘못해서 오줌을 싸고 이웃집에 소금을 얻으러 갔던 기억들이 뒤범벅되어 떠오를 것이다.

아아, 어린 시절은 행복했어—

누구든 이런 말을 하고 있을 것이다. 어느 날 오후 책상 앞에 앉아서 따분한 근무에 시달리다가 기지개를 켜며 유리창으로 쏟아져들어오는 봄 햇살을 받다 문득 까마득히 잊어버렸던 고향 개울가에서 동무들과 바윗돌을 뒤져 가재를 잡던 기억을 떠올리고는 누가 듣거나 말거나 혼잣말로 하품과 같은 말을 할 것이다.

아아, 어린 시절은 정말 좋았어.

그러나 나는 누구나 갖고 있는 닭털 침낭 같은 어린 시절을 떠올릴 재주가 없다. 나는 마치 어느 순간 기억상실증에 빠져버려 한 부분의 기억을 송두리째 잊어버린 환자처럼 어린 날의 추억을 전혀 기억하지 못하고 있다.

나는 어린 날을 회상하려면, 전쟁과 폭격과 거리에서 죽은 즐비한 시체와, 피와 아우성 소리, 그런 것부터 떠올리고, 굶주리고 헐벗고 증오와 적의에 차 있는 어린 시절이 부서진 파편처럼 떠올라 아직까지 그 처절하던 기억들이 내 영혼을 이리저리 난도질하고 상처를 입히는 끔찍한 상상을 우선 하곤 한다.

가정의 평화라든지, 어머니의 웃음소리, 아버지의 엄격하면서도 자상한 사랑 따위와는 거리가 먼, 고아와 다름없다는 느낌이 제일감으로 떠올라, 나는 숫제 발 빠르고 버릇없는 추억의 촉수가 내 의지와는 상관없이 어린 날의 녹슨 빗장을 벗기고 어린 날로 되돌아가는 음침하고 우울한 추억의 길고 긴 회랑으로 달려갈 때면 가지 마, 제발, 그곳은 끔찍한 지옥과 같은 곳이야, 제발, 돌아와, 하고 소리질러 꿈에서 깨어나버리곤 하는 것이다.

아버지는 알코올 중독자나 다름없었으며, 어머니가 밤마다 역으로 숨어들어가 무개화차에서 부린 연탄과 조개탄을 훔쳐내오는 것으로 우리 식구는 먹고살았다. 어머니는 그래서 언제나 얼굴도, 몸도, 손도, 피부도 막장의 갱부처럼 검었으며 치마를 벗을 때면 치맛자락에서 부스스부스스 탄가루가 비듬 떨어지듯 흩날리곤 했다.

형은 전우의 시체를 넘고 넘어 앞으로 앞으로 낙동강아 흐르거라 우리는 돌진한다는, 돼먹지 못한 군가를 부르며 군인이 되고 싶어서 안달을 하고 있었지만, 아직 군대에 들어가 화랑 담배연기 속에 사라진 전우가 되기에는 나이가 어렸으므로 학교도 때려치우고 노상 미군부대 철조망 근처에서 살면서 검이나, 초콜릿, 담배 따위나 얻어먹는 할 일 없는 똘마니가 되어 있었고, 누이는 국민학교를 졸업하고는 달리 갈 데도 없고, 어디 시집가기엔 나이도 어리고, 더욱이 미군 상대의 양갈보를 하기엔 너무 키도 작고 밉상스럽게 생겼으므로 진종일 배고파 우는 동생녀석을 업고 달래며 어기야둥둥, 저기야둥둥, 자장가만 부르고 있었다.

동생녀석은 다섯 살인데도 제 발로 걸어다니는 것보다 누구의 등에 업혀다니는 것을 즐겨하며 때도 없이 오줌을 깔겨대는 좀 모자란 새끼였다.

그래도 식구 중에는 내가 제일 나아서 나는 간신히 열 살이 된 어린 나이인데도 미군부대에 고정 쇼리로 취직되어 아침 일찍 미군부대 안으로 들어가 구두도 닦아주고, 사물함도 챙겨주고, 잔심부름도 하는 것으로 오히려 어머니가 밤마다 역 개구멍으로 숨어들어가 석탄을 훔쳐내오는 것보다 더 많은 돈을 벌 수 있었다.

그러거나 말거나, 어머니가 밤마다 석탄을 캐다가 역원에게 들켜 개 취급당하고 발길로 차여 낑낑 몸져누워 신음 소리 내거나 말거나, 형이 양아치가 되고, 누이가 양갈보가 되거나 말거나, 동생녀석이 똥오줌도 못 가리는 병신이 되거나 말거나, 내가 가끔 흑인 병사들에게 붙잡혀 구두를 닦아주는 대신 그 새끼들의 아랫도리를 입으로 핥아주고는 아아, 웩웩 구역질을 하면서 나로서는 엄청난 금액의 팁을 받아오며 질질 웃거나 말거나, 아버지는 노상 술만 처먹었다.

그는 한시도 술에 취해 있지 않을 때가 없었다.

아침에 눈을 뜨면 술부터 찾았으며 만약 술이 떨어지면 그는 대뜸 어머니를 두들겨패거나, 형을 때렸다. 그는 두들겨패거나, 쥐어짜면 어떻게든 술이 생기게 된다는 것을 알고 있는 비열한 인간이었다.

그렇다.

모든 것을 전쟁 탓으로 돌릴 수도 있겠지. 모든 것이 전쟁의 그 무차별적 파괴 때문이라고 할 수가 있겠지. 이북에서 피난 와서 간신히 자리잡힐 만할 때 하루아침에 알거지로 만들어버린 망할 놈의 전쟁 탓이라고 할 수 있겠지.

전쟁만 없었다면 형은 지금쯤 금단추가 붙박인 교복을 입은 학생이 되었을 것이고 누이는 세라복을 입고 단발머리 늘어뜨린 중학생이 되었을 것이고, 동생은 아무 데나 똥오줌을 싸지 않는 새 나라의 어린이가 되었을 테고, 어머니도 맛있는 음식을 장만하고, 아버지는 술은 아주 조금씩 마시는 사람이 되었겠지. 전쟁이 없었더라면 나는 미군들의 그것을 빨지 않아도 됐을 터이고 구구단 외우다가 집어치워버린 학교 공부를 계속할 수 있었을 것이다.

구일은 구, 구이는 씨팔, 구삼은 이십칠, 구사 삼십육계 줄행랑, 구오는 사십오, 구육은 오십하고도 넉사, 구칠은 육십에 삼, 구팔은 칠십이, 구구는 팔십일……

내 학교 공부는 그것에서 끝났다. 구구는 팔십일에서 끝났다.

전쟁만 일어나지 않았다면 그 이외에 더 많은 것을 배울 수 있었겠지.

아버지를 욕하지 마라. 아버진 워낙 저런 분이 아니셨다. 모든 게 망할 놈의 전쟁 탓이다.

죽어라고 두들겨맞은 뒤 꼬불쳐둔 비상금까지 빼앗기고 난 뒤에도 어머니는 당장 아버지를 죽여야 한다, 저런 아버지는 빨갱이보다 나쁜 사람이다라고 으르렁거리는 형에게 그렇게 말하곤 했다.

어머니 말은 맞는지도 모른다.

단칸 셋방 구석에는 피난 올 때 그 바쁜 경황에도 들고 온 고물 전축도 있고 고급 벽시계가 있는 것으로 보아 전쟁만 없었다면, 그래서 모든 것이 빼앗기고 파괴되지만 않았다면 우리는 부자고 떵떵거리는 금송아지였을지도 모른다. 그러나 왕년의 금송아지가 무슨 소용이 있단 말인가. 왕년의 훌륭한 사람이 무슨 개수작이란 말인가. 그는 무어래도, 술주정뱅이에다가 알코올 중독자가 아닌가.

그가 한때 학교 선생님이었다는 것이 무슨 소용이 있으며 부모 형제 다 이북에 남겨두고 홀홀 단신 가족들만 데리고 넘어왔기에 그렇지 이북에 살 땐 금송아지가 몇 마리가 있었다는 게 뭐 말라빠진 변명이란 말인가.

셋방 주변은 온통 자갈밭으로 밤마다 문창호지 위로 왕지네들이 서걱서걱 발소리를 내며 기어다녔다.

술만 먹으면 어머니를 패는 힘은 어디 가고 지네 하나 죽이지 못해 벌벌 떠는 눈곱 긴 아버지가 전쟁이 없었다 하더라도 술주정뱅이 아니란 법은 없을 것이다.

누이는 똥오줌 못 가리는 동생을 업고 언제나 예배당에 드나들며, 하나님을 찾고 예수님도 찾고 그랬지만 그것은 신앙심 때문이 아니라 그곳에라도 찾아가면 심심치 않고, 게다가 일 년에 딱 한 번 크리스마스 전날 밤이면 구제품 옷을 공짜로 나눠주기 때문이었다.

누이는 일 년을 크리스마스 단 하루를 기다리는 것으로 용케도 견뎌냈으며 그 일 년 사이에 바짝 마른 가슴에 젖무덤도 올라오고 아주 가끔씩 아랫도리에서 코피까지 흘리는 처녀로 자라고 있었다.

그 무렵 나는 아무런 욕망도 없었다.

형은 어서 세월이 가서 나이를 먹어 군대 가기를 학수고대하고 있었고, 그러지 못할 바엔 아버지를 자기가 죽이겠다고 주머니에 칼을 품고 다녔으며, 누이는 크리스마스를, 어머니는 말은 하지 않았지만 어서 전쟁이 끝나 한시라도 빨리 서울 집으로 돌아가는 것을 희망으로 삼고 살고 있었지만 나는 종이로 만든 단정학(丹頂鶴)처럼 심장도, 더운 피도 없는 어린 소년이었다.

내겐 자랑스런 군인도, 크리스마스도, 전쟁이 끝난 뒤의 환도도, 하다못해 아버지를 죽이겠다는 증오심도 없었다. 중도에서 그친 학교를 다시 다니고 싶다는 간절한 소망도 없었으며 그렇다고 동생처럼 어린 것을 핑계삼아 아무 데나 오줌 싸고 때도 없이 똥을 누는 그런 바보도 될 수 없었다.

나는 그저 침을 뱉어 구두를 닦고, 잔심부름하고, 가끔가다 흑인 병사들의 그것을 핥아주고 돈을 받아 어머니에게 넌지시 던져주는 것 이외에는 그 나이의 소년들이 가지고 있는 과학자가 되겠다거나 하는 희망은 꿈조차 꾸지 않았다.

내게 딱 하나의 소원이 있었다면 어떻게 해서든 미군들에게 잘 보여 그들이 본국으로 귀환할 때 나를 데려가주기를 바라는 것뿐이었다.

나는 정말 미국에 가고 싶었다.

누군가 나를 미국으로 데려가만 준다면 그들의 똥구멍이라도 나는 핥을 용의가 있었다. 그들이 자기 나라로 되돌아갈 때 그들의 보스턴백 속에라도 숨어서 이 숨막히는 곳을 떠나고 싶다는 염원뿐이었다. 그러나 나는 막연한 희망만 가졌을 뿐 그것이 실제로 실행에 옮겨질 리는 만무하다는 것을 분명하게 알고 있었다.

나는 고아도 아니었으므로 그들에게 입양될 수 없었으며, 더구나 그들은 나를 구두를 닦는 쇼리로 부려먹기만 했지 나를 동생으로 사

랑해주거나, 각별한 정을 주지는 않는다는 것을 알고 있었기 때문이
었다.

저녁시간이면 나는 부대를 빠져나오며 늘 혼자 울었다. 집으로 돌
아가는 길은 너무나 멀고 언제나 바람이 몹시 불었다.

형은 내게 부대 안에서 슬쩍 시계도 훔쳐내오고 카메라나 값나가
는 라디오를 훔쳐내오든지 하다못해 스푼이라도 훔쳐갖고 나오라고
신신당부했지만 나는 그들이 먹다 남긴 닭다리 같은 음식물 이외에
는 손끝 하나 대지 않았다.

나는 도둑놈이 되고 싶지는 않았다. 나는 헐벗고 굶주리고 있었지
만 남의 것을 빌어먹는 거지는 아니었으며, 남의 물건을 쌔비는 도둑
놈은 더더구나 아니었다.

나는 처마 밑에 떨어진 제비 다리를 정성 들여 싸매주는 흥부처럼
살고 싶었으며 그렇게 살다보면 신기루와 같은 박씨가 실제로 내 앞
에 떨어질지도 모른다는 동화를 꿈꾸고 있는 나이 어린 몽상가였다.
돈이 열리고, 금은 보화가 쏟아져나오는 박씨가 내게 굴러떨어질 거
라는 우화를 나는 실제로 믿고 싶었다. 그렇게라도 생각지 않으면 나
는 죽을 것만 같았다. 아버지에게 매 맞아 죽거나(아버지는 신기하
게도 나만은 때리지 않았다. 나는 그 이유를 잘 알고 있다. 그것은 내
가 가족 중에서 유일하게 자기 밥벌이를 하고 가끔 아버지의 술값을
마련해주고 있기 때문이었을 것이다), 전쟁 덕에 폭탄 맞아 죽는 게
아니라 나 스스로 죽어버릴 것만 같았다. 나는 열 살도 채 못 된 어린
아이였지만 꿈꾸는 몽상가였으며 고독한 염세주의자였다.

그 무렵 내가 절망에서 헤어난 것은 전혀 우연한 기회 덕분이었다.
그것을 이제부터 이야기하겠다.

그즈음 우리 동네엔 서커스가 들어왔었다. 그 당시에 서커스는 대

단한 볼거리며 구경거리였다. 오락거리에 굶주려 있던 사람들은 너 나없이 동네 빈터에 천막을 세우고 만국 깃발 펄럭이는 서커스장으로 밤이면 새까맣게 몰려들곤 했다.

한낮이면 손님을 끌어모으기 위해서 회칠한 어릿광대가 횟가루 방귀를 뀌고 다녔으며 뽕짝뽕짝 녹슨 트럼펫 소리도 들려오고 있었다. 온 마을이 이 낯선 이방인들로 무슨 경축일처럼 들끓어오르고 있었다. 가벼운 흥분과 축제 분위기가 온 마을의 어린이들과 어른들의 신명을 불러일으키고 있었다.

돈이 없는 사람은 대신 쌀 한 됫박으로, 쌀마저 없는 사람은 빚을 내서라도 천막으로 모여들었으며 그 안에 들어서면 원숭이가 그네를 타고, 난쟁이가 접시를 돌리고, 어릿광대가 물구나무를 서고 입으로 불을 토하고, 번쩍번쩍 금빛 옷을 입은 예쁜 아가씨들이 춤추고 노래 부르고, 나중에는 연극까지 보여주었다. 사람들은 웃다가, 박수 치다가, 놀라다가 그리고는 나중에는 목을 놓고 울었다.

그들은 전쟁에 지친 사람들에게 신선한 자극이었으며, 생기를 불어넣는 마술사들이었고, 그리고 천상에서 내려온 우리들의 우상이었다.

그들은 입으로 불을 먹고 외줄 위에서 춤추고 발로 접시를 돌리고 주머니에서 돈을 꺼내는 이상한 나라에서 온 이상한 도깨비들이었다.

그들의 말은 곧 노래였으며, 그들의 걸음걸이는 곧 춤이었다.

군인이 되기를 희망하고, 크리스마스를 꿈꾸고, 망할 놈의 전쟁이 끝나기를 갈망하는 가족들은 일단 이들이 보여주는 마술의 세계에 정신없이 빠져들었다. 그것은 하나의 광기 어린 종교와도 같았으며 한여름의 전염병과도 같았다.

나도 예외는 아니었다.

그들에게서는 외부에서 흘러들어온 싱싱하고 신선한 자극이 있었으며 몽환적인 열기가 있었다. 나는 객석 가마니 위에 주저앉아 숨을 죽이고 너무나 긴장해서 바지에 오줌을 찔끔찔끔 흘리면서 그들의 춤을, 곡예를, 마술을 바라보았다. 마술사의 손에서 비둘기가 한 마리 한 마리 튀어나와 날개를 퍼덕이며 허공을 날 때면 나는 거의 울고 있었다. 그것은 내게 충격적인 찬탄을 불러일으키는 경이로운 환상의 세계였다.

집으로 돌아와서도 나는 쉽게 잠을 이룰 수가 없었다. 귓가에 녹슨 밴드의 금속성 소리가 들려오고, 원숭이의 모습이 어른거렸다. 그러나 그 무엇보다도 그들이 내 마음을 사로잡은 것은 그들의 춤과, 노래와, 마술 때문이 아니었다.

그것은 일종의 경품행사 때문이었다.

서커스단측에서는 더 많은 손님을 유혹하기 위해서 경품을 걸어 놓고 있었다. 경품은 자전거였다. 날마다 공연이 끝날 무렵이면 어릿광대가 번호표를 추첨함에서 뽑아들고 번호를 불렀으며, 그 번호에 뽑힌 사람은 누구나 상관없이 찬란한 은륜(銀輪)의 자전거를 공짜로 탈 수 있었다.

입장을 한 손님 누구에게나 기회가 주어지는 것은 아니었다. 관람 도중에 내 나이 또래의 예쁜 소녀들이 자신의 모습이 찍힌 전신사진을 꽃바구니에 담아들고 객석을 돌아다니며 팔고 있었는데 그것을 사야만 번호표를 주었다. 도대체 어린 소녀의 사진이 무슨 소용이 있을까마는 사람들은 자신에게 행운이 올지도 모른다는 생각 때문에 다투어 그 사진을 비싼 돈을 주고 사들이고 있었다. 입장료의 세 배나 되는 비싼 금액이었다.

어릿광대가 공연이 끝나고 번호를 부를 때면 사람들은 긴장해서 번호표를 들고 숨죽이고 앉아 있었다. 어떤 날은 해당 번호가 뽑히지 않아 자전거를 타는 사람이 없었지만 어떤 날은 실제로 나도 알고 있는 동네 주민 중의 한 사람이 뽑혀서 뛰어나가 자전거를 타고 원형무대 위를 한 바퀴 맴돌고, 그리고 까무러쳐버렸을 정도였다.

자전거는 믿어지지 않는 물건이었다. 우리 동네 사람들 그 누구도 자전거를 타는 사람은 없었다.

기껏해야 동네 점포에 낡은 고물자전거가 서너 대 있을 뿐이었다. 내 어린 날 그 시절에 자전거는 지금의 승용차보다도 더 소중하고 값비싼 물건이었다. 나는 부대 내에서 멀리 떨어진 막사와 막사 사이로 심부름을 갈 때면 간혹 자전거를 빌려타고 가기도 했는데 자전거를 탈 때면 나는 구름 위에서 뛰노는 손오공과 같은 아슬아슬한 속도감을 느끼곤 했다.

자전거의 페달 위에 간신히(자전거들은 대부분 내게는 컸으므로) 발을 얹고 거의 선 채로 발을 굴리면 금빛 수레바퀴는 서서히 전진해 굴러가고, 차츰 속도는 빨라져서 날기 위해서 활주로를 빠르게 달려가는 비행기처럼 어느 순간 내 양편 겨드랑이에 날개가 돋아나는 것 같은 환각을 느끼곤 했다.

경품에 당첨이 된다면 그 자전거가 내 것이 될 수 있다는 욕망이 내게 견딜 수 없는 흥분을 불러일으켰다.

지금껏 꿈꿔오던 간절한 소망 하나가 어느 날 내게 은빛 자전거로 뒤바뀌어 그것을 탈 수 있는 박씨 하나를 내게 물어다줄 것이라고 나는 생각했다. 서커스에서 자전거 한 대를 그날그날의 경품으로 내놓은 것은 오로지 나만을 위해서 그런 것이라고 나는 일방적으로 믿어버렸다.

서커스 천막 앞 공터에는 원숭이와 더불어 번쩍번쩍 빛나는 자전거 한 대가 햇빛을 받고 서 있었다. 이따금 어릿광대가 자전거 위에 올라타서 물구나무서기를 하면서 어린아이들을 웃겼으며, 실제로 구경하는 어린아이들 중에 한 사람 나와서 자전거를 타보라고 유혹해보기도 했다. 뽑힌 아이들은 너무나 기뻐서 자전거를 두어 바퀴 굴려보기도 전에 제풀에 쓰러지곤 했으며, 그러고 나서도 이렇게 말하곤 했다.

자전거를 타는 기분이란 말이야, 꼭 쌕쌕이 비행기를 타는 기분이었단 말이야.

그건 어림도 없는 소리였다. 어린 나이에 세발자전거도 제대로 타보지 못한 소년들이 두발자전거를 탄 느낌을 정확히 표현해 나타내 보이는 것은 아무래도 무리였다.

대부분 자전거를 타는 경품추첨은 해당 번호가 없는 꽝으로 끝나고 말았는데, 서커스단측에서 자전거를 상품으로 내놓고 그것을 주기 싫어서 일부러 없는 번호를 부른다는 소문도 있었지만 그렇거나 말거나 그건 나하고는 상관없는 일이었다. 나는 매일같이 서커스 구경을 갔으며 휴식시간에는 가진 돈을 다 털어 내 나이 또래의 계집아이들이 들고 다니는 전신사진을 사곤 했다.

내겐 이제 난쟁이의 재주넘기도, 원숭이의 담배 먹기도, 어릿광대의 횟방귀도, 마술도 눈에 들어오지 않았다. 나는 오직 공연이 끝나는 시간만을 기다렸다.

공연이 끝나서 어릿광대가 자전거를 타고 원형무대에 나타나 앞뒤가 막힌 상자함에서 번호표를 꺼내 큰 소리로 읽어주는 고함 소리만을 기다렸다.

나는 그가 틀림없이 내 번호를 불러주리라고 기대했다.

나는 당첨될 것이다. 그래서 나는 자전거를 탈 수 있을 것이다. 자전거는 내 것이다. 저 자전거는 내 것이다. 저 자전거가 내 것이 된다면, 나는 당장이라도 미군부대를 때려치울 것이다. 나는 미군부대를 때려치우고 산과 들을 건너서 아무 데고 떠날 것이다. 집에서 멀리멀리 떨어진 곳으로 마구 달릴 것이다. 바다 위도 달릴 것이다. 바퀴가 물에 빠지기 전에 재빨리 페달을 밟는다면 자전거는 종이배처럼 물

위에 뜰 것이다. 나는 자전거를 타고 바다를 건널 것이다. 그래서 아주 먼 나라로 떠날 것이다.

그것은 내가 비로소 얻은 단 하나의 희망이며, 유일한 구원이었다. 그렇다. 그것은 얼마나 작은 소망인가. 그러니 경품에 당첨돼서 두발자전거 한 대만 얻으면 전쟁이 수십 년 계속되든 말든, 아버지가 술을 더 마시든 말든, 어머니가 밤마다 역사로 숨어들어가 석탄을 훔쳐오든 말든, 더이상 아무것도 개의치 않고 아무것도 바라지 않겠다는 내 작은 소망마저 무참히 깨지고 외면당할 수 있을 것인가.

그러나 내 소원은 비참한 결말을 보았다. 나는 매일같이 서커스로 들어가 수십 장의 사진을 샀지만 단 한 번도 당첨되지 않았다. 그것은 불가사의한 일이었다. 그것은 철저한 패배였다.

나는 횟수가 거듭될수록 절망의 늪 속에 빠져들었으며 마침내 이 지옥을 벗어나지 못하고 이 암울한 수렁 속에서 죽어버리는 게 아닐까 하고 두려움을 느낄 정도였다.

그럴 수가 있을까. 자전거는 내가 어린 날에 가졌던 단 하나의 구원이었으며, 희망이었음에도 불구하고.

이제 거의 서커스 공연이 끝나고 온 마을에 충만하던 서커스 열기도 서서히 식어가서 날마다 들끓던 서커스 천막 안도 철 지난 바닷가처럼 썰렁해질 무렵, 서커스는 또다른 손님을 찾아서 또다른 도시로 떠난다는 소문이 돌기 시작하자, 나는 그들이 떠나는 날을 내가 죽어버리는 날이라고 마음을 정하고 있었다.

그들이 떠나면 나는 철로를 베고 누워 잠들어버릴 것이다. 그들이 떠나면 나는 내 발로 바닷속으로 걸어들어가 바닷물이 내 키를 넘어설 때까지 계속 걸을 것이다. 그래서 마침내 죽어버릴 것이다.

그러나 나는 아무것도 구할 수 없었다. 나는 오직 그 소녀들에게서 산 수십 장의 흑백 전신사진만을 소중히 간직하고 있는 어리석은 어린아이에 불과했다.

내일이면 그들이 떠나는 날 밤에도 나는 두 장의 사진을 샀으며, 그 대가로 두 장의 번호표를 얻었지만 결과는 무참하게 꽝이었다. 사람들은 그들이 하루에 한 사람에게 꼬박꼬박 자전거를 사은의 서비스로 선물하겠다던 당초의 약속과는 달리 지금까지 한 달이 넘는 동안 겨우 두 대의 자전거만을 당첨시킨 것은 분명한 사기 행위라고 수군거렸지만, 아무도 노골적으로 드러내놓고 대거리를 하는 사람들은 없었다.

서커스가 끝나고 나는 주머니에 손을 찌르고 묵묵히 집으로 돌아가기 시작했다. 거리는 잠들어 있었고, 찬바람이 골목 어귀를 도둑고양이처럼 내처 달리고 있었다. 골목 어귀 술집에서 나는 아버지를 보았다. 아버지는 언제나처럼 탁자 앞에 주저앉아 막소주를 들이켜고 있었다. 머리는 산발하고, 얼굴은 몇 날 며칠을 씻지 않아 더러운 시궁창에서 구르는 죽은 쥐의 시체처럼 초라해 보였다. 우리들은 우연히 시선이 마주쳤다. 아버지는 아버지대로 나를 보고 말이 없었으며, 나는 거리에 구르는 짱돌을 내지르며 못 본 체 술집 앞을 지나려 했을 때였다.

갑자기 아버지가 낮은 소리로 나를 불러세웠다.

"애야, 이리로 들어와라."

나는 우물쭈물 망설였다. 그러나 일단 아버지의 명령에 따르기로 결정했다. 나는 술집 안으로 들어가 아버지 맞은편에 주저앉았다.

"어딜 갔다 오는 거냐, 이 늦은 밤중에."

"서커스요."

나는 볼멘소리로 대답했다.

"서커스. 넌 매일 밤 늦은 시간에 이 집 앞을 지나고 있었어. 그렇다면 넌 매일매일 서커스에 갔단 말이냐?"

“네.”

“서커스가 그리도 재미있더란 말이냐?”

“아뇨.”

“그럼 왜 매일 밤 서커스에 갔단 말이냐? 애야, 그건 모두 사기다. 그건 모두 허깨비와 같은 짓이다. 그런 것은 도깨비들의 장난이란 말이야.”

아버지는 자기 손으로 자기 술잔에 철철 넘치도록 술을 따르고 그것을 단숨에 들이켰다. 마르고 여윈 목젖이 꿈틀 하고 수축되는 것이 보였다.

아버지가 매일같이 마시는 술도 아버지의 말대로 사기나 허깨비나 도깨비 장난이란 말이에요.

나는 마구 대거리로 아버지에게 소리쳐 덤벼들고 싶은 충동을 간신히 참았다.

그때였다.

내 앞주머니에 차곡차곡 모아두었던 사진의 앞부분이 삐죽이 빠져나온 것이 아버지의 눈에 띈 모양이었다. 아버지는 잠자코 손을 뻗어 주머니 속에서 수십 장의 사진을 꺼내들었다. 아버지는 물끄러미 그것을 들여다보다가 느닷없이 킬킬거리며 웃었다.

“이게 뭐냐? 서커스의 계집애냐? 이제 보니 알겠다. 요 계집년에게 네가 홀딱 반한 모양이로구나. 요놈 봐라. 불알에 털도 안 난 녀석이 벌써부터 계집년에게 혼이 나가가지구. 이년이 너한테 시집이라도 오겠다던?”

“아니에요.”

나는 순간 아버지의 손에서 사진을 빼앗아 들었다.

그리고 사진을 찢기 시작했다. 나는 분노했다.

나는 아버지의 저 무능력한 비웃음에 분노하고 있었으며 저 늙은 술주정뱅이의 모욕 앞에 심한 반발을 느꼈다. 아버지는 면전에서 도전하고 있는 어린 아들의 무례한 행위를 별 표정 없이 물끄러미 바라보았다.

"그럼 뭣 때문이냐, 뭣 때문에 넌 밤마다 쥐새끼처럼 서커스를 구경하고 온단 말이냐?"

"그건 자전거 때문이에요."

"자전거?"

아버지는 전혀 뜻밖이라는 듯 어리둥절한 표정을 했다. 나는 분노에 가득 차서 지금까지 있었던 참담한 패배의 기록을 낱낱이 보고하기 시작했다.

아버지는 묵묵히 술을 비우며 내 이야기를 끝까지 참을성 있게 들었다. 그는 벙어리 같았다. 나는 제풀에 고백하고는 금방 참혹한 후회감에 잠겨들었다. 이미 후회하기에는 엎지른 물이었으므로 나는 눈가에 맺힌 눈물을 손등으로 소리가 나도록 닦아내렸다.

"그 자전거가……"

오랜 침묵 끝에 아버지는 마지막 술잔을 비우며 나를 바라보았다.

"그리도 탐이 나더란 말이냐?"

"예."

"왜 뭣 때문에?"

"그것만 있다면 어디든 달려갈 수 있으니까요. 그것만 있다면 산과 들과 바다도 건널 수 있으니까요."

"바다를, 바다를 어떻게 건넌단 말이냐. 그건 배가 아니지 않느냐?"

"물에 빠지는 속도보다 내가 더 빨리 발을 구르면 물위에 뜰 수 있을 것이니까요."

"그건 그래. 그럼 그걸 타고 어디로 가겠단 말이냐."

"그건 나도 몰라요. 다만 먼 나라로 떠나고 싶다는 생각뿐이니까요."

"먼 나라. 그곳이 어딘데?"

"그건 나도 몰라요."

"너 지금 열 살이지?"

"……열 살이에요."

"벌써 그런 나이가 되었군. 난 네가 아직 강보에 싸인 어린아인 줄만 알았다. 그래서 넌 밤마다 그곳에 갔었단 말이지?"

"예."

"한 달 동안 매일같이?"

"예."

아버지는 묵묵히 귀에 꽂아두었던 담배꽁초를 입에 물고 불을 당겨 피웠다. 그의 몸은 몹시 떨리고 있었다. 그는 이미 더이상 마실 수 없을 만큼 취해 있었고 그래서 그는 무슨 황홀한 꿈속에 잠겨 있는 것처럼 보였다. 그의 눈곱 긴 두 눈은 이 지상의 사물들을 응시하지 않고 아득히 먼 꿈속을 더듬어 바라보고 있는 것처럼 몽롱하게 풀려 있었다. 그는 허깨비를 바라보는 미친 사람처럼 보였다.

"너 내일도 서커스에 가서 표를 사겠단 말이냐?"

오랜 침묵 끝에 아버지는 생각난 듯 낮은 목소리로 물었다.

"예. 하지만 내일은 마지막 날이에요. 그 사람들은 내일 공연을 끝내면 천막을 걷어서 어디론가 멀리 떠나버릴 거예요."

"만약에, 만약에 말이다. 내일이 마지막 날인데도 네가 자전거를 타는 추첨에서 당첨되지 못하면 어떻게 할 것이냐?"

"그럼 난 죽어버릴 거예요."

나는 망설이지 않고 단호하게 대답했다. 나는 아무에게도 고백하지 않고 나 혼자만의 비밀로 결심해두었던 각오를 입 밖으로 뱉어내었다.

"어떻게 말이냐. 어떻게 죽겠단 말이냐?"

"바닷물 속으로 걸어들어가겠어요. 바닷물이 내 키를 넘을 때까지 걸음을 멈추지 않을 거예요."

"넌 아직 죽을 나이가 아니다."

돌연 웃으며 아버지가 나를 쳐다보았다. 그의 두 눈이 부드럽게 나를 달래고 있었다.

"넌 이제 겨우 열 살이 아니냐. 내가 네 나이 때는 언제나 하나님이 내 곁에 함께 있곤 했었단다. 웬만한 부탁쯤은 그 할아버지가 모두 들어주셨단다. 꼬마야, 내가 네 소원을 들어주도록 하겠다. 그 대신 너도 내 부탁을 들어줄 수 있겠니? 오, 물론 아주 간단한 부탁이지. 일테면 말이다. 네가 내일 그 계집애에게 사진을 사고 경품에 당첨되어 자전거를 탄다면 이 애비도 함께 자전거에 태워주겠다는 약속을 할 수 있겠니? 이 애비도 함께 태워서 바다를 건널 수 있겠니?"

"하지만 두 사람이 타면 우리는 물 속에 빠져버릴 것이에요."

"이 애비도 페달을 빨리 구르면 되지 않겠냐? 한 사람보다 두 사람이 발을 구르면 더 빨리 달릴 수 있겠지."

"그럴 수 있겠네요."

"넌 내일 분명히 자전거를 탈 수 있을 것이다."

아버지는 순간 단호하게 말을 잘랐다. 그의 목소리는 지금껏 들어왔던 술 취한 꼬부라진 목소리가 아니었다. 확신과 신념에 불타는 목소리였다.

"이제 넌 희망을 가져도 좋은 나이다. 넌 해낼 것이다. 넌 할 수 있다. 내 말을 믿어라. 넌 내일 자전거를 탈 수 있다. 내 말을 믿어라. 넌 절망하기엔 이른 나이다. 네가 제일 좋아하는 숫자가 뭐이냐?"

"팔십일이에요."

“어째서?”

“내가 외운 구구단의 가장 마지막 숫자니까요. 구구는 팔십일이니까요.”

“그래 그럼 내 말을 잘 들어라. 내가 네게 기적을 만들어 보이겠다. 내일 그 소녀에게 팔십일번이라는 번호를 사도록 해라, 알겠니?”

“……하지만.”

“약속해라. 자전거를 타면 네가 나를 태우고 산과 바다를 건너서 어디론가 태워주겠다고 약속했듯이 네가 팔십일번의 번호표를 사면 나는 네가 자전거를 타게 해주겠다. 우리 서로 약속하기로 하자. 내 말을 잊어서는 안 돼. 팔십일번이다. 알겠니?”

“알겠어요…… 하지만 어떻게 아버지가……”

“일테면, 일테면 말이다. 아버지에게도 희망이란 것이 있는 법이니까 말이다. 일테면 뭐랄까 망할 놈의 하나님에게 빌어보기로 하자꾸나, 알겠니?”

“예.”

“술 한잔 마시겠니.”

아버지는 마지막 남은 술잔을 가리키며 멋쩍게 웃었다.

“아뇨. 난 마실 줄 몰라요.”

“그럼 돌아가거라. 가서 자거라. 가서 좋은 꿈을 꾸거라.”

다음날 나는 약속을 지켰다.

나는 약속대로 서커스의 소녀에게서 팔십일번의 번호표를 샀으며 아버지는 내게 기적을 베푸셨다.

나는 예언대로 자전거를 탈 수 있게 된 것이다. 서커스의 어릿광대가 무대로 뛰어나온 내게 이렇게 물었다.

“넌 아직 자전거를 타기엔 어린 나인데.”

나는 울음이 북받쳐 대답할 수 없었지만 그의 눈앞에서, 만장한 서커스 관객들 앞에서 꿈에도 그리던 자전거를 타고 한 바퀴 맴을 돌아보았다.

나는 아버지의 하나님이, 술주정뱅이인 아버지에게 날마다 술을 마시게 하는 술주정뱅이 하나님이 아버지의 소원을 들어 단 한 번의 기적을 베풀도록 한 것이라고 믿어 의심치 않았다.

아주 먼 후일 나는 아버지가 내게 기적을 베풀어주기 위해서 그가 가진 것을 모두 팔아 그 돈으로 미리 곡마단 쪽에 들러서 자전거를 사두었다는 것을 알게 되었다. 그러니까 아버지는 나와의 약속을 지키기 위해서 미리 서커스단을 찾아가 단장에게 경품으로 내놓았던 자전거를 현금으로 사둔 후 어릿광대에게 그 자전거를 팔십일번의 경품표를 산 소년에게 선물로 주라고 부탁을 해두었던 것이다. 아버지는 그 자전거를 사기 위해서 그가 가진 모든 것을 팔았으며 그래도 돈이 모자라 단장에게 이렇게 말했다는 것이다.

"모자라는 돈 대신 단원들이 원한다면 날마다 원숭이들에게 먹이를 먹이고 말의 갈기를 빗질해주겠소. 그래도 부족하면 서커스를 선전하는 현수막을 들고 단원들이 떠나는 새로운 동네로 나가 매일같이 춤을 추겠소. 만세도 부르겠소."

그날 내가 아버지가 보여준 기적으로 자전거를 경품으로 탄 후 원형무대에서 자전거에 올라타 울면서 맴을 돌고 있을 때 아버지는 천막의 한구석에서 몰래 숨어 보며 이렇게 말했다는 것이다.

"하나님. 이제 저 아이는 어디든 제가 가고 싶을 때 달려갈 수 있을 것입니다."

아버지는 나하고의 약속을 지키셨지만 그래서 기적을 베푸셨지만 나는 아직 아버지하고의 약속을 지키지 못하고 있다. 그 어두운 술집에서 자신을 태우고 산과 들과 바다를 함께 다니자던 약속을 나는 아직껏 이행치 못하고 있는 것이다. 왜냐하면 그는 이미 죽었으므로, 죽어서 무덤 속에 묻혀 있으므로.

그러나 아버지는 내게 기적을 베풀어 그것으로 위대한 유산을 남겨주신 것이다. 절대의 절망 속에서도 희망을 잃어서는 안 된다는 것과 기적은 간절히 소망하는 사람의 것임을, 단 한 번의 — 그렇다, 단 한 번이었다 — 모범으로 보여주신 것이다.

아버지와의 약속은 먼 후일 그가 자전거를 미리 사두고 어릿광대와의 묵계하에 서로 짜고 함께 베푼 것이라는 것이 밝혀졌듯 아주 먼 후일에야 지켜질 수 있을 것이다.

그날이 언제인가 물을 필요는 없다. 아주 먼 후일 나는 아버지를 등뒤에 태우고 함께 산과 바다를 건널 것이다. 아버지는 그가 말했듯 힘차게 페달을 밟아 우리는 절대로 바닷속으로 침몰하지는 않을 것이다.

(1982년)

천상(天上)의 계곡

　어머니에게 이해할 수 없는 일이 생긴 것은 한창 무더위가 기승을 떨치고 있는 한여름의 일이었다. 평소에는 집 안에 들어앉아 아이들이나 아내에게 이런저런 일에 잔소리를 퍼부어대던 노인네라서 제발 어디 일가친척 피붙이라도 찾아 나들이라도 하시든지, 아니면 인근 주민들한테 들러 말벗이라도 사귀어서 번잡스런 일상사에는 신경을 덜 쓰셨으면 얼마나 좋을까 하던 노인네가 아침이면 정기적으로 나들이를 떠나 해질 무렵에나 슬그머니 들어오는 일이 생긴 것이다.

　이제 일흔도 훨씬 넘어 내일 모레면 팔순을 바라볼 노인네가 아침이면 옷장에서 흰 모시적삼을 정성 들여 받쳐입고 아내에게 하루치의 용돈도 천원씩 꼬박꼬박 타가지고는 횡하니 누가 행선지를 물을세라 집을 나서서 점심도 꼬박 거르고, 한여름의 햇빛이 기울 무렵에야 돌아오고는 했으니 아내는 물론 아이들도 할머니의 보이지 않는 압력과 위엄에서 해방된 자유스러움을 구가하게 되었던 것이다.

처음에 아내는 어머니가 인근 동네 주민들을 찾아가 새 친구도 사귀고 공연히 꽃구경이라도 하겠다며 초인종을 누르고 들어가 넉살 좋게 빌붙어 앉아서는 동네 참견하시느라 세월을 보내는 줄만 알고 있었다는 것이다. 참 이상한 일도 다 있구나 하고 아내는 어머니의 달라진 행동을 이상하지만 오히려 고맙게만 생각하고 있었다는 것이다. 그러나 그게 아니었다. 언젠가 어머니를 급히 찾을 일이 있어 온 동네를 다 뒤지고 다녔지만 어머니는 아무 곳에도 계시지 않아 그때부터 뭔가 석연치 않은 생각이 들기 시작했다는 것이다.

어쩌면 아직 나이에 비해서는 기운도 좋으시고, 총기도 계신 편이시니 당신 혼자서 버스를 타고 먼 친척을 찾아서 오랜만에 대접도 받고 돌아오시는가보다 하고 될 수 있는 대로 마음 편하게 생각했는데 하루가 다르게 어머니의 외출벽은 도가 지나치기 시작했다는 것이다.

아침이면 물론 풀 먹여 빳빳이 다린 모시적삼 받쳐입고 행여 아내가 어디 가세요 하고 물을세라 지레 경계하는 태도로 서둘러 나가서는 그전과 다름없이 해가 기울고, 한밤이 되어서야 돌아오시는 일이 자주 있게 된 것이었다. 이상한 것은 그뿐만이 아니었다. 워낙 정갈하고 깔끔한 성격이라서 매일 아침 한 번은 닦으시는 흰 고무신을 반짝반짝 닦아서 신고 나가시는 것은 그렇다고 하더라도 마당에 갓 피어난 봉숭아 꽃잎을 어느새 따다가 돌로 짓이겨서 그 꽃물을 백반에 으깨어 고웁게 물들이시고, 외출할 때면 아내의 화장대 위에 놓인 화장품도 찍어바르시는 것으로 보아 늘그막에 노망이라도 드셨는지 마치 새시집가는 새색시처럼 멋을 부린다는 것이었다. 참으로 가당치 않은 아내의 설명이었다. 팔순이 가까운 노인네가 멋은 무슨 얼어죽을 놈의 멋이란 말인가. 머리카락은 백설처럼 희고, 검은 머리카락이라고는 한 올도 없는 늙은이가 손톱에 무슨 봉숭아 물을 들이며, 그 주름진 얼굴에다 무슨 화장품을 찍어바른단 말인가. 이빨은 하나도 성한 것이 없어서 온통 틀니로 이빨을 대신하고 있는 늙은이가, 노안(老眼)으로 백내장 기운이 번져나가 두 눈은 돋보기를 쓰기 전에는 앞가림도 못 하는 노인네가 뒤늦게 노망이라도 든 것인가.

어쨌거나, 아내는 어머니가 외출을 나가시고 난 뒤부터는 말수도 적어지시고, 짜증도 덜해지시고 공연히 이것저것 집안 참견도 덜하시게 되어서 정말 살맛난다고 한편으로는 좋아했다. 그러나 어쨌든 어머니의 외출은 보통 일이 아니었다. 비록 어머니의 외출이 어머니를 즐겁게 하고, 어머니의 마음에서 짜증과 신경질을 누그러뜨린다고는 하지만 자식 된 도리로서 어머니가 나가서 무엇을 하며 시간을 보내시는가 하는 것에 대해서는 마땅히 관심을 기울여야 할 것이 아니겠는가. 나 몰라라 하고 모른 체 내버려둘 수는 없는 일이었다.

집 근처의 이웃을 찾아다니는 것도 아니고, 먼 친척들의 집을 찾아 외출을 떠나는 것도 아니고, 그렇다고 뒤늦게 종교에 빠져들어 교회를 돌아다니는 것도 아니고, 아니면 저 금곡 너머 천주교 묘지에 묻혀 있는 아버지의 묘소를 매일처럼 방문하는 것도 아닌 게 분명하고 보면 도대체 어머니는 매일처럼 어디로 나가, 누구와 더불어 소일하고 돌아오는 것일까, 그것은 정말이지 수수께끼가 아닐 수 없었다.

아내가 한번 넌지시 어머니에게 물어본 적도 있었다고 한다. 그런데 어머니, 아침마다 어디로 외출하세요 하고 물었다가 되레 혼이 났다는 것이다.

"왜, 내가 도둑질이라도 나가는 것으로 생각된단 말이냐."

어머니는 묻는 아내의 질문에 역정을 내며 왈칵 화를 내셨다는 것이었다. 묻는 사람의 마음은 그게 아니었는데 정도 이상으로 화를 내시니 차마 다시는 행선지에 대해서는 물을 수가 없다는 것이었다. 마침 방학중이라 집에서 놀고 있던 아들녀석이 탐정놀이라도 하듯 외출을 나가시는 어머니의 뒤를 몰래 밟아보기도 했다는 것이다. 버스 정류장까지는 용케도 할머니한테 들키지 않고 쫓아갔는데 그만 정류장에서 된통으로 할머니한테 들켜버렸다는 것이다.

"니가 웬일이냐?"

할머니가 길거리에서 역정을 내시며 아들녀석을 을러대셨다.

"저, 저, 약을 사러 나왔어요, 할머니."

달리 대답할 말이 떠오르지 않아서 아들녀석이 우물쭈물거렸을 때 할머니는 치맛단이 길바닥에 끌릴세라 거머쥐시더니 이렇게 말하셨다.

"냉큼 들어가거라. 행길을 건널 때는 차 조심하고."

아들녀석의 말은 할머니가 간첩이라는 설명이었다. 날마다 이북에서 넘어온 간첩과 접선하기 위해서 외출을 나간다는 설명이었다.

아들녀석의 말을 듣고 보니 참으로 해괴망측한 일이 아닐 수가 없었다. 이제 겨우 국민학교 이학년이므로 친할머니를 간첩으로 생각하는 것은 무리가 아니겠지만 어쨌든 어머니의 행적은 온 가족의 궁금증을 유발시키기엔 충분한 이유를 갖고 있었다. 도대체 어머니는 날마다 어디로 무엇을 하기 위해서 길을 떠나는 것일까.

할머니를 간첩이라고 생각하고 있는 아들녀석은 다음날부터 어머니가 외출할 시간이면 미리 버스 정류장에 나가 건물벽 뒤에 몸을 숨기고 서서 지켜보곤 했는데 아들녀석의 보고를 신용한다면 할머니는 그곳에서 매일 아침 버스를 탄다는 것이었다. 그것은 당연한 일이었다. 버스 정류장에서 버스를 타지, 그럼 기차를 탈 것인가. 아들녀석의 탐정놀이는 매번 그곳에서 끝나곤 했는데 할머니의 눈이 무서워서 차마 버스를 타고 할머니 뒤를 쫓을 배짱은 없었으므로.

그런데 아들녀석의 보고로 그럴듯한 증거를 한 가지 수집할 수 있었다. 그것은 매일 아침 어머니가 타는 버스가 언제나 일정한 노선의 버스라는 것이었다. 그 버스는 제3한강교를 지나 장충동으로 해서 안국동을 지나 미아리로 빠지는 노선의 버스였다. 어머니가 매일 아침 그 버스만을 탄다는 것은 참으로 의미심장한 일이었다. 그 버스가 지나는 노선에는 일가친척의 집이 전혀 없었다. 그러니 그 사실만으로 보면 어머니가 친척들의 집을 방문하는 것은 아닌 셈이었다.

물론 이렇게 추리해볼 수는 있을 것이다.

버스를 타고 가다 어느 정류장에서 내려 다른 버스를 갈아탈 수는 있는 일이었다. 그러나 그 버스 정류장에서 서는 버스들은 모두 제3한강교를 필연적으로 건너게 되므로 버스를 갈아타기 위해서 일부러 그 노선의 버스만을 선택한다는 것은 어차피 어색한 추리가 되는 것이었다. 어머니는 매일 아침 언제나 그 버스를 타고 그 버스가 가는 노선의 어느 지점에 위치한 공간을 찾아서 외출을 떠나고 있다는 사실이 아들녀석의 탐정놀이에 의해서 밝혀진 셈이었다.

그렇다면 어머니는 도대체 어디로 무엇을 하기 위해서 외출을 떠나고 있는 것일까.

"만약 저러다가요, 길거리에서 갑자기 정신을 잃거나 혼이 나가시면 어떻게 해요. 노인네들은 모른다고요. 노인네들은 아침저녁으로도 얼마든지 건강이 나빠질 수 있단 말예요."

처음에는 어머니의 외출로 한시름 놓았다고 해방감을 느낀 아내도 그 외출이 한 달 동안 내리 계속되자 은근히 걱정이 되는 모양이었다. 물론 어머니는 일요일에는 외출을 떠나지 않으셨다. 그야 당연한 일이었다. 하느님 같은 전지전능한 분도 엿새 일하고 나서는 지쳐서 하루쯤 쉬셔야 했을 정도로 피로하셨는데 어머니라고 그 피로를 이길 능력은 없을 터이므로.

아내의 부탁은 어머니에게 넌지시 물어보라는 것이었다. 자기야 아무래도 며느리고, 한 다리 건넌 사이여서 묻는다고 해도 대답을 해주지 않을 테지만 당신이야 친아들이므로 혹시 또 아느냐, 선선히 대답해주실지도, 라는 게 아내의 말이었다. 그러나 그건 당치도 않은 생각이었다.

노인들도 나름의 대답하기 싫은 비밀이 있게 마련이다. 아무리 친아들이라고 할지라도 대답하기 싫은 질문은 삼가는 것이 최소한의 예의가 아닌가. 그보다도 물어서 만약 어머니가 내 새끼 꼴 보기 싫어서 내가 죽어 묻힐 묏자리라도 찾으러 돌아다닌다(어머니가 매일 아침 타는 버스 노선은 미아리가 종점이다)라는 식의 대답을 듣든지, 손자새끼, 살림살이가 다 귀찮아서 양로원이나 보고 온다는 식의 대답을 듣게 된다면 안 물어본 것만도 못한 결과가 되기 때문이었다. 어머니가 시쳇말로 늙어서 카바레나 드나들지 않는 다음에야, 어디 가서 망신이나 당하지 않게 당신 말대로 도둑질이나 하지 않고 아들녀석의 추리대로 간첩 노릇이나 하지 않는다면 그저 묻지 않고 내버려두는 편이 상책이지 싶었다. 더구나 어머니는 최근에 눈에 띄게 명랑해지셨으며 짜증을 부리는 횟수도 눈에 띄게 줄어드신 것으로 보아 마음만은 전에 없이 편안하고 쾌활해진 것처럼 보였다. 그렇다. 공연히 쓸데없이 어머니의 마음을 긁어 부스럼을 낼 필요는 없었다.

그래서 나는 아내의 부탁을 전처럼 무시해버리기로 했다. 그러나 아내는 아내대로 만만히 물러서지는 않았다.

아무래도 어머니가 이상하다는 것이었다.

어떤 날 들어오실 때 문을 열어주느라면 어머니에게서 술냄새가 날 때도 있다는 것이었다. 그것은 어림없는 말이었다. 어머니는 팔십 평생 술 한잔 입에 대지 못하는 체질을 갖고 있었다. 아버님이 워낙 술을 좋아하셔서 오십도 못 채우시고 간경화증으로 돌아가시고 나서부터는 어쩌다 내가 술이라도 마시고 들어오는 날에는 아이구 그 웬수놈의 술, 그 웬수놈의 술 때문에 또 내 새끼 초상 치르게 생겼구나, 아이구 이년의 팔자야 하는 탄식을 달고 사시는데, 이제 팔순

나이에 새삼스레 무슨 술이란 말인가. 나는 어림없는 소리라고 일축해버렸다. 만약 아내의 추리가 사실이어서 어머니가 술을 마신 것이 분명하다고 해도 그것은 오히려 즐겁고 유쾌한 일이지 노망 든 주책이라고 책망할 성질의 일은 결코 아니라고 나는 생각했다.

아내의 부탁은 내가 한번 어머니의 뒤를 밟아보라는 것이었다. 자신이 밟아볼 수도 있지만 워낙 눈치 빠른 노인이므로 금방 탄로가 날 것이 뻔하고 탄로가 나면 그야말로 몇 달 동안 부아가 들끓어 달달 들볶을 것이 분명하니 아들인 당신이 뒤를 밟으면 설사 뒤를 밟다 들켜도 명색이 큰아들이니 대충대충 넘어갈 수 있지 않겠느냐는 생각이었다. 만약 내가 뒤를 밟지 않겠다면 자기의 친정 여동생들을 불러다가 어머니의 뒤를 밟게 하든지 아니면 흥신소에 의뢰라도 하겠다는 것이었다.

그러나 나는 아내의 부탁을 묵살해버렸다.

아내 말대로 어머니의 행동이 날로 수상해지고 어딘지 계면쩍고, 해괴한 구석이 있다고는 하지만 어떻게 자기 어머니의 뒤를 밟을 수가 있단 말인가. 어떻게, 출근하는 척 일찍 버스 정류장으로 나가 시간을 보면서 어머니가 나오기를 기다려 어머니가 나와 버스를 타면 뒷문으로 슬쩍 숨어들어가 어머니의 뒤를 밟을 수가 있단 말인가. 그것이 아들 된 도리랄 수 있을까. 그것은 어머니의 비위 사실을 캐려는 악랄한 행동과 무엇이 다른가. 만약 어머니의 뒤를 밟다가 어머니가 시장거리에서 심심풀이로 감자 한 개를 훔치는 절도 행위를 지켜보게 된다면, 그땐 어떻게 한단 말인가. 아니다. 그것은 지나친 비약이다. 어머니가 시내의 육교 위에서 쪼그리고 앉아 동냥질을 하는 모습을 보게 될지도 모른다. 신문에서 그런 기사를 본 적이 있잖은가. 멀쩡하고 다복한 노인네가 집을 나와서는 집집마다 돌아다니면서 구걸하고, 육교 위에서 동냥질을 하다가 동전을 모아들고 돌아간다는 기사를 본 적이 있잖은가. 배가 고파서가 아니라 단지 외롭고 쓸쓸해서 그 노인은 동냥질을 했다는 것이다. 실제로 길거리에서 그런 노인들과 수없이 많이 마주치고 있다. 버스 정류장 같은 데서 어쩌다 노인들이 여보게 젊은이 수유리 가는 버스를 어디서 타지, 그러면 젊은 청년들은 친절하게 정류장을 손가락으로 가리켜준다. 그러면 노인들은 이렇게 말을 할 것이다. 아아, 젊은이 마침 차비가 떨어졌으니 차비 좀 보태주지 않겠나. 노인들은 차비가 없어서 차비를 구걸하는 것은 아니다. 단지 외롭고 쓸쓸하므로, 말을 건네고 말을 나누기 위해서.

그런 모습을 발견하게 되는 것은 아닐까. 어머니가 시내 길거리에 서서 버스를 기다리는 여고생 앞으로 다가가 아이고 학생 미아리 가는 버스가 어디에서 서지, 아이고, 고마워, 그런데 차비가 떨어졌어, 차비를 도와주지 않겠나, 하며 구걸하는 모습을 보게 되는 것은 아닐까.

그렇다.

나는 아들 된 입장이면서도 내 일상생활에 목이 매여 달음박질치듯 살아왔다. 어머니는 나와 아내와 자식들과도 격리된 하나의 이방인이었다. 어머니는 한 가정에서 함께 참여하고 함께 생활하는 동참자가 아니라 먼 변방의 외곽지대를 떠도는 유목민에 불과하였다.

나는 솔직히, 아내의 부탁대로 어머니의 뒤를 쫓는 일이 얼마나 끔찍스러우며 공포를 수반하는 일인가 지레 겁을 내고 있는 셈이었다. 어머니의 외출이 우리의 일상생활을 뒤바꾸거나, 어떤 영향을 끼치지 않는다면 모른 체 내버려두고 방관하는 것이 최선의 방법이라고 나는 마음을 굳히고 있었다.

그러나 내 이런 심약한 태도를 아내는 정면으로 공격하고 못마땅하게 생각하고 있었다.

그것은 일을 더욱더 복잡하게 만들 수 있는 조건이며 후에는 걷잡을 수 없는 비극을 초래하게 될지도 모른다는 것이었다. 아내는 어머니의 외출을 무슨 음모로 받아들이고 있었다. 그렇게 보면 온 가족들이 한 달여 계속되는 어머니의, 혹은 할머니의 외출을 자기 나름대로 어떤 불길한 예감으로 받아들이고 있는 것은 사실이었다.

어머니는 잠시 이승과 저승 사이를 방황하고 육신 없는 넋이 되어 어둡고 깊은 천상의 계곡을 헤매다 저녁이면 다시 지상으로 돌아오는 것이 아닐까. 아내는 그렇게 어머니의 외출을 받아들이고 있었다.

마침내 내가 어머니의 뒤를 밟아본 것은 한여름도 기울어가는 8월 말경이었다. 이젠 더이상 모른 체 방관만 하고 있을 수는 없었기 때문이었다. 아내의 걱정대로 그 땡볕 속을 계속 돌아다니다보면 갑자기 노환이라도 닥쳐서 어머니의 일신에 돌이킬 수 없는 일이 생길지도 모른다는 걱정 때문이었다. 그러나 나는 내 추적을 아내에게 미리 암시를 주지 않았다. 아내에게는 계속 무관심과 대수로운 일이 아니라는 식의 방관으로 가장하면서 아내 몰래 회사에 출근하는 척 집을 나섰으며 그리고는 아들녀석이 말했던 버스 정류장에서 어머니가 나타나기를 기다렸다. 마침 정류장이 환히 내려다보이는 다방이 있었으므로 다방 안 창가에 앉아서 어머니를 기다렸다.

내 가슴은 조마조마한 긴장감으로 흔들리고 있었다. 아침 햇살은 점점 밝아져서 거리는 수족관처럼 투명해졌다. 이미 출근시간은 지나 있었으므로 정류장은 조금 한산했지만, 여전히 시내로 나가려는 사람들로 붐비고 있었다.

나는 우선 바쁜 일을 꺼냈으므로 열두시까지만 회사에 출근하면 그만이었다. 열두시까지면 모든 일은 적나라하게 드러나리라고 나는 생각했다. 그러나 곧 밝혀질 어머니의 행적에 대한 불안감과 두려움으로 내 마음은 편치 않았다. 어머니에 대해서 분명히 나는 죄를 짓고 있는 것이며 불경스런 불효를 저지르고 있는 것이라고 나는 생각하고 있었다.

어머니가 나타난 것은 열시 무렵이었다. 어머니의 모습은 곧 눈에 띄었다. 모시적삼에 흰 고무신을 받쳐신은 노인네가 정류장에 나타나자 나는 식은 커피를 내동댕이치고 다방을 나섰다.

문제는 어머니의 눈에 띄는 일 없이 어머니가 타는 버스에 올라타는 일이며 버스 속에서도 어머니에게 들키지 않고 어머니가 내리는 정류장까지 무사하게 추적하는 일이었다.

어머니는 아들녀석의 말처럼 139번 버스가 오자 앞문으로 올라탔다. 나는 뒷문으로 올라탔다. 다행히 버스는 만원은 아니었지만 시선을 가릴 만큼의 승객들로 가득 차 있었다.

어머니는 운이 좋았다. 버스에 올라타자마자 한 젊은 사내가 어머니에게 자리를 양보하며 일어섰다. 그래서 어머니는 좌석에 앉을 수 있었다. 나는 뒷좌석 손잡이에 매달려서 사람들 사이로 행여 놓칠세라 주의하면서 줄곧 어머니를 노려보고 서 있었다.

버스는 제3한강교를 지나 한남동을 지나서 남산고개를 올라가고 있었다. 차창으로 밝은 늦여름의 햇살이 눈부시게 쏟아져들어오고 있었다. 어머니는 어린애처럼 차창 밖을 내다보고 있었으므로 행여 시선이 마주칠까 두려워할 이유는 없었다. 그러할 필요도 없었다. 흰 머리칼에 흰 모시적삼 옥색 치마를 입고 있는 노인의 모습은 다행스럽게도 초라하게 보이거나 왜소하게 보이지는 않았다. 아주 곱게 늙은 정갈한 할머니의 모습이었다. 그 점은 참으로 고맙고도 대견스러운 일이었다. 내 어머니가, 팔십이 가까운 노인네가 밖에서도 당당하고 순백색의 양처럼 아름답다는 것은 기분좋은 일이었다.

차가 장충동고개를 넘어서자 어머니는 자리에서 일어섰다. 버스 정류장은 장충동 공원 너머에 있는 모양이었다. 차가 제법 많이 밀려

있어서 아직 네거리를 건너가기에는 시간이 걸렸지만 무엇을 서두
르는지 어머니는 버스가 멎기도 전에 차의 앞문으로 다가서고 있었
다. 정류장에서 차가 멎자 어머니는 버스에서 내렸다. 나도 뒷문으
로 내려 어머니의 뒤를 밟기 시작했다. 어머니의 걸음걸이가 몹시 느
렸으므로 나는 아주 천천히 따라 걸었다. 어머니는 옥색 치마가 땅에
끌리지 않게 치맛단을 받쳐들고 행길을 건너가고 있었다.
　나는 그제야 어머니가 가는 곳이 어디인가를 알아차릴 수가 있었다.
　그곳은 장충단공원이었다. 공원 입구에는 분수가 활기차게 물줄
기를 쏘아올리고 있었다. 아직 여름이 끝나지 않아서 무더위가 본격
적으로 끓어오를 것처럼 햇살은 강렬해지고 있었다.
　어머니는 망설이는 기색 없이 행길을 건너 장충단공원 안으로 들
어서고 있었다.
　그렇다.
　이제야 밝혀졌다. 어머니는 날이면 날마다 이 장충단공원 운동장
으로 나들이를 나오고 계셨던 것이다. 공원 운동장에는 인근 부대에
서 나온 군인들이 웃통을 벗어던지고 축구 게임을 하고 있었다.
　숲 그늘에 앉아서 할 일 없는 인근 주민들이 그 게임을 바라보고
있었다. 남산의 숲이 장충단공원의 기슭까지 내리뻗어 공원 안은 키
큰 나무들이 우뚝우뚝 서 있었다. 어린애를 데리고 나온 아낙네, 할
일 없어 시간을 죽이기 위해 나온 젊은 청년들과 여인들, 배드민턴을
치고 있는 학생들, 예비군복을 입고 이리저리 무엇 신나는 일이 없나
기웃거리는 젊은이들, 휴가를 냈는지 화사한 차림의 공원(工員)들로
공원 안은 축제일처럼 시끌시끌했다. 공원은 한결같이 넉넉하고 고
즈넉해 보였다. 한치의 틈도 없이 달리고 뛰고 곤두박질치는 일상의
경쟁은 보이지 않고 한결같이 게으름 부리고 느려빠진 동물들처럼
공원 안의 사람들은 늘어져 있었다. 어머니는 그 공원 안을 잰걸음으

로 가로지르고 있었다. 어머니의 잰걸음으로 보아 할 일 없이 공원을 배회하는 것은 아닌 모양이었다. 어머니의 걸음걸이는 분명한 목적과 목표를 가진 사람의 걸음걸이였다. 어머니는 스탠드 계단을 내려가 플라타너스가 이마를 맞대고 서 있는 운동장 옆으로 걸어갔다.

그때였다. 벤치에 앉아 있던 웬 노인 한 사람이 벌떡 일어서서 어머니를 맞았다. 키가 매우 큰 건장한 노인이었다. 머리에는 한껏 멋을 부린 맥고모자를 쓰고 있었고, 손에는 긴 단장을 들고 있었다. 어머니는 그 노인 옆으로 다가갔다. 그리고 벤치에 함께 나란히 앉았다.

그것으로 모든 것은 분명해졌다.

어머니는 매일 아침 장충단공원으로 나들이를 떠났으며 공원 벤치에서 같은 나이 또래의 늙은 할아버지를 만나 함께 종일토록 소일하다 집으로 돌아오셨던 것이었다. 아아, 난 이 사실을 어떻게 받아들여야 할 것인지 판단이 서질 않았다. 우습기도 하고 맥이 풀리는 짓거리를 보는 기분이었다. 팔십 가까운 노인네가 거의 매일처럼 같은 나이 또래의 늙은이와 밀회를 하고 저녁 무렵 돌아온다는 사실을 도대체 어떻게 해석해야 할 것인가. 저 노인 때문에 어머니는 그렇다면 봉숭아로 손톱에 물을 들이고, 저 노인 때문에 어머니는 아내의 화장대 거울 앞에서 화장품도 찍어바르고 아침마다 정갈한 버선을 챙겨 신는단 말인가. 도대체 저 노인은 어디서 어떻게 만난 노인이란 말인가. 미리부터 알고 있었던 노인네란 말인가. 유치한 영화의 줄거리처럼 젊은 시절부터 알고 있었던 사이란 말인가. 그 안타까운 연정을 다 늙게 죽음이 가까운 벼랑 끝에 서서 불태우는 주책을 부리고 있단 말인가. 저게 무슨 망발인가.

그때 나는 그 숲 그늘 아래 벤치에 어머니뿐 아닌 수많은 노인들이 앉아 있는 것을 보았다. 그곳은 이를테면 노인들의 집합장소였다. 노인들은 시내의 곳곳에서 버스를 타고 이곳으로 몰려들었다가 해가 지면 뿔뿔이 흩어지는 것이었다. 그래서 그곳은 쓰레기를 버리는 하치장처럼 보였다. 쓸모없는 쓰레기와 쓸모없는 종이들을 모아다 버리는 매립지처럼 보였으며 옹기종기 앉아 있는 노인들은 그 매립지를 메우는 살아 있는 유골들처럼 보였다.

어머니는 곧 그 늙은이와 함께 다정히 일어서서 그 벤치를 떠났다.

그 늙은이는 수염을 기르고 있었다. 걸음걸이가 불편한지 한 걸음 내디딜 때마다 단장을 사용했으며 어머니는 마치 그 늙은이가 새로 맞은 남편이라도 되는 양 옆에서 정답게 부축하고 있었다.

두 사람은 다정히 서로를 격려하고 부축하며 운동장을 벗어나 남산으로 올라가는 숲길로 사라지고 있었다.

그것이 내가 파헤친 어머니의 비밀의 전모였다. 그것으로 모든 어머니의 비밀은 밝혀진 셈이었다. 그러나 나는 이 비밀을 아내에게는 말할 수 없다고 생각했으며 그래서 언제까지나 묵비권으로 침묵을 지키리라 맹세하고 있었다.

때아닌 엄동설한에 벚꽃이 피듯 어머니의 마음속에 싹튼 춘사를 아내에게 밝힌다면 아내는 단박 어머니를 빈정대고 노망 들었다고 비웃을 것이 아니겠는가. 어머니의 비밀은 내 비밀이었으며 그런 의미에서 우리는 서로서로 공범자인 셈이었다.

나는 그날부터 점심시간이면 장충단공원으로 나가보았다. 그리고 숲 그늘에 숨어 앉아 어머니와 그 늙은이가 다정히 앉아 있는 것을 지켜보곤 했다. 처음에 느꼈던 불결하고 외설스러운 느낌도 잠깐뿐이었고 날이 갈수록 내 가슴엔 남의 즐거운 비밀을 훔쳐보는 기쁨이 차오르기 시작했다. 우선 어머니의 표정이 그처럼 밝고 명랑해 보일 수가 없었다. 어머니는 젊어지는 샘물을 마신 동화 속의 소녀처럼 아름다워 보였다.

두 사람은 함께 청량음료수를 마시기도 했고, 번갈아서 서로서로에게 부채를 부쳐주기도 했다. 걸음걸이가 불편한 노인을 부축해서 숲길을 다정히 거닐기도 했으며 어머니가 타는 그네를 그 노인이 밀어주기도 했다. 노인은 비록 전성기가 지난 빈 껍질뿐인 노인이었으되 당당하고 의젓했다. 수염은 말갈기처럼 보기도 좋았으며 기골이 우선 장대했다. 젊은 시절에는 힘깨나 쓰고 천하를 호령했던 기품도 갖고 있어 보였다. 어디서 사는 노인인지는 모르나 생활 역시 궁색해 보이지는 않았다. 우선 옷매무새도 그 공원에 앉아 있는 노인 중에서는 가장 나았으며 가족들의 뒷바라지도 정성이 깃들여 있어 구두는 늘 윤기가 흐르고 있었다.

아주 당당하고 풍채 좋은 할아버지였다. 그 할아버지 옆에 선 어머니는 아주 땅꼬마였지만 무엇보다 그 할아버지를 믿고 의지하려는 애교와 여자다운 수줍음으로 아주 귀여워 보였다. 언젠가 두 사람은 어린이 야구장 스탠드 밑 그늘에 앉아서 십원짜리 화투판에도 끼어들었다.

그곳은 노인들이 돗자리를 깔고 앉아서 십원짜리 화투판을 벌이고 있는 곳이었다. 노인은 풍채에 비해서 화투가 서툴렀는지 갖고 있는 돈을 자꾸 잃었으며 어머니는 그 노인 곁에 바짝 다가앉아 무어라고 쉴새없이 종알거리며 훈수를 하고 있었다.

나중에는 어머니가 핸드백 속에서 돈을 꺼내 가진 돈을 대신 노인에게 빌려주기도 했다. 참으로 한심스럽기도 하고 유머러스하기도 한 풍경이었다.

다 늦게 이 무슨 해괴한 일이란 말인가. 남편을 잃은 지 삼십 년이 지난 이즈음 느닷없이 한 노인네와 저처럼 넋을 잃고 만나서 함께 걷고 다정히 이야기를 나누는 어머니는 그렇다면 그 내부에 아직도 꺼지지 않은 추악한 정염의 불꽃이 타오르고 있었단 말인가. 도대체 어쩌자는 것인가. 저 노인네와 이제 와서 새로이 혼례식이라도 올리겠다는 말인가. 그러나 늙은 어머니가 같은 나이 또래의 늙은이를 만나고 함께 다정히 소일하는 즐거움을 보는 것은 나 역시 즐거운 일이었으며 어떤 의미에서는 고맙고 또 고마운 일이랄 수 있었다. 무엇에 즐거움이 따로 있겠는가. 어머니에게 무슨 새로운 즐거움이 있을 수 있겠는가.

어머니의 비밀을 안 이상 나는 더욱더 입이 무거워졌으며 아내의 고자질과 참견을 일축해버리는 일도 잦아질 수밖에 없었다. 그것이 아들 된 도리가 아니겠는가. 어머니의 비밀을 지켜주는 것만이 어머니를 위하는 길이 아니겠는가. 자칫하면 주책스럽고 야비하고 외설스런 오해를 불러일으킬지도 모르는 비밀을 공개함으로써 어머니를 곤경으로 빠뜨려서는 안 된다고 생각했다. 내가 할 일이라면 하루에 천원씩 드리는 어머니의 용돈을 오히려 더 올려드리고 가을이 오면 흰 모시적삼 한 벌을 더 맞춰드려서 두 사람의 밀회를 더욱더 빛나고 아름답게 하는 거라고 생각하고 있었다.

어머니의 외출에 결정적인 쐐기가 박힌 것은 그 무렵이었다. 그날 따라 일찍 돌아온 내게 아내는 걱정스러운 얼굴로 달라붙었다. 어머니가 이상해졌다는 것이었다. 요 며칠 사이 어머니에게 분명 무슨 일이 생긴 것이 틀림없다는 확신에 찬 말이었다. 명랑하던 얼굴에 수심이 가득 차고 통 밥을 드시지 않는다는 얘기였다.

어젯밤엔 한밤중에 이상한 소리가 나서 거실로 나가보았더니 어머니 방에서 숨죽여 우는 소리가 흘러나오고 있었다는 것이었다.

"좀처럼 울음을 보이지 않는 어머니가 무슨 일일까요?"

하고 아내는 효부다운 표정을 과장하며 물었다.

나는 나대로 짚이는 데가 있긴 있었다. 이를테면 어머니는 지금 사랑싸움을 하고 있는지도 모른다. 혹시 다른 할머니가 어머니가 상대하는 늙은이에게 접근해온 것이 아닐까. 보다 아름답고 보다 예쁜 할머니가 그 노인에게 접근해서 보다 많은 얘길 나누고 보다 많은 돈을 화투판에 빌려주고 있기 때문이 아닐까. 그것으로 질투가 나신 것은 아닐까. 그렇다면 오히려 경하해 마지않을 일이다. 사랑은 질투와 오해로 빚어낸 사소한 싸움으로 더욱더 강렬해지고 굳건해지게 마련이니까.

"내버려둬."

나는 싱글싱글 웃으며 대답했다.

"조금 있으면 나아지시겠지."

그러나 그날만은 유별났다.

어머니가 해가 지고 땅거미가 기울도록 외출에서 돌아오지 않으신 것이었다. 게다가 저녁이 되자 실비가 흩날리기 시작했다. 가을을 재촉하는 발이 가는 세우였다.

"웬일일까요?"

아내는 내가 시큰둥한 대답을 하자 좀더 강한 기세로 덤벼들었다.

"우산도 갖고 나가시지 않았단 말이에요."

"거리에서 비닐우산이라도 사가지고 오시겠지 뭐."

"그럴 분이신가요. 한푼이라도 아끼기 위해서 버스 정류장도 대여섯 정류장은 늘 걸어서 다니시는 분인데."

"그럼 당신이 정류장까지 어머니 마중이라도 나가구료. 그럼 될 게 아니오?"

"아이고 웬 망령이실까. 웬 주책이실까. 이 찬비를 맞으시면 골병이 드실 텐데. 가을을 재촉하는 비라서 살까지 파고드는 찬비일 텐데."

아내의 말은 적중했다. 그날 저녁 어머니는 돌아온 즉시 열이 나고 몸살감기를 앓기 시작하셨다.

아내가 정류장까지 나가 우산을 들고 기다렸더니 노인이 우산도 쓰지 않고 버스에서 내리시는데 온몸이 젖어 있었다는 것이었다.

무슨 노인네가 자신의 몸을 아껴서 비닐우산이라도 쓰고 오실 일이지 이게 도대체 무슨 꼴이냐고 아내는 노골적으로 비아냥거렸다.

그날부터 어머니는 몸져누우셨다. 노인들의 감기는 무시할 것이 못 된다. 비록 열은 심하지 않다고 하더라도 사소한 감기몸살이 치명적인 병을 불러일으킬 수도 있다.

그날 밤 나는 잠결에 무슨 소리를 들었다. 한밤중에 미심쩍어 문을 열고 나가보았더니 어머니 방에 불이 환히 켜져 있었고, 어머니의 신음 소리와 간간이 섞이는 울음소리가 새어나오고 있었다.

무슨 일일까. 무슨 일이 어머니를 저처럼 비까지 맞게 하고 밤늦게 돌아오시게 했을까. 그리고 저토록 몸져눕게 만들고 깊은 밤중에 숨죽여 우는 사연을 만든 것일까.

다음날부터 어머니는 외출을 나가지 못하셨다. 그것은 의사의 엄중한 경고 때문이었다. 의사는 어머니가 이번 고비를 잘못 넘기면 치명적으로 더이상 일어나시지 못할지도 모른다고 엄중하게 경고를 내렸다. 그런데도 어머니는 막무가내셨다. 외출을 나가야 한다고 생떼를 부리셨다. 저고리와 치마를 가져오라고 소리를 지르셨다. 고무신을 깨끗이 닦아놓으라고 신경질을 부리시고 그리고는 또 우셨다. 견디다 못해 아내가 마음대로 하시라고 저고리와 치마를 내다드렸더니 간신히 그것을 입긴 입으셨는데, 막상 밖으로 몇 걸음 내디디시다가는 다리에 기운이 빠져 풀썩 주저앉으셨다는 것이었다.

아내는 내게 전화를 걸어 푸념을 했다.

"병이 들어도 단단히 드셨다고요. 아이고. 망령, 망령이 드셨어요. 아이고 못 말리는 춤바람이라도 나신 모양이에요."

나는 아내의 전화를 받고 점심시간에 혼자 장충단공원에 나가보았다. 나는 어머니가 저처럼 육신의 고통에도 불구하고 한사코 나들이를 하시려는 것은 연고도 모르고 종일토록 기다리고 있을 그 노인에 대한 안타까움 때문이라는 것을 잘 알고 있었다.

나는 그 노인을 만나 자초지종을 애기하리라 결심했다. 그 노인에게 내가 그 할머니의 아들이라는 것을 밝힌 다음 어머니가 병환으로 한 일 주일 나오시지 못하게 되었습니다라고 통고하리라 생각했다. 그것은 당연한 일이 아닌가. 어머니의 비밀을 알고 있으며 어머니의 안타까운 심정을 알고 있는 이상 마땅히 내가 취해야 할 도리라고 나는 생각했다.

벌써 어머니가 병환으로 나들이를 못 나간 것이 사흘째나 되지 않는가. 그 벤치에서 어머니를 기다리는 노인은 얼마나 속이 타고 미칠 듯한 번민으로 괴로워하고 있을 것인가.

나는 두 사람이 만나는 약속장소를 익히 알고 있었다. 그래서 망설이지 않았다.

지난 며칠 내리 내린 가을비로 공원은 완연히 추색(秋色)이었다. 여전히 햇살은 밝았지만 예전의 햇살이 아니었고 과일의 속살을 익히는 부드러움과 따뜻함으로 충만해 있었다. 나뭇잎들은 싱싱한 초록의 빛을 상실하고 조금씩 병들고 여위어가고 있었다. 그래서 아직 완전히 익히지 않은 게의 붉은 껍질처럼 보였다. 성미 급한 나뭇잎들이 제풀에 파르르파르르 진저리를 치며 작은 바람에도 떨어지고 있었다.

나는 그 벤치로 나가보았다. 그 노인은 그곳에 앉아 있지 않았다. 나는 점심시간이 끝날 때까지 그 자리에서 지켜 앉아 있었다. 그러나 그 노인은 나타나지 않았다. 이따금 빈자리에 플라타너스 잎새만 뚝뚝 떨어지고 있을 뿐이었다.

나는 어린이 놀이터에도, 숲길에도, 야구장 스탠드에도 찾아가보았다. 그러나 어느 곳에서도 노인의 잘생긴 모습은 보이지 않았다.

나는 그 순간 어쩌면 어머니가 몸져눕기 전부터 그 노인네가 일방적으로 어머니를 바람맞히고 있었던 것이 아닐까 하는 느낌이 들었다. 그 추측은 타당성 있는 상상이었다. 몸져눕기 전까지의 어머니는 매일 나들이를 하셨으며 그럼에도 불구하고 어머니는 아내의 말처럼 생기를 잃고 눈에 띌 정도로 우울해하지 않으셨던가. 그때 벌써 어머니와 노인네의 밀회는 여의치 않았던 것이다. 결정적으로 가을비를 맞으며 돌아오신 날은 해가 저물도록 비를 맞으며 어머니는 그 노인을 기다렸을 것이다.

그렇다. 그것은 틀림없는 일이다. 만약 어머니가 평소처럼 그 노인을 만나고 계셨다면 우울해하실 이유도 없으셨을 테고 남의 눈을 피해 우시지도 않았을 것이다. 그리하여 그 비를 맞을 필요도 없고 더욱이 저처럼 몸져누우실 이유도 없는 것이다.

나는 가을의 공원 벤치를 떠났다. 언젠가는 만나겠지. 어머니가 병환에서 일어나 나들이를 시작하신다면 또다시 노인들끼리는 만나게 될 것이다. 함께 거닐며 부축하고 계단을 오르고 그네를 타면서.

나는 생각했다.

'내버려둬. 잠시 이별은 만남을 더욱 즐겁게 하는 법이니까.'

그날 밤 나는 어머니의 부르심을 받았다. 며칠 사이에 어머니는 쭉정이처럼 말라 있었다. 미음도 간신히 몇 술 뜨시는 게 고작인 모양이었다.

어머니는 나와 단둘이서만 하고 싶은 말이 있다고 말씀하시더니 아내를 곁에서 물리치셨다.

어머니는 임종하기 직전 유언을 하는 사람처럼 진지한 표정을 짓고 계셨다. 어머니는 머리맡 핸드백 속에서 사각으로 접힌 종이를 꺼내셨다.

"내가 네게 부탁이 있다."

어머니는 말라붙은 입술을 혀로 핥으면서 간신히 말을 꺼내셨다. 틀니를 뺐으므로 어머니의 목소리는 분명하지 않고 빈 들을 스쳐 가는 바람 소리처럼 웅얼웅얼거릴 뿐이었다.

"내일 퇴근길에 이 주소로 한번 찾아갈 수 있겠냐? 이유는 묻지 말고."

"할 수 있습니다, 어머니."

"찾아가서 여기에 적힌 사람을 만나줄 수 있겠냐?"

"예, 어머니."

"가서 이 말을 전해다오. 내가 집안에 일이 생겨서 한 일 주일 못 나간다고 그렇게만 전해다오. 그럴 수가 있겠느냐?"

"물론입니다, 어머니. 어머니가 몸이 아프시다는 말도 전해드릴까요?"

"그 말은 하지 말아라. 그저 집안에 무슨 일이 생겼다는 말만 하거라. 알겠냐?"

"알겠습니다, 어머니."

"그럼 됐다. 물러가거라. 아, 그리고 애에미한테는 절대 말하지 말아라. 알겠느냐?"

"알겠습니다, 어머니."

다음날 나는 일찍 퇴근했다.

그리고 어머니가 적어주신 주소를 찾아 사랑의 사도(使徒)로서 연희동을 헤매었다. 주소에 적힌 집을 찾는 데는 오래 걸리지 않았다. 왜냐하면 조등(弔燈)이 내가 찾는 집 문 앞에 걸려 있었으므로. 골목 어귀에서부터 장의사가 붙인 '박씨 상가 댁'을 알리는 방향 표시가 내 발걸음을 인도해주었으므로.

나는 어머니 대신 문상을 간 셈이었으며 낯익은 그 노인의 사진 앞에서 엎드려 큰절을 하고 분향을 했다. 내 눈에서는 걷잡을 수 없을 만큼 눈물이 쏟아져 흘렀다. 서러워서 참을 수가 없었다.

엎드려 절을 하는 내 뇌리 속으로 어머니와 노인이 다정히 서로 부축하며 남산의 숲길을 걷던 환영이 선명하게 떠올랐다. 그 환영은 두 사람이 다정히 손을 잡고 성도(聖都)를 찾아 함께 순례의 길을 떠나는 모습처럼 보였다.

나는 그 환영을 향해 어머니가 전해주라고 간절히 원했던 전언을 띄워보냈다.

'어머니께서 집안에 일이 생겨서 못 나오신다고 합니다. 한 일 주일 뒤에는 만나실 수 있다고 합니다. 그 벤치 그 자리에서 기다리겠다고 전해달라십니다.'

(1982년)

구멍의 늪, 혹은 구원의 노래
—최인호의 소설

황도경(문학평론가)

1. 우물 혹은 구멍

구멍 이야기를 해보자. 최인호의 이야기 어디엔가는 구멍이 뚫려 있다. 어린 시절 동네 아이들과 뛰어놀던 산골에는 터널이 뚫려 있고 그 터널 속으로는 아이들의 함성과 기차의 기적 소리가 들려오며, 마을 한가운데에는 우물이 있어 죽은 자와 산 자의 목소리가 함께 공명하는가 하면, 인물들의 얼굴에도, 몸뚱어리에도 구멍이 뚫려 있다. 그 구멍은 온갖 욕망과 흥분과 두려움을 담고 삶과 죽음, 더러움과 죄의식, 환상과 환멸 사이를 넘나든다. 최인호의 인물들에게 그 구멍은 삶으로 난 통로이자 죽음으로 이어진 통로이기도 하고, 흥분과 설렘 속에 다가가는 낙원으로의 입구이자 치욕과 환멸로 통과하는 지옥문이기도 하다. 그러기에 최인호의 소설을 읽는다는 것은 그의 인물들과 함께 그 구멍 속으로 들어간다는 것을, 그 구멍 속 지옥의 광경을 함께 겪는다는 것을 의미한다. 「두레박을 올려라」는 이 구멍 속으로의 초대로 이야기를 시작하고 있거니와, 이제 그 이야기를 따라 구멍 속 세계를 만나보기로 하자.

1) 누구 우물 밑바닥에 내려가본 사람이 있는가.
나는 내려가봤다. 내 아주 어릴 때 우물에 빠져 죽은 혼을 구경하기 위해서 두레박을 타고 내려가봤다. 물론 두레박 줄은 튼튼했지.
(……)
얼마쯤 들어가다 고개를 들고 우물 아가리를 쳐다보았지. 그곳엔 동전만큼 하늘이 보였다. 그 하늘이 점점 작아지더니 나는 아주 깊은 우물 속으로 들어갔는데 중간쯤인가 들어가려니까 돌연 숨이 막혀오고 눈알이 아려오고 이끼 긴 벽면에서 흘러내리는 물기가 얼굴에 들으면서 모기 녀석들이 날아 내 몸을 뜯어대고, 견딜 수 없는 괴로움이 다가와서 나는 그만 소리질렀다.
야, 이 자식아. 두레박 좀 올려라.
관 속에서 죽은 녀석이 소리지른다면 어떤 소리가 날까. 내가 지른 소리는 관 속에서 죽은 자식이 지르는 소리였을 것이다.(11~12쪽)

2) 갑자기 잠이 쏟아졌다.
나는 잠의 두레박을 타고 하늘로 천천히 올라갔다.(65쪽)

1)과 2)는 각각 작품의 서두와 마지막에 등장하는 문장들이다. 이 대목들을 통해 볼 때 이 작품은 거칠게 말해서 '우물 밑바닥으로 내려가기'로 시작해서 우물 밖으로 나와 하늘로 올라가기로 끝나고 있는 셈이다. 그렇다면 과연 우물은 무엇일까? 그리고 내려간다는 것은 또 무슨 의미를 가질까? 1)에서 드러나듯 우물 속에는 죽은 혼이

있다. 다시 말해 우물 밑바닥으로 내려간다는 것은 이 죽은 혼으로 상징되는 어둠과 죽음에 다가간다는 것을 의미한다. 실제로 우물은 1)의 끝 대목에서 '관 속'으로 비유되고 있지 않은가. 그렇다면 이 작품은 어둠의 끝, 죽음에 다가갔다가 다시 햇빛 속으로, 삶으로 귀환하는 과정을 그리고 있는 셈이거니와, 집을 나와 우물 속으로, 어둠 속으로 다가갔을 때 주인공이 만나는 것은 한 계집애이다. 따라서 그 일탈과 어둠, 파행 등에는 자연스레 욕망과 성의 문제가 개입되기 시작한다. 우물 안에 제 서방이 아닌 다른 남자를 좋아하다 미쳐서 빠져 죽은 동네 여자의 혼이 살고 있다는 것은, 우물 속으로 들어가는 행위가 금지된 욕망과 그에 수반하는 죽음에 대면하는 의미를 갖는 것임을 암시한다. 주인공이 집을 나올 때 가족들의 모습을 상기해 보자. 어머니는 잠을 자고 있고, 아버지는 텔레비전만 보고 있고, 동생 역시 눈을 감고 있다. 이들은 모두 '잠들어' 있다. 깨어 있는 것은, 그래서 공포 속에서 어둠과 직면하고 있는 것은 주인공뿐이다. 따라서 그가 이 '잠든' 집을 나온다는 것은 더이상 잠들어 있지 않겠다는 선언적 의미를 갖는다. 그는 세상 속으로, 그 어둠 속으로, 스스로 한 발을 내딛는 것이며, 이 가출을 통해 세상과의 대면을 통한 성장의 과정을 밟는다.

그런데 흥미로운 것은 이처럼 어둡고 캄캄한 길로 처음 그를 내몬 것이 다름아닌 어머니였다는 사실이다. 그가 낮잠에서 깨어났을 때 아침이라며 그를 학교로 내몬 장난을 한 것이 바로 어머니였으며, 그때 그는 공포감 속에서 바지에 오줌을 지린다. 어머니는 더이상 따뜻하고 포근한 존재가 아니라 오히려 무섭고 환멸스러운 타자일 뿐이다. 잠들어 있는 어머니의 얼굴은 평화롭고 아름다워 보이지만 틀니를 빼내 '이빨이 없는 구멍'과 같은 어머니의 입에서는 고약한 냄새가 난다. 그 구멍은 그의 환멸스런 존재가 시작된 곳이기도 하니,

'우물 아가리'라는 표현에서 환기되듯 우물은 어머니의 입에서 본
바로 그 구멍을 닮아 있다. 이제 그는 어머니의 입, 그 환멸스러운 구
멍을 통해 어둠과 죽음의 밑바닥 세계로 내려간다. 그것은 일상적 세
계의 흐름을 거슬러가는 과정을 전제로 하니, 공간적으로는 아래로
내려가는 것을 시간적으로는 과거로 뒷걸음질치는 것을 의미한다.
엄마의 장난으로 캄캄한 밤길을 걸어 언덕길을 '내려가면' 같은 방
향으로 걸어가던 사람들은 언덕길을 '올라와' 스쳐 지나가고, 그는
그들과 떨어져 홀로 뒷걸음질치게 된다.

> 거리는 차츰차츰 밝아오는 것이 아니라 차츰차츰 어둠으로 빠져들
> 어가고 있었다. 그것은 마치 우물 속으로 두레박을 타고 내려가는 기분
> 이었다.
> 무서운 공포감이 전신을 휩쓸고, 호떡집의 반쯤 열린 문틈으로 들여
> 다보이는 괘종시계의 시계바늘은 날카롭게 물구나무서 있었다. 철봉대
> 위에 거꾸로 매어달려 사물을 보듯 모든 풍경이 거꾸로 흘러가고 있었
> 다.(「두레박을 올려라」, 15~16쪽, 강조는 인용자)

이 대목에서 반복적으로 등장하는 '거꾸로'라는 단어에 주목해보
자. 주인공 자신이 고백하듯 이때의 느낌은 우물 속으로 들어갈 때의
그것과 같다. 그것은 세상을 '거꾸로' 본다는 것이며, 동시에 '거꾸
로'인 세상을 경험한다는 것이다. 이 작품은 이 '거꾸로'의 과정을
통해 현실의 허위와 모순과 폭력과 광기를 드러내고, 그 끝에서 과연
무엇이 거꾸로 물구나무서 있는지를 되묻는다. 그리하여 우물 속에
서 만난 여자애와 함께 서로의 성기에 '거꾸로' 꽃을 꽂자 그것이 마
치 몸 속에서 피어난 꽃과 같은 모습이 되고, 여자애의 몸 속에서
'거꾸로' 잠든 아기의 움직임이 느껴질 때, 그것들은 이 뒤죽박죽이

고 엉망진창인 어둠의 세계에서 유일하게 살아 있는, 그래서 오히려 '제대로'인 풍경들이 된다.

이 의식의 반전을 위한 첫 과정이 바로 가출이다. 그는 아버지, 어머니의 집을 나와 여자애와 '빈집'에서 살기 시작한다. 그곳은 생명력을 상실한, 그리고 서로로부터 소외된 현실의 풍경을 상징적으로 보여주는 우화적 세계로, 묘사 자체에서부터 우물 속 공간을 환기시키고 있다. 습기로 가득 차 낮에도 물이 흘러내리고 독충들이 사는 어두운 방은 그곳이 죽음의 공간임을 확연히 드러낸다. 게다가 여자애는 항시 감기에 걸려 있어 감기약을 먹어야 하고, 주인공은 돈을 벌기 위해 스스로를 간질병 환자로 상정하고 투병 수기를 쓰다 '스스로 선택한' 그 병 때문에 실제로 쓰러지기도 한다. 약을 먹어본 적이 없다는 그의 진술에도 불구하고 그는 건강해 보이지 않는다. 그들은 병들어 있다. 최인호의 초기소설에서 흔히 만날 수 있었던 악동들이 그 어린 나이에도 불구하고 소외된 현대인의 우울한 초상으로 섬뜩하게 다가왔던 것처럼, 그리하여 너무 일찍 늙어버린 소년을 보게 만들었던 것처럼, 이 작품의 경우에도 주인공은 이미 모든 욕망을 거세당한 그래서 아무것도 생산해내지 못하는 '무능한 젊음'이다. 그는 여자의 육체를 욕망해본 적이 없고, 여자애의 자극에도 불구하고 성기가 발기되지 않는다. 그의 '뱀'은 모가지를 내밀지 않는다. 그러나 우물 속 같은 공간에서 이 잠든 '뱀', 무기력한 일상에 묻혀 있던 욕망과 사악함은 서서히 되살아나기 시작한다. 여자애의 노래를 들었을 때 죽어버린 욕망이 고개를 들었고 바지에 오줌을 흘렸다는 진술 등은 그에게 그녀가 죽어버린 성의 회복을 가능케 하는 존재로 자리하고 있음을 보여준다. 그녀는 우물 속 같은 그곳에서 꽃을 피우고 싶어하거니와, 그것은 바로 죽음 같은 현실 속에서 생명을 키워보고 싶다는 바람에 다름아니다.

그런가 하면 우물 속에서 우리는 또하나의 구멍을 만나게 되는데, 그것은 바로 여자애의 성기다. 그곳은 생명을 낳는 곳이자 윤간에 의해 더럽혀진 곳이기도 하다. 어머니의 입이 환멸의 냄새를 풍기듯 그녀의 성기에선 악취가 난다. 어머니의 구멍 앞에서 단지 "그 고약한 냄새를 아들된 애정으로 인내하였"던 '나'는 이 구멍 앞에서 본격적으로 지옥을 만난다. 그 구멍은 "끈끈이주걱 세포처럼 입을 벌리고" "죽어 부패하는 동물에서 나는 악취"를 풍기며, '짐승의 입처럼' 벌어져서 액체를 분출시킨 끝에(이런 성기의 묘사가 입을 통해 이루어지고 있음을 주시하자. 여자애의 성기-구멍이 어머니의 입-구멍과 겹쳐지고 있는 듯하지 않은가. 그렇다면 우물 속으로의 여행은 이 여자애/어머니의 구멍 속을 통과하는 과정의 의미를 갖는 셈이 된다) 구겨진 걸레 조각 같은 아이를 밀어낸다. 친구의 도움으로 아이를 낳는 이 장면은 여자애가 윤간당할 때의 장면과 닮아 있다. 그러나 피와 배설물과 피비린내와 땀과 열기와 광기의 끝에선 악마나 귀신의 아이가 아닌 '예수 닮은 애'가 태어난다. 그것은 광기와 어둠 속에서 그것을 이겨내고 피워낸 꽃이자 생명이고, 지옥을 통과해낸 끝에 만난 새로운 탄생이며, 혹독한 자기 부정을 통해 도달한 자기 부활의 상징적 대목이다. 결국 그 지옥 같은 풍경 속에서 태어난 것은 바로 그 자신이었던 것이니, 여자애의 구멍-성기는 시간을 거슬러 도달한 자기 존재의 시발점이었던 셈이다.

이제 그는 다시 혼자가 되어 어두운 우물 밖으로 나온다. 이때에도 서두의 광경에서처럼 여자애와 친구는 잠이 들어 있으며, 그는 혼자 깨어 계단을 '올라와' 우물 바깥의 '새벽' 거리로 나와 집으로 돌아온다. 삶과 존재의 본질인 어둠과 죽음에 대면하고 새롭게 자아를 인식하게 되기까지는, 그리하여 "집까지 가는 길은 너무 멀었다." 이는 존재에의 눈뜸이라는 주제에 걸맞은 전형적인 성장소설적 결말이라

할 만하다. 그러나 집에 돌아왔을 때 여전히 가족들은 잠들어 있고 이젠 그에게 잠이 쏟아진다는 마지막 대목을 읽으면서 또다시 떠오르는 의문이 있으니, 과연 그의 '잠'은 가족들의 '잠'과 무엇이 다른 것일까? 과연 이제 그는 정말 '집'으로 돌아온 것일까? 잠의 두레박은 어느 하늘로 그를 데려갈 것인가?

　2. 하늘 위의 구멍

　「하늘의 뿌리」에서 우리는 이렇듯 '집'으로 돌아와 소시민으로 성장한 최인호의 인물들이 다시 새로운 구멍 속으로 빠져드는 것을 보게 된다. "일요일 오후 그는 지붕 위로 올라갔다"로 시작하는 이 작품은 우물 속으로 들어가는 것으로 시작하는 「두레박을 올려라」와 여러 가지 면에서 대조가 된다. 「두레박을 올려라」가 우물 속으로 내려갔다 올라오는 움직임을 통해 어둠과 죽음의 세계를 거쳐 일상의 세계로 귀환하고 있는 과정을 보여주고 있는 데 비해, 이 작품에서는 지붕 위로 올라간 남편이 끝내 아래로 내려오지 못한다. 「두레박을 올려라」에서 현실과 꿈, 삶과 죽음 사이에 두레박이 놓여 있다면, 「하늘의 뿌리」에는 집과 지붕, 땅과 하늘 사이에 사다리가 놓여 있다. 최인호의 인물들은 이 다리를 통해 현실 밖으로 올라가거나 내려간다. 그것은 바로 우리의 삶 곳곳에 뚫려 있는 구멍들이다. 그것들은 우리를 원시적이고 본능적인 욕망의 세계로 이끄는 통로이자, 존재의 근원적인 어둠과 만나게 하는 수렁이다. 아이를 낳고 집을 장만하고 또 집을 수리하는 일상의 삶 속에서 우리는 어느 순간 그 구멍 속에 발을 빠뜨리곤 한다. 책임과 노동의 무게를 벗어던지고 하늘을 향해 날아오르고 싶은 꿈, 현실에 의해 억눌린 욕망을 마음껏 발산시키고 싶은 욕구, 평온하고 무료한 일상의 표면을 벗겨내어 그 밑의 얼룩진 바닥을 드러내고 싶은 충동, 구멍은 우리 안에 꿈틀거리고 있는 이런 욕망을 자극하며 우리를 향해 입을 벌리고 있다. 일요일 오후 지붕 위에서, 그 일상의 틈새 속에서, 그는 그 구멍을 만났던 것이다. 어린 시절 주인공이 놀던 장소인 터널은 이 위태로운, 그러나 유혹적인 구멍의 수평적 변형태이다.

> 어린 시절 그가 살던 고향 어귀엔 철로가 있었고, 철로는 산을 가로지르고 있었는데, 거기엔 터널이 뚫려 있었다고 했다. 터널 이쪽에서 보면 저쪽 구멍이 뚫린 터널 입구가 환히 보였지만 막상 터널은 꽤 길어 뛰어도 오 분 정도는 걸렸다는 것이다.(「하늘의 뿌리」, 118쪽)

「두레박을 올려라」에서의 우물을 환기시키는 이 터널은 걸핏하면 아이들이 들어가 놀곤 하던 놀이터이자 동시에 아이가 기차에 치여 죽은 이후 걸어들어가는 것이 금지된 위험지역이기도 하다. 욕망과 금기, 쾌락과 죽음이 공존하는 공간인 셈인데, 아이들은 그 속에서 원시적이고 동물적인 감각의 세계를 경험한다. 예컨대 "거대한 곤충처럼 눈을 부라린 기차가 얼굴을 나타내"면 흥분에 떨면서 바지에 오줌을 흘렸고, 철로 위에 숟가락을 올려놓고 그것이 날카로운 칼이 되어 마치 "굉장한 짐승이 흘리고 간 새끼곤충처럼 철로 위에 누워" 있는 것을 보았다고 할 때, 혹은 "어머니의 자궁과도 같은 터널 속을 심장이 풍선처럼 부풀어오르도록" 달려나오며 기차가 고함과 메아리와 통곡을 한꺼번에 토해내는 순간 "교미하는 짐승처럼 소리를 지르곤 했"다고 할 때, 그런 묘사에서 나타나는 짐승의 비유라든지 성적 비유에 주목해보자. 그것은 이 터널이라는 공간이 일상의 원리에 의해 거세되어버린 본능적이고 감각적인 욕망의 세계임을 시사한다.

그러나 욕망은 항시 죽음을 수반하는 법. 그 기차 터널에서의 놀이는 결국 한 소년의 죽음으로 이어진다. 달려오는 기차 소리를 들으면서도 끝내 그 소년이 벗어던지지 못한 신발, 그것은 우리 모두에게는 죽음 앞에서도 벗어던질 수 없는 고무신이 있다는 것, 그래서 넘어지면 죽는다는 것을 상기시킨다. 고무줄 넘기를 하는 남편의 행동이 이 슬픈 운명을 확인시키는 것이라고 할 때, 빨래를 하고 음식을 만들며 습관적으로 뜨개질을 하는 아내의 행동 또한 남편의 줄넘기와 같은 의미를 갖는다. 아내는 남편에게, 그리고 남편은 아내에게 끝내 벗어던질 수 없는 고무신과도 같은 존재다. 아들의 죽음 이후 무료한 삶을 지탱해가게 하는 유일한 이유이자 삶의 근거였던 것이 남편이자 아내였기 때문이다. 그러나 기차놀이에서처럼 유일한 구명대이자 탈출구인 구멍은 동시에 죽음으로 이어지는 구멍이기도 하다. 그들은 또한 그렇게 서로를 죽이고 있었던 것이기도 했으니, 그들의 하얗게 세어버린 머리는 벗어던질 수 없는 신발로 상징되는 일상의 무게와 책임에 기인한 생명의 소진을 암시한다. 그러므로 남편이 슬롯머신에 매달리고 화투와 트럼프를 배우고, 경마장에 달려가서 땅을 박차고 달려가는 말을 보며 도박을 하는 것 등은 바로 그런 죽음으로의 질주를 멈추고자 하는 욕망의 움직임들이었던 셈이다.

지붕을 칠하러 올라갔을 때 그가 맛보았던 것은 현실의 삶에서 억눌려 있던 그런 원시적인 생명의 꿈틀거림이었다. 지붕 위에 서서 주변 풍경을 바라보고 있는 대목에서는 기차놀이 묘사에서 드러났던 짐승 비유가 다시 나타난다. 지붕 칠하는 일을 시작하자 "근질근질한 유쾌함이 벌레처럼 기어다니고," 햇볕 받은 사물들이 "육체미를 자랑하기 위해 형광물질을 바른 근육들처럼 번뜩이듯" 달아오른 지붕 위에는 붉은 페인트가 햇볕에 번쩍이며 빛나고, 양쪽 날개를 펼치고 있는 지붕들은 파도처럼 넘실거리고, 기와 무늬는 "생선 비늘의 결처럼" 출렁거린다. 지붕 위는 전혀 새로운 시각에서 세상을 보게 하는 '미지의 이방지대'이며, 죽어 있던 욕망이 되살아나는 부활의 공간이다. 활력과 수성의 상징인 이빨이 온 곳이며 우리 몸의 머리칼과도 같은 그곳에서, 그는 더이상 하얗게 세어버린 머리에 이빨 빠진 구멍 같은 잇몸으로 게 속살을 파먹고 있는 노인네가 아니다. 지붕에 칠을 하는 행위가 머리에 붉은 염색을 하는 것으로 비유되고 있는 것에서도 알 수 있듯이, 그는 그곳에서 잃어버린 본능적 야성과 젊음과 생명을 회복한다. 그러나 그가 살아가야 할 곳은 그래서 종국에 되돌아가야 하는 곳은 아내가 있는 지붕 아래의 현실이다. 남편이 지붕 위에 올라가 있을 때에도 아내는 여전히 수돗가에서 빨래를 하고 있듯이, 그리고 계속해서 달리지 않으면 결국에는 늙게 되는 법이라며 남편이 날마다 줄넘기를 하듯이, 가혹한 삶의 진실은 욕망의 움직임을 인정하지 않는다. 스웨터를 뜨느라 지붕 위로 올라간 남편을 잊어버린 아내에 의해 남편은 영영 지붕 위에서 내려오지 못한다. 결국 지붕에 매달린 그 뒤로 바람이 불어오고 그는 다시 자신을 향해 달려오는 기차 소리를 듣게 되고 만다. 어디에서건 그는 죽음의 운명을 피할 수 없는 것이다.

「두레박을 올려라」가 땅 밑으로 내려가는 하강적 움직임을 통해 현실로부터의 일탈과 복귀를 그리고 있다면, 이 작품은 하늘 위로 올라가는 상승적 움직임을 통해 일탈에의 욕망을 그려낸다. 한쪽에는 욕망과 본능을 잠재운 채 진행되는 일상적 삶이 있고, 다른 한쪽에는 파괴적이고 본능적인 욕망이 꿈틀대는 일탈적 세계가 자리잡고 있다. 그 세계의 유혹은 죽음의 위험과 함께 우리의 일상 한복판에 상존한다. 그러나 아이의 죽음, 죽음 같은 삶, 노인이 된 듯한 부부의 모습 등은 이들의 일상세계가 이미 죽음이 만연한 공간임을 보여주는 풍경이거니와, 이제 이들은 이 공간을 말처럼 박차고 나가는 꿈을 꾸다 집마저 잃게 되었고 급기야 허공에 매달려 있다. 이는 어느 곳에도 굳건하게 뿌리내릴 수 없는 우리 삶의 우화적 은유라 할 수 있으니, 여기에서 우리는 하늘과 땅을 연결하고 있는 가는 철제 홈통, 그 위태로운 구멍에 매달려 있는 우리 자신의 모습을 보게 된다.

3. 깨어나는 눈, 부활하는 돌

앞의 두 작품이 죽음이 만연한 우리 사회와 어두운 인간 내면의 실상을 우화적으로 그려내고 있다면, 「다시 만날 때까지」와 「돌의 초상」은 구체적이고 일상적인 소재를 통해 우리 삶의 허위와 거짓의 문제를 제기한다. 우선 「다시 만날 때까지」를 보자. 이 작품은 해외 입양아 문제를 소재로 하고 있는 작품이다. 그러나 그것은 표면적인 차원의 이야기일 뿐, 그 안에는 거짓과 위선의 세계에 대한 비판적 인식과 그런 허위를 자신 안에서 발견할 수밖에 없다는 반성적 통찰이 담겨 있다. "솔직히 이야기해서 내가 그 비행기를 탔던 것은 인도적인 의무감 때문은 아니었다"라는 서두의 문장에서부터 드러나듯이, 이 작품에서 주목되는 것은 진실과 거짓 사이의 끝없는 반전이다. 주인공이 그 비행기를 탔던 것은 인도적인 의무감 때문이 아니라 비행기 값을 싸게 할인하여 여행해보자는 '속셈' 때문이었고, 그는 그런 이유에서라면 마약이라도 운반했을 것이라고 고백한다. 다시 말해 해외로 입양되는 아이를 보살피며 함께 비행기를 타는, 표면적으로는 아주 도덕적이고 인도적으로 보이는 행위가 실은 철저하게 이기적이고 타산적인 속셈에서 비롯된 것임을 보여줌으로써 이야기가 시작되고 있는 것인데, 그 과정에서 아이와 마약이 아무렇지도 않게 동일선상에 놓이기도 한다. 뿐만 아니라 그 일을 주선해준 친구는

그에게 단체의 상관을 만났을 때 기혼자이며 독실한 기독교 신자라
는 거짓말을 해달라고 부탁하고, 거짓말 따위에는 익숙해 있는 그는
무사히 그 거짓말로 미국인 상관을 속인다. 그런가 하면 아이에 대한
신상명세서 내용도 거짓말이다. 결국 '고아를 돌보며 비행기 타기'
라는 사건에 관여된 것은 도덕적이고 인도적인 차원의 진실과는 다
른 거짓, 속셈, 속이기의 세계인 셈이다.

　이렇게 볼 때 "건강하세요?"라는 질문에 '맹세코 건강'하다고 대
답하는 '나'의 말 역시 신빙성이 없어 보이기는 마찬가지이다. 그를
비롯한 모든 인물들은 모두 병든 인간들로 보인다. 전쟁이 끝나 평화
와 번영을 약속받은 듯 보이는 지금, 그들은 전혀 행복하지도, 건강
하지도 못하다. 이야기 속에 스쳐 지나가듯 언급되고 있는 "전쟁통
에 죽어 돌아온 형의 유골"이라는 구절이 눈길을 끄는 것은 그같은
죽음의 기운이 여전히 이들을 지배하고 있다는 생각이 들기 때문이
다. 현재의 이야기 속에 삽입되어 드러나는 전쟁 직후의 상황은 단순
히 지나간 과거 시절이 아니라 현재를 되비치는 거울의 의미를 갖는
다. 전쟁 직후 미국의 보호와 영향 아래 살아가고 있던 시절, 소화도
안 되는 분유를(이것은 '화장한 뼛가루'라는 죽음의 이미지에 비유되고
있다) 배급받아 먹고 밤새 설사를 했듯, 그리고 지금도 미국 사는 누
이가 알레르기성 재채기로 고생중이듯 우리의 현실은 이질적 문화
가 침투하면서 앓고 있는 중이다. 미국은 우리가 좇아가는 거짓과 위
선의 상징적 공간이며, "남의 나라가 아니라 바로 내가 살고 있는 서
울의 확대판"과도 같은 곳이다. 그곳에서 우리는 우리 자신이 병들
어 있다는 사실조차 자각하지 못하고 있다.

　미국으로 가는 비행기 안에서 주인공이 깨닫게 되는 것은 바로 그
러한 사실이다. 미국에 도착할 때까지 아이들을 돌보며 '절대로 잠
을 자서는 안' 되었던 이번 여행에서, 그는 처음으로 '눈을 뜨고' 세

상과 자기 자신을 바라본다. 비극은 아이들을 다른 나라로 입양을 보내다는 사실 자체에 있는 것이 아니라, 아이들에게서 살아 있는 생명의 힘을 빼앗고 있다는 사실에 있다. 그에게 아이들은 책임지고 실어 날라야 할 하나의 사물, 대상에 불과하다. 그는 자신을 화물 책임을 진 보호자로, 그리고 아이들 손목에 붙어 있는 명찰을 기성복 뒤에 붙어 있는 가격 표시에 비유하며, 아이들을 '우송되는 소포' 처럼 결박해서 그것이 풀어지지 않게 포장하듯 벨트를 묶어준다. 그러나 아이들은 우송되는 소포나 가격표가 붙은 옷이 아니었다. 그들은 오히려 날짐승 같은 눈빛과 개처럼 탐욕스런 식욕 그리고 커다란 울음소리를 가진 살아 있는 존재들이었다. 이들에 대한 묘사가 살아 있는 날짐승의 그것에 비유되고 있거니와, 이들에게서 잠은 이러한 야성적 생명력을 앗아간다. 부속 예배당에 들어가자 사육장에 매인 개들처럼 우는 아이들, 날짐승의 그것처럼 번득이는 눈빛을 가진 소년, 비스킷을 '쥐처럼' 갉아먹던 이십 년 전의 그처럼 탐욕적인 식욕을 가진 소년, 작은 동물처럼 보이는 아이. 이들은 결국 수면제 탄 분유를 먹고 '독살당한 개처럼' 잠이 든다. 생명력이 넘치는 아이들을 결박하고 침묵시켜 죽은 사물로 만들어버리는 것, 그것이 바로 잠인 것이다.

결국 '잠들지 않아야 한다' 는 이번 여행의 과제는 바로 거짓과 허위의 현실 그리고 그 속에 묻혀 있는 자기 자신과의 대면을 요구하는 것이 된다. 여행 내내 계속 울어대는 아이들이나 그 아이들을 보내며 울던 보모 여인과는 달리 '나' 는 눈물이나 이별의 슬픔 따위와는 무관한 인물이다. 아이들이 그 울음소리로 인해 오히려 살아 있는 존재들이라고 한다면, '나' 는 이미 '죽음과도 같은 잠' 에 빠져 있는 인물이다. 그는 소리를 내지 않으며, 더욱이 울지 않는다. 그러나 울음을 달래려던 어른이 울어버리자 아이들이 웃었다는 만화의 내용처럼,

아이들의 울음은 결국 그에게서 울음을 되살려낸다. 이야기 끝에서 '나' 역시 자신의 얼굴을 기억하는 아이들을 보고 "눈시울이 뜨거워지고," 아이들 몸에 매어져 있는 복조리에 눈이 찔리는 것을 느끼게 되는 것이니, 이 눈물의 부활은 그가 서서히 되살아나고 있음을 알리는 징후다. 아이들을 위해 기도가 하고 싶어지고, '거짓말처럼' 서울을 떠나오기 전 부르던 찬송가 구절이 떠오르는 것 등은 바로 그러한 변모를 보여주는 대목들이다. 실어날라야 할 소포처럼 혹은 짐승처럼 생각했던 아이들이 오히려 그를 구원한 셈이니, 비행기 안에서 상영되었던 영화 속의 개가 인간을 구한다는 무용담은 곧 그 자신에게 해당되는 이야기였던 것이다.

화장실은 이 진실의 확인이라는 점에서 주목되는 공간이다. 이 작품에서 화장실은 세 번 등장하는데, 첫번째는 시끄럽게 노래 부르는 연석에게 겁을 주는 장면에서이고 두번째는 없어진 라이터를 내놓으라며 그 아이를 때리는 장면에서 그리고 세번째는 아이를 씻어주는 장면에서이다. 그는 아이들을 돌보느라 그들의 더러운 오물을 뒤집어썼다고 그리고 그 때문에 자기에게서도 더러운 가축 냄새가 난다고 불평하지만, 실상 더러운 것은 자기 자신이었다. 화장실은 더러움과 지옥이 정작 자기 안에 있었음을, 그리고 진실로 죽어 있는 존재가 누구였는지를 인식하게 하는 공간이다. 조그만 구멍에 돈을 넣고 그곳을 통해 여자의 성기를 보아도 욕정이 일어나지 않던 주인공과 그 앞에서 자신의 성기를 꺼내들어 시원하게 오줌을 갈기던 소년 중에 과연 누가 진실로 살아 있는 인물이겠는가? 더러움과 깨끗함, 생명과 죽음, 아름다움과 추함의 진실된 면모를 문제삼는 곳, 그곳이 바로 화장실인 것이다.

「다시 만날 때까지」가 해외 입양아 문제를 소재로 하고 있다면, 「돌의 초상」은 노인 문제를 소재로 다루고 있다. 그러나 이 작품에서

궁극에 초점이 되는 문제는 그런 사회현상 자체라기보다 그 안에 깔려 있는 생명 부재의 현실이다. 이야기는 주인공이 따뜻한 봄날 고궁을 찾는 것으로 시작한다. 도시 한복판에 위치한 그곳은 풍요와 행복이 넘치는 우리 시대의 축소판과도 같은 곳으로 행복한 미소와 건강한 젊음과 생동감이 넘치는 일종의 낙원과도 같다. 그러나 그곳에서 결국 그가 만나는 것은 버려진 노인이다. 그곳에서 드러나던 풍요와 행복과 생동감은 가짜였던 것이다. 예컨대 "철책 속에 갇혀 있던 동물들도 그 두터운 털가죽 속에 갓 끓어오르는 뜨거운 피와 근질근질한 욕정, 모처럼 되찾은 야성의 거센 광기로 이빨을 보이면서 일광욕을 하고 있었다"는 대목에서 강조되는 동물들의 야성과 광기라는 것도 사실은 '철책 속에 갇혀 있는' 무력한 동물들의 허위적 몸짓에 불과하고, 아이들을 태운 목마나 열대어 같은 비행기도 아무리 속력을 내며 달려간다 해도 결코 날아가거나 달려나갈 수 없는 죽은 사물에 불과할 뿐이다. 그러니 "살아 있는 풍경, 움직이는 피사체는 어디든 있었다. 우리의 눈은 얼마나 부정확한가"라는 문장은 생동하는 대상의 넘침을 강조하는 듯 보이지만, 결국 그 안의 두 진술은 서로를 부정하는 모순된 관계에 놓여 있다. 앞의 진술은 뒤의 진술에 의해 오히려 그 진실을 의심받게 되기 때문이다.

이 작품은 진짜와 가짜 사이에서의 이런 깨달음에 대한 이야기라 할 수 있다. 주인공에게 노인은 처음부터 하나의 살아 있는 생명으로서가 아니라 죽어 있는 사물로 인식된다. 그는 '바위처럼' 꼼짝도 않고 앉아 있었다고, 그래서 그야말로 '죽은 시체'와도 같았다고 묘사된다. 그러나 '미안합니다'라고 말하는 노인과 노인에게 욕설하는 '나', 행복한 미소를 짓는 노인과 웃지 않는 관리인, 버려진 노인과 노인을 버리고 행복한 미소를 짓고 있을 우리들 중에 과연 진짜 죽은 사람은 누구일까? 똥을 싸서 냄새나는 노인과 아이를 지우고 노인을 버리는 사람 중에 정말로 더러운 사람은 누구인가? 스물여덟 살이지만 폭삭 늙어버린 것 같다는 경희와 아직도 애를 만들 수 있다고 자신하지만 정작 생긴 아이는 지웠던 '나', 그리고 잠자는 모습이 어린애 같고 자신이 열두 살이라고 대답하는 노인 중에 과연 누가 더 늙은 것일까? 아이를 죽이고 꽃도 새도 기르지 못하는 '나' / 경희와 금붕어가 죽어간다고 걱정하는 노인 중에 누가 진정 살아 있는 존재인가? 도시 한복판에 다시 노인을 버리고 가는 '나'의 손과 천진스런 웃음을 띠우고 고맙다며 '나'의 손을 잡는 노인의 손 중에 과연 어느 손이 깨끗한가?

이런 질문들을 통해 도시 한복판에서 그리고 우리들 안에서 자라나고 있는 죽음과 폭력의 움직임을 읽어내고자 한 작가는 그 절망적 이야기 끝에 성당을 갖다놓는다. 이는 이 작품의 주제가 절망적 현실과 추악한 인간에의 인식으로 끝나는 것이 아니라 그 화해와 용서, 구원의 문제로 나아가고 있음을 보여주고 있는 대목인데, 이는 세계의 비극성을 섬뜩하게 드러내고 그것을 온몸으로 감당해내는 것으로 일관하던 초기의 작품들과 차이를 드러내는 대목이다. 그러기에 작가는 "이빨이 몇 개밖에 없어 마치 검은 구멍 위에 돋아난 불규칙한 버섯 같아" 보이는, 그래서 '내'가 죽음을 보는 노인의 입을 노인의 강한 생명력을 확인하는 구멍으로 바꾸어놓는다. '나' / 경희가 욕망의 노예가 되어 뾰족한 송곳니를 키우고 있었던 데 비해, 노인은 오히려 이빨 빠진 구멍만의 입으로 폭력과 투쟁으로부터 벗어난 생명의 구멍을 지켜오고 있었던 것이다. 그런가 하면 노인을 비유하던 돌의 의미 또한 변화하는데, 노인은 이제 무거운 짐으로서의 돌이 아니라 오랜 세월 물에 의해 성난 모서리를 잃고 부드러운 곡선을 그리고 있는 돌에 비유된다. 아니 '좋은 돌일수록 자연과 닮아 있다'는 말 그대로 노인은 돌 그 자체가 된다. '최순돌'이란 이름에서 이미 자연과 닮아 있는 순한(順) 돌을 연상할 수 있지 않은가.

4. 구멍, 혹은 구원의 길

이 작품집에는 노인을 주인공으로 삼고 있는 몇 개의 작품이 함께 수록되어 있다. 「천상(天上)의 계곡」 「방생」 「인간희극」 「위대한 유산」이 그것으로, 이들 작품들은 모두 늙은 어머니, 아버지와 아들 사이에서 일어나는 이야기로 전개된다. 한쪽에는 죽음을 바라보고 있는 소멸하는 생명이, 그리고 다른 한편에는 이를 바라보고 있는 젊은 생명이 있다. 그러나 이들 사이에서의 젊음과 늙음, 생명과 죽음의 대조적 모습은 이야기가 전개됨에 따라 그 의미가 전도된다. 젊은 아들들의 짐작과는 달리 늙은 부모들은 여전히 생명력이 넘치고, 그들의 몸에는 욕망이 들끓는다. '내' 가 아무 욕망도 없이 점차 소멸되어 가고 있는 존재라면 오히려 늙은 어머니, 아버지 들은 그 시간의 운명을 거슬러 사는 욕망의 화신과도 같다. 죽음은 '나' 에게 있고, 생명은 늙은 어머니, 아버지에게 있다. 예컨대 팔순을 바라보는 어머니의 갑작스런 외출로 이야기가 시작되는 「천상의 계곡」에서 어머니가 타는 미아리행 버스를 보며 죽어 묻힐 묘지를 찾아다니는 어머니를 떠올린 아들의 짐작과는 달리 정작 어머니가 찾아가는 곳은 축제일처럼 시끌시끌한 장충단 공원이었고, 죽음을 앞둔 나이로 고요히 그 운명에 순응하리라 기대했던 어머니는 새로이 사랑을 시작하고 있었다. 그런가 하면 「방생」에서 다리에 마비가 오고 급기야 정신병원에 입원까지 하게 되는 어머니는 립스틱을 바르고 매니큐어를 하는 등 화장을 하기 시작했고, 「인간희극」에서 82세의 아버지는 나이답지 않게 튼튼한 몸과 질긴 생명력을 지닌 노인으로 62세의 나이에 가정부와의 사이에서 아들을 낳았다. 이들은 죽어가는 것이 아니라 오히려 새로 살아나고 있었던 것이니, 이들 앞에서 아들들은 흔히 부끄러움을 느끼거나 심지어 증오심을 느낀다. 노인과 밀회를 나누며 정염에 들뜬 어머니, 유방과 성기를 내보이며 잔소리를 해대는 어머니, 왕성한 식욕과 더럽고 비열한 성욕을 지닌 아버지, 이들은 아들들에게 '짐승'이거나 '악마' 혹은 '늙은 괴물' '죽음의 사자' '변태'로 불릴 뿐이다. 그러나 이처럼 아들들로 하여금 음탕하고 추악한 정욕을 떠올리게 했던 것이 실은 늙은 어머니, 아버지 들의 위대한 생명의 힘이었으니, 이들 작품들이 모두 아들인 '나'의 시점으로 되어 있다는 것은 이들 작품들의 초점이 그와 같은 '나'의 깨달음에 있음을 보여준다.

이들 작품에서 부활하는 생명의 기운은 흔히 성적 모티프를 통해 드러난다. 「천상의 계곡」에서 어머니는 노인과의 밀회를 통해 '새색시처럼' 봉숭아 꽃물을 들이고 화장을 하기 시작한다. 이때 그녀는 더이상 죽음을 앞둔 노인네가 아니다. 그녀는 여성으로 다시 태어난다. '나'의 눈에도 어머니가 '소녀처럼' 아름다워 보이지 않았던가. 그러나 어머니의 그러한 변모는 단순히 남녀간의 사랑이나 정염으로 설명될 수 없는 생명의 힘을 보여주고 있으니, 질투의 감정으로 생각했던 어머니의 눈물이 실은 죽음의 순례를 같이 하는 동반자로서의 경험이었음이 드러나는 마지막 대목에서 어머니의 주책스런 회춘의 이야기는 죽음과 생명의 그것으로 승화된다. 조금 더 노골적인 성적 모티프가 등장하는 「방생」의 경우에도 아들 앞에서 내보이는 늙은 어머니의 유방과 늘어진 성기는 아들의 생각처럼 정욕과 연관된 것이 아니라 생명과 연관되어 있다. "이 밑구멍으로 여덟 명이나 빼냈으니 그럴 만도 하지"라는 어머니의 말에서 환기되듯 그 구멍은 생명의 원천이다. 그러니 이제는 구멍이 보잘것없어지고 털도

다 없어졌다는 어머니의 투정은 자신의 몸 안에 자리잡기 시작한 죽음의 기운에 대한 두려움의 표현이었던 셈이다. 「천상의 계곡」에서 어머니가 노인과의 밀회를 통해 생명의 기운을 회복했던 것처럼 여기에서 어머니는 신륵사로의 여행을 통해 생명의 기운을 회복하는 듯하다. 때는 마침 죽은 나뭇가지 끝에서 왕성한 생명력을 솟구쳐 오르게 하는 봄이고, 신륵사에선 "부드러움과 생의 충만함, 죽은 자들 위에서 마악 살아 일어서려는 생명의 기지개"가 느껴진다. 거기에서 어머니는 혼자서 산 너머까지 걸어가겠다며 '돌 지난 아이처럼' 마비가 온 다리로 일어서 걷는다. 그러나 「천상의 계곡」에서 한여름에 시작된 어머니의 외출이 가을이 오면서 끝나버릴 수밖에 없었듯이 이 작품에서도 순환하는 계절과는 달리 어머니는 계속 일어서서 걷지 못하니, 이 마지막 대목은 죽어가는 나무에서도 꽃을 피우게 하는 마법의 손을 가지고 있었던 어머니를 한갓 짐승으로, 악마로 만들어버리는 시간의 잔인한 힘을 쓸쓸히 확인하게 한다.

그러나, 이런 우울한 확인에도 불구하고 이들 작품에 담긴 이야기들은 생명의 위대함과 소중함을 확인시키는 따뜻한 전언으로 다가온다. 그것은 이 작품들이 소멸과 죽음의 운명을 극복하려는 인간의 소망과 노력이 어떤 상황에서도 포기되지 않는다는 것을 확인하게 한다는 점, 그리고 그 소망을 따뜻한 시선으로 바라보고 이해하는 존재가 설정되어 있다는 점 때문이다. 그러기에 늙은 어머니, 아버지를 향한 처음의 증오와 갈등은 이야기가 진행됨에 따라 따뜻한 이해와 화해로 변하고, 어둠과 죽음의 이야기는 감동적인 눈물과 희망의 이야기로 변한다. 아버지와 아들 사이의 극도의 증오심을 우화적으로 그리고 있는 「인간희극」에서도 종국에 우리가 만나게 되는 것은 감동적인 부성애의 모습이다. 이 작품에서 아버지는 더럽고 추악한 욕망의 화신과도 같이 등장한다. 82세의 나이에도 아버지는 여전히 왕성한 식욕과 성욕을 보이고 있고, 아들들은 그를 소멸시키고자 음모를 세운다. 그러던 중 아버지는 스스로 음식을 거부하기 시작했고, 아들들은 아버지를 굶어죽게 할 수는 없다며 그에게 음식 들기를 강요한다. 그러나 아들들이 건넨 음식에는 독이 있었으니 아버지의 음식 거부는 죽음을 향한 것이 아니라 살아남고자 하는 욕망의 몸짓이었던 것인데, 놀랍게도 이 강렬한 욕망을 버리게 한 것은 아들에 대한 사랑이었다. 「위대한 유산」에서도 비열하고 무력한 아버지가 등장한다. 항시 고아와 같은 느낌이었던 어린 시절, 지옥과도 같았던 집. 이 불행의 원천에 아버지가 있다. 어린 '내' 가 흑인 병사의 아랫도리를 핥아주고 돈을 받아오건 말건 "아버지는 노상 술만 처먹었다." '나' 는 아무런 욕망도 없었고, 그러므로 '나' 는 이미 죽어 있는 것이나 마찬가지였다. 그런데, 그 지옥 같은 집을 떠나 멀리 달려나가고 싶다는 꿈을 실현시켜준 것이 바로 아버지였으니, 여기에서도 아버지는 결국 분노와 환멸의 대상이 아니라 오히려 어둠 속에서 빛나는 한 가닥 빛이자 구원의 손길이 된다.

두 작품 모두에서 아버지들이 보이는 이런 행동의 변화가 다소 급작스럽고 상투적이라는 느낌을 지울 수 없지만, 이들이 '나' 로 하여금 분노와 증오심으로부터 벗어나 생명과 사랑의 힘에 눈뜨게 하는 존재로 설정되어 있음은 분명하다. 그들을 통해 '나' 의 왜곡된 눈과 의식은 서서히 교정되고, '나' 는 참생명과 사랑에 눈뜬다. 「두레박을 올려라」에서 모두가 잠들어 있는 동안 깨어 있던 것이 주인공 혼자였듯이, 그리고 「다시 만날 때까지」에서 아이들을 미국에 데리고 가는 '나' 에게 주어진 과제가 '잠들지 않아야 한다' 는 것이었듯이, 이들은 '깨인' 눈으로 비로소 생명과 사랑의 진실을 본다. 이런 점에서 어머니에 대한 증오심을 극복하고 그녀의 생명의 힘을 확인하게 되는 이야기인 「방생」이 형에게서 걸려온 전화로 '내' 가 잠에서 깨는 장면으로 시작하고 있다는 것은 흥미롭다. 그런가 하면 「인간희극」에서도 아버지의 왕성한 식욕, 성욕을 추악하고 부도덕한 것으로 규정해버린 아들들이 아버지가 음식 먹기를 기다리며 잠들어 있는 동안 잠들지 않은 것은 '나' 혼자뿐이다.

> 나는 꼼짝도 않고 앉아 있었다. 그들은 일제히 잠이 들었다. 그들의 잠은 백 년 동안 줄곧 계속될 것이다. 가시장미덩굴은 아버지의 왕국을 덮고, 저주에 걸린 잠은 백 년 후에야 깨어날 것이다.(「인간희극」, 295쪽)

그리고 '나' 는 형들의 '잠을 깨우지 않기 위해' 조심스레 아버지 방으로 들어간다. 깨어 있는 것은, 그래서 진실을 알고 있는 것은 아버지와 '나' 뿐이다. 과연 아버지는 우리들의 임종을 지켜보기 위해 재생된 죽음의 사자이며, 더럽고 추악한 욕망의 화신인 것인가? 아버지의 왕국을 소멸시키려는 아들들과 아들을 위해 독이 든 음식을 먹은 아버지 중에서 악마는 진정 누구인가? 아버지는 과연 소화불량으로 죽은 것일까? 이런 질문들이 가능했던 것은, 그리하여 아버지에게서 더러운 욕망이 아니라 소중한 생명과 사랑의 힘을 발견해낼 수 있었던 것은 그가 깨어 있었기 때문이었다.

5. 시(詩)-인(人)의 탄생

세상의 허위와 존재의 환멸을 확인하고 그 어둠과의 대면을 그려내던 최인호의 소설은 이처럼 그 어둠과 죽음 속에서 종국에 생명을 발견해낸다. 그 과정의 갑작스러움이라든지, 다소 감상적인 결말 처리 등은 이들 작품들에 대해 현실에의 심층적 탐구로부터의 이탈이라든지, 추상적인 휴머니즘에 기댄 '화해의 알리바이'라는 지적을 하게끔 만든 요인이 되기도 하였다. 그러나 어쨌든 주목되는 것은 병적인 인물들을 중심으로 허무적이고 파괴적인 세계를 그려내던 초기소설에 비해 이 시기의 소설들이 훨씬 따뜻하고 도덕적인 면모를 풍기고 있다는 점이니, 이는 작가의 초점이 불모적 현실과의 대면이라는 문제에서 생명의 회복이라는 문제로 이동되었음을 의미한다.

초기소설과 흡사한 분위기 속에서 전개되고 있는 「두레박을 올려라」의 경우에도 주인공들은 사악하고 깜찍한 악동들이 아니다. '나'와 여자애가 처음 만난 곳이 도서관이라는 사실이나 굶어 죽어도 책은 팔지 않았다는 것 그리고 글쓰기와 피아노 치기를 중요시하는 것 등은 최인호의 인물들이 그 반항적이고 일탈적이며 도전적인 성격에도 불구하고 여전히 고전적인 인문주의자들의 범주에 속하는 존재임을 시사하는 대목들이다. 그들은 손가락 다섯 개에도 본래의 기능 외에 상징적인 의미를 부여하고 그것을 중요시하는, 다시 말해 사실이나 실제적 기능이 아니라 상징의 힘을 믿는 인물들이다. 그러기에 그들은 배고픔을 이유로 자유의 상징인 비둘기를 잡아먹지 못하며, 책을 팔지 못한다. 그러나 더욱 주목해야 하는 것은 이 자유도 생명 앞에서는 아무 의미를 갖지 못한다는 사실이며, 생명의 소중함이 책을 통해 관념적으로 얻어지는 것이 아니라 몸을 통해, 살과 살의 접촉을 통해 인지된다는 사실이다. 여자애와의 만남은 바로 이런 경험의 시작이 된다. 발가벗은 몸으로 노래를 불러주던 아이를 통해 '잠든 욕망'이 서서히 일어나고, 독충에 물리면 그애가 혀로 핥아주던 것처럼 임신한 여자애가 층계에서 넘어지자 '나'는 혀로 그애의 얼굴을 핥아주며, 그애가 진통을 시작하자 '나'는 물을 끓이기 위해 책을 태운다.

이처럼 생명의 중요성이 강조되면서 함께 부각되는 것이 소리의 힘이다. 죽음의 징후는 흔히 소리의 상실과 함께 온다. 「두레박을 올려라」에서 성대가 잘린 채 사육되고 있는 개들이나 「다시 만날 때까지」에서 수면제를 먹고 잠든 아이들은 이런 점에서 생명력을 거세당한 죽은 존재들이다. 소리는, 그리고 노래는 이렇게 죽어 있는 인물들의 죽어 있는 욕망을 되살리는 힘과도 같다. 「두레박을 올려라」에서 여자애의 노래를 듣고 있노라면 "죽어버린 욕망이 고개를 들고, 핏속에 잠든 젊음이 무럭무럭 솟아오르는 것을" 느꼈다는 고백이나, 아이를 지우려던 돈으로 대신 음악회에 가는 것 등은, 노래가 갖는 이런 생명의 힘을 확인시키는 대목들이다. 그리하여 주인공은 자신이 아직 목청이 잘리지 않았다는 사실에서 구원의 가능성을 발견한다. 고함 지를 수 있고, 노래 부를 수 있다는 것. 그리고 상상력을 동원해서 글을 쓸 수 있다는 것, 이 말과 글의 부활을 통해 최인호의 인물들은 자신의 부활을 경험하게 되는 것이다.

생명에의 인식이 이처럼 노래와 긴밀하게 연관되어 있다고 할 때, 이는 다시 예술에 대한 인식으로 이어진다. 「두레박을 올려라」에서 여자애가 성악을 전공한다는 것도 그러하거니와, 「하늘의 뿌리」에서 지붕 위에 올라간 남편이 지붕을 칠하면서 그것을 창작행위 할 때의 느낌으로 비유하고 있는 것이나, 「돌의 초상」에서 주인공이 사진작가인 것 등은 작가가 예술의 의미나 가치를 죽음과도 같은 삶의 구원이라는 명제 속에서 파악하고 있음을 시사하고 있다. 「돌의 초상」에서 노인을 통해 삶과 죽음, 더러움과 깨끗함의 의미를 새롭게 인지하게 되는 과정은 예술가, 혹은 예술에 대한 인식의 변화와 연관되어 있다. 한강변 아파트 사이를 날아드는 철새 사진을 찍으며 그것이 도시와 자연이 공존하는 '이중 의미'를 형상화하는 좋은 소재라고 생각했던 주인공은 처음 노인을 만났을 때 그저 '물건이 되겠구나' 생각했을 뿐이었다. 그에게 노인은 고유의 생명과 사고를 지닌 인간이라기보다 하나의 피사체, 고정된 사물에 불과했다. 그러나 그는 노인과의 만남을 통해 진정한 생명의 의미와 폭력과 죽음의 현실에 눈을 뜨게 된다. 표면적인 평안과 아름다움 뒤에 감추어진 죽음의 현실을 직면하고, 그 속에서 진정한 생명을 찾아내는 것, 그것이 바로 사진사의 임무이자 작가의 임무라는 인식에 도달하게 되는 것이니, 이는 인간과 사회에 대한 냉철한 이해와 애정을 전제로 한다.

우화적인 수법으로 인간의 역사를 그려내고 있는「진혼곡」은 인간의 전사(前史)를 묘사함으로써 인간의 본질의 문제를 본격적으로 거론한다. 과연 인간은 누구이며 어떤 존재인가, 그리고 그는 어디에서 왔는가. 우리는 노미의 일생을 통해 그에 대한 작가의 분명한 대답을 듣게 되거니와, 인간은 눈물을 흘리는 존재이며 생명의 소중함을 인지하고 그것을 실천하는 존재라는 전언이 그것이다. 배설한 오물들과 침, 땀으로 더러운 냄새를 풍기던 노예들과 그들을 부리는 주인 사이에서, 그리고 소유되는 가축에 비유되던 존재들과 그 소유주인 인간들 사이에서, 인간에 대한 정의는 혼돈과 의문에 휩싸인다. 노미에게 채찍을 휘두르는 사내와 그럼에도 불구하고 "나는 짐승이 아닙니다. 나는 사람입니다"라고 말하는 그 중에 과연 누가 진짜 사람인가? 그를 악마라고 말하며 후려치는 사내가 오히려 '광기'에 휩싸여 있다고 할 때, 과연 진짜 '악마'는 누구인가? 지렛대를 어깨에 둘러메고 거대한 맷돌을 갈고 있는 노미는 십자가를 진 예수를 연상시키거니와, 그는 아이들에게 원하는 무엇이든 가져다주는 마술사이자, 나무에 구멍을 뚫어 노래를 만들어내었던 시인이며, 타인의 생명을 담보로 자신의 자유를 주장하지 않는 진정한 의미의 인간이다. 그로 인해 '짐승'으로 불리던 노미는 '인간'이 된다.

작가 최인호가 도달한 이 생명의 세계는「다시 만날 때까지」의 끝에서 주인공 가슴속에 일어난 기도에의 욕구나 「돌의 초상」의 끝 장면에서 성당을 향해 가는 주인공의 움직임에 이어지는 것으로, 초기 소설에서 드러나던 섬뜩하고 파괴적인 세계와는 사뭇 다른 면모를 보여준다. 영악한 아이들을 주인공으로 하여 오히려 삶의 한복판에 자리한 죽음과 파괴의 기운을 그려내던 그는 이제 죽음을 앞둔 노인들에게서 끈질긴 생명의 힘을 보고 환멸과 절망이 아니라 희망과 사랑을 노래한다. 이제 구멍은 어둠 속으로 뚫린 위험한 늪이 아니라, 맑고 아름다운 소리를 내며 솟는 생명과 사랑의 분출구가 된다. 그리하여 두레박을 타고 우물 속으로 내려갔던 최인호의 인물들은 그렇게 새로 태어난다. 어둠과 죽음, 폭력과 허위 속에서 작가는 그렇게 조금씩 햇빛 속으로 움직여가고 있었던 것이다.

1945년   10월 17일 서울에서 변호사였던 아버지 최태원(崔兌源)과 어머니 손복녀(孫福女)의 3남 3녀 중 차남으로 출생.

1951년   1월 6·25동란으로 인해 부산으로 피난.

1952년   3월 초등학교 입학. 2학기 때 2학년으로 월반.

1953년   서울에 돌아와 영희초등학교로 전학.

1954년   덕수초등학교로 전학.

1955년   아버지 별세.

1958년   서울중학교 입학.

1961년   서울고등학교 입학.

1963년   고등학교 2학년 때 단편 「벽구멍으로」가 한국일보 신춘문예에 입선.

1964년   연세대학교 문리대 영문과 입학.

1966년   11월 공군 사병으로 군 입대.

1967년   단편 「견습환자」가 조선일보 신춘문예에 당선. 11월에는 단편 「2와 1/2」로 『사상계』 신인문학상을 수상.

1969년   단편 「순례자」(『현대문학』) 발표.

1970년   단편 「술꾼」(『현대문학』), 「모범동화」(『월간문학』), 「사행」(『현대문학』) 발표. 공군을 제대하고 11월 황정숙과 결혼.

1971년   단편 「예행연습」(『월간문학』), 「뭘 잃으신 게 없으십니까」(『신동아』), 「타인의 방」(『문학과지성』), 「침묵의 소리」(『월간중앙』), 「미개인」(『문학과지성』), 「처세술개론」(『현대문학』) 발표.

1972년   단편 「황진이 1」(『현대문학』), 「전람회의 그림 1」(『월간문학』) 발표. 장편 「별들의 고향」을 조선일보에 연재. 「타인의 방」「처세술개론」으로 현대문학 신인상을 수상. 연세대학교 영문과 졸업. 딸 다혜 출생. 단편 「전람회의 그림 2」(『문학과지성』), 「영

가」(『세대』), 「황진이 2」(『문학사상』), 「병정놀이」(『신동아』) 발
표. 중편 「무서운 복수」(『세대』) 발표. 장편 「내 마음의 풍차」를
중앙일보에, 「바보들의 행진」을 일간스포츠에 연재. 장편 『별
들의 고향』(전2권), 소설집 『타인의 방』 출간.

1974년　　단편 「기묘한 직업」(『문학사상』), 「더러운 손」(『서울평론』) 발
표. 희곡 「가위 바위 보」를 산울림 극단에서 공연. 장편 『바보들
의 행진』, 소설집 『영가』 출간. 세계 13개국 순방. 『맨발의 세계
일주』 출간. 아들 성재(도단) 출생.

1975년　　단편 「죽은 사람」(『문학과지성』) 발표. 『샘터』에 「가족」 연재 시
작. 장편 『구르는 돌』 『우리들의 시대』(전2권), 『내 마음의 풍
차』 출간. 영화 〈걷지 말고 뛰어라〉 감독.

1976년　　단편 「즐거운 우리들의 천국」(『한국문학』) 발표. 장편 「도시의
사냥꾼」을 중앙일보에 연재.

1977년　　「개미의 탑」(『문학사상』), 중편 「두레박을 올려라」, 희곡 「향기
로운 잠」(『문학사상』), 「다시 만날 때까지」(『문학과지성』), 「하
늘의 뿌리」(『문예중앙』) 발표. 장편 「파란 꽃」을 서울신문에 연
재. 장편 『도시의 사냥꾼』(전2권), 소설집 『개미의 탑』 출간.

1978년　　중편 「돌의 초상」(『문예중앙』) 발표. 장편 「천국의 계단」을 국제
신보에, 「지구인」을 『문학사상』에, 「사랑의 조건」을 『주부생활』
에 각각 연재. 소설집 『돌의 초상』 『작은 사랑의 이야기』 및 산
문집 『누가 천재를 죽였나』 출간.

1979년　　단편 「진혼곡」(『문예중앙』) 발표. 장편 「불새」를 조선일보에 연
재. 장편 『사랑의 조건』 『천국의 계단』(전2권) 출간. 미국 여행
(3개월간 체류).

1980년　　장편 『지구인』(전3권), 『불새』 출간.

1981년　　단편 「아버지의 죽음」(『세계의문학』), 「이상한 사람들 1, 2, 3」
(『문학사상』), 「방생」(『소설문학』) 발표. 장편 「적도의 꽃」을 중
앙일보에 연재. 『안녕하세요 하나님』 출간.

1982년   장편 「고래사냥」을 『엘레강스』에, 「물위의 사막」을 『여성중앙』
         에 연재. 단편 「위대한 유산」(『소설문학』), 「천상의 계곡」(『소설
         문학』), 「깊고 푸른 밤」(『문예중앙』) 발표. 「깊고 푸른 밤」으로
         제6회 이상문학상 수상. 장편 『적도의 꽃』, 소설집 『위대한 유
         산』 출간.

1983년   장편 『물위의 사막』, 소설집 『가면무도회』 출간. 장편 「밤의 침
         묵」을 부산일보에 연재.

1984년   장편 「겨울 나그네」 동아일보에 연재. 소설로 쓴 자서전 『가족 1』
         출간.

1985년   장편 「잃어버린 왕국」 조선일보에 연재. 장편 『밤의 침묵』 출간.

1986년   장편 『잃어버린 왕국』, 산문집 『모르는 사람에게 보내는 편지』
         출간. 영화 〈깊고 푸른 밤〉으로 아시아영화제 각본상 수상. 영
         화 〈깊고 푸른 밤〉으로 대종상 각본상 수상.

1987년   장편 『저 혼자 깊어가는 강』, 소설로 쓴 자서전 『가족 2』 출간.
         가톨릭에 귀의(영세명 베드로). 어머니 별세. 〈잃어버린 왕국〉
         KBS 다큐멘터리 촬영차 장기간 일본에 체류.

1988년   〈잃어버린 왕국〉 다큐멘터리 5부작 KBS 방영. 「어머니가 가르
         쳐준 노래」 『생활성서』에 연재.

1989년   산문집 『잠들기 전에 가야 할 먼길』 출간. 장편 「길 없는 길」 중
         앙일보에 연재.

1990년   『현대문학』에 장편 「구멍」 연재.

1991년   장편 「왕도(王都)의 비밀」 조선일보에 연재. 산문집 『사람들 사
         이에 섬이 있다』 출간.

1992년   동화집 『발명왕 도단이』 출간. 중편 「산문」(『민족과문학』) 발표.
         『샘터』에 연재중인 「가족」 200회 기념으로, 가족 1 『신혼 일기』,
         가족 2 『견습 부부』, 가족 3 『보통 가족』, 가족 4 『이웃』 출간. 영
         화 〈천국의 계단〉 시나리오 집필. 『시나리오 선집』 3권 발간.

1993년   『길 없는 길』(전4권) 간행. 가톨릭 『서울주보』에 칼럼 연재 시

작. 〈일본 속 한민족 탐방〉으로 일본 여행.

1994년　교통사고로 16주간 입원 치료. 장편 『허수아비』 출간. 동남아, 유럽, 백두산 여행. 1개월간 중국 답사 여행. 『별들의 고향』 재출간.

1995년　『왕도의 비밀』(전3권) 출간. 광복 50주년 기념 SBS 다큐멘터리 6부작 〈왕도의 비밀〉 촬영. 중국을 6개월간 여행. 한국일보에 「사랑의 기쁨」 연재. 동아일보 칼럼 집필.

1996년　산문집 『사랑아 나는 통곡한다』 출간. 다큐멘터리 6부작 〈왕도의 비밀〉 SBS에서 방영.

1997년　장편 『사랑의 기쁨』(전2권) 출간. 장편 「상도(商道)」 한국일보에 연재. 가톨릭대 국문학과 겸임교수. 장녀 다혜, 성민석군과 결혼.

1998년　『사랑의 기쁨』으로 제1회 가톨릭문학상 수상.

1999년　『내 마음의 풍차』 재출간. 가톨릭신문에 「영혼의 새벽」 연재 시작. 산문집 『나는 아직도 스님이 되고 싶다』 출간. 작은누이 명욱 교통사고로 별세. 소설가 박완서와 15일간 미국의 콜롬비아 대학을 비롯 여러 대학에서 강연.

2000년　산문집 『날카로운 첫키스의 추억』 출간. 월간 『들숨날숨』에 「이상한 사람들」 연재. 「가족」 연재 300회 자축연. 시나리오 〈몽유도원도〉 집필. 소설가 오정희와 15일간 미국의 UCLA 대학을 비롯 여러 대학에서 강연. 큰누이 경욱 별세. 『상도』(전5권) 간행. 외손녀 성정원 출생.

2001년　소설집 『달콤한 인생』, 산문집 『어머니가 가르쳐준 노래』 출간. 장편 「해신」 중앙일보에 연재중.

최인호 중단편 소설전집 4
돌의 초상

ⓒ 최인호 2002

초판인쇄 │ 2002년 4월 20일
초판발행 │ 2002년 4월 30일

지 은 이 │ 최인호
책임편집 │ 김현정 조연주 장한맘 손미선
펴 낸 이 │ 강병선
펴 낸 곳 │ (주)문학동네
출판등록 │ 1993년 10월 22일 제22-188호

주   소 │ 136-034 서울시 성북구 동소문동 4가 260번지 동소문빌딩 6층
전자우편 │ editor@munhak.com
전화번호 │ 927-6790~5, 927-6751~2
팩   스 │ 927-6753

ISBN 89-8281-501-5 04810
      89-8281-497-3(세트)
* 잘못된 책은 바꿔드립니다.
www.munhak.com